国家社科基金项目“金代家族与金代文学关系研究”阶段性成果
重庆文理学院学术著作出版基金资助出版

政权对立与文化融合

——金代中期诗坛研究

杨忠谦◎著

人民出版社

序

时值新中国60华诞即将来临之际,海内外辽金文学研究的同仁齐聚京郊名胜红螺寺旁的钟磬山庄,举行中国辽金文学学会的第五届年会暨学术研讨会,与会学者有七十余人,大家济济一堂,畅谈辽金文学研究近些年来的深入开拓,又都浸染在共和国60年大庆的喜悦气氛之中,享受着北京秋光的美好,更显意气之勃发。期间杨忠谦博士到我房间恳谈移时,甚为相得。忠谦将他的文稿送给我,并希望我为这部著作的出版写一篇序。我因前些年对辽金文学史下过一段工夫,且较早地出版了《辽金诗史》等拙著,现在也在辽金文学学会做一点组织工作,承蒙忠谦的信赖,加之我对这个论题尤有兴趣,因此欣然愿意为本书命笔作序,一是我和忠谦的缘分,二是可以借此深化我本人对金代这段时期诗坛的了解。

我和忠谦相识还是他在大同大学执教的时候,大同大学前身的主体部分是山西雁北师范学院。忠谦彼时在师院的中文系讲授古典文学。雁北师院非常重视辽金文学研究,并且专门成立了辽金文学研究室,忠谦当时是这个研究室的负责人。和忠谦一见之下,觉得其人与其名甚为吻合,忠厚谦和,恰是我对其人的深刻印象。其后不久,忠谦就到华东师范大学去攻读博士学位,师从著名学者黄珅教授。忠谦对于辽金文学研究不能释怀,其博士论文还是以金代诗史研究为选题。黄先生是以古典文献为其学术专长的,忠谦在黄先生门下学到了文献学的真功夫。这在他的这部书稿中体现得是很明显的。

读了忠谦的这部文稿,感到非常欣喜。作为国家社科基金项目《金代家族与金代文学关系研究》的阶段性成果,作者对于金代中期的诗坛的考察,不是停留在文献考索的层面,更不是仅凭着印象和推演对金中期诗坛作一般性的描述,而是在丰富的文献基础之上,对于世宗、章宗诗坛在金代诗史上的地位作了颇为深刻的分析,呈现了金中期诗坛在时间和空间、文化和审美等不同维度的风貌。我在15年前出版的《辽金诗史》中对大定、明昌时期的诗歌创作有很多的分析和评价,并以之作为金诗在其初期“借才异代”之后,“国朝文派”崛起、金诗盛季到来的重要阶段。因为《辽金诗史》是着眼于金诗整体上的框架建构,且因《辽金诗史》是在一个更大的视阈下,对辽金两代的诗歌史作初辟草莱的框架性描述,尚未能对大定、明昌诗坛进行细部的、聚焦式的研究,加之我的思维习惯也还是以大处着眼者多而微观审辨者少,所以,在《辽金诗史》中关于大定、明昌诗坛的论述还是相当粗略的。《辽金诗史》之后,虽然辽金文学研究有了许多新的重要成果,在很多问题上有了突破,有了明显的跃升,但尚未看到将金中期诗坛作为一个独立的、集中的研究课题进行全景式的研究。忠谦的这部书稿,显然是第一部这样的研究成果。

事实上,作者通过以此为选题的精深研究过程,将金诗的分期研究向前大大推进了一步。在某种意义上来看,它不仅是对大定、明昌诗坛的客观的考察,而且还为分期研究提供了一个探索性的模式。当然,我们并不希望文学史研究上的模式化,更不提倡用条条框框来套活的文学史实,因为文学史实是一个客观的存在,它并不是完全按照某种既定的规律或逻辑来生长的,而是有着千差万别的样态。那种动辄就概括出几条规律来为文学史“定性”的研究,其实是很幼稚也是简单化的。但是我们并不排斥研究主体以某些理论视角来透视文学的客观存在,这恰恰是文学史研究的必要方法。然而,作为前提的是对文学史实的尊重。这一点,在这部论文中得到了充分的体现。因为忠谦全然是从对大定、明昌诗坛的客观生态中发现和梳理出来的几个角度。它对于分期研究来说是具有明显的启示意义和借鉴作用的,但却又是活生生的，真切地反映出金代中期的诗歌创作情形。这段时期是金代文学史上的重要阶段，忠谦将其作为一个相对独立的阶段进行考察，固然是为了选题的可行与合理，却又是为文学史的研究提供了一个可资参考的模态。

之所以选择金中期诗坛作为研究范围，并非仅仅出于书稿选题的方便，而是基于作者对金诗发展的历史性认识。选择大定、明昌，是因为在作者看来，这是一段非常特殊而又非常重要的时期，是金诗的转型期。具体而言，处于文人心态的转变阶段，国朝文派的创立阶段，文学创作的成熟阶段，以及社会思想的开放阶段。在这部论文的格局里，作者对于世宗、章宗时期诗坛作了文化的、审美的、艺术的和因革通变的多方面考察。从文化角度，作者研究了当时的文化政策对于金中期诗歌的影响，对其科举方面、儒学方面和宗教方面都有较为全面的分析。本书从审美的角度来观照大定、明昌诗坛的创作，以“气格”、“自适”和“典雅”为这段时期主要的审美取向，而且还看到这几种审美取向的变异性，指出明昌诗人整合了“气格”和“自适”两种诗风，形成了刚柔相济、清真淡宕的创作思想。值得称道的是，作者在这里所揭橥的这几种审美取向，并非是美学理论中的现成范畴，而是作者从世宗、章宗诗坛的众多诗歌创作和对诗人的研究中深切体会到而又加以提炼的。在中国古代美学中，不乏“气格”或“自适”这样的说法，而在金中期的诗坛上得到了突出的体现，作者以之作为大定、明昌诗坛的主导审美取向，是颇中肯綮的。这种研究方法，不是用现成的模式来套活的文学史实，而恰恰是从层积深厚的文学史土壤中提升出来的。譬如“气格”，作为诗歌的审美范畴，在中国古代诗学中也不是那么常用的，而且论者在用的时候，罕见有人作明晰的阐释，或者可以说，“气格”作为审美范畴也许还很难说是已经成熟的。忠谦在其书中则从金中期诗坛的特定文学史实出发，对于“气格”作了追本溯源的分析，并使大定、明昌诗坛上那些标举“气格”的篇什得以呈露出来。作者进一步揭示了这一时期诗歌创作“气格“的几个特征：地域性、主体性、圆融性。关于“自适”，作者指出其表现形式，又着重揭示其社会经济原因和民族原因，同时指出佛教、老庄思想对其产生的影响所在。第五章《诗歌艺术特征论》对于这一时期丰富繁多的诗歌现象作了全方位的探查，指出大定、明昌诗坛在体裁方面的多样性和体式方面的丰富性。体裁指大的诗体分类，如古体诗、近体诗和楚辞体诗歌等；体式则是指具体的诗歌表现样式，如回文体、集句体、连珠体、寓言体、渔父体、天随子体等，这种体裁和体式的艺术分析，使是书对大定、明昌诗歌创作的描述更为深入、更具本体特色。但是，这里面也还有可以商量的地方，如回文体和集句体等和渔父体及天随子体是不是在同一个平面上的，前者更多的是体现为技巧的性质，后者则是特殊的风格。是书对大定、明昌诗歌所做的意象分析是非常细致的，也是充分反映了金中期诗坛的创作成就的。作者将金中期诗坛的诗歌意象分为山水意象、香草意象和动物意象以及“残缺”意象等，并对这些意象进行了颇具理论色彩的分析，如论“香草”意象的主体性特征、女性化特征和对象化特征，等等。第七章《诗歌因革论》，则是探讨了大定、明昌诗歌的继承与创新的因素所在，如对“陶谢风流”的继承，如“苏学盛于北”造就的诗歌风貌，如“以唐人为旨归”的诗学旨趣等。作者还专论了少数民族诗歌以及南北诗歌的互动等论题，都是从这一时期的诗歌创作的实践出发而生发的论题，因此，在这些全面具体而又具有理论深度的论述中，我们对金代诗史的中期阶段，有了一个全景式的而又深刻的印象，同时，也在这种研究中呈现出文学史的分期研究的成功范例。

忠谦原在山西大同工作，那里是辽金史和辽金文化最有根基的地方之一，忠谦以辽金为其研究对象已有多年；现在到了山城重庆执教，还是对辽金文学“情缘”不断，其科研项目和发表的文章主要的还在辽金文学方面，令我心存感佩。近些年来学术界瞩目于辽金文学研究的进展，这个领域已不再是文学史阵营中的“小萝卜头”了。无论是成果的数量或者研究水准，都在不断地呈现上扬的态势，很多博士生、硕士生都以辽金文学作为自己的研究方向或论文选题，研究队伍也在不断扩大，看到辽金文学会议上那么多洋溢着自信的青春面孔，我对我们从事的事业充满了希望和信心。这不仅是辽金文学研究的兴盛发达，且更是伟大时代和国家为我们社会科学工作者所创造的美好机遇。当下的辽金研究成果,较之以往更加深入和细微,同时又具有更多的理论含量。作为这个研究队伍中的一员,我由衷地欣喜。

忠谦的这部专著,体现了辽金文学研究的当下进展,是可以给同仁们一点惊喜的。忠谦比我年轻许多,可以期许在学术研究上令人刮目相看的前景。

这也是我对辽金文学研究同仁的期许吧。

中国传媒大学审美文化研究所 **张　晶**

写于2009年京华深秋之时

目录

绪　论

金代是北方女真贵族建立起来的政权，有一百二十多年的历史，而金代文学是中国古代文学的重要组成部分。从20世纪后期开始，越来越多的学者致力于金代文学的研究，并取得了令人瞩目的成果，研究也逐渐向纵深发展。越来越多的学者逐渐注意到了金代文学的价值和在文学史上的地位，积极进行研究，成果丰硕。在金代文学批评史方面，周惠泉先生的《金代文学学发凡》；诗歌方面，张晶先生的《辽金诗史》、《辽金元文学论稿》和詹杭伦先生的《金代文学思想史》；词学方面，赵维江先生的《金元词论稿》、陶然先生的《金元词通论》皆属扛鼎之作。这些著作从宏观和微观方面对辽、金两代文学创作、文学思想和文学理论的发展进行了认真的梳理，填补了辽金文学研究的空白。专题研究也取得了很大进展。胡传志先生对于《中州集》的系列研究，刘达科先生对于《河汾诸老诗集》的专题研究，也都取得了不小的成绩。狄宝心先生的《元好问年谱》、王庆生先生的《金代文学家年谱》等，对金代作者的生平考订、文学交往等进行文献整理与研究，对金代文学研究提供了坚实的基础。

多数学者将世宗、章宗朝作为金代文学发展过程中的一段不可分割的特殊时期。笔者在学界达成共识的基础上，对这一时期的文学成就重新加以审视，希望能够得出进一步的认识。笔者认为，金代中期（世宗、章宗时期）诗坛标志着金诗的转变，主要是体现为：第一是文人心态的转变阶段；第二是国朝文派的创立阶段；第三是金代文学创作的成熟阶段。它在社会背景、文化政策、作家心态、创作题材等诸方面，都与金代前期（即借才异代时代）和卫绍王当政以后皆有很大的不同。因此本人将金代中期作为相对独立的一段时期加以考察，故本书着重探讨这段时期的诗歌创作。

一、金代中期的时代背景与民族特征

世宗之前的金初四朝，其诗人主要由辽、宋入金的作家群所构成。由宋入金的文人相对较多，著名诗人有宇文虚中，张斛、滕茂实、朱弁、洪皓、蔡松年、高士谈、吴激、马定国、祝简、孙九鼎、施宜生、刘著和晁会等。他们的经历和庾信相似，诗风也显示出南北融合的特点。他们的诗歌本是宋诗的移植，但由于不同的地域背景、文化氛围的影响，已经具有一些北方文学的雄豪特色，表现出由宋诗向金诗过渡的特征。他们在客观上充当了文化传播的使者，其创作为日后金诗的发展奠定了基础。此时，在中原文化的影响下，女真皇族中产生了以完颜亮为代表的一些诗人。总的来说，这一时期（即借才异代时期）诗坛的引导主题由两大基调组成，即抒发去国怀乡的悲凉情思和崇尚高情远韵的隐逸心态。宇文虚中和吴激等人代表前一种倾向，蔡松年代表后一种倾向。

金世宗登基标志着金朝进入和平、稳定的发展时期。随着金朝对汉文化的主动接受，生活在金国的各族人民在文化上互相吸收、融合，代表金诗特色的“国朝文派”诞生。大定时期形成的“国朝文派”又称“中州文派”或金源文派。这一称谓最早由金中期文学家萧贡提出，后得到元好问的确认。“国朝文派”是元好问针对金初“借才异代”时期主要由宋儒一统文坛的情况而提出的，其实质是要确立金朝自己的文学地位。

元好问《中州集》卷一《蔡珪小传》中云：“国初文士如宇文太学、蔡丞相、吴深州等，不可不谓之豪杰之士，然皆宋儒，难以国朝文派论之。故断自正甫为正传之宗，党竹溪次之，礼部闲闲公又次之，自萧户部真卿倡此论，天下迄今无异议。”由元好问这段记载来看，“国朝文派”的提出并非出自偶然，而是有一定的权威性。倡此说者萧贡（公元 1158—1223 年），历仕世宗、章宗两朝，在文学、政事上有突出贡献和影响。元好问曾评价萧贡说："泰和、大安之间，名德雅望，朝臣无出其右。"（《萧斋诗序》）萧贡诗文成就也很大，元好问称其"不减前辈蔡正甫。"[①]这样看来，"国朝文派"由著名官员兼学者的萧贡提出，说明这种说法在当时具有很大的代表性。再加上金末元好问加以确认、总结，使得"国朝文派"在文学史上更是客观存在的事实。

张晶先生《辽金元文学论稿》一书列有专篇《"国朝文派"：金诗的整体特征》，对"国朝文派"有专门论述[②]。张晶先生明确指出了"国朝文派"与文学史中一般意义上的文学流派的明显不同。他指出，"国朝文派"不是仅指金诗中某一流派，也不是指某一时期的创作，而是指金源诗歌区别于宋诗乃至于其他断代诗史的整体特色。它在这个层面上的内涵是很丰富的，同时又是动态发展变化的[③]。按照这一认识，"国朝文派"的发展脉络是从蔡珪开始，经过大定、明昌诗坛党怀英、王庭筠等"主盟风雅，提倡后学"[④]再经过贞祐南渡以后以李纯甫、赵秉文为代表的两大诗歌流派的努力，一直到金亡前后出现的"一座难以企及的高峰"——元好问。张晶先生认为，元好问的创作，恰恰是"国朝文派"的最佳代表。"如果说，其他诗人可以代表'国朝文派'的某一侧面或某一阶段，那么，元好问的诗歌创作，则使金诗上升到前所未有的高度，包容了'国朝文派'的全部内涵。他把诗的形式之美与内在的慷慨雄放之气熔炼得炉火纯青。"[⑤]

张晶先生分析了"国朝文派"的产生以及"国朝文派"的特殊性，同时张晶先生还特别论述了"国朝文派"发展过程中的几个重要阶段。其中金代中期是"国朝文派"的创派期。在这个阶段，在女真文化与汉文化的相互渗透、影响的社会背景之下，"国朝文派"正式形成。先后几位领袖人物和众多重要作家都各自形成了自己独特的风格。国朝文派

---

① 金·元好问：《中州集》卷五，四部丛刊初编本。

② 张晶：《辽金元文学论稿》，北京广播学院出版社 2004 年版，第 49－61 页。

③ 张晶：《辽金元文学论稿》，北京广播学院出版社 2004 年版，第 53 页。

④ 《金诗选·例言》。

⑤ 张晶：《辽金元文学论稿》，北京广播学院出版社 2004 年版，第 58 页。

"正传之宗"蔡珪的诗风突兀崛奇、豪宕峭健;"大定、明昌文苑之冠"①王寂的诗风清刻镵露、超逸健拔;而继蔡珪主盟文坛的党怀英(公元1134—1211年)的诗风则清脱冲淡、幽远极玄,体现了明昌文坛刚柔相济、清真淡宕的特色。这段时期的女真诗人中,世宗、章宗的诗歌成就亦很突出,其诗作词藻典丽雍容,帝王气味极浓,在宫廷诗人中滋长了追求尖新、浮艳风气的不良倾向。这时还出现了很多道士诗人,如王嚞、马钰等。总的来看,金代中期的诗坛呈现出清刚雄健、贞刚质实的面貌。同时由于社会经济的发展,金前期蔡松年代表的创作倾向到世宗时成为诗坛的主导思潮。本时期诗歌基调又以歌颂升平景象和吟咏闲适生活为主。

金代中期"国朝文派"的出现,标志着金代诗歌以独立的面目出现在中国古代文学的发展历史中,在文学发展史上自有独特贡献。元好问有诗《甲午除夜》:"神功圣德三千牍,大定明昌五十年"。王恽《定羌李氏昆季三人系李游仙之裔同归三教走笔为赋》:"大定明昌五十年,一时文物说游仙。"王恽又有《雪舟夜语》诗:"大定明昌五十年,当时文物蔚中天。"②以上所引诗句皆用大定、明昌来涵盖世宗、章宗两朝实际从大定到泰和五十年的历史,而这正是笔者本书着重论述的"金代中期"的诗歌创作的时间跨度。这段时期之后,金朝国势逐渐衰微。金廷南渡前后,诗歌创作又逐渐活跃。诗坛由赵秉文、李纯甫主盟,并形成了两个不同的诗歌流派。赵秉文主张师法古人,强调多样化的风格。王若虚的文学思想与赵秉文相近,其《滹南诗话》论诗崇尚真淳而反对奇诡。李纯甫则另立一派,他论诗力主自成一家,诗风奇险雄肆,其《雪后》等诗,意象奇崛,光怪陆离,近于韩愈诗风。雷渊、李经、李汾等人的诗都有类似的风格特征。

二、"国朝文派"的文学渊源

"国朝文派"和传统的所谓诗学流派并不相同,并非指某一特定时

---

① 清·英和:《金文最·序》,中华书局1990年版,第2页。

② 均见元·王恽:《秋涧先生大全文集》卷第三十二,四部丛刊初编本。

期的文学创作流派，而是一个作家创作系统。这个文派是建立在北方文化基础上的地域性文学。它有自己的发展脉络和创作格局。他们的诗作与金初“借才异代”的诗人有较大的差异。元好问推崇吴激的词，称其为“国朝第一手”①，主要是从其文学成就来着眼的。而元好问尊蔡珪为“国朝文宗”②，主要原因是，元好问认为，蔡珪是国朝文派的第一位重要作家，是金朝文学的开山之祖。其后，党怀英继蔡珪主盟诗坛，成为明昌时期“国朝文派”的继承者和领导者，同时的重要作家还有王寂、刘仲尹、刘迎、赵沨、王庭筠、周昂、萧贡等一大批诗人，形成了金代文学创作的第一个高峰。继党怀英之后，南渡前后，赵秉文、杨云翼等又主盟文坛，直到金末元好问，这样就形成了具有金朝自己特色的“国朝文派”的作家系统。作为生活、生长在金朝的汉族诗人，他们的作品中已不再有对异族政权的拒斥倾向；艺术上虽然没有完全摆脱唐宋诗的影响，但从总体上看，他们的诗篇已形成了雄豪粗犷的北方地区民族文学的特质。

然而，“国朝文派”并没有脱离汉文化的影响。从近的方面来说，中州文派与借才异代时期诗人的关系非常密切。如蔡珪师从其父蔡松年，而对“国朝文派”有“指授之功”的孙九鼎则受金初吴激的称赏。从远的方面来讲，元好问又称“国朝文派”为“唐宋文派”，主要是强调金代文学合乎中国古代文章正统一脉。

赵秉文以先秦古文、汉之散文、唐之韩文、宋之欧文疏凿文章之正统。他认为：

> 先秦古文篆籀淳古简严，后世邈乎不可及已。汉之文章，温淳深厚，如折枯繇以为明堂之楹，驾騄骥以遵五达之衢，不忧倾覆，使人晓然，知治道之归。韩文公之文，汪洋大肆，如长江大河，浑浩运转，不见涯涘。使人愕然不敢睨视。欧阳公之文，如春风和气，鼓舞动荡，了无痕迹，使读之亹亹不厌。凡此

① 金·元好问：《中州集》卷一，四部丛刊初编本。

② 同上。

皆文章正也。

他继而指出，金代国朝文派的文统一脉，是以大定、明昌蔡珪、党怀英为主导："本朝百余年间，以文章见称者，皇统间宇文公，大定间无可蔡公，明昌间则党公。于时赵黄山、王黄华俱以诗翰名世，至论得古人之正脉者，犹以公为称首。"①赵秉文对党怀英的文学成就的肯定，其目的就是将党怀英纳入"文统"的范围，而元郝经称赞党怀英："一代必有名世人，瑰伟特达为儒宗。接续元气大命脉，主张吾道追轲、雄。"②更是将党怀英之文列入"道统"。其《遗山先生墓铭》评价"国朝文派"的顶峰——元好问时，突出强调元好问在继承"文统"和"道统"方面的贡献："诗自三百篇以来，极于李杜，其后纤靡淫艳，怪诞癖涩，寖以弛弱，遂失其正。二百余年而至苏黄，振起衰踣，益为瑰奇，复于李杜氏。金源有国士，务决科干禄，置诗文不为，其或为之，则群聚讪笑，大以为异，委坠废绝百有余年，而先生出焉。当德陵之末，独以诗鸣。上薄风雅，中规李杜，粹然一出于正，直配苏黄氏"③。按照郝经的看法，文章正统典范的代表上从先秦风雅开始，中到苏轼、黄庭坚，然后是盛唐李杜。而金代文统从蔡珪开始，经过党怀英，一直到元好问，从而完成了对于苏黄文统的继承。

金代文学是在北方文化的基础上，吸收了汉文学的丰富养料发展起来的，它也并没有脱离中国古代文学的发展轨迹。在谈到"国朝文派"的成就与影响时，只能将它放在中国古代文学的大背景之下来认识。金末元好问在《闲闲公墓铭》一文中，考察了唐、宋两代诗文的发展，并将金代文学也纳入了中国古代的文统与道统的发展轨迹：

> 唐文三变，至五季衰陋极矣。由五季而为辽、宋，由辽、宋而为国朝，文之废兴可考也。宋有古文，有词赋，有明经，柳、穆、欧、苏诸人，斩伐俗学，力百而功倍，起天圣，迄元祐，而后

---

① 金·赵秉文：《闲闲老人滏水文集》卷十一《翰林学士承旨文献党公碑》，四部丛刊初编本。

② 元·郝经：《陵川集》卷九《读党承旨集》，文渊阁四库全书本。

③ 元·郝经：《陵川集》卷三十五，文渊阁四库全书本。

唐文振。然似是而非、空虚而无用者，又复见于宣、政之季矣。辽则以科举为儒学之极致，假贷剽窃，牵合补缀，视五季又下衰。唐文奄奄，如败北之气，没世不复，亦无以议为也。国初因辽宋之旧，以词赋、经义取士，预此选者，选曹以为贵科。荣路所在，人争走之。传注则金陵之余波，声律则刘、郑之末光，固已占高爵而钓厚禄。至于经为通儒、文为名家，良未暇也。及翰林蔡公正甫出于大学大丞相之世业，接见宇文济阳、吴深州之风流，唐宋文派乃得正传，然后诸儒得而和之。

《北齐书·文苑传》中记载有沈约“自汉至魏，四百余年，辞人才子，文体三变。”的总结之言。元好问表面看是沿袭了沈约的自汉至魏“文体三变”的思维视角，实际上是指出了唐代韩愈以《庄》、《骚》、《史记》、司马相如、扬雄之文上承《易》、《诗》、《书》、《春秋》、《左传》为文章正统，排斥六朝以来的骈俪绮靡的创作倾向。元好问认为，唐代文学在经历了三次大的变革之后，到晚唐五代时，已文风萎靡，积弱不振。直至北宋诗文革新运动的兴起，经过欧阳修、苏轼等人的努力，才使古道复兴，唐文继起。然而北宋徽宗时期、以及北方的辽代，还有代辽而兴的金代初期，文风或空虚无用，或假贷剽窃，或投机钓誉，皆无可取。而世宗大定时期“国朝文宗”蔡珪的出现，才使得唐宋文统发扬光大。蔡珪等“国朝文派”的先行者们在和北方文化性格融合的基础上，继承了“唐宋文派”的优秀传统，使儒家道统得到传承和发扬。除受到沈约“文体三变”的思维影响外，元好问的观点显然是直接继承了唐宋以来古文家文统之说，并接续了北宋宋祁的“唐文三变”的观点，将“国朝文派”置之中国文学发展的大链条、大背景之中加以考察，以确立“国朝文派”在中国文学史上的地位，从而达到激浊扬清、正本清源的目的，并且显然是提升了金代文学的历史地位。

金代文学是北中国在少数民族政权下产生出来的文学，是中国古代文学的一个重要发展阶段，而金代中期又是金代文学的重要转折点。金代文化背景下培育出来的金代中期诗歌，既有北方文化的鲜明特征，又表现出中华文化孕育的成果,这主要表现在以下几个方面。

首先,在“国朝文派”形成时期出现的诗人,已不再有对少数民族政权的强烈的排拒倾向;艺术上受中国古代诗歌,特别是唐诗的影响,其中出现了一些现实主义的诗人,如大定初刘迎、后期周昂、史旭等,其诗歌体现了现实主义的创作精神。所以,赵秉文、元好问等将“国朝文派”纳入了中华文化的大一统的“文统”、“道统”的发展轨迹之中,显示出“以唐诗为旨归”的金诗发展脉络。

其次,蔡珪、党怀英、王庭筠、周昂等豪杰诗人构成金中期诗人队伍的主体,他们的作品已融合了南北诗风,不仅实现了诗歌主题由金初“宋朝文派”到“国朝文派”的转移,也促进了诗歌追求“气格”的、雄豪粗犷的北方文学特质。

第三,金代中期,诗歌创作表现出三种审美趋向。第一是由政治、宗教、哲学因素而形成的普遍性特征——尚自适;第二是由地理、历史、民族因素而形成的地域性特征——崇气格;第三是由文化、教育、艺术因素而形成的时代性特征——重典雅。这三个主要的特征,在一定程度上,是金代地域文化、家族文化和民族文化相结合的结果。大定末到明昌以后,随着社会的稳定、经济的发展,统治者有条件进行礼乐制度建设。朝廷形成的宴享之风,与胡汉士族的典雅生活追求融合为一,文人们中间也兴起浓厚的士大夫生活情趣,擅书法,喜绘画,带动了咏物、唱和、继韵、宫体等题材的诗歌的大量产生。在诗歌体式上,出现了集句、回文、连珠、寓言、渔父、天随子体等,丰富了诗歌的创作形式。这一时期的诗坛,诗人喜大量用典,体现了大定诗人学宋以才学为诗的倾向,体现出“苏学盛于北”的现象。反意用典,反映了文人价值观的时代特征与北方地域文化刚直、磊落的性格。组诗用典,折射出大定诗人的多元诗歌主题。女真皇族诗人完颜匡、完颜雍、完颜璋、完颜琦等的创作,表现出高度汉化的倾向,诗歌风格典雅、手法多样,但同时又保存着北方少数民族朴素、豪放的艺术表现,具有北方地域文化特征。

第四,金中期形成的自适诗风,与金代特殊的文化背景,如民族关系、朝廷党争等,有直接关系。文人的仕途空间受到压缩,一定程度上消解了传统的功名意识。客观社会因素激发了文人的佛、老思想以及陶渊明的“三径”情结，从而强化了大定、明昌时期的闲适风气。

第五，金中期，南宋与金朝的南北文化交流也比较频繁。通过官方和民间的往来，南北方的文献典籍（包括不少的诗文作品）相互渗入，为双方之间的相互了解提供了机会，也体现出中华大一统的国家观念。

钱穆先生在《中国文化史导论》中分析各个民族的接触、融合、统一的过程时指出：“第一期：从上古迄于先秦，这是中国民族融和统一的最先基业之完成。……第二期：自秦汉迄于南北朝。在此期间，尤其在秦汉之后，中国民族的大流里，又融汇许多新流，如匈奴、鲜卑、氐、羌等诸族，而进一步融成一个更新、更大的中国民族，这便是隋唐时代的中国人了。……第三期：自隋唐迄于元末。……第四期：直自满州入关至于现代。”[①]在钱穆先生论述的第三期中，金代的世宗朝及同时的南方宋孝宗朝时期，宋金关系进入了力量均衡、双方都不具备统一条件的相峙阶段，从而构成了中国历史上一个新的南北朝时代。如同魏晋南北朝时期的双方和东汉之后的三国一样，宋、金之争实质上是中国内部两个政权争夺正统地位的斗争。

本书以金中期社会、经济、文化的发展为背景，以当时女真政权的治国政策、文化政策、教育政策等作为研究视角，重点从审美论、艺术论、因革论等几个方面，对金代中期，即“国朝文派”形成时期的文学创作进行系统而深入的研究，对影响金代中期文学发展的走向做动态的考察。并采取历时性和共时性相结合的方法，从横向和纵向的维度来研究金代中期，也就是“国朝文派”产生与发展时期的诗歌内部特点及其发展变化。本文希望通过对比的方法，研究同时期南、北（宋、金）诗风的差异及其导致这种差异的原因。

① 钱穆:《中国文化史导论》，商务印书馆1994年版，第22页。

第一章　金代中期诗坛的文化背景

第一节　社会背景与文化政策

金世宗大定间,“国朝文派”正式创立。可以说,正是北方渔猎游牧文化和中原儒家农耕文化的相互渗透、相互影响,才促成了“国朝文派”的产生与发展,它有着非常浓厚的社会文化背景因素。正像张晶先生认为的那样:“任何时代的文学,总是在一定时代一定社会环境中激发产生的。社会文化心理成为文学与社会生活之间不可忽视的媒介。在金代,金诗是女真文化与汉文化互渗的产物。”①

一、社会文化背景

北宋后期,金兵南侵中原,宋军“皆望风奔溃,未尝有敢抗之者。”②在推翻北宋的统治后,金兵继续南下。南宋建炎三年十二月,兀术自杭州分兵至明州(今宁波)城下,浙东制置使张俊拒之,稍挫其锋。绍兴元年十月,兀术亲攻和尚原,陕西都统制出奇邀击,大破之,兀术身中两箭,仅以身免。四年三月,金陕西经略使撒离喝攻杀金平,为吴玠所败。三十一年十一月,宋中书舍人、都督府参谋军事虞允文以建康统制张振、王琪之军败金主完颜亮舟师于采石矶。完颜元宜弑海陵于扬州龟

① 张晶:《辽金元文学论稿》,北京广播学院出版社 2004 年版,第 61 页。

② 宋·李心传撰、徐规点校:《建炎以来朝野杂记》甲集卷十九,中华书局 2000 年版,第 499 页。

山寺，金兵北退。该年（金正隆六年）十月，金世宗即位辽阳，改元大定。世宗即位之初，就主张与宋议和，派高忠建为使至南宋语以罢兵，归还正隆所侵地。大定二年（公元1162年），宋孝宗即位，金又遣使报聘，且贺即位。但孝宗即位后，追复岳飞父子官爵，起用主战派大臣张浚、虞允文等，任命张浚为江淮东、西两路宣抚使，筹划北伐。世宗亦作两手准备。大定二年十一月，任命右丞相仆散忠义为都元帅，总戎事，都南京（今河南开封），节制诸军，任命左副元帅纥石烈志宁为副元帅，驻军淮阳。大定三年（公元1163年，南宋孝宗隆兴元年）初，南宋张浚进为枢密使，四月派濠州李显忠军、泗州邵宏渊军分道出兵北伐。金以纥石烈志宁为帅，击败宋兵。“符离之败”后，宋孝宗任命主和派大臣汤思退为相，和金签订“隆兴和议”。

“隆兴和议”的订立，标志着宋金军事对峙局面开始形成，也为南北双方迎来了安定的社会环境。此后三十多年，宋金未动干戈。恩格斯指出：“每一次由比较野蛮的民族所进行的征服，不言而喻地都阻碍了经济的发展，摧毁了大批的生产力。但是在长时间的征服中，比较野蛮的征服者，在绝大多数情况下，都不得不适应征服后存在的比较高的‘经济情况’，他们为被征服者所同化，而且大部分甚至还不得不采用被征服者的语言。”[①]金朝用铁骑和武力推翻了北宋的政权，并且占有了除原辽朝的版图之外的关中、汴洛、真定等原北宋地区统治的核心地区。在政治和军事上，金朝比建都在杭州的南宋政权更占有明显的优势。在入主中原的时候，由女真族建立起来的金代政权由于汉族文化的浸润，和女真贵族有意识的吸收和学习，使得北方文化由原始游牧文化向中原农耕文化转变。这个转变在金世宗时得以完成，金代“用武得国”被“以文治国”取而代之。

和我国古代其他的少数民族政权相比，金王朝有其自身特点。由于这个王朝诞生于当时中国多个王朝、列国、列部、列族并存的时代，是

① 恩格斯：《反杜林论》，《马克思恩格斯选集》第三卷，人民出版社1976年版，第222页。

我国封建社会后期出现的南北朝形式的“北朝模式”,我们同时也应该认识到,这一段时期是中华民族在变外为内,互转互变的过程中向中华一体演变发展的新时代;是社会形态从异域异俗走向同域同风时代的转型期;代表着中华民族大动荡、大碰撞、大融合、大进步、大变异的时代。

金初因辽之旧,文化基础极为薄弱。从辽代现存的文学作品来看,情况确实如此。据《全辽金诗》,辽代二百年来,诗人有姓名者仅六十家,再加上二十多位无名氏的作品,辽代诗歌数量总数为一百首左右,即使再加上当时因各种原因而散失的诗歌,其真实的数量也不可能很多,其诗歌队伍的主体是皇室成员,文化远未普及到社会下层。在此基础上,又由于社会动乱,金建国初期,统治者无暇全力顾及文事,文化发展也非常缓慢。《金史》卷八云:“盖自太祖以来,海内用兵,宁岁无几,重以海陵无道,赋役繁兴,盗贼满野,兵甲并起,万姓盼盼,国内骚然。老无留养之丁,幼无顾复之爱。颠危愁困,待尽朝夕。”太宗、熙宗、海陵王时,金朝文治逐渐具一定规模。《金史·文艺上》又云:“金初未有文字。世祖以来,渐立条教。太祖既兴,得辽旧人用之,使介往复,其言已文。太宗继统,乃行选举之法。及伐宋,取汴经籍图,宋士多归之。”

金朝的文化发展具有阶段性。有学者认为,以海陵贞元迁都为界,金代的文化发展分为前后两个阶段。前者为金源文化时期,后者则为金代文化时期。金源文化的地域代表类型是金上京会宁府文化;金代文化代表类型是金中都及河东南路平阳府地区的文化。这个观点有其合理处。金源文化以女真族政权最初发起到逐渐巩固时期的文化为代表,尽管其官僚人才以由辽入金、由宋入金的士人为主,但其表现特征仍以少数民族文化为主;它的地理特征,就是以上京会宁府为中心,以我国东北为辐射范围,同时延及中都和西京。这些汉族士人为金朝的文化建设和政权巩固,起到了积极的推动作用,为金代文化进入后一阶段奠定了较为坚实的基础。

刘祁《归潜志》卷十二云:金国初,“能用辽宋人材,如韩企先、刘彦能、韩昉辈也。及得天下,其封建废置,政令如前朝。典章法度,皆出于书生。至海陵庶人，虽淫暴自强，然英锐有大志。定官制、律令皆可观，又擢用人材，将混一天下。功虽不成，其强至矣。”在政权基本稳定之后，金初几位统治者皆注重文治，他们意识到文治在巩固政权、推动社会发展时的重要作用。熙宗曾云：“太平之世，专尚文物，自古致治，皆由是也。”①海陵对朝臣萧永祺云：“今天下无事，朕方以文治，卿为是优矣。”②说明金初女真贵族对文治的重视。

世宗至金末是金朝文化发展的第二段时期，其文化重心南移，汉化程度更加深入和广泛。当时，“南北无事之久，其崇文兴化宜矣。”③世宗即位后，采取了一系列有利于宋金稳定、经济发展的政策。在推动科举改革、重用儒士、选贤任能等方面，比世宗大定以前有了明显的进步。比如世宗采纳参知政事李石和独吉义的建议，仍定都中都，基本继承正隆官制，选官亦不限于女真贵族，契丹、渤海、汉人也可参与要职。渤海人李石由参知政事进为尚书令；契丹人移剌履道任尚书右丞、参知政事，进为平章政事；汉人石琚亦进为宰相。石琚上疏六事：正纲纪、明赏罚、近忠直、远邪佞、省不及之务、罢无名之役，世宗采纳了他的建议。《金史·石琚传》评价石琚辈为相，“不烦扰，不更张，偃息干戈，修崇学校，议者以为有汉文景风。此所以基明昌、承安之盛也”。刘祁《归潜志》卷十二又云：“世宗天资仁厚，善于守成，又躬自俭约，以育士庶，故大定三十年几致太平。”

大定文事之兴，也与其他一些大臣的作用关系密切。具有代表性的人物为李晏、完颜守贞等。大定五年，李晏 43 岁时，由卫州防御判官入为应奉翰林文字。过六年，摄太常博士。大定十二年八月，主持进士考试。该年赵承元为词赋状元，刘迎、孙铎、贾铉、郑谷等及第。策论进士则有徒单镒等。后贾铉、徒单镒官至宰相。其时人才渐盛，统治者以为是文运开启的先兆。《金史》云：大定十二年八月，“策试进士于悯忠

① 元·脱脱等：《金史》卷四《熙宗本纪》，中华书局 1997 年版。

② 元·脱脱等：《金史》卷一百二十五《萧永祺传》，中华书局 1997 年版。

③ 宋·宇文懋昭撰、崔文印校证：《大金国志校证》卷十八《世宗盛明皇帝下》，中华书局 1986 年版，第 248—249 页。

寺。夜半忽闻音乐声起东塔上，西达于宫。考官完颜蒲涅、李晏等以为文运始开，得贤之兆。”①

大定二十三年，李晏召为翰林直学士，兼太常少卿。“入翰林为学士，高文大册，号称独步”②。大定二十六年，擢吏部侍郎，再迁翰林侍讲学士。章宗立，改礼部尚书，兼翰林学士承旨。李晏又向章宗“乞委待制党怀英、修撰张行简更值进读陈言文字，以广视听”，得到章宗采纳。李晏任职礼部时，重视科举，倡明礼乐。“分诸道府试，复经义、设经童科，皆自致美发之。”又建议修曲阜孔子庙学、设制举、宏词科，收集增进唐代杜甫、韩愈、刘禹锡、杜牧、贾岛、王建；宋代王禹偁、欧阳修、王安石、苏轼、张耒、秦观等唐宋文人著作等。

被认为是金朝女真宰相中最贤者完颜守贞，喜读书，通法律，熟悉金朝典故。“时金有国七十年，礼乐刑政，因辽宋旧制，杂乱无贯。章宗即位，乃更定修正，为一代法。其仪式条约多守贞裁订，故明昌之治，号称清明。又喜推毂善类，接援后进”。③ 当时许多文人经过他的推荐而进入朝廷。不幸的是，完颜守贞因屡正言、有重望，后竟以直罢相。

在金初四朝的基础上，金代中期的社会、经济、文化等方面进入到一个新的发展阶段。正如《金史·文艺上》中所云：“世宗、章宗之世，儒风丕变，庠序日盛，士由科第位至宰辅者接踵。当时儒者虽无专门名家之学，然而朝廷典策、邻国书命，粲然有可观者矣。金用武得国，无以异于辽，而一代制作，能自树立唐、宋之间，有非辽世所及，以文而不以武也”。

二、科举政策及其文学贡献

金世宗时期，正是宋金隆兴和议签订之后两国三十多年的和平稳定时期。此时北方的女真统治者，为了巩固政权、发展经济，注重向历史上的中原汉族政权学习，实行以文治国的政策，推广儒教，实行科举，

---

① 元·脱脱等：《金史》卷二十三《五行》，中华书局 1997 年版。

② 金·元好问：《中州集》卷二，四部丛刊初编本。

③ 元·脱脱等：《金史》卷七十三《完颜守贞传》，中华书局 1997 年版。

放宽思想控制,使社会得到了很大的进步,同时带动了这一时期文学艺术的发展。

金中期在科举方面有很大发展。

世宗时期,“以儒立国”的建国政策,比较明显的举措体现在对科举的改革上,包括增加科举的类别,增设科考的地点,扩大录取的人数等。

关于科举的种类的增加。据李世弼《登科记序》的记载,金朝在天会元年开始设立科举,“有词赋,有经义,有同进士,有同三传,有同学究,凡五等。”又据《金史》卷五十一《选举志》记云:“金设科皆因辽、宋制,有词赋、经义、策试、律科、经童之制”。

世宗在原来的基础上,于大定十一年创设女真进士科,即只面向女真族而举行的策论科考试。大定二十八年,复经义科。章宗即位之初,又设制举宏词科,以待非常之士。

关于科举地点的增设。凡府试策论进士,大定二十年,定以中京、上京、咸平、东平四处。至明昌元年,添北京、西京、益都为七处。词赋、经义进士及律科、经童、府试之处,大定间有大兴、大定、大同、开封、东平、京兆六处,明昌初增辽阳、平阳、益都为九处。

关于科举录取人数的扩大。(天会)五年,因为河北、河东初降,所须官员缺额较多。为了补充地方官员的数量,金代实行南(汴京)北(中都)选。这是考虑到辽、宋之制不同,故金朝统治者下诏南北士子各因其素所习之业取士。海陵王天德年间,并南北选为一。大定四年敕宰臣,“进士文优则取,勿限人数。十八年,谓宰臣,文士有偶中魁选,不问操履,而辄授翰苑之职”。①

从太宗朝开始的科举考试,为金代的政权统治、文化建设提供了优质的人才。世宗、章宗朝,一些进士相继进入台阁,所谓“儒风丕变,庠序日盛,士由科第位至宰辅者接踵。”《金史》卷一百五记载有:“刘枢之练达,王翛之强敏于事,杨伯雄之善讽谏、工辞藻,萧贡、温迪罕缔达之文艺适时。之数人者,选用于正隆、大定、明昌间。……金源氏百余年,

① 元·脱脱等:《金史》卷五十一《选举志一》,中华书局1997年版。

所以培植人才而获其效者，于斯可概见矣。”其人才之盛，远非金初草创阶段可比。

科举的进行，带动了儒学的北移和文化的传播。当时会宁、燕京、辽阳、大同、平阳、开封等，皆为文化名邦。天德三年，海陵王于金内地会宁主持殿试，所取进士郑子聃、王寂、边元鼎、刘瞻、王元节、张大节、刘汲、蔡珪、乔扆、王邦用、雷思、王翰等，后皆成一代名士，或为宰辅大臣，或为文学大家。

科举的实施，同时也造就了亦官亦文的高素质的诗人队伍。以《中州集》为例，《中州集》共收当时256名作家二千一百余首诗词，并为254名作家立传。有官品的186人，约占总数的73%，其中丞相执政16人，六部尚书及下属官员22人，大司农1人，太常寺官员9人，御史台官员7人，翰林院官员35人。另外有秘书监、国史院、谏院、著作局、路都转运使、京巡警院使、盐使、府尹、节度使、防御使、刺史、亲王府属官等州以上机构官员55人，县以下机构官员19人①。元王恽引李世弼《登科记序》云：金朝“登科，显官升相位，及名卿士大夫，间见迭出，代不乏人，所以翼赞百年。如大定、明昌五十余载，朝野闲暇，时和岁丰，则辅相佐佑，所益居多。科举亦无负于国家矣！是知科举岂徒习其言说，诵其句读，摛章绘句而已哉？篆刻雕虫而已哉？固将率性修道，以人文化成天下。上则安富尊荣，下则孝弟忠信，而建万世之长策，科举之功不其大乎？”②陈衍《金诗纪事·凡例》亦指出：“金代诗人，多出科举”。元好问亦云：“维金朝大定已还，文治既洽，教育亦至。名士之旧与乡里之彦，率由科举之选。父兄之渊源，师友之讲习，义理益明，利禄益轻，一变五代辽季衰陋之俗”③。科举考试为青年士子开启了通往仕途之

---

① 见张博泉、程妮娜、武玉环：《〈中州集〉与〈金史〉》，《辽金史论集》第三辑，书目文献出版社1987年版，第262页。

② 元·王恽：《秋涧先生大全文集》卷第九十七，四部丛刊初编本。

③ 金·元好问：《遗山先生文集》卷第十八《内相文献杨公神道碑铭》，四部丛刊初编本。

门，有机会“为名臣、奇士、以千载自任”[①]，实现自己的人生价值。天德三年，王寂二十多岁及第，“交游饮博皆一时豪俊”。后来回忆起来，仍心情激荡：“忆昔登科正妙年，鞭笞龙凤散神仙。金钗赏酒春无价，银烛呼卢夜不眠。”李澥中试后，亦有“姓名偶脱孙山外，文字幸为坡老知”之语（《归潜志》卷三）。

科举促进了中原儒家文化的北移，也为金代诗坛提供了高素质的诗歌创作队伍。

第二节 文化思想的转变

一、金世宗的史鉴意识

作为北方胡族贵族首领，金代统治者自然持有保守的文化政策，在保护女真族作为北方游牧民族纯朴尚武方面不遗余力。但是世宗、章宗时期又是中国历史上，儒学文化在北方传播最为广泛、最为深入的时期。这其中就包括对于中原传统儒家思想的文化开放意识、对于中原历史经验的文化借鉴意识。

金世宗为金代著名政治家。其居安思危、深谋远虑，具有强烈的忧患意识；虚心纳谏、从善如流，具有鲜明的进取意识；尊重生命、以人为本，具有可贵的人道精神；克勤克俭、身先垂范，具有廉洁的为政风格；选贤与能、尊重人才，具有开明的人才战略。这些皆源自金世宗的史鉴意识，而世宗强烈的史鉴意识终造就金朝一代最辉煌的时期。

世宗之前的金初四朝，经历了由金灭北宋到完颜亮大规模南侵，金朝的政权建设、制度建设、文化建设等，皆无由集中精力去顾及。世宗即位后，与南宋签订了《隆兴和议》，为金代提供了和平、安定的机遇，从

① 金·元好问：《遗山先生文集》卷第三十七《兴定庚辰太原贡士南京状元楼宴集题名引》，四部丛刊初编本。

而使得金代进入了一个相对稳定、繁荣的发展时期。这时候，了解历代政权的盛衰兴替、朝政得失，学习古代明君贤臣的治国之道，总结历史经验、吸取历史教训，使国家尽快走进和平、健康的发展道路，成为世宗面临的重要任务。《易·系辞传》所谓："君子安而不忘危，存而不忘亡，治而不忘乱，是以身安而国家可保也。"可以说，以史为鉴作为金世宗实现治国理想的重要途径，比较全面地体现在他的治国方针当中。

第一，树立兼览博照、开卷有益的历史观。世宗认为"唐、虞之圣，犹务兼览博照，乃能成治。"[①]上古唐尧、虞舜，之所以能够开创政治清明、人民康乐的时代而成为圣帝贤君，是因为他们注重广泛吸取以前的历史教训，继承古人的治国经验。出于这样的认识，世宗非常重视史籍的价值，并把对唐、虞之圣的崇敬与唐、虞之治的追慕，进一步转化为博览史传的自觉的行为，从自己做起，大量阅读史籍。他认为自己"于圣经不能深解，至于史传开卷则有所益"[②]从古代人物、历史事件当中，吸取正反两方面的经验教训，获取对自己的统治有价值的东西。他在看完《资治通鉴》后，称赞司马光"编次累代废兴，甚有鉴戒"[③]，并于大定二十年（公元1180年）十月，将善于应对的该博老儒、校书郎毛麾除以太常职事，以备讨论。第二，尊重、重视史官的作用并强调官员的史鉴意识。世宗尊重史官、信任史官，主动与史官配合、支持史官行使职责的权利，发挥史官特殊的劝谏、建言的辅政作用。世宗说："史官记人君善恶，朕之言动及与卿等所议，皆当与知，其于记录无或有隐，可以朕意谕之"[④]。与宰臣议事时，世宗要求请记注官在场记录，打破了以前不许记注官在事发当场作记录的惯例。这种大胆的改革来自于世宗对古代贤明君主的学习。他曾对大臣石琚和唐括安礼说："朕观《贞观政要》，唐太宗与臣下议论，始议如何，后竟如何，此政史官在侧记而书之耳。若恐漏泄几事，则择慎密者任之。"大定十八年，"朝奏屏人议事，记注官

---

① 元·脱脱等:《金史》卷六《世宗纪上》，中华书局1997年版。
② 元·脱脱等:《金史》卷八《世宗纪下》，中华书局1997年版。
③ 元·脱脱等:《金史》卷七《世宗纪中》，中华书局1997年版。
④ 同上。

不避自此始"[①]。世宗要求大臣直言无隐、而史官也能秉笔直书。第三，大量翻译史书，将史鉴意识推广到女真官僚阶层和知识阶层。世宗即位后，先后下诏以契丹文字、女真文字翻译历史典籍。大定初，世宗诏耶律履以契丹小字译《唐史》。"成，则别以女直字传之，以便观览"[②]。"大定四年，诏以女直字译书籍。五年，翰林侍讲学士徒单子温进所译《贞观政要》、《白氏策林》等书。六年，进《史记》、《西汉书》，诏颁行之"[③]。与对史籍的翻译与推广相配套，一些政策的制定保证了世宗以史为鉴的思想的贯彻与执行。大定二十六年，在亲军完颜乞奴的建议下，朝廷下令猛安谋克必须先读翻译成女真文字的经史后才能承袭，从而将掌握经史典籍作为女真贵族选官封荫的必备条件。

世宗的史鉴意识主要有以下几个方面的表现：

第一，尊重生命，反对淫刑肆虐、滥杀无辜，显示出世宗的人道情怀。

金立国之初，战乱频仍，社会动荡，统治者以及一些军队将领无视生命、滥杀无辜。北宋末，宗翰掳掠人口，锁之云中（今山西大同），或立价鬻之，或驱之于回鹘诸国以易马。宗翰不许这些被掠人口出城。因无以自活，"士大夫往往丐食于途。宗翰患贫民之多，恐致生事，遂以散米赈济为名，诱三千人出城，令甲兵坑之"[④]。金立国之后，有的统治者为了巩固自己的政权，不惜大开杀戒，甚至连同室宗亲也不放过。熙宗即位后，"淫刑肆虐，疑似滥诛"[⑤]。太祖子兖王宗隽、太宗之长子宋王宗盘、次曰虞王宗英、滕王宗伟，皆相继被熙宗杀害。至于海陵王，则登极之后，"以法驭下，勇于诛杀"。天德初，海陵王杀大臣宗本、唐括辩、宗美、秉德、宗懿及太宗子孙七十多人、宗翰子孙三十余人，诸王室五十

---

① 元·脱脱等：《金史》卷八十八《石琚传》，中华书局 1997 年版，第 1962 页。

② 金·元好问：《尚书右丞耶律公神道碑》，《全辽金文》。

③ 元·脱脱等：《金史》卷九十九《徒单镒传》，中华书局 1997 年版。

④ 宋·宇文懋昭撰、崔文印校证：《大金国志校证》卷六《太宗文烈皇帝四》，中华书局 1986 年版。

⑤ 宋·宇文懋昭撰、崔文印校证：《大金国志校证》卷十二《熙宗孝成皇帝四》，中华书局 1986 年版。

余人。正隆六年，杀辽耶律氏、宋赵氏子男共一百三十余人[①]。可谓是“初而篡君，继而杀母。背盟兴兵，构祸连年”[②]。

世宗即位后，“语及古今帝王成败之迹，大率以不嗜杀人为本”[③]。他将不嗜杀人看做是历代帝王能够成就功业的一个根本原因，见出世宗以人命为重的人道思想。秦王宗翰为金朝名将，奋身斩伐，立有大功，于金国贡献很大，但宗翰没有子嗣，世宗认为是宗翰在西京坑杀丐者千人而得到的报应[④]。他更强烈谴责海陵王的贪酷嗜杀。大定十二年十月，世宗对宰臣说：“天下大器，归于有德。海陵失道，朕乃得之，但务修德，余何足虑？”[⑤]可见世宗非常重视“仁”、“德”，反对动辄残酷镇压的野蛮行径，并以此强调自己夺取海陵王政权的合理性。世宗当政时，金朝北方时受外族侵扰，朝廷计划在边境深挖壕沟来进行防范。大臣李石、纥石烈良弼等建议“北俗无定居，出没不常，惟当以德柔之”，世宗接受二人的建议，放弃了原定的计划。世宗“宽仁爱人，雅有大度”[⑥]。即使在战争中，统兵为将，也决不妄杀一人，“特以仁厚，为士卒所推，敌人所爱”[⑦]。其仁爱之心影响到其他将领。在攻取东京辽阳的战役中，金将路元中“承檄风靡，入城之后不戮一人”[⑧]。世宗即位后，力主与金讲和，不肯轻启战端，戕害生命。皇子越王允升“每劝主南伐，混一天下，主不听”[⑨]。为了优恤牺牲的士兵家属，大定七年，世宗下诏，

---

① 元·脱脱等：《金史》卷五《海陵本纪》，中华书局1997年版。

② 宋·宇文懋昭撰、崔文印校证：《大金国志校证》卷十五《海陵炀王下》，中华书局1986年版。

③ 宋·宇文懋昭撰、崔文印校证：《大金国志校证》卷十七《世宗圣明皇帝中》，中华书局1986年版。

④ 元·脱脱等：《金史》卷六《世宗纪上》，中华书局1997年版。

⑤ 元·脱脱等：《金史》卷七《世宗纪中》，中华书局1997年版。

⑥ 宋·宇文懋昭撰、崔文印校证：《大金国志》卷十八《世宗盛明皇帝下》，中华书局1986年版。

⑦ 宋·宇文懋昭撰、崔文印校证：《大金国志》卷十六《世宗圣明皇帝上》，中华书局1986年版。

⑧ 同上。

⑨ 同上。

"往年兵士从征身殒阵场者,蠲其家租赋。"①大定十四年三月,世宗又下诏"猛安谋克之民,今后不许杀生祈祭。"②其宽爱仁慈、珍爱生命之心,甚至延及动物。

第二,主张节俭,反对大兴土木、奢侈腐化,反映出世宗廉洁的为政风格。

世宗即位前,"久典外郡,明祸乱之故,知吏治之得失"③。熙宗皇统间,世宗以宗室子例授光禄大夫、兵部尚书。海陵天德间,判会宁牧、大宗正事,改中京留守、济南尹。贞元初,为西京留守,三年改东京留守。这样的经历,使世宗深知民间疾苦,正如世宗自己所云:"朕尝历外任,稔知民间之事"④。所以他不愿因贪图自我纵欲享乐而增加人民负担,从而导致国力衰退、甚至败国亡家。而对于世宗来说,海陵王又是一个近在咫尺的反面典型。海陵王即位后,营南京宫殿,"运一木之费至二千万,牵一车之力至五百人。宫殿之饰,遍傅黄金,而后间以五采,金屑飞空如落雪。一殿之费以亿万计,成而复毁,务极华丽"⑤。再加上正隆间海陵王欲用兵江南,签名造船,聚糗粮、制军器,劳命伤财、荼毒百姓,种种恶行,连其母也深为忧虑:"民心必离,乱之端也。历代无道之主,皆亡国败家者,果有此行,其能免乎?"⑥而海陵王不仅不回心转意,反而恼羞成怒,遣人在宫中将其弑之。海陵王终因大兴土木、劳民伤财而遭遇被刺身死的可悲下场。这个惨痛的教训令世宗时刻警醒。大定初,有宫人称心因泄私愤,放火延烧了中都太和殿、神龙殿。之后有大臣建议重修被火宫殿,世宗明确指出:"正隆比年徭役,百姓疮痍未复,边事未息,岂遂有营缮也?"⑦

---

① 同上。

② 元·脱脱等:《金史》卷六《世宗纪上》,中华书局1997年版。

③ 元·脱脱等:《金史》卷八《世宗纪下》,中华书局1997年版。

④ 同上。

⑤ 元·脱脱等:《金史》卷五《海陵本纪》,中华书局1997年版。

⑥ 宋·宇文懋昭撰、崔文印校证:《大金国志》卷之十五《海陵炀王下》,中华书局1986年版。

⑦ 元·脱脱等:《金史》卷八十四《耨盌温敦思忠传》,中华书局1997年版。

世宗厉行节俭、反对奢侈的思想是始终一贯的。特别是他把反对奢侈荒淫与同情百姓苦难相结合,更见出思想当中的民本色彩。大定九年,世宗与臣僚论古今事,因曰:“朕虽处至尊,每当食,常思贫民饥馁,犹在己也”①。在考察了古代众多典型事例之后,世宗总结道,作为一国之君,首先应该体恤民情:“朕想前代之君,虽享富贵,不知稼穑艰难者甚多,其失天下皆由此也。”②。将不察民情、不恤民命与家国沦丧联系在一起。正因如此,世宗表示出对上古尧舜明君及以后那些崇尚纯朴节俭的君王的学习态度。他曾对秘书监移剌子敬等说:“昔唐、虞之时,未有华饰,汉惟孝文务为纯俭。朕于宫室惟恐过度,其或兴修,即损宫人岁费以充之,今亦不复营建矣!”③世宗善于吸取古代主张节俭、反对奢侈的正反两方面的经验教训。同时比较可贵的是,世宗并未停留在口头上,而是注意落实在行动中。大定元年,世宗下诏负责中都营建的都转运使左渊:“凡宫殿张设毋得增置,无役一夫以扰百姓,但谨围禁、严出入而已。”④金朝皇帝每年有幸金莲川之行。每次皆劳师动众、花费无算,“凡奉养之具,无不远劳飞挽,越山踰崄,其费数倍”⑤。梁襄作《谏幸金莲川疏》,“世宗纳之,遂为罢行”⑥。并为作表彰,擢梁襄礼部主事,太子司经,选为监察御史。世宗之所以务朴崇简,反对劳民伤财、好大喜功,就是与他关注百姓福祉、同情民生困苦相联系的。在对待佛老神仙、长生不老的态度上,世宗也能从民生的角度来思考取舍。世宗称自己“至于佛法,尤所未信”⑦。大定十九年三月又对宰臣说:“人多奉释老,意欲徼福。朕蚤年亦颇惑之,旋悟其非。且上天立君,使之治民,若盘乐怠忽,欲以侥幸祈福,难矣!果能爱养下民,上当天心,

---

① 元·脱脱等:《金史》卷六《世宗纪上》,中华书局1997年版。
② 元·脱脱等:《金史》卷八《世宗纪下》,中华书局1997年版。
③ 元·脱脱等:《金史》卷六《世宗纪上》,中华书局1997年版。
④ 同上。
⑤ 元·脱脱等:《金史》卷九十六《梁襄传》,中华书局1997年版,第2137页。
⑥ 同上。
⑦ 元·脱脱等:《金史》卷六《世宗纪上》,中华书局1997年版。

福必报之。”[①]表明世宗始终以现实为怀、以民生为怀的可贵思想。

对于古代那些典型的历史教训，世宗不仅时时对照、自我警醒，而且注意传之后代，使其辨明兴衰之由、败乱之迹，从而免其重蹈覆辙。北宋徽宗为建龙德宫，派“六贼”之一朱勔在江南一带大肆搜刮珍奇异宝、名花古木，甚至拆墙破屋、敲诈勒索，弄得民不聊生、怨声载道。宣和年间，艮岳山、龙德宫既成，徽宗还自为《艮岳记》。“徽宗建龙德宫成，命待诏图画宫中屏壁，皆极一时之选。”[②]龙德宫、艮岳皆北宋亡国之君宋徽宗所造，“山水美秀，林麓畅茂，楼观参差”[③]，堪称湛湎荒淫，穷奢极欲的象征，更为北宋败亡之源。世宗专门请画家将艮岳等图之于京师东明园芳华阁，“以为戒”[④]。可惜后代统治者不知世宗的良苦用心。承安三年冬，章宗赏菊于东明园，登阁见屏间画宣和艮岳，问内侍余琬曰：“此底甚处？”琬曰：“赵家宣和帝运东南花石筑艮岳，致亡国败家，先帝命图之以为戒。”宸妃非常恼怒，辩解道：“宣和之亡，不缘此事”云云[⑤]。又章宗忘记世宗遗训，“颇好浮侈，崇建宫阙”。尝与宸妃同辇过御龙桥，见石白如雪，“归而爱之，白国主，于苏山辇至，筑岩洞于芳华阁，凡用工二万人，牛马七百乘，道路相望”[⑥]。致国力损耗、民怨鼎沸，“金源氏从此衰矣！”[⑦]

第三，广言纳谏、选贤任能，反对奸佞弄权，说明世宗具有鲜明的进取意识。

广言纳谏、选贤任能，是体现一个开明的封建君王治国方略的重要举措。金创业、立国之初，太祖、太宗皆注重选贤任能、励精图治，使金朝政权得以巩固发展。到了熙宗、海陵王时，他们虽然也重视历史的经

① 元·脱脱等：《金史》卷七《世宗纪中》，中华书局1997年版。

② 宋·邓椿：《画继》卷十，文渊阁四库全书本。

③ 元·脱脱等：《宋史》卷八十五，中华书局1977年版。

④ 宋·宇文懋昭撰、崔文印校证：《大金国志》卷之十九《章宗皇帝上》，中华书局1986年版。

⑤ 同上。

⑥ 同上。

⑦ 元·脱脱等：《金史》卷十二《章宗纪四》，中华书局1997年版。

验教训，但并没有运用、贯彻到实际行动当中。熙宗“即位以来，左右儒臣谄谀成风，禁卫尊严，后宫盛色，而旧日元勋将相，多所疏摈。”[①]海陵当政后，“杜塞言路，天下缄口，习以成风”[②]。世宗即位后，学习古代圣君贤相的治国之道，吸取古代，特别是前朝熙宗、海陵王的教训，广开言路，虚心纳谏。大定二年，世宗对大臣李晏等说，“朕常慕古之帝王，虚心受谏。卿等有言即言，毋缄默以自便。”[③]该年谏议大夫、吏部侍郎石琚奉命详定制度，石琚上疏六事，“大概言正纪纲、明赏罚、近忠直、远邪佞、省不急之务、罢无名之役”[④]。世宗嘉纳之，并迁石琚吏部尚书。大定十三年八月，又诏策女真进士，“问以求贤为治之道”[⑤]。世宗希望臣僚“事有利害，可竭诚言之”，希望借此对自己的执政思想、执政措施提供实际的帮助。所以对于那些遇事畏缩、紧要关头却缄默不言之人，世宗表示“不欲观之矣”[⑥]。世宗赞赏古代那些敢于直言无隐、甚至敢于犯颜直谏的诤臣，并努力为大臣营造宽松的语言环境、舆论环境、智力环境，展现出一位胸怀开阔、目光远大的政治家的风范，和之前心胸狭窄、喜挟私报复的熙宗、海陵王截然不同。在这方面，世宗不无自豪地对宰执说：“朕自即位以来，言事者虽有狂妄，未尝罪之。”[⑦]纵观《金史》，世宗确实能够做到这一点。

世宗广言纳谏，但又善于识别浮辞谄谀，不偏听偏信。这也是世宗从史籍中得到的体会。大定十九年三月，世宗与宰臣论史事时云：“朕观前史多溢美，大抵史书载事贵实，不必浮辞谄谀也。”大定二十一年，世宗对宰臣云：“朕观自古人君多进用谗谄，其间蒙蔽，为害非细，若汉明帝尚为此辈惑之。朕虽不及古之明君，然近习谗言，未尝入耳。至于

---

① 宋·宇文懋昭撰、崔文印校证：《大金国志》卷十二《熙宗孝成皇帝四》，中华书局1986年版。

② 元·脱脱等：《金史》卷九十五《移剌履传》，中华书局1997年版。

③ 元·脱脱等：《金史》卷六《世宗纪上》，中华书局1997年版。

④ 元·脱脱等：《金史》卷八十八《石琚传》，中华书局1997年版。

⑤ 元·脱脱等：《金史》卷九十九《徒单镒传》，中华书局1997年版，第2185页。

⑥ 元·脱脱等：《金史》卷八《世宗纪下》，中华书局1997年版。

⑦ 同上。

宰辅之臣,亦未尝偏用一人私议也。”[①]中国历史上,由外戚专权、后妃弄色导致的朝政腐败、国家败亡不乏其例,教训深刻。世宗一朝基本没有出现外戚、后妃结党营私、操弄朝政的现象,这也与世宗强烈的史鉴意识不无相关。大定十九年三月,世宗与宰臣论史事时指出:“奸邪之臣,欲有规求往往私其党与,不肯明言,托以他事。阳不与而阴为之力。朕观古之奸人,当国家建储之时,恐其聪明不利于己,往往风以阴事,破坏其议。惟择昏懦者立之,冀他日可弄权为功利也。”[②]世宗元妃李氏之父南阳郡王李石有定策之功,深为世宗器重。世宗刚即位就升李石为户部尚书,不久拜参知政事。后李石因冒粟之事,被世宗降为御史大夫。户部尚书梁銶因受牵连,也被削官四阶。世宗深知“祸起细微,奸生所易”[③]的道理。李石以勋戚,久处腹心之寄,即使有小过,世宗亦假以辞色,及时督责提醒。对元妃李氏,世宗也严格要求,并特别“责成左右丞相以下,妃虽贵,不得预政”[④]。

世宗注重整肃纲纪,宽严相济。他对身边宰臣说:“帝王之政,固以宽慈为德,然如梁武帝专务宽慈,致纲纪大坏。朕尝思之,赏罚不滥即是宽政也,余复何为?”[⑤]虽然如此,为了避免官员结党营私、操弄朝政,在选贤任人方面,世宗严格人才的标准,就是首先必须要讲求仁义道德,做到先德后才。世宗说:“与正人同处,所知必正道,所闻必正言,不可不慎也。今原王府官属,当选纯谨秉性正直者充,勿用有权术之人。”[⑥]世宗认为:“人之有干能,固不易得,然不若德行之士最优也。”[⑦]后来宣宗朝大臣高汝砺就指出:“其心不正而济之以才,所谓虎而翼者也,虽古圣人亦未易知。”[⑧]而要进行德教,当首选儒家“经籍”。所以大

① 同上。
② 元·脱脱等:《金史》卷七《世宗纪中》,中华书局 1997 年版。
③ 汉·班固:《汉书》卷八十五《谷永传》,中华书局 1975 年版。
④ 元·脱脱等:《金史》卷六十四《后妃下》,中华书局 1997 年版。
⑤ 元·脱脱等:《金史》卷八《世宗纪下》,中华书局 1997 年版。
⑥ 同上。
⑦ 同上。
⑧ 元·脱脱等:《金史》卷一百七《高汝励传》,中华书局 1997 年版。

定二十三年九月，当译经所进所译经书时，世宗谓宰臣说："朕所以令译《五经》者，正欲女直人知仁义道德所在耳！"[①]说明世宗对官僚队伍既注重赏罚严明、严格管理，又注重德育教化，这是世宗大定时期社会发展的重要原因。元苏天爵云："世宗初年，守循良者升之，贪污者诛之，询试详密，赏罚严明。其致治之盛、感民之深，岂偶然欤？"[②]所言当不为虚。世宗深知人才的重要性。大定二十六年，世宗对宰执云："齐桓，中庸主也，得一管仲，遂成霸业。朕夙夜以思，惟恐失人。"[③]在世宗执政期间，"举贤之急、求言之切，不绝于训辞。"[④]由于注重选贤任能，先后有李石、石琚、翟永固、苏保衡、张汝弼、张汝霖、纥石烈良弼、完颜襄等名臣进朝辅佐，各尽其能，使金朝社会有了更快的发展。

大定时期君臣可谓相得。世宗谓宰执曰："君臣无疑，则谓之嘉会。"[⑤]"当言而不言，是相疑也。"[⑥]世宗曾说："唐太宗，明天子也，晚年亦有过举。朕虽不能比迹圣帝明王，然常思始终如一。"[⑦]世宗思想中体现出政治伦理和实践理性精神的一贯性。儒家的人道民本思想，在金中期文化思想上和统治制度上得到保证。和谐互动的君臣关系，促进了金朝社会的快速发展。章宗及章宗之后的几位帝王，也注意到了史鉴的重要性。章宗凡事皆依唐宋之制，上任之初，就"命学士院进呈汉、唐便民事，及当今急务"[⑧]。又"诏有司稽考典故，许引用宋事"[⑨]。又"数问群臣汉宣综核名实，唐代考课之法"[⑩]。

女真统治者以史为鉴所体现出的生命意识、民本意识、忧患意识、进取意识等，主观上是为了维护并巩固女真统治政权，但在客观上，反

---

① 元·脱脱等：《金史》卷八《世宗纪下》，中华书局1997年版。
② 元·苏天爵：《滋溪文稿》卷四，文渊阁四库全书本。
③ 元·脱脱等：《金史》卷八《世宗纪下》，中华书局1997年版。
④ 同上。
⑤ 同上。
⑥ 同上。
⑦ 元·脱脱等：《金史》卷八十三《张汝霖传》，中华书局1997年版。
⑧ 元·脱脱等：《金史》卷九《章宗纪一》，中华书局1997年版。
⑨ 元·脱脱等：《金史》卷十二《章宗纪四》，中华书局1997年版。
⑩ 同上。

映了人民的心声，符合历史潮流，纾解了金代非常复杂的民族矛盾和阶级矛盾，使社会经济得到了迅速的恢复和发展。世宗即位之后，“南北讲好，与民休息。于是躬节俭，崇孝弟，信赏罚，重农桑，慎守令之选，严廉察之责。”尽管世宗统治的30年间，曾发生过多次的人民起义或暴动，但总体来看，如史书所讲，“当此之时，群臣守职，上下相安，家给人足，仓廪有余，刑部岁断死罪或十七人或二十人，号称‘小尧舜’”[①]。大定间诗人景覃《天香》词云：“田瑞安闲，东邻西舍，准拟醉时欢适。社祈雩祷，有箫鼓，喧天吹击。”[②]在一定程度上反映了大定时期安乐、祥和的社会面貌。据《金史·食货志》载：大定初年，金朝的总人口只有三百余万户，到了大定二十七年，人口户数增长了一倍多，达6,789,449户，而到章宗泰和年间，总人口则增长到八百余万户。从人口增长的数字来看，大定、明昌时期的社会发展达到了繁荣时期。

二、文化开放政策

（一）儒学方面

对儒学的吸收推广，是女真政权汉化政策的一个主要部分。除科举选官外，金代的典章制度、吏司设置、宫廷仪礼等，都有意吸取中原汉族封建统治的经验，而他们对儒家思想的吸纳，在客观上加速了他们汉化的过程。

金朝统治者的文化开放政策首先表现为对儒学思想的吸收和利用。通过积累儒学文献、尊孔建庙、重用孔子后人、将儒家经典列入科举考试等具体措施来进行儒学宣传，扩大儒学的影响。

女真族建立的金朝政权之初，就对汉族文化充满仰慕之情。为了表示对孔子的崇敬和对儒学的宣扬，金朝也依前朝旧制，袭封孔子后人。北宋仁宗至和二年，封孔子47代孙孔宗愿为文宣公，寻改封为衍圣公[③]。金承宋制，天眷三年，诏加孔子49代孙孔璠承奉郎，袭封衍圣

① 元·脱脱等：《金史》卷八《世宗纪下》，中华书局1997年版。

② 金·景覃：《天香》，见唐圭璋编《全金元词》，中华书局2000年版，第53页。

③ 宋·范镇：《东斋记事》卷一，中华书局2006年版，第7页。

公,奉祀事[①]。璠卒,子拯袭封,加文林郎。天德二年,"定袭封衍圣公俸格,有加于常品,久之,加拯承直郎。拯卒,弟总袭封,加文林郎。"[②]金明昌初,章宗召孔子48代端甫至京师,特赐王泽榜及第,除将仕郎、小学教授,以主簿半俸致仕。承安二年正月,诏孔子后人元措兼曲阜县令,仍世袭。元措历事宣宗、哀宗,后入元朝。

金代立国之初,对于汉文献收集的主要途径,是在战争状态下的抢夺。天辅五年(公元1121年)十二月,太祖诏率大军以伐辽的内外诸军都统忽鲁勃极烈杲:"若克中京,所得礼乐仪仗图书文籍,并先次津发赴阙"[③]。太宗天会四年(公元1126年)十一月闰月,宗翰克汴州,宋帝奉表降。五年(公元1127年)四月,"以宋二主及其宗族四百七十余人,及珪璋、宝印、衮冕、车辂、祭器、大乐、灵台、图书,与大军北还"[④]。《靖康要录》记载:靖康元年(公元1126年)十二月二十五日,金人"入宋国子监取官书",二十八日,金人"取《秘书录》及所藏古器"(卷十四),二年二月初二,金人"图明堂九鼎,观之不取,止索三馆文集图书国子书版","又取太清楼书,皆黄帕牙签,载以太平车,凡百余"(卷十五)。靖康二年正月,宋金议和。金人以宋钦宗为人质,索要宋朝的"浑天仪、铜人、刻漏、古器、密阁、三馆书籍,监本印版、古圣贤图像、明堂辟雍图、皇城宫阙图、四京图、大宋百司并天下州府职贡令应、宋人文集、阴阳医卜之书",宋朝命"鸿胪卿康执权,少卿元当可、寺丞邓肃押道释经版;校书郎刘才、邵溥、宿国子监主薄叶将、博士熊彦诗、上官悟等五人,押监书印版,并馆中图籍送纳"(卷十五)。

到了金代中期,汉文献收集的主要渠道则是向民间搜讨。章宗泰和元年(公元1201年)冬十月乙酉,敕有司:"购遗书宜尚其价,以广搜访。藏书之家有珍惜不愿送官者,官为誊写。毕复还之,仍量给其直之

---

① 元·脱脱等:《金史》卷四《熙宗本纪》,中华书局1997年版。
② 元·脱脱等:《金史》卷四《熙宗本纪》,中华书局1997年版。
③ 元·脱脱等:《金史》卷二《太祖本纪》,中华书局1997年版。
④ 元·脱脱等:《金史》卷七十四《宗翰传》,中华书局1997年版。

半”[1]。

由于金朝的重视与不遗余力的收集，流入北方的中原典籍逐渐增多。从大定到明昌初期，典籍数量愈加丰富，典籍整理取得明显的成效。世宗时命官参校唐、宋故典沿革，“开详定所以议礼，设详校所以审乐，统以宰相通学术者，于一事之宜适、一物之节文，汇次编辑”，“至明昌初书成，凡四百余卷，名曰《金纂修杂录》。凡事物名数，支分派引，珠贯棋布，井然有序，炳然如丹”[2]。又《金史》中有“明昌五年二月丁酉，诏购求《崇文总目》内所阙书籍”[3]的记载。《崇文总目》乃宋朝景祐元年王尧臣等根据昭文、史馆、集贤三馆及秘阁所藏图书编定，几乎囊括了宋朝皇家所藏全部典籍。由此可见，章宗朝时，金皇家所藏宋代典籍（含经史子集四大类）已大体趋于完备。大量中原文献典籍的收集和整理，对儒学传播奠定了坚实的基础。

金朝统治者非常重视通过科举来进行儒学传播。金科举制度的设置，为儒学的传播开辟了一条重要的途径。辽金两国建国之初，仍实行传统的世选制，在官吏选拔上，注重血缘关系。“百官择人，必先宗姓”[4]。科举制度的实施，打破了由贵族垄断国家政权的局面。《金史·选举志》中云：“辽起唐季，颇用唐进士法取人”。金天会元年始设科举时，就将儒家经籍列入主要的养士、科举的内容。所学儒籍，皆用经典的注疏本。“凡经，《易》则用王弼、韩康伯注，《书》用孔安国注，《诗》用毛苌注、郑玄笺，《春秋左氏传》用杜预注，《礼记》用孔颖达疏，《周礼》用郑玄注、贾公彦疏，《论语》用何晏集注、邢昺疏，《孟子》用赵岐注、孙奭疏，《孝经》用唐玄宗注。”[5]章宗明昌元年正月，诏免乡试，府试“以《六经》、《十七史》、《孝经》、《论语》、《孟子》、及《荀》、《扬》、《老

---

① 元·脱脱等：《金史》卷十一《章宗纪三》，中华书局1997年版。
② 元·脱脱等：《金史》卷二十八《礼志一》，中华书局1997年版。
③ 元·脱脱等：《金史》卷十《章宗纪二》，中华书局1997年版。
④ 元·脱脱等：《辽史》第四十五卷《百官志一》，中华书局1996年版。
⑤ 元·脱脱等：《金史》卷五十一《选举志一》，中华书局1997年版。

子》内出题，皆命于题下注其本传”[1]。对于军队中儒学经籍的传播，金代统治者也采取了具体的措施。世宗朝时，彰德军节度使、参知政事梁肃奏云：“汉之羽林，皆通《孝经》。今之亲军，即汉之羽林也。臣乞每百户赐《孝经》一部，使之教读，庶知臣子之道。其出职也，可知政事。”世宗很干脆就同意了他的意见，并说：“善，人之行，莫大于孝，亦由教而后能。”[2]章宗泰和四年（公元 1204 年）冬十月丙申，“诏亲军三十五以下令习《孝经》、《论语》”[3]。

世宗非常重视儒学典籍的翻译。为了使儒学在本民族内得到更广泛的传播，辽金两代都重视经书的翻译，金代更是如此。世宗、章宗朝已达极盛。大定四年，诏徒单镒以女真字译书籍。五年，翰林侍讲学士徒单子温进所译《贞观政要》、《白氏策林》等书。六年，复进《史记》、《西汉书》，下诏颁行[4]。《金史》卷八《世宗本纪》记云：大定二十三年九月，译经所进所译《易》、《书》、《论语》、《孟子》、《老子》、《杨子》、《文中子》、《列子》及《新唐书》。章宗明昌二年三月，又置专门的机构“弘文院”，译写经书。经过大力的推广，儒家思想在女真范围内产生了深远的影响。不少女真族官员对一些儒家经典的理解非常熟练和深刻。世宗朝，完颜匡与陀满九住争论伯夷、叔齐之事，匡引孔子语“夷、齐求仁得仁”相辩。时显宗（世宗子，章宗父）在旁，叹曰：“不以女直文字译经史，何以知此？主上立女直科举，教以经史，乃能得其渊奥如此哉！”[5]称善者良久。

中原文化的核心是儒学。对儒学的推崇和传播，对辽金社会的发展起到了重要的推动作用。从主观来讲，统治者希望通过儒家思想中的伦理道德、等级观念以巩固自己的统治，但我们也不能否认其借助儒学破除荒蛮、落后的文化形态，追赶中原文明的客观事实。儒学的传播打通了游牧渔猎民族和中原农耕民族交往的桥梁。

---

① 同上。
② 元·脱脱等：《金史》卷八十九《梁肃传》，中华书局 1997 年版。
③ 元·脱脱等：《金史》卷十二《章宗纪四》，中华书局 1997 年版。
④ 元·脱脱等：《金史》卷九十九《徒单镒传》，中华书局 1997 年版。
⑤ 元·脱脱等：《金史》卷九十八《完颜匡传》，中华书局 1997 年版。

（二）佛道政策

作为草原游牧文化的主体，金代统治者基本上执行的是开放型的文化政策。多元思想并存，使文人在人生观、价值观上，有更多的个人选择和追求。

第一，佛教。

佛教在金朝非常流行。在女真族开国以前，佛教就从高丽、渤海等国传入。金国建立后，又继承了辽代故地社会盛行佛教的风习。其后金兵南进，攻略黄河流域地区，更是受到了宋地佛教的影响。

金初统治者偶尔表现出一些抑佛的言论和行为。太宗天会元年十月，“上京庆元寺僧献佛骨，却之。”①海陵王也曾对一些三品以上官员说：“闻卿等每到寺，僧法宝正坐，卿等皆坐其侧，朕甚不取。佛者本一小国王子，能轻舍富贵，自苦修行，由是成佛，今人崇敬。以希福利，皆妄也。况僧者，往往不第秀才，市井游食，生计不足，乃去为僧，较其贵贱，未可与簿尉抗礼。闾阎老妇，迫于死期，多归信之。”而对这些大臣一味崇佛表示不解。“卿等位为宰辅，乃复效此，失大臣体。张司徒（即张通古，字乐之——作者注）老成旧人，三教该通，足为仪表，何不师之？”②世宗称自己“至于佛法，尤所未信”③。大定十九年三月，世宗又对宰臣说：“人多奉释老，意欲徼福。朕蚤年亦颇惑之，旋悟其非。且上天立君，使之治民，若盘乐怠忽，欲以侥幸祈福，难矣！果能爱养下民，上当天心，福必报之。”④

不过，总的来看，金代帝室对佛教基本上是采取支持态度的，从太宗时期就开始进行崇佛的大型活动。传说太宗常于内廷供奉佛像，又迎旃檀像安置于燕京悯忠寺（今北京法源寺），并且每年还要设会、饭僧。天会年间，太宗命僧善祥于山西应州建净土寺，又为佛觉大师海慧在燕京建大延圣寺（以后金世宗时改名大圣安寺）。当时佛教的活动主

---

① 元·脱脱等：《金史》卷三《太宗本纪》，中华书局 1997 年版。

② 元·脱脱等：《金史》卷八十三《张通古传》，中华书局 1997 年版。

③ 元·脱脱等：《金史》卷六《世宗纪上》，中华书局 1997 年版。

④ 元·脱脱等：《金史》卷七《世宗纪中》，中华书局 1997 年版。

要集中在河北、山西等地。熙宗时期，金王朝的典章制度急速地汉化，对于汉人所信奉的佛教尤其表示尊崇。熙宗巡行燕京，见到名僧海慧（？—公元1145年），就邀他到首都上京（今会宁市），特建大储庆寺，请他做寺主。著名大师悟铢（？—公元1145年）也同受优遇，皇统中被任为中都右街僧录。

世宗执政时期是佛教发展的重要阶段。世宗对佛教采取有节制的保护政策，积极整顿教团，防止僧侣逃避课役，并严禁民间建寺，而世宗自己却喜欢巡游名山古刹，营建塔寺，优遇名僧。他在燕京建大庆寿寺，又在东京创建清安禅寺。他的生母贞懿太后出家为尼，又特别在清安禅寺别建尼院，增大寺塔。他对各大寺都赐田、施金、特许度僧，表示对佛教的支持。建大庆寿寺，曾赐沃田20顷，钱2万贯；重建燕京昊天寺，赐田百顷，特许每年度僧10人；又修建香山寺，改名大永安寺，赐田2000亩、钱2万贯；他的生母贞懿太后出家后住东京，特为创建清永禅寺，别筑尼院，由内府给营建费30万，寺成后更施田二百顷、钱百万，寺内僮仆多至四百余人，其富饶可想而知。章宗时期继世宗的统治方针，取缔宗教教团的法制更臻完备，严禁私度僧尼，并积极地规定由国家定期定额试经度僧，并限制各级僧人蓄徒的名额。

金代国祚虽短，但在佛教传播方面，如华严、禅、净、密教、戒律各宗都有相当的发展。其中禅宗尤为盛行，这可说完全受了北宋佛教的影响。本来黄河流域的中原一带，在金人未占领以前，禅宗的杨岐、黄龙二派已很兴盛。杨岐系克勤（公元1063—1135年）住汴京天宁寺，黄龙系净如（？—公元1141年）住济南灵岩寺，各弘宗风，为北方禅宗的两个重镇。金人占领中原以后，道询（公元1086—1142年）继承净如在灵岩寺弘法。汴梁则有佛日大弘法化，传法弟子圆性（公元1104—1175年）于大定间应请主持燕京潭柘山寺，大力复兴禅学。末期的万松行秀（公元1166—1246年），尤为金代著名禅师，为两河三晋的佛教徒所钦敬。万松行秀虽治禅学，撰《从容录》，而平时恒以《华严》为业，著有《祖灯录》、《请益录》、《释氏新闻》、《辨宗说》、《心经风鸣》、《禅说》、《法喜集》等。他兼有融贯三教的思想，常劝当时重臣耶律楚材以儒治国、以佛治心，极得楚材的称颂。

世宗大定之后，文人开始佛学研究，产生了一些在当时非常著名的佛学著作。章宗朝进士李屏山（公元 1185—1231 年），初宗儒学，后由儒学转向道教，又由道教转向佛教，曾师事万松行秀，著有《中庸集解》、《鸣道集解》，主张三教调和之说，“号中国心学，西方文教”①，他说：“学至于佛则无所学”，以为宋伊川诸儒“皆窃吾佛书”②，异常大胆地向两宋理学开战，以达到以佛为主的三教合一，把佛书抬高到儒、道之上。他撰《楞严经解》、《金刚经解》、《西方父教》诸篇，本于华严圆融无碍的主要思想，以佛教为中心，实践以禅为主体，这种走向三教融会的思想，代表了金代佛教的特征。

世宗自己也有崇佛的作品。他唯一留存的一首词《减字木兰花》，题为《赐玄悟玉禅师》，就表现出强烈的佛教氛围。从玄悟玉禅师给世宗的和词：“无为无作，认着无为还是缚。照用同时，电卷星流已太迟。非心非佛，唤作非心即是佛。人境俱空，万象森罗一境中。”来看，玉禅师对世宗的佛学思想还是肯定的。

第二，道教。

道教自东汉创立以后，流衍成许多宗派，有的尚方术，有的重符箓，有的主烧炼，由此而形成天师道、太平道、上清道等多种教派，“派欲分而迷欲远”③。唐宋以后，道教神仙思想产生了很大的变化。由原来的异人异缘、服药尸解、羽化成仙，转化为识性养命、度世救人、修炼内丹。金初的道教活动主要在山西、河南以及山东一带。山西云中道士张侍宸，道号元真子，又称金门羽客。北宋徽宗时，受任校勘神霄宝箓，并在汴京开坛设度，受赐东台真人。金初迎至云中，住持开元观。张侍宸弟子阎德源 7 岁从其师入禁中，奉敕住持云中开元观，并提点应州元清观。皇统间，提点中都十方大天长观，为皇太子设醮于王屋洞天。大定

① 元・脱脱等：《金史》卷一百二十六《李纯甫传》，中华书局 1997 年版。

② 元・刘祁撰、崔文印点校：《归潜志》卷九，中华书局 1997 年版。

③ 元・徐琰：《广宁通玄太古真人郝宗师道行碑》，李道谦《甘水仙源录》卷二，《道藏》本第 19 册，第 740 页。文物出版社、上海书店、天津古籍出版社 1988 年版。

时期，奉世宗命，就玉虚观传授法箓。

熙宗、海陵王、世宗时期，出现了一些道教派别。有萧抱珍（？—公元1166年），卫州（今河南汲县）人。天眷年间，创"太一教"。其教传嗣有秘箓法物，专以符箓济人。熙宗朝，名声大振。皇统八年（公元1148年），熙宗特召至朝廷，甚加礼敬，敕赐所居庵名为"太一万寿观"。刘德仁（公元1122—1180年），为大道教创始人。沧州乐陵（今山东乐陵）人。皇统二年（公元1142年）十一月，在山东淄川正式创立"大道教"。其教旨以"见素抱朴，少思寡欲，虚心实腹，守气养神"为主。坚持"自力耕桑"，"自庐而居、凿而饮、耕而食、蚕而衣，一切必出于己，一介不取于人。"和光同尘，知足不辱。主张"远势力，安贱贫，力耕而食，量入为用。"不言"飞升化炼，长生久视"之事。大定年间，诏刘德仁居京城天长观，赐号"东岳真人"。

王重阳在继承了全真派南宗五祖主张的基础上，糅合许多道教教义，又汲取了儒家和佛家的部分思想，逐步形成了一套内丹心性之学的道教理论，成为全真教创始人。全真教与其他道教宗派有不同之处，它的入世倾向从一开始就比较显著，因此它对当时一般社会伦理的影响直接而又深刻。山东邹县陈绎曾《重修集仙宫碑》碑文云："予闻全真之道，以真为宗，以朴为用，以无为为事，勤作俭食，士农工贾因而器之，成功而不私也。……在金之际，中原板荡，南宋孱弱，天下豪杰之士，无所适从。……而重阳宗师长春真人，超然万物之表，独以无为之教化有为之士，靖安东华，以待明主，而为天下式。"①袁桷《野月观记》亦记云："北祖全真，其学首以耐劳苦、力耕作，故凡居处饮食，非其所自为不敢享。蓬垢疏粝，绝忧患美慕，人所不堪者能安之。"②

全真教和魏晋六朝符箓、丹鼎等道教派别不同，不以符箓金丹求仙，重视修炼内丹，突出了养生之学；同时它"无头陀缚律之苦"，并不避弃人间，一味苦行，因此很自然地转向适世的观念和清净自在的人生追

① 转引自陈垣：《南宋初河北新道教考》，中华书局1962年版，第41页。
② 元·袁桷：《清容居士集》卷十九，文渊阁四库全书本。

求。全真教驱除了贵族宗教的色彩，而更具有平民化的倾向，这也可以说明全真教在一开始产生时，就获得了广泛的民众支持。元好问《紫微观记》云："贞元、正隆以来，又有全真家之教。咸阳人王中孚（嚞）倡之，谭、马、丘、刘诸人和之。本于渊静之说，而无黄冠禳禬之妄；参以禅定之习，而无头陀缚律之苦。耕田凿井，从身以自养，推有余以及之人。视世间扰扰者，差若省便然，故堕窳之人翕然从之。南际淮，北至朔漠，西向秦，东向海。山林城市，庐舍相望，什百为偶，甲乙授受，牢不可破。……贞祐丧乱后，荡然无纪纲文章，蚩蚩之民靡所趋向，为之教者独是家而已。"《大金国志》卷三十六也指出："金国崇重道教，与释教同。自奄有中州之后，燕南、燕北皆有之。"王嚞援儒入道，既体现了道教本身对前期符箓金丹之说过分荒诞难以取信世人的反省，也迎合了宋金之际、金元之际社会动乱时期士庶各个阶层的心理，以及人们追求隐遁避世、洁身自好的精神需要，因而获得广泛的传播，尤其是扩展了道教在士人中的影响。

余英时《士与中国文化》将全真教的产生作为中国新道教兴起的标志。[①] 新道教除全真教，还有真大道教、太一教、净明教。四教皆来自民间。新道教和当时的理学、禅宗鼎立而三，都代表着平民文化的新发展。

金代全真道士的诗歌创作在金代诗歌发展中占有较为重要的地位。阎凤梧、康金声先生主编《全辽金诗》收金代全真道教诗歌共 5039 首，占金诗总数 12036 首的 40%。在当时非宗教诗歌大量散失的情况之下，全真教诗歌基本上全部得到了保存，一直流传至今。王重阳及全真七子人均有集，亦均有诗词传世。其中王嚞、马钰、孙不二、王处一、刘处玄的传道与诗歌创作的主要活动时间在金代中期。全真诗派的作品题材大体可以包括宣教诗、丹道诗、咏物诗、写景诗、述怀诗等，主要是宣扬其三教合一、脱略形迹、性命双修等宗教教义。

儒、佛、道三家思想，自晋宋之际趋于融合，到唐宋以后逐渐形成三教合一的局面。金初王重阳创立的全真教、萧抱珍创立的太一教、刘德

① 余英时：《士与中国文化》，上海人民出版社 2004 年版，第 409 页。

仁创立的大道教，多提倡三教同源。在这些道教派别中，又以王重阳创立的全真教为代表。世宗大定时期是全真教发展的关键时期。大定七年以后，王重阳在山东建立了五个教会，一律冠以"三教"之名："三教金莲会"、"三教玉华会"、"三教三光会"、"三教七宝会"、"三教平等会"，全真教在继承道家清静无为和内丹炼气学说的基础上，又融合了佛禅心性之学以及佛教轮回报应、自度度他等思想教义，为道教文化赋予了新的内涵。

第三节　诗歌主题的变奏

与金初四朝的诗歌相比，金代中期诗歌主题有了很大的转变。

金初属于借才异代的文化移植期。诗人的遗民心态、南冠心态比较突出。《中州集》所载南冠五人，皆以宋臣自居，对金朝采取不合作的态度而拒绝出仕金朝。司马朴"授以官，托疾不拜"。何宏中以奇节自许，"授官不愿，充军又不行，填城又不行，斩又不惧"，后以黄冠终老。姚孝锡入金后，曾短暂入仕，但随即"移疾去"。放浪山水间五十多年，诗酒自娱而终。朱弁不忘自己为"江东"人，金"命以官，托目疾固辞，猝然以锥刺之，而不为瞬"。滕茂实"往来并代之间，布衣终身"。临终不忘为"宋使者"。这五人是志向坚定的宋人。何宏中《述怀》诗："马革盛尸每恨迟，西山饿踣更何辞。姓名不到中兴历，付与皇天后土知。"可以说代表了上述几人的心声。以气节自许，置生死于度外，甚至渴望以身殉国，是这些诗人的群体写照。而其他以宇文虚中、高士谈为代表的由宋入金者，尽管仕于金朝，但其遗民心态亦非常强烈。宇文虚中于太宗朝与韩昉辈俱掌词命，高士谈官至翰林直学士，他们为金朝的文化建设做出了很大的贡献。但因仕于异朝，他们既忍受着被金朝政权猜忌的痛苦，在金廷诚惶诚恐、如履薄冰，同时他们又有着被其他使金宋人不理解的心理折磨。[1] 金初文人心态的转变以蔡松年为转折点。海陵王重用松年,“以耸南人视听”,起到了双重作用,即对内树立榜样,以瓦解汉人的抵触心态;对宋又显示出超越民族关系的、大一统的国家观念。蔡松年由刚入仕时的疑惧、彷徨,到完全的顺应,完成了仕金汉族文人的人生价值与文化价值的重建与同构。

大定诗坛创作队伍由金朝政权建立之后出生的本土诗人(即“国朝文派”的第一批诗人)构成。使金被留的宋人在这期间多已谢世作古。吴激于1142年因病去世,宇文虚中、高士谈于1146年被害,施宜生卒于大定三年六月[2]。另外,元好问《中州集》中所记的五位南冠诗人中,滕茂实早在1128年卒于云中,司马朴亦大约于此时卒于真定,何宏中于正隆四年(公元1159年)病殁,朱弁与另两位使金宋人洪皓、张邵于熙宗皇统二年(公元1142年,南宋绍兴十二年)被放南归。使金宋人中,只有姚孝锡一直生活到大定二十一年(公元1181年)。孝锡以宋朝遗老自居,诗歌抒发有国难归、异乡孤苦之情,与以司马朴、滕茂实、何宏中、朱弁代表的南冠诗人,以及借才异代时期的宇文虚中、高士谈的诗歌一脉相承。孝锡诗《题滕奉使祠》:“本期苏郑共扬镳,不意芝兰失后凋。遗老只今犹涕泪,后生无复识风标。西陉雁度霜前塞,滹水樵争日暮桥。追想生平英伟魄,凌云一笑岂能招。”诗中引滕茂实为同调,对之寄予深切的同情。但金代中期像有姚孝锡生平经历的诗人为数已极少。

由此来看,金代初期“借才异代”的情形在大定、明昌时期即已经得到彻底改变,这以后的诗坛已由金代培养起来的诗人占据,并且取得了巨大的成就。由于诗人经历与金初明显不同,诗人在人生价值观、文化

① 金·元好问:《中州集》卷十载朱弁一诗序云:“李任道编录济阳公文章,与仆鄙制合为一集,且以云馆、二星名之。仆何人也,乃使与公抗衡,独不虑公是非者纷纭于异日乎?因作诗题于集后,俾知吾心者不吾过也。庚申六月丙辰,江东朱弁书。”好问于此诗后有记云:“济阳公谓宇文叔通。叔通受官而少章以死自守,耻用叔通见比。故此诗以不敢齐名自托。至于书年为庚申与称江东朱弁者,盖亦有深意云。”

② 按:此据元·苏天爵《滋溪文稿》卷二十五,中华书局1997年版。

价值观上,摆脱了民族间华、夷之辨的困扰,使诗歌题材得到开拓。金初主要以反映家国之慨、人生羁旅为思想内容的诗歌,渐渐被抒发个人情感、关注社会现实的作品所取代,金初低回抑郁的诗歌情调,在金代中期诗坛也得到了扭转。

金代中期诗歌创作可以分为两个时期。前期诗人群体主要由皇统、天德间进士构成,形成了"国朝文派"的第一批作家,包括皇统进士如朱自牧、韩汝嘉、王翛、郭长倩、董师中等,天德进士如刘汲、刘瞻、边元鼎、王寂、乔扆、宋楫、郑子聃等。这批作家的文学创作活动跨越海陵王和世宗前期,而在大定时期相继谢世。"国朝文宗"蔡珪卒于大定十五年;对中州文派指授之功很多的孙九鼎,卒于大定十五年前后;著名诗人乔扆于大定十八年左右去世;杨邦基,大定二十一年卒;张莘卿,大定十九年卒;郑子聃,大定二十年(公元1180年,55岁)卒;孟宗献,约大定二十年左右卒;刘迎,大定二十二年卒;由宋入金诗人姚孝锡大定二十一年卒。后期诗人主要由贞元、正隆、大定间进士组成。贞元、正隆进士有赵可、郝俣、任询、冯子翼、刘仲尹、张万公等,大定进士有高有邻、耶律履、李献可、党怀英、刘迎、王庭筠、田特秀、毛麾、刘昂、赵沨、路忱、赵秉文等。这些诗人的创作活动大多从章宗后期开始。个别诗人如刘迎活动在大定前期,而赵秉文等则在金廷南渡前后才进入创作高峰并蜚声诗坛。

金代中期诗人的文化心态,和借才异代时期相比,应该说已经有实质性的转变。他们在文化心理上已经接受了新政权存在的事实,一些诗人积极参加科举考试,接受朝廷选拔,希望投身社会。思想解放、心胸开阔的诗人,成为此时诗坛的主流,故诗歌摆脱了前期诗坛(有学者称为宋人诗派)低沉感伤的基调。正如笔者绪论中所言,具有金代诗歌特色的"国朝文派"[①]或称"中州文派"[②]开始形成。

世宗执政的后20年间,国朝文派的第一代作家如蔡珪、刘迎、郑子

---

① 金·元好问:《中州集》卷一《蔡珪小传》,四部丛刊初编本。
② 金·元好问:《中州集》卷二《孙九鼎小传》,四部丛刊初编本。

聃、孟宗献、孙九鼎相继谢世，但他们留下了一笔丰厚的遗产，从而使他们成为金代“国朝文派”的开山鼻祖。在他们的努力下，具有独立面目的金代诗歌也登上了中国诗坛。蔡珪诗歌激昂奋发，有北国雄奇气象，代表了北方文学的风格特征。刘迎诗歌中充满了忧患意识，继承唐代杜甫、白居易新乐府诗歌的创作传统，在金代诗坛上注入了现实主义的创作精神。

章宗时期的诗人多为正隆或大定间进士，并且他们在大定前期享受到了安定的社会环境和浓烈的文化熏陶，闲适诗风逐渐形成。诗坛的创作中心基本上由地方转移到了京城。题画诗、写景诗、应制诗、唱和诗大量涌现。反映社会现实的诗歌作品数量减少，其代表诗人也不多。诗人分三种群体。一为隐逸诗人，如元德明、靖天明、王琢、段继昌、鲜于溥等；二为以政事著名的诗人，如萧贡、张大节、王翛、董师中、张行简等；三为学者诗人，此类诗人多任职翰林，参与金朝的文化建设，在学术上亦多有成就，在诗歌创作上以咏史诗而著名。包括蔡珪、张建、毛麾、朱澜、任询、许安仁、耶律履、赵承元、高有邻、刘仲诲（仲诲金大定朝为东宫官15年，多进规戒，显宗特加礼敬，惜无诗歌流传），“三以文字遇知人主”①的赵可等，都有任职东宫、宫教的经历。朱澜、孟宗献曾历诸王文学。这一时期比较有现实意义的诗歌有两个方面的主题。

一、现实主义作品主题

周昂曾从军冀北边地，他的《边俗》、《北行》、组诗《翠屏口》七首以及《山家》七首等诗歌，将目光延伸到辽阔的北方边地，从而拓展了金诗的表现领域。“伤心看塞水，对面隔华风。”（《翠屏口》其三）描写政权对立下的边地民俗风景，抒发人民对和平安定生活的渴望。“马牛虽异域，鸡犬竟同窠。”（《边俗》）、“主人愁丧乱，数数问边陲。”（《山家》其一）、“异乡惊绝域，远目豁清秋。”为读者展现了与内地截然不同的、充

① 元·刘祁撰、崔文印点校：《归潜志》卷十，中华书局1997年版。

满动荡的社会环境。

章宗后期继周昂之后的现实主义诗人还有史旭、萧贡等。沉重的赋税给人民带来的负担，是历代现实主义诗人都会关注的问题。史旭《差赴绥德》："也解笑人沿路菊，不堪供税带山田。"党怀英《雪中四首》其四："我看多田翁，租赋常逋悬。低头负呵责，颜色惨可怜。"萧贡《荒田拟白乐天》："荒田几岁阙人耕，欲种穈荞趁晚晴。急手剪除荆与棘，一科才了十科生。"明昌进士刘中《襄城道中》："尽说秋虫不伤稼，却愁苛政苦于蝗。"这些诗歌皆反映了诗人民胞物与、经时济世的儒家入世精神，也反映了诗人对社会现实的敏锐的洞察能力。世宗大定期间，虽为金代九朝最为和平安定、社会繁荣的时期，但由于业已存在的深刻复杂的民族矛盾、阶级矛盾，社会也并不绝对稳定。《金史》卷七《世宗本纪》中记载，仅大定十二年（公元1172年）中，先后就有五次大的起义。包括四月西北路纳合七斤起义；九月鄜州李方起义；十一月同州屈立起义；十二月冀州王琼、德州完颜文起义等。据赵翼统计，大定三十年中，泰州、冀州、辽州等地起义造反活动有10次，超过其他八朝。故赵翼云："大定中乱民独多。"①上述诗人的作品，使我们感觉到当时深刻的社会矛盾。

金朝战斗力的废弛也是当时诗人极为关心的一个问题。在这方面，史旭的诗歌《早发䮼𩥭堋》："郎君坐马臂雕弧，手捻一双金仆姑。毕竟太平何处用，只堪妆点早行图。"表现出强烈的忧患意识。元好问于此诗后有按语云：史旭"大定中作此诗，已知国朝兵不可用，是则诗人之忧思深矣"②。清代赵翼分析导致这种结果的原因时指出："金之初起，天下莫强焉。盖王气所钟，人皆鸷悍，完颜氏父子兄弟，代以战伐为事，每出兵必躬当矢石，为士卒先，故能以少击众。十数年间，灭辽取宋，横行无敌。……正隆用兵，去国初未远，故大定之初，尚能攻击江淮，取成于宋。迨南北通好四五十年，朝廷将相既不知兵，而猛安谋克之移入中

---

① 清·赵翼著、王树民校证：《廿二史札记校证》卷二十八，中华书局1984年版。

② 金·元好问：《中州集》卷二，四部丛刊初编本。

原者，初则习于宴安，继则困于饥乏，至泰和之末，与宋交兵，虽尚能扰淮、楚，捣环、庆，然此乃宋韩侂胄之孟浪生事，易于摧败，而非金人之不可敌也。"[①]其实在当时，一些大臣就意识到问题的严重性。大定十八年正月，翰林侍读学士张酢、吴与权等大臣感叹道："军政不修几三十年矣。阙额不补者过半，其见存者皆疲老之余，不堪战阵。大定初已万万不如天会时，今沉溺晏安，消磨殆尽。"希望世宗能够"与大臣讲明军政，以为自立之计"[②]。金世宗对于金军战斗力的下降，也是比较明了的，但几年过去，情况似乎也并无多大改变。大定二十六年十一月，世宗谓宰臣曰："朕闻宋军自来教习不辍，今我军专务游惰，卿等勿谓天下既安而无豫防之心，一旦有警，军不可用，顾不败事耶？其令以时训练。"[③]

史旭的这首诗歌显然具有针对性。顾奎光《金诗选》总评："承平武备废弛，兵士有名无实，是诗寄讽极深远。"尽管像史旭如此题材的诗歌作品数量极少，但它的象征意义是非常明显的。比起金初四朝的诗歌创作，金代中期诗坛题材明显有所扩大，主题有了新的变化；艺术上，也开始具有自己的特色，所以真正开启了"国朝文派"的创作道路，为金南渡诗坛奠定了坚固的基础。

二、史鉴意识作品主题

受世宗尚古、重史的史鉴意识的影响，大定、明昌时期咏史诗的创作呈现繁荣。特别需要注意的是，这段时期的咏史诗所关注的问题和世宗趋于一致，或非常接近。这些咏史诗数量多、针对性强、具有很强的现实意义和借鉴作用，体现了与统治者相同的久乱求治、久乱思定的人民的愿望和时代的心声。

（一）"杀降未见无祸者"——尊重生命，反对滥杀无辜

动乱、战争造成的杀戮，往往会引起诗人对生命价值的强烈关注和

① 清·赵翼著、王树民校证：《廿二史札记校证》卷二十八，中华书局1984年版。

② 宋·宇文懋昭撰、崔文印校证：《大金国志校证》卷十七《世宗圣明皇帝中》，中华书局1986年版。

③ 元·脱脱等：《金史》卷八《世宗纪下》，中华书局1997年版。

深层思考。经过金初动荡、战乱之后，进入到世宗一朝的和平安定时期。这种时代的反差会激发诗人对历史的反思和批判意识。萧贡的咏史诗《悲长平》、梁瑾《留题长平驿》集中代表了这段时期文人的生命意识和人道主义精神。而这种精神正与世宗的思想不谋而合。

梁瑾《留题长平驿》："秦赵均为失霸图，起何残忍括何愚。杀降未见无祸者，累将其能有种乎。日暮悲风噎丹水，夜深寒月照头颅。快心千载杜邮剑，人所诛耶鬼所诛。"

战国时秦国大将白起一生攻城略地，立有大功，然功成之后，遂被秦昭王赐剑，以昭王五十年十一月，自裁杜邮。春秋时，晋景公三年，大夫屠岸贾以"以臣弑君，子孙在朝"的名义，擅杀赵衰子、赵盾同父异母弟赵同、赵括。古人皆从"功成不退皆殒身"的角度认识和考察白起、赵同、赵括的最后命运。唐张守节认为：白起"功成不去，祸至于此。此所谓信而不能诎，往而不能返者也。"[①]宋叶梦得认为："同、括之死罪，累上也，故以国杀。"[②]在古人看来，不识时务，功成不退，所谓兔死狗烹、鸟尽弓藏，最终使他们成为统治者内部斗争的牺牲品。

白起功成不退，自然难逃宿命，当时的秦人认为白起"死而非其罪"，故对他非常同情，并"乡邑皆祭祀焉"。显然是出于对这位"牺牲者"的惋惜，以及对一位英雄最后的崇拜。金代诗人固然不能摆脱传统观点的影响，但梁瑾在诗中指出白起和赵同、赵括的致祸之由有明显的不同，所谓"起何残忍括何愚"，白起滥杀无辜，岂能无祸？咎由自取，不能完全归怨他人。而这一点，就连白起本人最后也有所醒悟："我固当死。长平之战，赵卒降者数十万人，我诈而尽坑之。是足以死。"[③]无辜者的鲜血终于唤回了白起的良知，然对于尊重生命、同情无辜的诗人眼里，白起戕害无辜、草菅人命，其残忍无情，为天怒人怨、神鬼难容，故其被赐剑自裁，可谓"快心千载"！

萧贡的诗歌《悲长平》通过"千里阵云沉晓日，万家屋瓦震秋鼙。哀

---

① 唐・张守节：《史记正义》卷七十九，文渊阁四库全书本。

② 宋・叶梦得：《叶氏春秋传》卷十四，文渊阁四库全书本。

③ 汉・司马迁：《史记》卷七十三，中华书局 1959 年版。

缠朽骨天应泣，怨入空山鸟不栖”的凄惨景象的呈现，把矛头直接针对白起这位悲剧的制造者，从而表达出诗人对于残害生命、滥杀无辜的行为的强烈的批判意识，也表现出“百战区区竟何得，阿房烟草亦凄迷”的反思意识。如果说梁瑭的诗歌是表现“神人共诛”的冥界谶语，萧贡的这首诗更表现出“天地同怨”的人间悲剧。

（二）“锡花片瓦将安用”——主张节俭，反对奢侈腐化

世宗时期，金朝逐渐进入发展与繁荣时期。能否防微杜渐、居安思危，体现出这段时期的统治者和各级官僚对历史教训、现实社会是否有清醒的认识。史称世宗“躬自俭约以养育士庶”①，具有强烈的忧患意识。这段时期的诗人表现出对历史上亡国之君的贪淫享乐的强烈批判，同时也给统治者敲响警钟。王寂《朝歌城》写商纣王：“独夫亡国固宜哉，不省鸡声是祸胎。辛苦朝歌城下土，暂成宫殿却成灰。”《望仙楼》写陈后主：“丽华朝夕侍宸游，秋月春风醉不休。擒虎兵来狎客散，歌声犹在望仙楼。”商纣王、陈后主皆因穷奢极欲、湛湎荒淫、逆天暴物而身死国灭，留给后人无尽的思索。

这段时期咏史诗中，反映唐明皇父子、宋徽宗父子的醉生梦死的享乐生活的“华萼楼”、“龙德宫”题材的作品，使我们不禁想到“安史之乱”、“靖康之变”发生的某种必然性。乔扆有《兴庆池》诗：“华萼楼倾有故基，路人空读火余碑。可怜兴庆池边月，曾伴宁王玉笛吹。”王寂诗《和黄山谷读杨妃外传五首》（其一）中亦有：“兄弟渐疏花萼梦，君王贪醉上阳春”之句。华萼楼为唐玄宗所造。明钱子义撰《三华集》卷八《种菊庵集二》：“玄宗造华萼楼，日与诸王宴集。”《类编长安志》卷三引《天宝遗事》云：“宁王宪、申王捴、岐王范、薛王业邸第相连环于兴庆侧，明皇因题‘花萼相辉’之名。取诗人《棠棣》之义。帝时登楼，闻诸王音乐，咸召升殿，设五花帐，同榻饮宴。”五代王仁裕《开元天宝遗事》书中有“烛奴”、“醉舆”、“妓围”多条记宁王、申王唯“务奢侈”、喜好声色、歌舞饮宴的场面。

① 元·刘祁著、崔文印点校：《归潜志》卷十二，中华书局1997年版。

北宋后期，宋徽宗大兴土木、荒废朝政，终至国破被掳的悲惨命运，足使后来统治者引以为戒。世宗时诗人刘仲尹诗中写到徽宗时所建龙德宫："碧栱朱甍面面开，翠云稠迭锁崔嵬。连昌庭槛浑栽竹，罨画溪山半是梅"。还有毛麾《过龙德故宫》诗："四围锦绣山河地，一片云霞洞府天。"

龙德宫见证了北宋的盛衰兴亡。刘仲尹《龙德宫》："藻井香销尘化网，铜栏秋涩雨留苔。只应千古华清月，狼藉春风婳露台。"毛麾《过龙德故宫》："空有遗愁生落日，可无佳气起非烟。古来国破皆如此，谁念经营二百年。"诗中一句"古来国破皆如此"，道出了令人回味不尽的千古遗恨。《尚书》有："天作孽，犹可违。自作孽，不可逭。"建造艮岳山、龙德宫本来是为了"艮岳延福"，然而赵氏帝王苦心经营的二百年大业，却就此败落，其间含有多么大的讽刺！到金末，龙德宫"楼阁花石甚盛。每春三月，花发，及五、六月，荷花开。官纵百姓观，虽未尝再增葺，然景物如旧。正大末，北兵入河南，京城作防守计，官尽毁之。其楼亭材大者为楼橹，用其湖石，皆凿为炮矣。迄今皆废。区坏址荒，无所存者。"①南宋许纶有《过龙德宫》诗："龙德宫中旧御园，缭墙栽柳俨然存。秋光更向墙头发，似与行人溅泪痕。"其教训确实发人深省。

（三）"当年倾城复倾国"——取法古远，远离女色淫乐

古代因贪恋女色而荒废朝政，导致杀身亡国的教训史不绝书。大定诗人蔡珪的《读史》诗提醒统治者，不要重蹈覆辙，应警钟长鸣、励精图治："夏氏不无衅，作孽生妖龙。苍姬丁衰期，玄鼋游后宫。天心未悔祸，坠此文武功。檿弧漏天网，哲妇鸱枭同。狂童一何愚，巧言惟尔从。殷鉴不云远，覆车还蹈踪。坐令周南诗，悲入黍离风。君看后庭曲，曾笑骊山烽。"

蔡珪《读史》诗和金初朱之才《后薄薄酒》为同一主题，皆没有摆脱"古来倾城由哲妇"的红颜祸水的认识局限。民间传说幽王宠幸的褒姒是由夏朝二龙变化而来。《毛诗注疏》中云："昔夏之衰，有二龙之妖，卜

① 元·刘祁著、崔文印点校：《归潜志》卷七，中华书局 1997 年版。

藏其漦，周厉王发而观之，化为玄鼋，童女遇之。当宣王时而生女，惧而弃之。后褒人有狱而入之幽王。幽王嬖之，是谓褒姒。”①“苍姬”指周朝。古人注：“苍姬者，周以木德王，故号为苍姬。”②同时民间传说也认为褒姒生来就为了贻害、倾覆周朝江山。《史记》卷四：“宣王之时，童女谣曰：‘檿弧箕服，实亡周国。”《诗经·大雅·瞻印》：“哲夫成城，哲妇倾城。”“懿厥哲妇，为枭为鸱。”郑玄注云：“哲，谓多谋虑也。城，犹国也。丈夫，阳也。阳动，故多谋虑，则成国。妇人，阴也。阴静，故多谋虑，乃乱国。”③蔡珪对女性的认识很显然也会受到“女人是祸水”的传统观念的局限。但对比朱之才诗中所表现的“劝君饮薄衣粗娶丑妇，此乐人间最长久”的明哲保身的庸俗思想，蔡珪这首《读史》诗的进步意义是比较突出的。诗歌通过从夏末、西周一直到南朝的上千年的历史，着重总结历史覆亡的教训，从而为统治者提供借鉴。其中“君看后庭曲，曾笑骊山峰”明确地揭示出荒淫误国、不自警醒的极端危险性；从“殷鉴不云远，覆车还蹈踪”的诗句中，作者强烈希望金朝统治者不要重蹈历史覆辙。蔡珪诗歌体现出世宗时期诗人的历史警醒意识与强烈的批判精神，这正与世宗的史鉴意识相一致。

王寂、党怀英同样关注、总结古代那些贪淫好色的封建帝王带给后世的惨痛教训。王寂《细腰宫》：“玉立宫娃滴滴娇，君王沉湎醉春宵。不知天下归长距，犹向尊前舞细腰。”《韩非子》卷二云：“楚灵王好细腰，而国中多饿人。”而此时秦国正国势日盛，如雄鸡一样，张牙舞爪，垂涎六国，如张衡《东京赋》中所云：“秦政利觜、长距，终得擅场”。李善注曰：“言秦以天下为大场，喻七雄为斗鸡，利喙长距者终擅一场也。”④楚国国势危如累卵，而灵王浑然不觉，犹自沉醉歌舞享乐之中。西汉时成帝的所作所为，也是统治者需要吸取的教训。党怀英《赵飞燕写真》诗：“昭阳宫里千蛾眉，中有一人轻欲飞。娣妹夤缘特新宠，六宫铅粉无

① 唐·孔颖达：《毛诗注疏》卷二十二，文渊阁四库全书本。

② 宋·孙奭：《孟子注疏·孟子题辞解考证》，文渊阁四库全书本。

③ 汉·郑康成注、唐·陆德明、孔颖达疏：《毛诗注疏》卷二十五，文渊阁四库全书本。

④ 梁·萧统编、唐·李善注：《文选》卷三，文渊阁四库全书本。

光辉。春回太液花如绣,花底轻风扶翠袖。君恩不许作飞仙,襞积宫裙留浅皱。君王贪宴温柔乡,木门不省摇仓琅。避风台成略今古,空使遗妒惊霓裳。当年倾城复倾国,谁写余妍入丹碧。背灯拥髻一潸然,不应尚有樊通德。”成帝“委政外家,诸舅持权”、“轻夺民财,不爱民力,并治宫馆,大兴徭役,重增赋敛,征法如雨”①。当时就有大臣上书,告之利害:“幽王惑于褒姒,周德降亡;鲁桓胁于齐女,社稷以倾”,希望成帝“修后宫之政,明尊卑之序,贵者不得嫉妒专宠,以绝骄嫚之端,抑褒、阎之乱,贱者咸得秩进,各得厥职。”并且能够“务省徭役,毋夺民时,薄收赋税,毋殚民财”,然而成帝却对大臣上书“委弃不纳”②仍“私好颇存,尚爱群小”,为西汉覆亡留下祸根。所以班固认为:“哀、平短祚,莽遂篡位,盖其威福所由来者。”③

唐代因李隆基、杨玉环耽于安乐、荒于朝政而导致“安史之乱”、“马嵬之变”的教训为后代文人所重视。从唐以后,有关题材的咏史诗不绝于书。金初到金代中期,写明皇与贵妃马嵬题材的诗歌数量就不少。章宗尝诏录马嵬诗,得五百余首,其中金初诗人杜佺、大定诗人高有邻的马嵬诗最受章宗的赏识④。

高有邻存诗四首,有三首咏马嵬题材。其《马嵬》诗:“事去君王不奈何,荒坟三尺马嵬坡。归来枉为香囊泣,不道生灵泪更多。”《温泉》(二首)其一:“开元常恃太平年,杨李藏奸弄国权。试上骊山吊今古,兴亡都不在温泉。”其二:“骊山高处舞霓裳,都为平居厌未央。惟有温泉长似旧,任他行客感兴亡。”一般以马嵬事件为题材的作品,大多表现出对李杨悲剧的同情。然而高有邻的这些以李杨马嵬题材为内容的诗歌并非从同情的角度来关注李杨的悲剧,而将李杨悲剧从传统的爱情主题提升到社会主题、政治主题的高度,从荒淫误国、权奸误国的角度来

---

① 汉·班固:《汉书》卷八十五《谷永传》,中华书局1975年版。

② 同上。

③ 汉·班固:《汉书》卷十《成帝纪》,中华书局1975年版。

④ 见金·元好问:《中州集》卷八《杜佺小传》、《金诗纪事本末》卷三十四“章宗嗣统”条引《坚瓠集》。

冷静分析李杨悲剧的原因，从而总结经验、吸取教训，为现实政治提供借鉴。清代袁枚《马嵬》诗："莫唱当年长恨歌，人间亦是有天河。石壕村里夫妻别，泪比长生殿上多。"明显受到高有邻《马嵬》诗史鉴意识、批判意识的影响。

王寂马嵬题材的诗歌视野开阔，涵义深刻。《和黄山谷读杨妃外传五首》其一："兄弟渐疏花萼梦，君王贪醉上阳春。却将妃子比飞燕，何物谪仙能屈人。"其二："姚宋云亡言路塞，虢秦徼宠祸机深。平时笑指禄山腹，信道是中惟赤心。"其三："金步摇低云髻堕，瑞龙香散野风吹。岭南驿传来何暮，趁得新坟荐荔枝。"其四："环子竟逢山下鬼，老翁空叹木牵丝。年年牛女相逢夕，记得凭肩私语时。"其五："飞雁秋风汾水上，淋铃夜雨蜀山前。此时一念无料理，阿瞒何由双鬓玄。"五首诗歌从纵向的角度，客观地展示出唐明皇、明皇诸子、杨贵妃、贵妃兄妹、安禄山等穷奢极欲、败乱朝政的历史事实。诗歌揭示出这样一个主题，那就是唐明皇、杨贵妃的生死离别完全是"祸由己出"。正是由于他们自己耽于荒淫、沉湎享乐，才最终导致了他们的悲剧。

实际上，世宗大定之前的海陵王就具有极为典型的教育意义。贞元间，海陵王"命诸从姊妹皆分属诸妃，出入禁中，与为淫乱。卧内遍设地衣，裸逐为戏"。其荒淫残酷，甚至到了"淫嬖不择骨肉，刑杀不问有罪"①的地步。世宗之后，章宗不能如世宗那样抑情寡欲、励精求治，也不能吸取海陵王前车之鉴，而是后妃外戚干政、奸臣小人弄权。"内庭之事惟贵妃之言，外庭之事惟乞儿李点检之说。于是朝刚不正，军民胥怨。"②开金朝衰亡之源。

（四）"砥柱神灵最伟奇"——积极进取、反对固步自封

大定、明昌咏史诗人往往通过对历史人物的好恶取舍，来表现自强不息、积极进取的思想精神和经世济民的儒家入世情怀，寄托了对金朝统治者自我激励、奋发有为的希望。诗人反对奸诈残暴的权臣奸佞之

---

① 元·脱脱等：《金史》卷五《海陵本纪》，中华书局 1997 年版。

② 宋·宇文懋昭撰、崔文印校证：《大金国志》卷十九《章宗皇帝上》，中华书局 1986 年版。

辈,崇尚古代道德的、有气节、有抱负、有理想的英雄豪杰和历史人物。王寂《寄题涿郡蜀先主庙》诗:“当年竹马戏儿曹,笑指篱桑五丈高。时也共诛千里草,天其未厌卯金刀。宗臣呕血重三顾,嗣子不才轻六韬。故国神游得无恨,破垣风雨夜萧骚。”又“天下英雄惟使君,本初之辈不须论。初无尺土三分国,遽陨长星五丈原。简策功名成废纸,岁时箫鼓闹荒村。犹胜故国不归去,叫断西风杜宇魂。”两首诗歌纵论三国时期的风云人物。对生性残虐、擅行废立的董卓,碌碌无能、平庸昏聩的刘禅,外宽内忌、多谋寡断的袁绍等三国人物有谴责、有同情、有蔑视,而对雄才盖世、弘毅宽厚的刘备,足智多谋、鞠躬尽瘁的诸葛亮等英雄人物有赞美、有讴歌。思想感情鲜明而强烈。而他的《题蔺相如庙》诗对蔺相如“按剑不屈秦天子,回车岂畏廉将军”的气节充满崇敬。在《题伍员庙》诗中,对伍员“早年亡命入苏州,破越兴吴出坐筹”的功绩又充满赞美之情。梁襄《谒禹王庙》称颂为民造福的大禹:“波涵九域民为鱼,帝奋忠勤亲决除。水涸茫茫尽桑稼,万世永赖功谁如。功高受享宜宏久,庙貌方方无不有。砥柱神灵最伟奇,会稽血食尤隆厚。此祠所建在空山,庳殿短廊才数间。读碣人多题字闹,祭祀礼少牺牲闲。钦惟帝道崇勤俭,此郡民繁地硗崄。辛苦耕耘衣食粗,孚佑乞遍无令歉。”英雄大禹胼手胝足、劳苦功高,为民造福、万世永赖。诗歌希望后代统治者能像大禹那样,身先士卒、克己勤俭,从而让老百姓能过上丰衣足食、安定祥和的生活。

对于一些历史人物的骄横狂妄、不自量力,大定诗人也给予嘲讽与批评。南北朝时,有些少数民族的贵族将领常以汉代高祖、光武相比,希望能像高、武那样,建功立业,名垂青史。史载:西戎吐谷浑子吐延嗣,雄姿魁杰,羌虏惮之,号曰项羽。性俶傥不群,曾对其部下大发慷慨:“大丈夫生不在中国,当高、光之世,与韩、彭、吴、邓并驱中原,定天下雌雄,使名垂竹帛,而潜窜穷山,隔在殊俗,不闻礼教于上京,不得策名于天府,生与麋鹿同群,死作毡裘之鬼,虽偷观日月,独不愧于心乎！"[1]羯胡石勒也曾自比汉高祖、光武帝。当徐光称赞石勒"神武筹略迈于高皇，雄艺卓荦超绝魏祖，自三王以来无可比"时，石勒谦虚中带有不服："人岂不自知，卿言亦以太过。朕若逢高皇，当北面而事之，与韩彭竞鞭而争先耳。脱遇光武，当并驱于中原，未知鹿死谁手。大丈夫行事当磊磊落落，如日月皎然，终不能如曹孟德、司马仲达父子，欺他孤儿寡妇，狐媚以取天下也。朕当在二刘之间耳，轩辕岂所拟乎！"[2]萧贡《后赵》诗借用《晋书》卷四十九阮籍评楚汉人物之语，讽刺北方少数民族军事首领："拟伦人物指高光，可笑枭雏不自量。正使成名皆竖子，英雄也未到君行。"表示出金代诗人对以前割据一方的贵族将领的蔑视态度。

围绕汉代高祖、光武二帝，金代世宗和章宗都发表过看法。《金史》中有世宗评光武帝的一段话："朕近读《汉书》，见光武所为，人有所难能者。更始既害其兄伯升，当乱离之际，不思报怨，事更始如平日，人不见戚容，岂非人所难能乎？此其度量将大有为者也，其他庸主岂可及哉！"[3]世宗赞赏光武心胸开阔、顾全大局的精神境界，追慕其最终能够成就大业的宏大勋绩。和前面谈到的吐延、石勒相比，世宗没有那种凌人盛气的架势，然而在自谦的背后，显示出世宗冷静思考、积极进取的态度。而章宗对照光武，应是羞愧难当。章宗问汉高帝、光武优劣？平章政事张万公对曰："高祖优甚。"图克坦镒曰："光武再造汉业，在位三十年，无沉湎冒色之事。高祖惑戚姬，卒至于乱。由是言之，光武优。"章宗默然。"镒盖以元妃李氏隆宠过盛，故微谏云"[4]。

（五）"应信忠嘉益帝图"——选贤任能、崇尚忠孝节义

古代明君皆注重选贤任能、重视人才。边关军将如用人不当，则会边界不宁、战乱相继，师老众疲、家庭离散。所以边关问题是历代诗人都关注的问题。世宗时期的诗人王元节《青冢》借王昭君题材发挥："环

① 唐·房玄龄等：《晋书》卷九十七《吐延嗣传》，中华书局 2000 年版。
② 唐·房玄龄等：《晋书》卷一百五《石勒下》，中华书局 2000 年版。
③ 元·脱脱等：《金史》卷八《世宗纪下》，中华书局 1997 年版。
④ 元·脱脱等：《金史》卷九十九《图克坦镒传》，中华书局 1997 年版。

佩魂归青冢月，琵琶声断黑山秋。汉家多少征西将，泉下相逢也合羞。”表达出千古一慨，传达出历代人民要求和平、统一、安定的强烈心声。朝廷对于辅弼大臣的任用，如果不察忠奸、不识贤愚，也会给国家和人民带来莫大损失。赵沨《过蓨县董大夫庙》：“汉朝元不用真儒，岂信忠嘉益帝图。贾谊长沙晁错死，不须独恨老江都。”诗中出现的董仲舒、贾谊、晁错，皆为汉初名士，然而遭遇却都让读者感到悲酸。董仲舒在武帝初，以对策为江都相。武帝建元六年，因私为灾异书，被主父偃所奏，废为大中大夫、膠西相，以老病免归。贾谊年少，颇通诸子百家之书。孝文帝初即位，更定诸律令，及列侯悉就国，其说皆自贾生发之，文帝因议以贾生任公卿之位。这时周勃、灌婴、张相如、冯敬时等以“专欲擅权，纷乱诸事”罪名尽构害之。皇帝听信谗言，对他亦疏远，出其为长沙梁怀王傅，王堕马薨，贾谊忧惧不食，抑郁独恨而死。晁错，景帝时为御史大夫，主张削弱诸侯势力，削其地，收其枝郡。不久吴楚七国果以诛错为名反。再加上窦婴、袁盎数向景帝诬告晁错，景帝遂令晁错衣朝衣斩于东市。

世宗时的咏史诗人摆脱了金初“借才异代”时期强烈的民族意识的束缚，在对先烈的评价上，逐步转为对忠良节义之举的褒扬和对分裂叛乱行为的谴责。许安仁《过旌忠庙诗》：“国家昏乱识忠良，叹息君侯事晚唐。誓报旧恩死守泽，肯从逆子叛降梁。冰霜气逼刘仁赡，鸿雁行随王彦章。五代三人全死节，一篇华衮赖欧阳。”宋欧阳修编《五代史》时，专门为五代之际全节之士王彦章、裴约、刘仁赡三人作传①。作为女真政权统治下的诗人，许安仁能从维护国家稳定统一的角度，以忠良、节义的标准对历史人物做出评判，显然带有“华夷一体”的中华一统观念和超越国家、民族的人才辨别依据。张建《韩信庙》诗评价韩信：“一檄风驰万垒降，当时意趣已难量。既能归汉识真主，何必下齐求假王。将幄深严岩树碧，门旌摇曳岭云黄。我诗责备春秋法，胜把君侯美处扬。”韩信为汉代开国功臣，后被吕后以谋反罪除杀。关于韩信被杀的原因，

---

① 宋·欧阳修：《新五代史》卷三十二《死节传》，中华书局 1974 年版。

历史上大略有三个观点：第一，客观历史规律：如当时蒯通对韩信所云："勇略震主者身危，而功盖天下者不赏"。第二，个人性格原因：韩信居功自傲，目空天下。第三，个人政治原因：裂土称孤、事穷智困。如司马迁评价他说：韩信"非素积德累善之世，徼一时权变，以诈力成功，遭汉初定，故得列地，南面称孤。内见疑强大，外倚蛮貊以为援，是以日疏自危，事穷智困，卒赴匈奴，岂不哀哉！"[①]张建赞同司马迁的观点，《韩信庙》中，"既能归汉识真主，何必下齐求假王"是对韩信南面称孤、外倚蛮貊以为援，借以对抗朝廷、分裂国家的行为的谴责。

大定、明昌咏史诗中，以崇尚忠良、气节，维护国家稳定、统一为标准，对人才重新认识，可以看出这段时期诗人的人才意识已经超越民族意识。而这正是世宗时期诗人参与意识、主人翁意识产生的重要思想基础。

金中期咏史诗产生的原因有五：第一，在金初久经战乱之后，人心思痛、人心思定，普遍会产生以古为鉴的思想意识，正如宋代王廷珪《和康晋侯见赠》诗所云："儒生无力荷干戈，乱后篇章感慨多。"第二，有许多是诗人游踪所至，有感而发，所谓"所至必吊古，如疾得针砭。"[②]反映出"国朝文派"诗人的高度社会责任心和强烈的忧患意识。第三，金中期咏史诗数量的急剧增多，是与诗人的仕宦经历直接相关。这时期著名咏史诗作者大都供职朝廷，或翰林、或史官、或台谏、或教读。这些官职皆要求官员具有史家眼光、史学意识。蔡珪于海陵王、世宗朝为翰林修撰。王寂，大定十年入朝为谏官。大定二十五年，世宗父死，为经营葬事。梁璒，大定十六年进士，历州县，后由中都路转运使拜户部尚书，迁参知政事资方正。高有邻，大定三年中进士后，历任州县，为尚书省令史，以工部尚书致仕。许安仁，大定朝曾任太常博士，兼国史院编修。大定二十六年，章宗为皇太孙，安仁以讲学入选东宫。转左补阙，应奉翰林文字。毛麾，大定十六年赐进士出身，授校书郎，入教宫掖。梁襄，

① 汉·司马迁：《史记》卷九十三《韩信传》，中华书局1959年版。
② 宋·陆游：《剑南诗稿》卷八一《远游二十韵》，上海古籍出版社2005年版。

曾为薛王府掾。萧贡曾补尚书省令史，后经左丞董师中、右丞杨伯通荐其文字，除翰林修撰。党怀英，大定十八年为史馆编修，应奉翰林文字。明昌六年，预修《世宗实录》、《辽史》。第四，这段时期，咏史诗的创作繁荣，也与金代的史学成就突出有关。世宗、章宗时期，出现不少博通古今的学者型诗人和大批通晓史学的大臣。元好问云："中州文明百年，有经学、《史》《汉》之学、《通典》之学，而《通鉴》则不能如江左之盛。唯蔡内翰正甫珪、萧户部真卿贡、宗室密国公子瑜琦之等十数公，号称专门而已。"①金代学者蔡珪、梁襄、萧贡等皆通史学。蔡珪是一位史学家，"辨博为天下第一"②。曾著有《补南北史志书》六十卷、《晋阳志》十二卷。萧贡博学能文，又擅长史学研究，有《注史记》一百卷。梁襄"学问该博，练习典故"。王寂长于"文章政事"。世宗孙、越王完颜永功长子完颜琦"于书无所不读，而以《资治通鉴》为专门。驰骋上下千有三百余年之事，其善恶是非、得失成败，道之如目前"③。第五，统治者的重史、史鉴意识，特别是世宗"君臣嘉会"的理想追求，直接导致大定时期咏史诗创作的繁荣。

史鉴意识是中国民族观念的重要组成部分，中华民族共同的历史过程构成了民族认同的基础，正是在对于共同历史的"华夷一体"回忆中，中国具有了强大的民族凝聚力。少数民族政权在创造历史的同时，通过反思历史、利用历史，为自己的发展提供了动力，属于文学领域的咏史诗歌参与了历史的创造，自然功不可没。

从文学的角度来看，金中期的咏史诗成就突出，形成了金代咏史诗发展过程中的第一个高峰。值得肯定的是，这段时期的咏史诗具有强烈的现实针对性、鲜明的政治建设性，表现出古代奏疏、谏议的实用功效，体现出一定程度的忧患意识、批判意识和进取意识，对金代的政权建设、制度建设、文化建设起到良好的促进作用，有力地配合了金廷的统治。在艺术上，大定、明昌咏史诗也在我国古代咏史诗的发展中做出

---

① 金·元好问：《遗山先生文集》卷第三十六《陆氏通鉴详节序》，四部丛刊初编本。
② 金·元好问：《中州集》卷一《蔡珪小传》，四部丛刊初编本。
③ 金·元好问：《如庵诗文序》，《遗山先生文集》卷第三十六，四部丛刊初编本。

较大贡献。形式多样:有单首、组诗等;主题鲜明:不少作品同主题、同题材;方法多样:有传体咏史,如蔡珪《读史》,属全景式的扫描,时空跨度长、人物多、事件多。论体咏史,如许安仁《过旌忠庙诗》、赵沨《过蓨县董大夫庙》、张建《韩信庙》等。比体咏史,如王寂《细腰宫》等。总之,大定咏史诗表现手法多样,政论色彩、史论色彩强烈,既有宏观扫描,又有典型关注,主题鲜明、情感强烈,其成就应当予以学术界关注。

经过金初四十多年的发展,金中期50年间,从北宋故地到金源旧都(金北京大定府有诗人郑子聃、冯子翼、赵之杰。临潢府有王革)诗歌创作非常繁荣,产生了不少的家族诗人、进士诗人,许多文人著有文集。据元好问《中州集》记载,这段时期,有文集流传当世的诗人至少有50位,包括施宜生、朱澜、朱之才、蔡珪、魏道明、刘迎、刘汲、赵可、郭用中、张公药、王寂、刘仲尹、党怀英、郦权、赵沨、张建、景覃、张琚、雷思、周昂、路铎、史肃、毛麾、王琢、董师中、王世赏、吕中孚、史公奕、郭长倩、刘瞻、姚孝锡、郝俣、桑之维、孟宗献、李晏、耶律履、史旭、王庭筠、许蜕、张庭玉、元德明、秦略、萧贡、冯子翼、张行简等。说明当时诗歌的数量应当不少。不幸的是,上述绝大多数诗人的文集早已经失传。张行简"有集三十卷传于家"[①],今只存诗三首而已。任询"平生诗数千首,君谟殁后皆散失"[②],今仅存七题九首。郑子聃"平生所著诗文二千余篇"[③],今仅存诗一首。董师中当时有《燕赐边部诗》、《漳川集》传世,今仅存一首诗歌。元好问曾见关中诗人岳行甫诗"百余篇"[④],今只存两篇而已。张庭玉,"能日赋百篇",今仅存诗一首。另如海陵年间进士、世宗朝官至户部尚书的曹望之,"有诗集三十卷"[⑤],现无一首留存。这些作品大多在金末战乱中亡佚。元苏天爵指出:"金儒士蔡珪、郑子聃、翟

① 金·元好问:《中州集》卷九,四部丛刊初编本。

② 金·元好问:《中州集》卷二,四部丛刊初编本。

③ 元·脱脱等:《金史》卷一百二十五《文艺传上》,中华书局1997年版。

④ 金·元好问:《中州集》卷七,四部丛刊初编本。

⑤ 元·脱脱等:《金史》卷九十二《曹望之传》,中华书局1997年版。

永固、赵可、王庭筠、赵沨皆有文集行世,兵后往往不存。”①《中州集》卷四:“德卿初有常山集,丧乱后不复见。”即使能够在战乱中幸存下来,但在元明时也任其散失。正如黄廷鉴《金文最序》所云:“金之立国,元既相仇,明人又视同秦越,其文一任其散佚。”

① 元·苏天爵:《滋溪文稿》卷二十五《三史质疑》,中华书局1997年版。

第二章　“国朝文派”的北方文化特征

“国朝文派”创立时期，诗歌创作表现出三种审美趋向。第一是由地理、历史、民族因素而形成的地域性特征——崇气格；第二是由政治、宗教、哲学因素而形成的普遍性特征——尚自适；第三是由文化、教育、艺术因素而形成的时代性特征——重典雅。

金代中期的诗歌创作和金初相比，既有联系，又有变化。金初诗坛由宋入金的作家表现出两种创作倾向，即抒发去国怀乡的悲凉情感和崇尚高情远韵的隐逸情怀。金初诗人进退失据、如履薄冰的南冠心态，“国朝文派”形成时期，诗人转向追求内心的自适和居处的自安，从而使崇尚高情远韵的隐逸情怀贯穿金代始终。金初完颜亮代表的雄健踔厉的北方文风，发展到金代中期，形成“国朝文派”的重“气格”的诗歌创作风格，而雄健踔厉文风也成为了金代中期诗坛的主导倾向，体现了北方的文学风格。重“气”主意的审美倾向导致了金后期李纯甫一派的奇谲诗风，并为南渡诗坛文学论争奠定了基础。诗坛的崇尚高情远韵的隐逸心态和平易晓畅的自适诗风，又影响到南渡诗坛赵秉文一派的诗文主张。“气格”与“自适”是金代中期诗坛文人们两种主要的审美取向。明昌诗人融和了崇尚“气格”和寻求“自适”两种诗风，形成了刚柔相济、清真淡宕的创作思想。胡传志先生指出，金中期诗人是“以昂扬的格调、闲适的情趣见长，表现了由动乱趋向复兴的社会现实，从而把金代文学推进到新的境界。”①

① 胡传志：《金代文学研究》，安徽大学出版社 2000 年版，第 5 页。

第一节　对“气格”的普遍崇尚

气格，按照一般的理解，是一个中性的文学概念，其基本的含义就是风格。曹丕在《典论·论文》中首以“气”论文。“文以气为主，气之清浊有体，不可力强而致。譬如音乐，曲度虽均，节奏同俭；至于引气不齐，巧拙有素，虽在父兄，不能以移子弟。”曹丕把作家的气质和作品的风格分为“清”与“浊”两种类型，认为作家的禀赋气质有“清”、“浊”之别，作品的风格也有“清”、“浊”之异。这里的“清”、“浊”之分，实为刚柔之别。如《中国历代文论选》中所解释道：“清是俊爽超迈的阳刚之气，浊是凝重沉郁的阴柔之气”。曹丕“清浊之气论”可以理解为“阳刚”、“阴柔”两大类型的风格。所以刘熙载在《诗概》中指出：“气有清浊厚薄，格有高低雅俗，诗家泛言气格，非是。”实际上也就是否认了“气格”一词存在的合理性。但是，曹丕强调“为文之气”，具有与生俱来的先天性，也既有与众不同的独特性，反映出魏晋时期生命意识、文学意识的自然要求。实际上，从中国古代文论的运用实践中来看，古人对“气格”涵义的界定还是比较清楚的。气格更侧重于指较为宏大、雄壮、有力的风格，即西方诗歌所谓阳性的风格。

张晶先生在论及金诗的整体特色时指出：“‘国朝文派’是以北方文化特质为其灵魂的。‘国朝文派’实质上是一个不断演化的过程，金诗的风格也是多样化的，但是，豪犷雄健的北方文化气质，一直渗透在其中。”①金代中期诗人对“气格”的自觉意识与追求，使气格说提升到一个新的阶段。冯翼在大定二十六年所作《问山堂记》中云：“唐末五代文章气格卑弱。宋初王元之、穆伯长、杨大年始新其体。景祐、庆历间，欧阳永叔、尹师鲁、曾子固、石曼卿、梅圣俞、苏子美（原误作苏子瞻）前后唱和，斟酌古今，文风丕变。熙宁之际，异人辈出，东坡、山谷、王荆公方

① 张晶：《辽金元文学论稿》，北京广播学院出版社2004年版，第59页。

并驾齐驱。独老坡雄文大笔，学贯九流、出入百家，波澜浩浩，高出前古，挟以英伟忠直之气，虽晚年窜逐海上，气不少衰。平日少许可。当时缙绅士大夫被吹嘘接引者，谓之登龙门。于是黄庭坚、张耒、晁补之、秦观以才学、文藻雅相器重。”①

一、“气格”理论的发展

冯翼是在总结从唐末到北宋末的文风流变时，拈出“气格”一词。其实早在六朝时，针对南朝浮靡卑弱的文风，刘勰就主张应将风骨与文采相结合(《文心雕龙·风骨》)，钟嵘则提出“干之以风力，润之以丹采”②，都提倡爽朗劲健，有气骨、有格力的风格。唐殷璠《河岳英灵集》品评诗人作品，也每以“风骨”为标准，评陶翰诗“既多兴象，复备风骨”。评崔颢诗“晚节忽变常体，风骨凛然”。中唐大历之后，诗格初变，正如《四库全书提要·钱仲文集》中所云：“开(元)、天(宝)浑厚之气，渐远渐漓，风调相高，稍趋浮响。”于是皎然《诗式》又标出“气格”以论诗。他评价曹植和建安诗歌：“不拘对属，偶或有之，语与兴驱，势逐情起，不由作意，气格自高，与《十九首》其流一也。”今人也有以“气格”来评价宋诗者，如张毅在《宋代文学思想史》中所说：“宋诗的变革并不是像唐人那样，以文学缘情的特征出发，以浓郁的感情和壮大的情思去消除绮艳，而是站在文学应具有政教功用的立场，采取以文为诗、以气格为诗的方式，改变诗风，诗人以气节相高，而追求雄奇，济世热情中含有较多的现实批判的理念内容。”③冯翼的“气格”说源于鲜明的北方文化基质，裹挟着北方豪放浑厚之气，从而将金诗带入到一个新的创作阶段，同时又继承、实践了中国古代文学中有关“气格”的理论，并且实现了“气格”理论的大的跨越。清代阮元《金文最·序》云：“金之奄有中原，条教诏令，肃然丕振，故当大定以后，其文章雄健，直继北宋诸贤。”大定间“国朝文派”的出现，标志着金代诗坛创作队伍主体的转型，也标

① 清·张金吾：《金文最》卷二十五，中华书局1990年版。

② 梁·钟嵘：《诗品·序》，何文焕《历代诗话》本，中华书局1981年版，第3页。

③ 张毅：《宋代文学思想史》，中华书局1995年版，第94页。

志着金代诗歌风格的转型。

二、“气格”说的逻辑基点

大定诗歌以“气格”为尚。刘祁《归潜志》卷九云:“大定间,诸公所作气质浑厚,学问深博,犹可观。”金代孕育了不少的以蔡珪、刘汲、党怀英、李纯甫、雷渊等为代表的豪杰诗人,活跃在金代中期及以后诗坛。赵秉文说:“大定文章,首要推无可蔡公”①。这不仅因为蔡珪在诸人中年龄较长,更主要的还在于他的创作继承其家族遗风,在当时诗人中自成格调,奠定了金诗雄健高古的风尚,起到了一种先导的作用。后来在元初,郝经也认识到了这一点,他称蔡珪:“煎胶续弦复一韩,高古劲欲摩欧苏。不肯蹈袭抵自作,建瓴一派雄燕都”②。所论非常精到。当代学者王庆生亦称:“珪之文集若在,其文学地位将不逊于元好问”③,强调应给予蔡珪文学地位更高的评价。蔡珪之后,以豪杰著称的文人层出不穷。实际上,豪杰诗人构成了金代中期诗歌创作的主体。元好问《闲闲公墓铭》云:“盖自宋以后百年,辽以来三百年,若党承旨世杰、王内翰子端、周三司德卿、杨礼部之美、王延州从之、李右司之纯、雷御史希颜,不可不谓之豪杰之士”。实际上,上述诗人只是金豪杰诗人的代表。而从实际来看,豪杰诗人应是金代文坛的主流。从元好问、刘祁等人的有关记述当中,经常可以看到金代诗人的豪杰形象。其中大定时期的豪杰人物如李晏“性警敏,倜傥尚气”④;任询“为人慷慨,多大节”⑤;刘汲为“豪杰之士”⑥;冯子翼“性刚果,与物多忤”⑦;边元鼎“资

---

① 金·赵秉文:《闲闲老人滏水文集》卷第十一《翰林学士承旨文献党公碑》,四部丛刊初编本。

② 元·郝经:《郝文忠公集》卷九《书蔡正甫集后》,文渊阁四库全书本。

③ 王庆生:《金代文学家年谱》,凤凰出版社 2005 年版,第 80 页。

④ 元·脱脱等:《金史》卷九十六《李晏传》,中华书局 1997 年版。

⑤ 金·元好问:《中州集》卷二,四部丛刊初编本。

⑥ 同上。

⑦ 同上。

性疏俊”[1];刘仲尹“家世豪侈”[2];张彀“气质豪爽”[3];张瓒“才气超迈”[4];高永“有幽并豪侠之风”[5];王寂笔下有辽东之豪士李仲佐[6]。金代赵秉文评石琚、赵可、王庭筠等,皆许以豪杰之士。他说:“皇朝以来,若右丞相石(琚)公,以先德大其家。此天下之所睹闻也。……若赵学士可、王修撰庭筠,皆天地精英之气也。”[7]他评党怀英:“文章字画盖天性。”[8]所谓“天性”,包含着北方民族文化性格、家族文化性格所使然。

第二节　“气格”的诗歌实践

金代中期诗坛出现的地域性的追求气格的审美创作风气,一直持续到金末元好问。金后期诗人如雷渊“博学有雄气”[9]。王郁“平日好议论,尚气”[10]。高永“倜傥尚气”[11]。另外如梁询谊、韩玉、张俊民、师安石等,刘祁皆以“尚气节”、“尚义气”等许之。清代潘德舆《养一斋诗话》卷九云:“赵闲闲、元裕之诗,脱口便有劲气,此岂幽、燕之风土为之?抑寝馈于古大家者深耶?”金人崇尚古代的豪杰之士,并且对历史上“豪杰”含义的解读有自己的独特见解。刘祁《归潜志》卷十二指出:“三国时,士尚权诈。其间不为风俗所移者,陈实、徐稺;魏晋间士尚虚玄。其

① 同上。

② 金·元好问:《中州集》卷三,四部丛刊初编本。

③ 金·元好问:《中州集》卷八,四部丛刊初编本。

④ 金·元好问:《中州集》卷七,四部丛刊初编本。

⑤ 金·元好问:《中州集》卷九,四部丛刊初编本。

⑥ 金·王寂:《拙轩集》卷二云:“李仲佐,辽东之豪士也。初识于大元帅席上。怪其议论英发,坐客尽倾。至于通练世务,商较人物,虽博学老儒,或有所不及。仆喜其为人。”文渊阁四库全书本。

⑦ 金·赵秉文:《闲闲老人滏水文集》卷第十三《种德堂记》,四部丛刊初编本。

⑧ 金·赵秉文:《闲闲老人滏水文集》卷第十一《翰林学士承旨文献党公碑》,四部丛刊初编本。

⑨ 元·刘祁著、崔文印点校:《归潜志》卷一,中华书局 1997 年版。

⑩ 元·刘祁著、崔文印点校:《归潜志》卷三,中华书局 1997 年版。

⑪ 同上。

间不为风俗所移者，徐邈、卞壶。兹数人者，或以道德显，或以节行闻，或以智量称，或以风义着。立身行志，卓尔不群，皆豪杰之士也。”在刘祁来看，尊道德、鄙权术，尚节义、崇智量的行为，皆为豪杰之士所推崇。而这也正是北方文人所崇尚的豪杰之士的精神内涵和形象写照。

一、崇尚“气格”的审美风范

豪杰诗人表现的是豪杰情怀。清阙名《静居绪言》指出：“金诗不及元诗之繁富。论者以元继宋，然金诗魄才较元人为大，不嫌其乘宋习也。”清人所谓金诗不及元诗繁富，指的是金代诗歌在内容题材上，不及元诗的广阔；表现方法上不及元诗的丰富。其实这也就是针对金代在清朝留存的作品而言，因为金代诗歌在金末元初散失情况非常严重，所以清人对金诗的这个评价是否符合金诗创作的真实情况，现在难以确考，但清人有一点是正确的，那就是金代诗歌的魄力要比元诗为大。金代诗歌，特别是金代中期的诗歌，基本上是在北方文风的孕育下出现的。诗人的性格、抱负具有北方豪杰气势豪迈的特点。金诗中，很少见有男女风月、倚翠偎红、格调低下之作。赵秉文评王硐诗：“嘲戏风月，一言不及也。”①其实在其他诗人的作品中，那样的作品也很少出现。被认为金代“国朝文宗”的诗人蔡珪，他的代表作《野鹰来》：“南山有奇鹰，置穴千仞山。网罗虽欲施，藤石不可攀。鹰朝飞，耸肩下视平芜低，健狐跃兔藏何迟。鹰暮来，腹肉一饱精神开，招呼不上刘表台。锦衣少年莫留意，饥饱不能随尔辈。”代表了北方文人的刚健的性格和积极的人生态度，开启了“国朝文派”的创作道路。《野鹰来》曲由后汉刘表始创。魏郦道元《水经注》卷二十八曰：“（襄阳沔水南）有层台，号曰景升台，盖刘表治襄阳之所筑也。言表盛游于此，常所止憩。表性好鹰，尝登此台歌《野鹰来》曲。”宋曾慥《类说》卷二也记云：“刘表为荆州刺史时，筑呼鹰台，作《野鹰来》曲。”蔡珪显然是借用了刘表的《野鹰来》的乐府旧题，但蔡珪的诗歌格调与刘表则截然不同。刘表歌《野鹰来》曲，

① 金·赵秉文：《闲闲老人滏水文集》卷第十一《遗安先生言行碣》，四部丛刊初编本。

"其声韵似孟达《上堵吟》"。[①] 所谓孟达《上堵吟》的声韵,即是"音韵愤激",为"哀思之音"[②]。而蔡珪诗歌中置穴千仞之高山,下视平芜,上冲下击的"奇鹰"形象,则是追求自由和不屈的个性,以及积极乐观、奋发向上精神的形象写照。

反映这种思想内容的作品并不在少数。周昂《溪南》诗:"洒落高秋气,飞腾壮士心。"《夜步》诗:"独立乾坤大,徐行杖履轻。"表现的是一种胸怀天下,封侯万里的气魄。有时,这样的思想感情通过衬托、比喻、象征的手法表现出来,如蔡珪《闾山》诗:"西风绝境抚孤松,千里川原四望通。但怪林梢看鸟背,不知身到碧云中。"许安仁《望少室》:"名山都不见真形,万仞盘盘入杳冥。安得云间骑白鹤,下看三十六峰青。"雷思《食松子》:"千岩玉立尽长松,半夜珠玑落雪风。休道东游无所得,岁寒梁栋满胸中。"元德明有《楸树》诗:"道边楸树老龙形,社酒浇来渐有灵。只恐等闲风雨夜,怒随雷电上青冥。"这些诗借写景或咏物,真实地表达出诗人开阔的心胸和豪放的性格。立意高远,气度不凡。

许多作家的诗歌表现出对豪迈遒劲风格的追求,后人往往评价为"高趣"、"高意"、"豪逸"等,其词不一,其意则相同。元好问评价姚孝锡"古诗犹有高趣"[③];冯子翼"诗有笔力"[④];边元鼎"诗文有高意"[⑤];周昂"文笔高雅"[⑥];师拓"作诗有气象"[⑦];郦权"作诗有笔力"[⑧];冯璧"诗笔清峻,似其为人"[⑨];魏抟霄诗"笔力豪逸"[⑩]。《金史》云:"郑子聃、麻

---

① 北魏·郦道元:《水经注》卷二十八,中华书局 1997 年版。

② 宋·乐史:《太平寰宇记》卷一百四十三:"孟达为新城太守。登白马山而叹曰:'刘封、申耽据金城千里而不能守,岂丈夫也哉?为《上堵吟》。今人犹传此声,音韵愤激,其哀思之音乎?'",文渊阁四库全书本。

③ 金·元好问:《中州集》卷十,四部丛刊初编本。

④ 金·元好问:《中州集》卷二,四部丛刊初编本。

⑤ 同上。

⑥ 金·元好问:《中州集》卷四,四部丛刊初编本。

⑦ 同上。

⑧ 同上。

⑨ 金·元好问:《中州集》卷六,四部丛刊初编本。

⑩ 金·元好问:《中州集》卷四,四部丛刊初编本。

九畴之英俊，王郁、宋九嘉之迈往。”南渡后诗人王元粹“年十八九，作诗便有高趣”①。

元代杨载《诗法家数》曾主张在作诗中，“立意要高古浑厚，有气概，要沉着，忌卑弱浅陋。炼句要雄伟清健，有金石声。”杨载的这一诗学理论，可以认为是对金代中期诗人的诗歌创作的一个总结。

追求“气格”，重在“气”。“气”统人之性情、人之气质，故金代中期，对人格特征的探讨自然也进入了关注的视野。大定二十二年进士宗端修云：“为政不难，治心养气而已。”他并说：“治心则心正，心正则不私。养气则气平，气平则不暴。不私不暴，为政之术，尽于此也。”②

清人顾奎光在《金诗选·序》中云：

> 夫诗由心生而发于文章声律，则随气以形，心之悲愉忻戚略同，而气之婉直柔劲各异，气赋于人而亦囿于地。金踞西北并幽燕冀之间，多慷慨悲歌之士。雍州厚重质直，故有夏声。至于嵩邙汴洛，戎马驱驰，上下百年，兴亡再见，南迁东守，播越无恒。故遗臣感庙社之丘墟，悼宫廷之禾黍，故其诗雄健而踔厉，清刚而激越。悲凉苍莽，饶沉郁慷壮之思。论者谓诗教敦厚，于柔婉为近，顾靡曼絮弱，专务姿媚，而乏骨力，病其类于妇人。然则金诗虽染宋季余习，而以救靡曼絮弱之病，固亦未可少也。

他对金诗评价为“雄健而踔厉，清刚而激越”是非常中肯的。而到元代，由于国家的统一，社会背景的变化，南北诗风的融合，元代诗歌的北方风格完全融化在中华一统的大文学当中。

二、追求“气格”的诗歌实践

方回《瀛奎律髓》卷十云：“予谓诗家有大判断、有小结裹。姚之诗专

---

① 金·元好问：《中州集》卷七，四部丛刊初编本。

② 金·元好问：《中州集》卷八，四部丛刊初编本。

在小结裹，故四灵学之，五言八句皆得其趣，七言律及古体则衰落不振。又所用料不过花、竹、鹤、僧、琴、药、茶、酒，于此几物，一步不可离，而气象小矣。”方回评断“永嘉四灵”的创作是以晚唐诗人姚合为宗尚，故他们在创作趣尚上专门在“小结裹”，亦即在诗歌的技巧形式表现方面做文章，这使其诗作在意象运用上显得相对拘限，诗的审美气象也显得甚为狭小。这和金代中期诗坛所追求的“气格”正好形成鲜明的对比。

我们可以从古人运用“气格”进行的批评实践中，来认识“气格”的内涵。

许学夷评贾岛五言律：“虽多变体，然中如‘飘蓬多塞下’、‘归骑双旌远’、‘数里闻寒水’、‘闽国扬帆去’四篇，尚有初、盛唐气格，惜非完璧”①。翁方纲《石州诗话》卷五评金末李汾《怀淮阴》：“渭水波涛喧陇阪，散关形式轧兴元”是“气格亦不减古人也。大约以幽并慷慨之气出之，非尽追摹格调而成”。胡应麟《诗薮·杂编》卷六亦云：“李汾长源在诸人中，稍有气格。如‘紫禁衣冠朝玉马，青楼阡陌瞰铜驼’、‘汴水波光摇落日，太行山色照中原’、‘日晚豺狼横路出，天寒雕鹗傍人飞’、‘昆仑劫火惊人代，瀛海风涛撼客楂’。皆颇矫矫。”宋代陆游《老学庵笔记》云：“唐韩翃诗云：‘门外碧潭春系马，楼前红烛夜迎人。’近世晏叔原乐府词云：‘门外绿杨春系马，床前红烛夜呼卢。’气格乃过本句，不谓之剽可也。”②明代谢臻《四溟诗话》卷一评杜甫诗：“虽为诗史，气格自高”。

由上面举例来看，古人所谓“气格”，包含了对诗歌意境方面的要求。

元好问把诗歌有“笔力”、“高意”，作为评价金代中期诗人的一个审美标准。刘祁评进士高庭玉“公诗亦高”③；而清代陶玉禾《金诗选》

① 明·许学夷著、杜维沫校点：《诗源辨体》卷二五，人民文学出版社 1987 年版，第 258 页。

② 宋·陆游、李剑雄、刘德权点校：《老学庵笔记》卷五，中华书局 1997 年 12 月版，第 65 页。

③ 元·刘祁著、崔文印点校：《归潜志》卷四，中华书局 1997 年版。

卷一评刘迎诗“气骨固绝高”。张晶先生评刘迎诗“特出之处主要在意境雄浑高古，气骨健劲，充分体现了国朝文派初起时的鲜明特征。”①

金中期诗坛的一些写景诗，大气包举，酣畅淋漓，气象开阔，颇有气格。任询《浙江亭观潮》具有代表性。诗歌描写浙江大潮滚滚东来时的景象：“海门东向沧溟阔，潮来怒卷千寻雪。浙江亭下击飞霆，蛟蜃争驰奋髯鬣。巨鹿之战百万集，呼声响震坤轴立。昆阳夜出雨悬河，剑戟犇冲溃寻邑。”气势宏大，惊心动魄。中间用弄潮的吴人作为点缀和衬托，渲染出潮水的汹涌澎湃：“吴侬稚时学弄潮，形色沮懦心胆豪。青旗出没波涛里，一掷性命轻鸿毛。”接着展示出潮水过后，风平浪静，晚霞照碧的辽阔情景，“须臾风送潮头息，乱山稠迭伤心碧。西兴浦口又斜晖，相望会稽云半赤。”最后以感慨作结：“诗家谁有坡仙笔，称与江山作勍敌。援毫三叫句不成，但觉云涛满胸臆。”

全诗境界阔大，表现出对神奇、充满生命力的大自然的讴歌与赞美，具有激荡人心的艺术感染力。

再如萧贡《日观峰》：“半夜东风搅邓林，三山银阙杳沉沉。洪波万里兼天涌，一点金乌出海心。”任询《忆郎山》：“万壑溪流合，千峰木叶黄。郎山五千丈，独立见苍苍。”朱自牧《冬日拟江楼晚望》：“万里长空淡落晖，归鸦数尽下楼迟。山如骇浪高低涌，天似寒灰黯淡垂。紫塞西横连统万，黄河东下接汾睢。此邦形势雄今古，只与羁人百不宜。”李晏七律《白云亭》：“白云亭上白云秋，桂棹兰桨记昔游。往事已随流水去，青山空对夕阳愁。兴亡翻手成舒卷，今古无心自去留。独倚西风一惆怅，数声柔橹下汀洲。”

这些诗歌意象开阔，情感深沉而富有哲理，皆代表了这段时期诗歌重“气格”的艺术追求。

元好问《中州集》卷六引诗人冯璧语云：

> 所贵于君子者三：曰气、曰量、曰品。有所充之谓气；有所

---

① 张晶：《辽金诗史》，东北师范大学出版社 1994 年版，第 189 页。

受之谓量。气与量备,而才行不与存焉。本乎才行气量,而绝出乎才行气量之上之谓品。品之所在,不风岸而峻;不表襮而著;不名位而重;不耆艾而尊。是故为天地之美器,造物者靳固之不轻以予人。阅百千万人之众,历数十百年之久,乃一二见之。同乎其时,非无孤隽伟杰之士,从容于礼文之域,角逐乎功名之地,唯其俗不可以为雅,劣不可以为胜,故自视缺然。

从元好问所引冯璧的上述观点中,可以看出当时的文人对"气"的理解。反映在文学创作中,"气"就表现为诗人的主体情感对诗歌内容的主导作用,从而使得诗歌主题鲜明,文势充沛,一气贯注。陈子昂主张恢复魏晋风骨,也就是要求诗歌能够"骨气端翔,音情顿挫,光英朗练,有金石声。"刘勰对风骨的语言风格和思想情感等方面提出了具体的要求。他说:"故练于骨者,析辞必精;深乎风者,述情必显。捶字坚而难移,结响凝而不滞,此风骨之力也。若瘠义肥词,繁杂失统,则无骨之征也。思不环周,索莫乏气,则无风之验也。"即文章要有风力,就要求感情表现得显豁清晰[①]。

平凉诗人师拓,大定朝累举不第。明昌中,有司荐其才,以嗜酒不果,故他有的诗歌抒发怀才不遇、有志难伸的愤闷不平之气,具有"梗概多气"的特点。其《浩歌行送济夫之秦行视田园》:"霜敛野草白,气肃天宇清。开尊酌远客,饯此秦关行。秦关杳杳愁西顾,千里苍茫但烟树。子今行辔按秋风,想见秦关雄胜处。河流汹汹昆仑来,莲峰秀拔青云开。终南南走络巴蜀,五陵北望令人哀。我本渭城客,浪迹来东征。穷齐历宋嗟何营,尚气慕侠游梁城。信陵白骨委黄土,夷门谁复知侯生。拊剑一长啸,作歌谁为听,青天白日空冥冥。不能乘桴入沧海,拂衣且欲归汧泾。落魄高阳归未得,送子西归空怆情。"诗中多垒落不平之语,也正如元好问评其"作诗有气象"[②]。师拓的其他诗如《秋夜吟》:

① 参见郭绍虞、王文生:《中国历代文论选》第一册,上海古籍出版社 2001 年新版,第 163 页。

② 金·元好问:《中州集》卷四,四部丛刊初编本。

"阪路太行险,波涛沧海深。素缊未偶时,白发捋盈簪。壮士暮年意,游子中夜心。拊剑一太息,月暗天横参。"《浩歌行送济夫之秦行视田园》:"我本渭城客,浪迹来东征。穷齐历宋嗟何营,尚气慕侠游梁城。信陵白骨委黄土,夷门谁复知侯生。拊剑一长啸,作歌谁为听。青天白日空冥冥,不能乘桴入沧海。"《冬夜二首》其一:"默然不平事,起坐长太息。书但记姓名,剑本匹夫敌。追奔慕前哲,恢张济时策。何意造物儿,重此稻粱役。"其二:"贫贱岂足戚,所思天下英。盘木无先容,竟与枯朽并。"皆如他自己所云:"兴酣气益振,孤愤远飘激"(《冬夜二首》其一)。这些诗歌皆具有文势充沛、感情强烈、一气贯注的艺术魅力。这种重"气"的诗歌创作是金代中期诗坛普遍的诗学审美表现。元代姚燧在论及冯子翼及其子冯璧、孙冯渭等冯氏家族三代诗人的诗文创作风格时说:"夫人之言为声,声原于气。中顺(指子翼,子翼曾官中顺大夫同知临海军节度使事)之气劲,故其辞简洁而峻清。右部(指璧之子渭,元中统间,曾官右三部郎中)之气和,故其辞温厚而优柔。通议(指子翼之子冯璧,璧官终通议大夫同知节庆军节度使)之气粹以正,其学综博而趋约,故其言之见于诞布除拜、吟情托物、诛奸彰善者,刬戛陈言,一以经史为师,淡丽而不谀,奥雅而雄深,多体而不穷,视金诸作,最为高古,信一代文章之宗也。"[①]姚燧以"气劲"、"气和"、"气粹以正"来评价三人的诗文特点,皆以"气"作为评价的中心,推崇"奥雅而雄深,多体而不穷",即风格雅健、文势雄放的诗文作品。

第三节　诗歌"气格"说的特征

一、地域性

地域文化是在一个相对稳定的环境中,"在自然地理环境和人文社

---

① 元·姚燧:《牧庵集》卷三《冯氏三世遗文序》,文渊阁四库全书本。

会因素等多重要素综合作用下，在一个相当长的历史时期中逐步孕育和形成的。”①金代中期诗坛推重“气格”，并且成为有别于其他地区的，能够代表金源一代诗歌的文学创作特色，因而具有地域性的特征。

由于民族、地理等方面的因素，一个地域的各种艺术在风格上，往往具有共同的倾向。从大的方面来讲，中国文化在地域概念上有南、北之分，如音乐之“北音”和“南音”、绘画之“南宗”和“北宗”等。分别以黄河流域和长江流域为代表的南、北两大区域板块组成了中华文明的整体版图。尽管这种划分仅具相对意义，但我们也不能忽视其中的差异。北方严酷的自然环境，使北方人磨练出了他们的强壮体魄和豪爽性格；南方暖和温润的气候条件，也造就了他们柔和的性格。南北自然环境和民族性格的差异，自然也会体现在文学艺术的审美风格上。

在山水意境的选取和审美风范的追求上，同一地域的诗歌与绘画有着天然的一致性。元代诗评家范德机《木天禁语》在论及诗歌的气象时说：“诗之气象，犹字画然，长短肥瘦，清浊雅俗，皆在人性中流出。”所谓人性，即是人的禀赋、内在气质以及思想性格，同时也包括个人所处的自然地理方面的环境因素。

北方人质直尚义。赵秉文云：“河朔之地，沃野千里。……其山川风气，雄深郁律，故其人物魁杰秀异，有平原之遗风、廉蔺之英骨”。“三晋多奇士，其土风之然乎?”②施宜生亦云：“渔阳山水雄秀”，“功名豪杰之士，多生其间。”③李觏云：“西北地高而寒，其民体厚而力强，气刚而志果。”④吴梅《辽金元文学史》在谈到金代文学时也指出：“其士大夫之润色鸿猷者，多产于幽并燕赵鲁之间，得其山川雄深浑厚之气，习其北方整齐严肃之俗，发为文章，每能华实并茂，风骨遒上，绝胜江南之柔弱。”古今文人皆注意到了北方自然地理与北方豪放性格的联系。

---

① 见《关于地域文化研究的几个问题》，载《山东社会科学》2004 年第 12 期，《新华文摘》2005 年第 4 期。

② 金·赵秉文：《闲闲老人滏水文集》卷第十三《寓乐亭记》，商务印书馆丛书集成本。

③ 金·施宜生：《渔阳重修宣圣庙碑》，《金文最》卷六十七，中华书局 1990 年版。

④ 宋·李觏：《李觏集》卷十七《强兵策》，文渊阁四库全书本。

元好问论及南北诗风的差异时,曾云“慷慨歌谣绝不传,穹庐一曲本天然。中州万古英雄气,也到阴山敕勒川。”①他又说:“北人不拾江西唾,未要曾郎借齿牙。”②元好问在这两首诗中,意在突出中州英雄气代表的北方文风,与江西诗派代表的南方文风有着明显的差别,从而强调北方民族崇尚豪爽之气和刚健之美的文化性格。元好问《自题中州集后五首》其一还指出:“邺下曹刘气尽豪,江东诸谢韵尤高。若从华实评诗品,未便吴侬得锦袍。”诗中以“气”、“韵”作为北方和南方诗歌审美的标准,也体现出北方文风与南方的不同之处。“国朝文派”的形成,体现在诗歌创作上,就是作为地域文学的北方文风在中国文学发展中以独立的面目出现。“国朝文派”具有地域色彩,即“我朝文派”或“北方文派”,专门和“宋朝文派”相对,以和“宋朝文派”各占半壁江山。张金吾《金文最 · 自序》中云:“金有天下之半,五岳居其四,四渎有其三,川岳炳灵,文学之士,后先相望。惟时士大夫禀雄深浑厚之气,习峻厉严肃之俗,风教固殊,气象亦异,故发为文章,类皆华实相扶,骨力遒上。”顾奎光《金诗选 · 序》云:“(金)诗雄健而踔厉,清刚而激越,悲凉苍莽,饶沉郁慷壮之思。”陶玉禾《金诗选凡例》云:“(金诗)苍莽悲凉不为妩媚,行墨间自露幽并豪杰之气。”当代学者周惠泉认为金代文学是“在汉文化与北方民族文化的双向交流中,以质实贞刚的审美风范彪柄于世。”③詹杭伦先生认为金代文学“以保持华实相扶、骨力遒上为其特色。”④张晶先生也以“慷慨苍凉、清刚雄健”⑤来概括金代诗歌的整体特色。

“气格”说具有地域性而非仅具个别性特征,是金代诗歌区别于同时期其他地域文学的标志。

一般地说,文学艺术的地域性特征往往表现出地域艺术具有风格

---

① 金 · 元好问:《遗山先生文集》卷十一《论诗三十首》其七,四部丛刊初编本。
② 金 · 元好问:《遗山先生文集》卷十三《自题中州集后五首》其二,四部丛刊初编本。
③ 周惠泉:《金代文学学发凡》,东北师范大学出版社 1994 年版,第 289 页。
④ 詹杭伦:《金代文学思想史》,成都科技大学出版社 1990 年版,第 5 页。
⑤ 张晶:《辽金诗史》,东北师范大学出版社 1994 年版,第 178 页。

的趋同性。王昊先生在论及金词时，明确地提出金词的北方特色。“金词的审美价值除却体现在对唐五代、北宋词以来的词境有所拓展外，主要即在于为词史提供了审美范型上的北派风格。”①元人赵文《青山集》评宋南渡词人的风格：“渡江后，康伯可未离宣和间一种风气，君子以是知宋不能复中原也。近世辛幼安跌宕磊落，犹有中原豪杰之气。而江南言词者宗美成，中州言词者宗元遗山，词之优劣未暇论，而风气之异，遂为南北强弱之占，可感而已”。稼轩词“跌宕磊落，犹有中原豪杰之气”，所显示的正是一种北方文化特有的刚健豪爽的精神气质。在金赋方面，当代学者康金声在分析了王寂《岩蔓聚奇赋》、赵秉文《游西园赋》、李俊民《醉梨赋》后认为，金赋的风格特色是以“雄健豪壮、骨力遒上为主，自然平淡、恬静冲和次之”②。

北方的艺术，不仅语言文学方面风格趋于一致，而且在绘画风格上，也表现出与南方不同的特征。清代乔亿《剑溪说诗》卷上认为：“古人诗境不同，譬之者山川。”就绘画而言，地处北中国的金代绘画就与南方绘画在风格上有着显著的差异。虽然北方三大家画风各有特色，李成的特色是“气象萧疏，烟林清旷，毫锋颖脱，墨粉精微”；关仝的特点是“石体坚凝，杂木丰茂，台阁古雅，人物幽闲”；而范宽的特色是“峰峦浑厚，势壮雄强，枪笔俱均，人屋皆质”。③ 但总体来说，北方山水画风与“气质柔弱”、“琐细”④的南方山水画派有明显的不同。特别最能代表北方画风的是范宽。“范宽山水浑厚，有河朔气象。瑞雪满山，动有千里之远。寒林孤秀，挺然自立，物态严凝，俨然三冬在目。”⑤张元干在品题洛阳画家范恬山水画轴时论道：“西北山川峻极雄壮，良由土厚水深，以故风俗醇古，自昔贤杰生其地者，得所种禀，混全质直，忠信严重。宜乎功名节义，代不乏人。此语可为知者道。洛阳范恬智夫尝与乃叔戏

① 王昊：《论金词北派风格之成因》，《洛阳师范学院学报》，2001 年第 6 期，第 61 页。
② 康金声、李丹：《金元辞赋论略》，学苑出版社 2004 年版，第 13 页。
③ 宋·郭若虚：《图画见闻志》卷一《叙论》，文渊阁四库全书本。
④ 《宣和画谱》卷十二《山水》，文渊阁四库全书本。
⑤ 宋·赵希鹄：《洞天清禄集·古画辨·范宽》，文渊阁四库全书本。

作短轴,盖取范宽笔法,展卷便觉关陕气象,历历在眼。向来惠崇辈爱写江南黄落村,平远弥望,数峰隐约,虽曰造化融结有殊,然而秀发可喜,终近轻浮,何能起予滞思?”①

金代山水诗、题画诗以及山水画,可以为我们展现出北方艺术不同于南方的独特魅力。宋濂《题金显宗所画墨竹》:“(显宗)稍有余闲,辄游戏翰墨,往往散落人间者,皆强劲挺拔可玩。”显宗所画墨竹“强劲挺拔”,无疑是体现了北方画风的基本特征。

二、主体性

“气格”不仅表现为作品的风格特征,最重要的是关涉到创作主体的内在人格修养、胸襟抱负、品德操守。“气”原作为哲学范畴,指事物的本源。《文子·自然》云:“气者,生之元也。”《论衡·自然》云:“天地合气,万物自生。”后来“气”也引申指人的本源。“气,生之充也。”“气,身之充也。”气为生命之本。古人以气论文,表现出强烈的生命意识和宇宙意识。孟子云:“吾善养我浩然之气。”②所谓“浩然之气”,即“至大至刚,以直养而无害,则塞于天地之间”的人格之气。如宋人朱熹所注:“至大,初无限量;至刚,不可屈挠。盖天地之正气,而人得以生者,其体段本如是也”③。“气”关乎人的禀性与学问、见识等。经过后天培养而形成的个人素质并不相同。“气质”、“气象”、“气势”、“气韵”、“气体”、“骨气”、“志气”等,皆包含着对世界本体的关照和个体生命的高扬,对于一个作家来说,它反映出作家个体生命的特征。

明谢臻《四溟诗话》卷一指出:“诗文以气格为主,繁简勿论”。诗歌追求“气格”,是与诗人的气度、胸襟、抱负、人格相联系的。在我国历史上,最早运用“气格”来评价文人的文学创作特征的是在五代时期。《旧五代史》记渤海无棣人李愚“为文尚气格,有韩柳体,励志端庄,风神

① 宋·张元干:《芦川归来集》卷九《题范叔仪所藏侄智夫山水短轴》,文渊阁四库全书本。

② 战国·孟轲:《孟子·公孙丑章句上》,文渊阁四库全书本。

③ 宋·朱熹:《四书集注·公孙丑章句上》,文渊阁四库全书本。

峻整，非礼不言，行不苟且”[①]。在评价李愚文章风格的时候，里面也联系到他的人品风神。刘勰更喜欢用“血气”、“才气”等词，来说明诗人主体的气度、气质。他在《文心雕龙·体性》中认为：“才力居中，肇自血气。气以实志，志以定言。”作家“才气”有别，其作品的风格自然就不同。“是以贾生俊发，故文洁而体清；长卿傲诞，故理侈而辞溢；子云沉寂，故志隐而味深；子政简易，故趣昭而事博；孟坚雅懿，故裁密而思靡；平子淹通，故虑周而藻密；仲宣躁锐，故颖出而才果；公干气褊，故言壮而情骇；嗣宗俶傥，故响逸而调远；叔夜俊侠，故兴高而采烈；安仁轻敏，故锋发而韵流；士衡矜重，故情繁而辞隐。触类以推，表里必符。岂非自然之恒资，才气之大略哉？”刘勰十分重视作家“自然恒资”、“才气”的地位和作用。这些属于“气格”的因素在刘勰诗歌理论中占有重要位置。可见在文学作品中，强烈的主体性是灵魂。

在金代中期诗坛，“气格”的主体性的表现一方面存在于具体的作品当中，另外是体现在周昂的“主意”的诗学理论当中。正因“气格”在重视诗歌形式、格律方面的基础上，更重视思想情感的抒发，所以它直接导致了“主意”诗歌理论的形成。周昂认为：“文章工于外而拙于内者，可以惊四筵而不可以适独坐，可以取口称而不可以得首肯”。同时他又主张“文章以意为主，以字语为役。主强而役弱，则无令不从。今人往往骄其所役，至跋扈难制，甚者，反役其主。虽极辞语之工，而岂文之正哉？”这个观点继承了杜牧《答庄允书》：“凡为文以意为主，气为辅，以辞采章句为之兵卫”。“苟意不先立，止以文彩辞句，绕前捧后，是言愈多而理愈乱。”“以意全胜者，辞愈朴而文愈高；意不胜者，辞愈华而文愈鄙”[②]的看法，不过在新的背景下，又赋予了新的内涵。

在周昂诗学理论的形成过程中，曹丕的“文气说”、甚至孟子的“养气说”的影响也至关重要。金代中期和以后的不少诗人继承了“文气说”的理论主张。与北方大定时期同时的南宋诗人陆游认为：“文以气

① 宋·薛居正等：《旧五代史》卷六十七《李愚传》，中华书局1976年版，第890页。
② 唐·杜牧：《樊川文集》卷十三，上海古籍出版社1978年版，第194—195页。

为主。出处无愧,气乃不挠。"①清代阙名《静居绪言》云:"人以李、杜为才大,未也。李、杜之高凌八代,俯视一切者,气之大也。气大则宏中肆外,致广尽微而有余。然莫作矜才使气看,亦如孟子所谓浩然之气,养而充者也。"清朱庭珍《筱园诗话》卷一认为:"诗以气为主,有气则生,无气则死。""气以雄放为贵,若长江、大河涛翻云涌,滔滔莽莽,然非有至静者宰乎其中以为之根,则或放而易尽,或刚而不调。气虽盛,而是客气,非真气矣。故气须以至动涵至静,非养不可。"古人的有关理论皆为对"气格说"的进一步阐述,或为意义上的补充。

"气格"的主体性特征,涉及一个人的气质和修养,和生活环境、家庭熏陶、人生经历、后天教育等有直接关系。张戒《岁寒堂诗话》卷上所云:"人才气格,自有高下,虽欲强学不能。"在一定程度上体现了"气格"形成过程中要受到各种因素的影响的客观事实。金代气格理论的出现,一方面受传统理论的影响,另一方面,与北方地域文化的熏陶和个人主体的社会实践有密切的关系。

三、圆融性

诗歌追求"气格",旨在达到一种主题突出,形象鲜明的艺术境界。清贺裳《载酒园诗话·又编》评李贺诗:"骨劲而神秀,在中唐最高,浑有气格,奇不入诞,丽不入纤。"元王恽评明昌进士赵思文诗歌"其气浑以厚,其格精以深。不雕饰,不表曝。遇事遣兴,因意达辞,略无幽忧憔悴、尖新难险之语。"②这些文论家在论述"气格"的时候,都主张追求诗歌的通体完美,一气贯注,神完气足。清朱庭珍《筱园诗话》卷四云:"作律诗虽争起笔,尤贵以气格胜。须要成竹在胸,操纵随手,自起自结,首尾元气贯注,相生相顾,镕成一片。"陆游《读近人诗》:"琢雕自是文章病,奇险尤伤气骨多。"王世贞《艺苑卮言》卷一引姜夔语云:"雕刻伤

---

① 宋·陆游:《渭南文集》卷十五《傅给事外制集·序》,《陆游集》本,中华书局1976年版,第2112页。

② 元·王恽:《秋涧先生大全文集》卷第四十二《礼部尚书赵公文集序》,四部丛刊初编本。

气，敷演伤骨。”要达到“气格”完美，诗人需要解决“气”与“格”相融合的问题，实际上也涉及诗歌内容（气骨）与形式的关系问题。

《说文·木部》释“格”为“木长貌”。《礼记·缁衣》：“言有物而行有格也。”此处“格”为“规矩”、“标准”。至唐代，“格”有三意。一为“格式”，即法则、程序、形式。五代王定保《唐摭言》卷十一云：“张祜，元和、长庆中，深为令狐文公所知。公镇天平日，自草荐书，令以新旧格诗三百篇表进。”白居易将自己五十一岁之后所写诗分为“格诗”和“律诗”。或者说是由运意、句法、章法而形成的作品结构（包括形式结构和作品意脉）。宋代诗论家提出“立格”：“学诗之要，在乎立格、命意、用字而已。……（杜甫）《冬日谒玄元皇帝庙》诗，叙述功德，反复致意，事核而理长；《阆中歌》辞致峭丽，语脉新奇，句清而体好。兹非立格之妙乎？《江汉》诗言乾坤之大，腐儒无所寄其身，《缚鸡行》言鸡虫得失，不如两忘而寓于道：兹非命意之深乎？……学者体其格，高其意，炼其字，则自然有合矣。”[①]二是类别、等级。如唐皎然《诗式》称“诗有五格。”三为风格，清代乔亿《剑溪说诗》卷上：“陶诗浑然元古，在六朝中自有一格。”引申为品质、风貌、品格、格调。苏轼《红梅》诗：“诗老不知梅格在，更看绿叶与青枝。”又引申为诗人运用以语言为媒介手段的诗歌艺术所有的各种客观方法所表现出的感情和思想。宋吴可《藏海诗话》评唐末诗歌“虽格不高而有衰陋之气，然造语成就。”刘克庄《江西诗派序·黄山谷》：“国初诗人如潘阆、魏野，规规晚唐格调，寸步不敢走作。”北宋蔡居厚《蔡宽夫诗话》：“诗语大忌用工太过，盖炼句胜则意不足。语工而意不足，则格力必弱，此自然之理也。”

由“气格”的意义演进来看，“气格”实际上包含“气”与“格”两个方面。“气”盛“格”弱，则诗歌可能会趋于粗放嚎嚣，意无足取；“格”盛“气”弱，则诗歌会雕琢浮靡，华丽柔弱。翁方纲《石州诗话》卷一评盛唐诗歌“气体醇厚，兴象超远”，而卷二评晚唐诗：“以字句之细意刻镂，

① 宋·张表臣：《珊瑚钩诗话》卷二引陈师道语，何文焕《历代诗话》本，中华书局1981年版，第464页。

固有极工者。然形在而气不完,境得而神不远,则亦何贵乎巧思哉!"真正具有"气格"的诗歌,就是两者的平衡。黄庭坚批评王观复的诗:"予友生王观复作诗,有古人态度。虽气格已超俗,但未能从容中玉佩之音,左准绳,右规矩尔!意者读书未破万卷,观古人之文章,未尽得其规摹及所总揽笼络,但知玩其山龙黼黻成章耶?欲知子厚如此学陶渊明,乃为能近之耳!"①清代《全金诗》的编者郭元釪评价元好问《中州集》:"清真淡宕,有宋诗之新而无其鄙俚;有元诗之丽而无其纤巧。文质得宜,正变有体。"②

古代有些文论家强调"气"、"意"的重要性,如宋吴可《藏海诗话》云:"凡诗切对求工,必气弱。宁对不工,不可使气弱。"魏庆之《诗人玉屑》卷六也主张作诗"先意义,后文词。诗以意义为主,文词次之。意深义高,虽文词平易,自是奇作。"清代袁枚《续诗品》甚至认为:"意似主人,辞似奴婢。主弱奴强,呼之不至。穿贯无绳,散钱委地。"这些观点皆有失偏颇。要达到"气格"完美的境界,也应该进行诗句、诗法,亦即"诗格"的锤炼,明、清一些诗人就非常强调"炼格"的必要性。魏庆之《诗人玉屑》卷八云:"炼句不如炼字,炼字不如炼意,炼意不如炼格。以声律为窍,物象为骨,意格为髓。"清代厉志也强调要"四炼",不可偏废。他在《白华山诗说》卷一中指出:"古人诗多炼,今人诗每不解炼。炼之为诀,炼字、炼句、炼局、炼意,尽之意。而最上者,莫善于炼气,气炼则四者皆得。"

上举明清诗论家的这些诗歌创作观点,其实也并不新颖,早在宋、金时期就已逐步形成,如金代大定诗人张建认为:"作诗不论长篇短韵,须要词理俱足,不欠不余。如荷上洒水,散为露珠。大者如豆,小者如粟,细者如尘。一一看之,无不圆成,始为尽善。"③元好问评其父元德明诗"不事雕饰,清美圆熟,无山林枯槁之气。"④所谓"词理俱足"、"无不

---

① 宋·黄庭坚:《豫章黄先生文集》卷二十九《跋书柳子厚诗》,四部丛刊初编本。
② 清·郭元釪:《上〈全金诗〉奏书》,文渊阁四库全书本。
③ 金·元好问:《中州集》卷七,四部丛刊初编本。
④ 金·元好问:《中州集》卷十,四部丛刊初编本。

圆成”，所谓“清美圆熟”，皆体现出金代诗人对“气格”的追求达到一个新的高度。

金代诗歌的“气格”的形成，是以北方少数民族雄健踔厉、清刚激越、苍莽悲凉的文化特色为母体，经过借才异代时期移植和吸收汉文化的艺术养料，和汉文化的浸润、滋养之后所结出的果实。所以才能够在中国古代诗歌发展中，占据自己的一席之地。

第三章 汉化背景下"国朝文派"的典雅趣向

由于金初四朝的诗人多为"异代"作家所构成,故内容多倾向于抒发家国之慨和身世之感,情感质朴悲凉。进入大定时期,随着诗人主体的转化、社会背景的不同,诗歌的题材与风格也发生相应的变化。金代中期,朝廷礼乐文化建设取得明显成果,京城逐渐成为诗歌创作中心。皇室作家和翰林诗人成为诗歌创作的主体。诗人生活艺术化、诗歌创作技巧化,带动了这一段时期诗歌的雅化倾向,并为金后期诗歌"尖新"一派导夫先路。

第一节 诗人生活典雅化

一、朝廷礼乐制度规模化

周密《癸辛杂识·后集》云:"南渡之初,中原士大夫之落南者众。"金初由于战乱的影响,中原汉族士人大批逃往南方,造成金朝地区文化的衰落和凋零。不过金初统治者执行的是汉化的政策,所以首先在朝廷宗室内渐被儒风。熙宗南征中原,得燕人韩昉和汉族儒士教之,以致"赋诗染翰,雅歌儒服,分茶焚香,弈棋象戏,尽失女真故态"①。海陵王

① 宋·宇文懋昭撰、崔文印校证:《大金国志校证》卷十二《熙宗孝成皇帝四》,中华书局1986年版。

小时“好读书,学弈象戏、点茶、延接儒生。”即位后,“嗜习经史,一阅终身不复忘。见江南衣冠文物,朝仪位著而慕之”①。世宗即位之后,金朝社会稳定,经济发展,汉化程度遍及社会各个方面,女真风俗亦渐渐被汉族风俗所融合。元代学者郝经云,此时“中朝尚文属安治,儒雅柄用敦诗书。扬厉伟绩加润色,铺张鸿休尊典谟”②。以致世宗不无感慨,大定十三年三月,世宗对大臣说:“会宁乃国家兴王之地,自海陵迁都永安,女直人浸忘旧风。朕时尝见女直风俗,迄今不忘。今之燕饮音乐,皆习汉风,盖以备礼也,非朕心所好。”③

大定后期,从朝廷的礼乐文化建设到民间的学校教育都已达到一个新的程度。其士大夫文雅风气甚至可比于此时的南宋。卢文弨《归潜志跋》:“金源人物文雅风流,殊不减于江以南。”龚显曾《亦园脞牍》卷四云:“金源魁儒硕士,文雅风流,殊不减江以南人物”。金代人也有将大定、明昌比作北宋宣政的。张翥《题李早三马图》:“金源六叶全盛年,明昌政似宣和前。”《陵川集》卷九《读党承旨集》:“金源人物纂辽宋,国初尚有宣政风。”

大定、明昌时期的礼仪制度建设,确实已具规模。赵秉文云:“大定、明昌间,朝廷清明,天下无事,上方留意稽古礼文之事。”所以,“典章文物,高出近古”④。当时任礼部尚书的张暐贡献很大,朝廷典宪,皆其讨定,修国朝仪礼,完然为一代法。张暐在明昌间著有《大金集礼》,《四库全书总目提要》卷八十二《大金集礼提要》引赵秉文语云,这部书:“分类排纂,具有条理。自尊号、册谥,以及祠祀、朝会、燕享诸仪,灿然悉备”。

金代的音乐制度至世宗末年亦趋完备。金太宗灭亡北宋时,得宋之宫廷乐器等归于上京。所以金之宫廷乐器除用降金的宋人自铸的辰

① 宋·宇文懋昭撰,崔文印校证:《大金国志校证》卷十三《海陵炀王上》,中华书局1986年版。

② 元·郝经:《陵川集》卷九《书蔡正甫集后》,文渊阁四库全书本。

③ 元·脱脱等:《金史》卷七《世宗纪中》,中华书局1997年版。

④ 金·赵秉文:《闲闲老人滏水文集》卷第十一《张文正公碑》,四部丛刊初编本。

钟、辰磬之外，大都得之于北宋。宫廷之乐曲多种多样，凡金皇帝之祭祀宗庙升殿，接见外国使臣，出游等，以及皇后、太子等大规模举动，都有专门乐器演奏，曲名繁多，更有马上乐曲，名为鼓吹乐。朝廷平日宴享，也要奏乐。

《金史》卷三十九《乐上》云：

> 金初得宋，始有金石之乐，然而未尽其美也。及乎大定、明昌之际，日修月葺，粲然大备。其隶太常者，即郊庙、祀享、大宴、大朝会宫县二舞是也。隶教坊者，则有铙歌鼓吹，天子行幸卤簿导引之乐也。有散乐、有渤海乐、有本国旧音，世宗尝写其意，度为雅曲。

大定时期，器物收集亦成规模。由于金朝收集原北宋礼器故物数量繁多，世宗下令加以整理、统计。《金史》卷二十八《礼一》记载世宗即位后："命官参校唐宋故典沿革"，"于一事之宜适、一物之节文，既上闻而始汇次，至明昌初书成，凡四百余卷，名曰《金纂修杂录》。凡事物名数、支分派引，珠贯棋布，井然有序，炳然如丹。"

经过金朝统治者的提倡以及朝廷汉化政策的制定与执行，"大定、明昌间，文治为盛，教养既久，人物辈出"①。可以说，此时文化发展与汉化的水平达到金代的鼎盛时期，明代宋濂《题王庭筠秋山应制诗稿》："自大定以来，累洽重熙，文物声名可拟汉唐，故其一时君臣遇合，天施地受，雨露无际，缘物引兴，浃于泰和。"②在文化领域形成了文学艺术向典雅、精致方向发展的社会环境和文化环境。

二、诗人队伍宫廷化

金代中期，诗人队伍不少是来自皇室作家和翰林文人。金朝"帝王

---

① 金·元好问：《遗山先生文集》卷第十八《嘉议大夫陕西东路转运使刚敏王公神道碑铭》，四部丛刊初编本。

② 《钦定热河志》卷一百十九，文渊阁四库全书本。

宗亲，性皆与文事相浃，是以朝野习尚，遂成风会。”[①]皇室作家主要有世宗、世宗诸子、章宗等。世宗有子7人，其中宣孝太子允恭、豫王允中皆倾慕汉族文化，他们写诗论文，甚至还能够议儒论道。

大定朝，朝廷浸染中原儒风、盛行典雅风气，首先表现在：他们学习汉族皇帝的做法，在一些重要场合，宴赏群臣，览景作赋，诗词唱和。《大金国志》十七记大定十七年四月，世宗和太子、诸王在东苑观赏牡丹。晋王允猷（世宗第三子）赋诗以陈，和者有15人。可见这次宴饷大臣规模之大。由此也可以看出金代朝廷的一些大型诗歌创作活动情况。

章宗亦雅好诗词，“博学工诗”[②]。《归潜志》卷一云：“章宗天资聪悟，诗词多有可称者。”因为好尚文辞，所以章宗在即位之初，就“旁求文学之士以备侍从”。《大金国志》也指出：“章宗性好儒术，即位数年后，兴建太学，儒风盛行。学士院选五六人充院官，谈经论道，吟哦自适。群臣中有诗文稍工者，必籍记名姓，擢居要地，庶几文物彬彬矣。”[③]大定后期到章宗时，统治者有意识地延揽、召集、礼遇文学之士，使这段时期在朝廷汇聚了众多宫廷文学作家。

关于世宗、章宗朝皇室成员的诗歌创作，后面将辟专章加以探讨。

大定末，著名诗人党怀英、赵沨、王庭筠、郝俣等相继进入朝廷。京师实际上成为大定后期以党怀英、王庭筠为代表的文人团体的文学创作中心，此外还有如许安仁、魏道明、魏抟霄、路伯达、朱澜等翰林诗人也同聚京师。大定二十九年，党怀英与凤翔府治中郝俣充《辽史》刊修官，应奉翰林文字移剌益、赵沨等7人为编修官。明昌初，党怀英、赵沨又得到张汝霖的推荐，受章宗重用。王庭筠于明昌元年，以书画局都监

---

① 清·赵翼著、王树民校证：《廿二史札记校证》卷二十八，中华书局1984年版，第623页。

② 宋·宇文懋昭撰、崔文印校证：《大金国志校证》卷二十，中华书局1986年版，第275页。《金史》卷一百二十五，中华书局1997年版，第2727页。

③ 宋·宇文懋昭撰、崔文印校证：《大金国志校证》卷二十一《章宗皇帝下》，中华书局1986年版。

被召入京，与其舅张汝方评第法书名画。明昌三年，应奉翰林文字。王庭筠为大定、明昌向贞祐、正大过渡时期的关键人物。金后期诗坛不少代表人物都受王庭筠的推崇与荐举。赵秉文、冯璧、李纯甫则受王庭筠的荐引，韩温甫、路元亨、张进卿、李公度与王庭筠为诗友。

赵秉文《滏水集》卷二《解朝酲赋》："已而龙岩、雪溪、皞乌丝而操翰墨，竹溪、黄山，挥玉麈而谈冰霜。"龙岩为任询，雪溪为王庭筠，竹溪为党怀英，黄山为赵沨。诗歌反映了四人在明昌中同聚京城时欢快的情景。

在此期间活动在京师的著名诗人中，任询和朱澜等诗人和皇室的关系比较密切。任询大定末为宫教，密国公曾从其学书。年六十四致仕，时在大定末。朱澜大定二十八年及第时，年已六十。及第后，为诸王文学，密国公少日曾从其学诗。迁应奉翰林文字，国史院编修，章宗朝终于翰林待制。章宗有《翰林待制朱澜侍夜饮》诗唱和。

明昌间，王硐、张建、文起等著名诗人也被召入京。元好问指出："明昌、承安间，文治已极，天子思所以敦本抑末，厚天下之俗，既以经明行修举王硐逸宾、张建吉甫、文商伯起辈三数公，官使之矣。"①其中张建被召为宫教，元妃李氏师儿为弟子。明昌五年，张建又被召为书画直长，授应奉翰林文字。《兰泉先生文集序》称张建"入直禁中，与天章宸翰日暮相酬酢。其眷礼之渥，一时词臣无能出其右者。"

元德明《览镜》诗有："台阁多新赋，山林有逸诗。"君臣以诗酒相乐，成一时风气。这段时期的诗歌创作，也以附庸风雅，点缀升平为主，唱和诗、次韵诗、集句诗、应制诗等题材的作品大量出现。

宫体诗以朱澜为代表。朱澜在大定末、明昌间，以宫体诗人著称。由于朱澜曾不仅应奉翰林文字，并有入教宫掖的经历，故当时写过许多的宫体诗歌。金末元好问曾见其"集中多宫词"。但其诗集早已不存。现存三首诗歌作品中，有一首宫词："太一芙蓉上下天，秋波澹澹白生烟。采莲宫女分花了，笑把兰篙学刺舡。"

---

① 金·元好问：《遗山先生文集》卷第三十一《通玄大师李君墓碑》，四部丛刊初编本。

歌功颂德、颂圣献谀的应制诗歌的大量出现，是宫廷典雅诗风的具体表现。世宗朝，王寂写有《万春节口号》诗，诗云："翠舆黄伞望天颜，警跸西清缀两班。瑞日曈曈明彩仗，香云霭霭拥蓬山。已闻贺使朝金阙，伫见降王款玉关。君寿国安从此始，老人星现丙丁间。"有颂圣贡谀的倾向。赵沨《中秋》诗因末句有云："圣朝不奏霓裳曲，四海歌讴即乐声。"受到章宗称赏。《中州集》卷四记载："史舜元尝从文孺学诗，说道陵（章宗）中秋赏月瑞光楼，召文孺对御赋诗，以清字为韵。道陵读至落句，大加赏异，手酌金钟以赐，且字之曰：'文孺，以此钟赐汝作酒直。'士林荣之。"赵沨另有《扈从车驾至荆山》："侍从有臣司碧落，笑谈无处不春风。"《得鹅应制》："共喜园林得新荐，侍臣齐捧万年觞。"诗人甘于以文学侍臣的身份，为统治者粉饰升平。

另外应制诗还有如党怀英《应制粉红双头牡丹》二首。周驰明昌间有唱和章宗诗《箸诗》（副题"章庙御题，限红字韵"）。当时应制诗的数量当以王庭筠为最多。金源之制，每岁正月幸春水，九月幸秋山。王庭筠为翰林修撰时，曾扈从秋山，所作应制赋诗达三十余首。

应制诗创作数量较多的还有刘住儿。据有关资料记载，明昌元年（公元 1190 年），益都府童子刘住儿，年 11 岁，能诗赋，诵大小六经，所书行草颇有法。章宗召至内殿，试《凤凰来仪》赋、《鱼在藻》诗，又令赋《旱》诗，章宗嘉之，赐本科出身，并给钱粟官舍，令肄业太学。明昌五年经义词赋进士韩玉，入翰林为应奉，"应制一日百篇，文不加点"[1]。

章宗明昌间，王庭筠成为文坛中心人物之一，并且成为这一时期典雅诗风的实际推动者。泰和元年，王庭筠次女琳秀入侍掖庭，所以王庭筠和金廷具有特殊的关系。同时，作为"百年文章公主盟"[2]的王庭筠，在大定末、明昌间为文坛领袖。《遗山集》卷十一《王子端山水同屏山赋二诗》之二："万里承平一梦间，风流人物与江山。眼明今日题诗处，却见明昌玉笋班。"按《新唐书》卷一百八十七《李宗闵传》记宗闵："为中

① 金·元好问：《中州集》卷八，四部丛刊初编本。
② 金·元好问：《遗山先生文集》卷第五《王黄华墨竹》，四部丛刊初编本。

书舍人，典贡举，所取多知名士。若唐冲、薛庠、袁都等，世谓之玉笋。”庭筠身边人才之盛，可比唐代穆宗朝李宗闵。

元好问评价王庭筠诗“辞理兼备，居然有台阁体裁”①。在我国古代诗歌中，“台阁”与“山林”相对。宋人吴处厚《青箱杂记》卷五最先将诗文分为山林之体和台阁之体两类，所谓“有山林草野之文，有朝廷台阁之文”。台阁体起源于《诗经》中的《大雅》，唐初的上官体、宋初的西昆体、明初“三杨”的台阁体，是古代台阁体诗歌的典型代表。王庭筠的台阁体诗歌是金代中期典雅诗风的代表。

章宗朝是金代朝政的转化时期。章宗统治的20年可分为两段时期，即明昌时期和承安、泰和时期。明昌时期，章宗还能够继承世宗之业，在重视文事的同时，将主要精力放在朝政上。刘祁指出，章宗刚登基时，“属文为学，崇尚儒雅，故一时名士辈出。大臣执政，多有文采，学问可取，能吏直臣皆得显用，政令修举，文治粲然。金朝之盛极矣！”②然而明昌以后，章宗“极意声色之娱，内外嗷嗷，机事俱废，间出视朝，不过顷暂。回宫与郑宸妃、李才人、穆昭仪并马游后苑，因留宴，俟月上，奏鼓吹而归，以是为常。张天贵、江渊等用事，聋瞽昏荒，朝中陈奏便宜，多不经主省览。爱王叛于内，边衅开于外，盗贼公行，充斥道路，边疆多事，兵连祸结矣。”③

金代典雅诗风的形成，一方面是金代高度汉化的结果，同时也导致了女真贵族醉心文艺的儒雅心态，并形成了女真贵族的柔弱性格。正如刘祁所云，章宗“文学止于词章，不知讲明经术为保国保民之道，以图基祚久长，又颇好浮侈，崇建宫阙，外戚小人多预政，且无志圣贤高蹈。大臣惟知奉承，不敢逆其所好，故上下皆无维持长世之策，安乐一时，此所以启大安、贞祐之弱也”④。儒雅之风，显然并不会导致金朝朝政日

① 金·元好问：《遗山先生文集》卷第十六《王黄华墓碑》，四部丛刊初编本。

② 元·刘祁著、崔文印点校：《归潜志》卷十二，中华书局1997年版。

③ 宋·宇文懋昭撰、崔文印校证：《大金国志校证》卷二十一《章宗皇帝下》，中华书局1986年版。

④ 元·刘祁著，崔文印点校：《归潜志》卷十二，中华书局1997年版。

非，国势日蹙。而统治者极声色之娱，不知保国保民之道，才是导致金朝衰亡的主要原因。

三、诗人生活艺术化

从世宗大定朝开始，由于社会的安定、经济文化的发展，越来越多的文人有时间、精力、财力进行各种艺术活动。如当时崞县（今忻州）人武伯英"家故饶财，第宅园亭为河东之冠。贮书有万卷楼，嘉花珍果，悉自他州移植。"[①]以此可以想见当时经济的发展，以及对文化活动的影响。

文人宴集可以表现出文人典雅的生活情趣。北宋李公麟（公元1049—1106年）最先创制文人雅集图。从《山石右刻丛编》卷二十《海会寺宴集诗碣》所记来看，大定间，山西阳城诗人曾宴集海会寺，其规模堪比北宋文人雅集。其中李晏、何虑、刘庭彦、郑晖、杨天衢、杨之休诗存。这些诗人聚会时，分韵赋诗，以诗为友。从杨天衢诗《海会寺宴集诗，以禅房花木深为韵，得禅字》中"人生有限兴无限，海会结缘终有缘"之句来看，他们表现出士大夫高雅脱俗的生活情趣和精神追求。

大定末至明昌间的诗歌中，从题材上来说，专写文人士大夫的生活情状、情趣的内容大大增多，诸如送往迎来、谈禅论道、唱和赠答、品茶饮酒、题画题墨、评诗论艺等，催生了与茶酒、字画、唱和等有关题材的诗歌。

党怀英存词仅五首，然皆清雅有致，有士大夫典雅的情趣。五首词中，一首咏茶、一首咏迭罗花、一首咏菊、二首咏七夕故事。运思巧妙，特征为雅。尤以《青玉案》一首最为人所称道。况周颐评此词曰："以松秀之笔，达清劲之气，倚声家精旨也。'松'字最不易做到。"[②]杨慎还注意到此词的文化意义。他在《词品》卷二中称："金国大定、明昌时，文物已埒中国，而制茶之精如此。胡雏亦风味也，非见元宵灯以为妖星下地

① 金·元好问：《遗山先生文集》卷四《云巘序》，四部丛刊初编本。
② 况周颐：《蕙风词话》卷三，人民文学出版社1982年版，第60页。

之日比也。”

统治者的文化素养和艺术修养,带动了大定后期至明昌时期典雅诗风的形成和发展。章宗即位前作为皇太孙,就受到了汉族文化的强烈影响,成为著名的女真诗人、书法家和音乐家。

章宗喜弄翰墨。“听朝之暇,即与李宸妃登梳妆台,评品书画,临玩景物。得句辄自书之。李妃亦有梳妆台乐府,不传于世,亦闺幨中间气所钟也。”①又陶宗仪《书史会要》称章宗:“临轩之余,喜作字,专师宋徽宗瘦金书。”②章宗书法学宋徽宗,而徽宗书法以瘦金书最为著名。陶宗仪《书史会要》云,徽宗“万几之余,翰墨不倦。行草正书,笔势劲逸,初学薛稷,变其法度,自号瘦金书。要是意度天成,非可以陈迹求也。”③章宗还擅长音乐。陶宗仪《辍耕录》卷二十七将金章宗与唐玄宗、后唐庄宗、南唐后主、宋徽宗并列,为五位“帝王知音者”之一。

章宗的艺术才能,来自其皇族的特殊身份,包括既来自于世宗朝的文风濡染,也可能来源于他母亲的影响。据《大金国志》卷十九《章宗皇帝上》载,章宗“母赵氏,即故降授千牛卫将军郓王楷之幼女。”周密《癸辛杂识》续集卷下亦云:“金章宗之母,乃徽宗某公主之女也。故章宗凡嗜好书札,悉效宣和。字画尤为逼真,金国之典章文物,惟明昌为盛。”④

被传统文人认为最能代表古代士大夫典雅生活的表现为“琴、棋、书、画”。在有关史料中,较少看到有对金代诗人“琴”、“棋”方面的描写。《金文最》卷四十九佚名《任君谟表海亭诗跋》称任询为“天下奇才

---

① 《御选历代诗余》引《如庵小集》,文渊阁四库全书本。

② 元·陶宗仪:《书史会要》卷八,文渊阁四库全书本。

③ 元·陶宗仪:《书史会要》卷六,上海书店1984年版。

④ 按:据《金史》卷六十四《显宗孝懿皇后传》:章宗母为显宗孝懿皇后,徒单氏,其先忒里辟剌人也。曾祖抄,从太祖取辽有功,命以所部为猛安,世袭之。祖婆卢火,以战功多,累官开府仪同三司,赠司徒、齐国公。父贞,尚辽王宗干女梁国公主,加驸马都尉,赠太师、广平郡王。大定八年七月,章宗生。明昌二年正月,后崩,年四十五。谥曰孝懿。“后好《诗》、《书》尤喜《老》、《庄》,学纯淡清懿,造次必于礼。”当代学者周延良先生认为章宗皇帝母亲为宋徽宗公主之女,见其《金源完颜璟文行诗词考评》一文,载《民族文学研究》2004年第2期,第30页。

也。世人止以能书见称，谓当为本朝第一，然诚云确论。而尚不知先生所能者多矣。又岂止笔札而已哉？（阙）国以忠贞，临政以清白。至于骑射、骁勇、音律、琴瑟、丹青、艺巧，靡所不（阙）。”像任询这样的全才比较少，但金代著名的书画家却层出不穷。元好问云：

百年以来，以书名者多不愧古人。宇文大学叔通、王礼部无竞、蔡丞相伯坚父子、吴深州彦高、高待制子文，耳目所接见，行辈相后先为一时。任南麓、赵黄山、赵礼部、庞都运才卿、史集贤季宏、王都勾清卿、许司谏道真为一时。①

明宋濂也说：“自党文献世杰、赵郎中文孺、任判官君谟、赵尚书周臣诸公，先后迭起，风声气习，濡染为深。故金之士大夫多以善书名家。”②

大定、明昌间，诗人的书法艺术的整体成就非常突出。其中又以党怀英、赵沨、王庭筠最具代表性。

党怀英、赵沨的篆书可比唐代李阳冰。《中州集》卷四赵沨小传称：“党承旨篆，阳冰以来，一人而已。而以黄山配之，至今人谓之党赵。”而赵沨、王庭筠草书亦精绝。郝经《黄山草圣歌》诗云：“一从蔡党辟文源，复有黄山、黄华相后先。黄山古雅尤老成，迫蔡埒党难重轻。……二王没后无草书，颠张醉素空模糊。只除洛阳杨风子，认得黄山赵蹇驴。”③

浓厚的时代艺术气氛，促进了诗词书画各门艺术的迅速发展。除了上面谈到的书法成就外，绘画艺术也得到长足发展。著名的画家有杨邦基、武元直、张汝霖、耶律履、李遹、马天来、李山等，甚至一些朝廷宗室如世宗宣孝太子完颜允恭（章宗父）也蜚声画苑。金代画家大多数兼擅数艺。大定期间的高德裔、任询、赵可、赵述、李澥、史肃、庞铸、冯

① 金·元好问：《遗山先生文集》卷第四十《跋国朝名公书》，四部丛刊初编本。

② 明·宋濂：《文宪集》卷十二《题史内翰书》，文渊阁四库全书本。

③ 元·郝经：《陵川集》卷十一《黄山草圣歌》。另《陵川集》卷二十《叙书》：“唐以来张旭、僧怀素、杨凝式；宋以来蔡襄、苏轼、黄庭坚、米芾；金源氏赵沨、赵秉文，皆称草圣。”文渊阁四库全书本。

璧、王庭筠，大定之后的赵秉文、高宪、麻九畴、张彀、王中立、赵滋等，诗、书、画皆工。“诗画本一律，天工与清新。”书画艺术的发展，使金代中期不仅产生了大量的题画、评画的诗歌作品，更重要的是增强了社会文化艺术氛围，促进了诗歌创作艺术水平的提高。

金代著名画家数量比较多。《图绘宝鉴》卷四列金代画家 42 人。据《中州集》、《归潜志》、《金史》等古代资料来看，在这些画家中，有三十多位画家兼擅诗文，并取得很大成就，在当时有很大影响。

金初诗画家：张斛，《中州集》卷一称其：“文笔字画，皆有前辈风调。”杜充，刘祁《游林虑西山记》评价他：“辞清婉，字画亦遒逸可爱”；完颜亮，《图绘宝鉴》卷四说他：“喜画方竹。”

金代中期画家：显宗，《图绘宝鉴》卷四：“画獐、鹿、人、马，学李伯时。墨竹自成一家”；蔡珪，《画史绘要》卷三：“蔡珪与王竞八人俱善墨竹，珪学文湖州”；党怀英，赵秉文《滏水集》卷十一：“文章字画盖天性”；张汝霖（见王寂《咏张宫师二疏东归图》诗）；杨邦基，《金史》卷九十：“善画山水人物，尤以画名当世”；武元直，《图绘宝鉴》卷四：“能画，有《巢云曙雪》等作”，有王寂《题高解元所藏武元直山水》诗可证；赵可与其子赵述，《中州集》卷二：“述诗、章、字、画皆有父风”；许安仁，《遗山集》卷四十《许汾阳诗跋》：“字画与明昌辞人龙岩、黄华、黄山诸公，各自名家，世尤宝惜之”；王庭筠，《中州集》卷三：“字画学米元章”，《金史》卷一百二十六：“尤善山水墨竹”；庭筠子王万庆，《中州集》卷三：“诗笔字画俱有父风”，《图绘宝鉴》卷四：“善墨竹，树石绝佳”；任询，《中州集》卷二：“画亦入妙品”，《绘事备考》卷七：“草书妙入神品，工画山水”；史肃，《中州集》卷五：“工于字画”；耶律履，《金史》卷九十五：“精历算、书、绘事”，《绘事备考》卷七：“善画鹿，绰有祖风，人马亦佳，墨竹尤妙”；李仲略，《绘事备考》卷七：“善画山水。尝临米元章名迹，笔意幽澹”；庞铸，《中州集》卷五：“字画亦有蕴藉”，《画史绘要》：“铸善山水禽鱼”。

金代后期诗画家：李澥，《中州集》卷七：“能行书，工画山水”；赵秉文，《中州集》卷三：“字画有魏晋以来风调”，《图绘宝鉴》卷四：“书效钟、王，画梅花竹石”；完颜璹，《图绘宝鉴》卷四：“喜作墨竹”；李遹，《中州集》卷五：“工画山水，得前辈不传之妙”；王庭筠之甥高宪，《中州集》卷五：“诗笔字画俱有舅氏之风”；麻九畴，《中州集》卷六：“字画正书八分皆有功”；冯璧，《中州集》卷五：“字画楚楚，有魏晋间风气”；马天来，《中州集》卷七：“画入神品，百年以来，无出其右者”；高德裔，《中州集》卷八：“工于为文，字画尤有法”；赵滋，《中州集》卷九：“工诗善书能画”；王予可，《中州集》卷九：“字画峭劲”；李山、李天英，《书史绘要》卷八：“为诗喜出奇句，字画亦异人”；王渥，《归潜志》卷二：“字画遒美，有晋人风。”

纯粹以绘画著名的画家有明昌间李早（《图绘宝鉴》卷四：“画人物甚佳，树石不称”）、李公佐（元好问《汾亭古意图》自注：“以山水擅名”），南渡后画家杜莘老（元好问《汾亭古意图》自注：“画品不下古人”）。

大定、明昌间王庭筠、王万庆父子和许安仁书画成就很大。郭元釪云：“金人书画，时论以黄华父子为最，方之宋之二米。”[①]将王氏父子比作北宋著名书画家米芾、米友仁父子，可见对其评价其高。元好问评价许安仁的绘画与书法：“山水图诗，语意高妙，而其字画与明昌辞人龙岩、黄华、黄山诸公，各自名家，世尤宝惜之。”[②]

一个时代绘画水平的高低，在一定程度上代表和反映了这一段时期的文化发展水平。“画者，文之极也。”[③]金代中期画家数量多，著名的画家不少，总体来说，成就显著，这当为政治、经济、文化因素所使然，也是当时追求典雅的时代风气所造成的。任询，大定末致仕后，“家所藏法书名画数百幅，日夕展玩，不知老之将至”[④]。金人评价王庭筠“李

① 清·郭元釪：《全金诗》卷五十一引《金诗纪事》，文渊阁四库全书本。

② 金·元好问：《遗山先生文集》卷第四十《题许汾阳诗后》，四部丛刊初编本。

③ 宋·邓椿：《画继》卷九《杂说》，文渊阁四库全书本。

④ 金·元好问：《中州集》卷二，四部丛刊初编本。

白一杯人影月,郑虔三绝画诗书"①。从中说明当时的文人平时典雅的士大夫生活。

宋代米芾将赏画的人分为好事家与赏鉴家。称二者"自是两等。家多资力,贪名好胜,遇物收置,不过听声,此谓好事。若赏鉴则天资高明,多阅传录,或自能画,或深画意,每得一图,终日宝玩,如对古人,虽声色之奉,不能夺也。"②金代书画家大多非附庸风雅,他们作画、赏画,并以此作为生活的一部分。

第二节　诗歌创作技巧化

被典雅诗风所笼罩的大定、明昌诗坛,其诗歌创作的审美倾向并不是完全相同的。章宗赞赏党怀英,说:"近日制诰惟党怀英最善。"③后来党却又因制诰未使章宗满意而失宠。《金史》记载:"(明昌)五年八月,上顾谓宰执曰:应奉王庭筠,朕欲以诏诰委之,其人才亦岂易得?近党怀英作《长白山册文》,殊不工。""遂迁庭筠为翰林修撰"④。党怀英失宠的原因是制诰不工,而王庭筠正是由于为文工典才得以重用的。此事实际上反映了章宗审美情趣的变化。有金一代,帝王的喜好对诗歌的发展走向起着很重要的作用。上述两例虽然都指文,但也折射出当时诗歌创作的不同美学趋向。

金代中期的诗坛,出现了以党怀英为代表的自然平易风格的所谓"清脱派",和以王庭筠为代表的追求新奇、尖巧风格的"尖新派"。

---

① 清·吴景旭:《历代诗话》卷六十三《三绝》:"赵周臣寄王子端云:李白一杯人影月,郑虔三绝画诗书。吴旦生曰:唐明皇爱郑虔之才,以为博士善图山水好书。尝自写其诗并画以献帝。大署其尾曰:郑虔三绝。……按元遗山称子端诗有师法,高出时辈之右。字画学米元章,其得意处颇能似之。墨竹殆天机所到,文湖州已下不论也。则周臣赠以三绝当不诬云。"文渊阁四库全书本。

② 元·夏文彦撰:《图绘宝鉴》卷一,文渊阁四库全书本。

③ 元·脱脱等:《金史》卷一百二十五《党怀英传》,中华书局1997年版。

④ 元·脱脱等:《金史》卷一百二十六《王庭筠传》,中华书局1997年版。

清潘德舆《养一斋诗话》卷九云："《中州集》以党竹溪与赵闲闲并列大家。闲闲亦谓'堂堂竹溪翁，如天有五星。篆籀深汉魏，文章仿《六经》'。愚按党非赵匹也。党诗清脱有余，雄浑不足。七古如《吴江新霁图》、《春云出谷图》，跌宕处颇得坡公遗意，惜不多见。杰句如'地倾潍水北，山断穆陵东'，'潮吞淮泽小，云抱楚天低'，亦不多见也。闲闲则气体闳大，健笔纵横，名篇巨制，不可悉数，金源之国手，遗山之先师，信无愧色。"

潘德舆旨在区别党怀英和赵秉文的诗歌风格的不同。其实赵秉文是推崇党怀英的文学风格的。刘祁《归潜志》卷十："赵闲闲于前辈中，文则推党世杰怀英、蔡正甫珪，诗则最称赵文孺沨、尹无忌拓。"不过元好问《中州集》卷三收党怀英诗歌64首，题材大致以写景、题画、应制为主，和赵秉文"气体闳大，健笔纵横"的诗歌风格相比，党怀英诗歌确实是"清脱有余，雄浑不足"。

一、《明昌辞人雅制》

党怀英"清脱派"诗歌以《明昌辞人雅制》为代表。《中州集》卷四王硐小传中，有"闲闲公尝集党承旨、赵黄山、路司谏、刘之昂、尹无忌、周德卿，与逸宾七人诗刻木以传，目为《明昌辞人雅制》"。遗憾的是赵秉文所编的这部诗集早已不存，不过里面所收的诗人情况我们可以作一下了解。

首先，这七位诗人皆活动在金代大定、明昌时期，并且大多任职翰林。除尹无忌（师拓）外，党怀英、赵沨、路铎、刘昂、周昂、王硐等其他六人，在明昌间，或因调官或因荐举而齐聚京城，形成了一个以诗风为凝聚力的诗人集团。

在明昌时期的著名诗人中，周昂因其"学术醇正，文笔高雅，诸儒皆师尊之。"[①]而党怀英当然在七人当中文学成就最高，影响也最大。章宗

① 元・脱脱等：《金史》卷一百二十六《周昂传》，中华书局1997年版。

亦"尝叹文人卒无如党怀英者"①。党怀英于明昌间"以高文大册,主盟一世。"②元代郝经称赞他:"世宗大定三十年,师干不试信命通。藻饰皇度议事典,培植教养王化隆。""自此始为金国文,昆仑发源大河东。"③元好问亦以"豪杰之士"目之。

其次,七人具有相同的创作趣味。这些诗人中,党怀英、赵沨、路铎、周昂当时皆有诗集,可以想见当时七人的整体文学创作成就。

再次,七人交游广泛,并且影响很大。除了七人之间互有交往外,王硐、张公药、王琢、师拓、郦权、高公振、王世赏、王伯温、左容、游宗之、路铎,皆以世知名士而相交。刘昂与名士庞铸、靖天明、王硐交往也非常频繁。

党怀英是被潘德舆指为清脱派的代表。"清脱"的涵义包含平易、闲雅的一面。赵秉文极为推崇欧阳修追求平易的诗文风格。他认为:"亡宋百余年间,唯欧阳公之文,不为尖新艰险之语,而有从容闲雅之态。丰而不余一言,约而不失一辞。使人读之者亹亹不厌,盖非务奇之为尚,而其势不得不然之为尚也。"④而在赵秉文看来,党怀英正是继承了欧阳修的风格。所以赵秉文评价党怀英"文似欧阳公,不为尖新奇险之语。"⑤其实党怀英早就阐明了自己的文学观点。他主张:"文当以欧阳子为正,东坡虽出奇,非文之正。"⑥所以,清代潘德舆《养一斋诗话》卷九指出党怀英的诗歌是"清脱有余,雄浑不足",包含有一定的道理。

党怀英被认为诗文"得古人之正脉",并被认为是"国朝文派"正传之宗蔡珪的文风继承者。以党怀英、周昂为代表的明昌辞人形成了"清脱"、"闲雅"的诗歌一派。

"清脱派"诗人普遍不喜苏轼、黄庭坚诗风,而主张学习陶、谢、唐人

---

① 元·脱脱等:《金史》卷七十三《完颜守贞传》,中华书局1997年版。

② 金·赵秉文:《闲闲老人滏水文集》卷第十五《竹溪先生文集引》,四部丛刊初编本。

③ 元·郝经:《陵川集》卷九《读党承旨集》,文渊阁四库全书本。

④ 金·赵秉文:《闲闲老人滏水文集》卷第十五《竹溪先生文集序》,四部丛刊初编本。

⑤ 金·赵秉文:《闲闲老人滏水文集》卷第十一《翰林学士承旨文献党公碑》,四部丛刊初编本。

⑥ 金·王若虚:《滹南遗老集》卷第三十六,四部丛刊初编本。

或宋代欧阳修平易的风格。除党怀英外，还有如师拓、刘昂等。《中州集》卷四称师拓“作诗有气象”①。刘昂“作诗得晚唐体，尤工绝句。”“律赋自成一家。轻便巧丽，为场屋捷法。”②

党怀英“清脱”派诗歌代表了《明昌辞人雅制》的诗歌审美追求。其实一些并没有被赵秉文收入《明昌辞人雅制》的诗人，也受到了“清脱”派诗歌影响。如郦权、刘中、杨伯仁、赵可等。郦权少时，与党怀英、魏抟霄等同师刘瞻。大定间，郦权曾监相州酒税。明昌初，以著作郎召，未几卒。元代王恽指出：“先生在大定间，调监相酒。其风流文采，照映一世。时贤与之，不在明昌词人之下。”③一些诗人如史肃“作诗精致有理，尤善用事。”④刘中“诗清便可喜，赋甚得楚辞句法。尤长于古文，典雅雄放，有韩柳气象。”⑤史公奕“程文极典雅”⑥。世宗朝，杨伯仁久在翰林，“文词典丽”⑦。赵可“风流有文采。诗、乐府皆传于世。”⑧并且在当时，“流辈服其典雅。”⑨

二、尖新派代表王庭筠

相对于赵秉文对党怀英的赞赏，元好问更推崇王庭筠的诗歌。元好问虽然肯定党怀英的文学成就，但也指出他“辞不足而意有余”的缺点。而元好问称王庭筠的诗为“（中州）集中第一”，给予很高的评价。元好问以王庭筠《狱中赋萱》、《狱中见燕》二诗为例，认为王庭筠诗并不刻意模仿古人，而能够得柳宗元诗歌的“清新婉丽”，又能够避苏轼诗中之“怨”，这正符合了“温柔敦厚”、“哀而不伤”的儒学诗论主张，能得

---

① 金·元好问：《中州集》卷四，四部丛刊初编本。
② 同上。
③ 元·王恽：《秋涧先生大全文集》卷第七十一《题坡轩先生诗卷后》，四部丛刊初编本。
④ 金·元好问：《中州集》卷五，四部丛刊初编本。
⑤ 金·元好问：《中州集》卷四，四部丛刊初编本。
⑥ 金·元好问：《中州集》卷五，四部丛刊初编本。
⑦ 元·脱脱等：《金史》卷一百二十五《杨伯仁传》，中华书局1997年版。
⑧ 金·元好问：《中州集》卷二，四部丛刊初编本。
⑨ 元·脱脱等：《金史》卷一百二十五《赵可传》，中华书局1997年版。

"古诗之正"。元好问显然只是看到了王庭筠诗文风格的一个方面，而没有注意到他"尖新"的一面。刘祁引赵秉文语云："王子端才固高，然太为名所使。每出一联一篇，必要时人皆称之，故止是尖新。其曰：近来陡觉无诗思，纵有诗成似乐天。不免物议也。"①

王庭筠非常轻视白居易的诗歌。他有失题诗："近来徒觉无佳诗，纵有诗成似乐天。"②被王若虚指斥为"以管窥天"，"病入膏肓"，王庭筠排斥的是白居易浅易通俗、明白流畅的诗歌风格，这也影响到了王庭筠晚年的诗风。元好问评价他"暮年诗律深严，七言长篇尤以险韵为工，方之少作，如出两手。"③王庭筠晚年气象森严的诗风，与党怀英学欧阳修的风格截然不同，而与行于北方的效鲁直体诗重形式技巧的特征颇合。《舍利塔》、《郦南城注雨瓦沟》二诗，构思奇异，又都用仄韵，就说明了这一点。

王庭筠被认为是大定、明昌间诗坛尖新派的代表人物，所谓"子端振衣起辽海，后学一变争奇新。"④他的一些诗因过分追求新奇、脱俗而缺少动人的力量。章宗评王庭筠"文艺颇佳，然语句不健"⑤。就是针对这个缺憾而提出来的。如果其他诗人的作品表现出和王庭筠同样的风格，定会得到王庭筠的赞赏。《中州集》卷八云："赵文昌有诗'虫声连坏壁，树色入秋窗'。'草香花落处，山黑雨来时。'颇为黄华所称。"

刘中的《王子端挽词》称子端："白发光阴文字里，黄华林麓画图中"。因王庭筠把主要精力放在诗画技艺的雕琢提炼方面，诗歌缺乏实际的内涵，被王若虚称为是"东涂西抹"、"时世梳妆"的摆设。

除王庭筠之外，王寂、王琢的诗歌也表现出"尖新"的倾向。

---

① 元·刘祁著、崔文印点校：《归潜志》卷十，中华书局1997年版。

② 见金·王若虚：《滹南遗老集》卷第四十五诗题云："王子端云：'近来陡觉无佳诗，纵有诗成似乐天。'其小乐天甚矣。予亦尝和为四绝"。四部丛刊初编本。

③ 金·元好问：《遗山先生文集》卷第十六《王黄华墓碑》，四部丛刊初编本。

④ 元·刘因：《静修先生文集》卷第二十二《书王子端草书后》，四部丛刊初编本。

⑤ 元·脱脱等：《金史》卷一百二十六《王庭筠传》，中华书局1997年版。

三、逞奇斗巧的王寂诗歌

王寂诗歌师法江西诗派，如他的诗歌《和黄山谷读杨妃外传》五首、《和陈无已送东坡韵》就有追新求奇的倾向。用韵亦喜用窄韵，以逞弄技巧，如《高武略复和尖字韵见赠走笔奉赠》、《平夷道中二首》、《送张希召二首》（之二）等皆用盐韵。王寂又喜作次韵诗。原作如为险韵，他也以险韵和之，如王寂于大定二十七年时在蔡州与文商、巩义卿游时所作《儿子以诗酒送文伯起既而复继三诗予喜其用韵颇工为和五首》："山肩吾子类贾岛，火色我依输马周。但得把螯同一醉，绝胜侧目避监州。""逢人不肯下颜色，砥柱屹然羞比周。能诗怪有墨君僻，一派元出文湖州。""樽酒但能供北海，渔蓑安用钓西周。七言五字得谁髓，老杜工部韦苏州。""辙底波臣渴欲死，政烦斗酒亟呼周。锦囊诗草勿浪出，嫌怕声名动九州。""画饼虚名战蛮触，黄粱春梦阅商周。吾衰久矣百念冷，不用三刀兆益州。"《伯起善用强韵往复愈工，再和五首》："解酲五斗多安用，通道三杯急可周。放下蓝舆成一醉，眼高不顾王江州。""耽诗窃比城南杜，寄傲真同柱下周。花底最宜文字饮，不须羯鼓打梁州。""曹植波澜元自大，嵇康礼法若为周。试携诗律摧坚敌，绝似乃翁平贝州。""善交人者久而敬，其责己也重以周。莫笑山中醉朝暮，举鞭犹解问并州。""乡关烟水三千里，客舍星霜一再周。臣子爱君无远近，斗牛箕野望神州。"

王寂的这10首和作，韵脚皆为"周"或"州"，循环往复，争奇斗胜。而四十六句长诗《上周仲山少尹寿》则句句用韵，一韵到底。

在大定平阳诗人王琢的诗中，也可以看出这段时期诗坛尖新的创作倾向。他的诗喜咏雨、雪等自然景物，创作上争奇斗巧，如《元夜雪》、《和张仲宗雪诗不用体物诸字》两篇诗歌通篇咏雪，而始终不见雪字。五言古体《雨夕感寓》三十句，共三百字，描写雨夜之感怀，抒发"未老愁摧鬓，长饥带剩腰。床寒少陵被，饮陋子渊瓢。"的苦况，通篇亦无"雨"字。而《癸酉岁大热》一诗，运用浪漫主义的表现方法，极尽描写之能事，写大热天气："时时日脚蹴云破，一射万土红炉中。纤絺挂体剧重铠,大屋仅可为樊笼。积冰为丘坐自溃,轻箑况得微凉通。山林亦闻有暍死,城市偪侧宜无容。""霞烟灼灼燥昏晓,鸟兽喘喘茫西东。此而不制满三伏,遂恐百物随枯蓬。太白之兵攒万锋,银河之浪滔无穷。"构思奇特、想象大胆,并结合典故和神话传说的穿插渲染,为读者展现出了北方燥热难忍的气候特征,从而使诗歌产生了非常强烈的艺术感染力,但诗歌也存在逞奇斗巧、追新逐异的江西诗派特征。王琢另外有些诗学岑参、韩愈,善于创造阔大雄奇的诗歌意境。即使是篇幅较长的诗歌,也不喜换韵,故元好问称其诗"好押强韵,务以驰骋为工。"[①]元好问又举其"《七月十五夜看月》云:历树有惊鹊,悄邻无吠厖。《对雨》云:春雨薄如梦,晓云闲似愁。《秋霖》云:窗寒知气重,人静觉泥深。《骤雨》云:雹点撒冰弹,电光飞火绳。《春阴》云:庭澹梨花月,楼寒燕子风。《久雨》云:练挂遮檐直,麻悬到地齐"。元好问并说王琢此类诗甚多。[②]

世宗大定末至章宗明昌、泰安间,诗坛上追求雕琢、尖新渐成风气。《归潜志》卷八云:"明昌、承安间,作诗者尚尖新,故张翥仲扬由布衣有名召用,其诗大抵皆浮艳语。"《归潜志》卷三评刘勋诗"大概尖新,长于对属。"王良臣"长于律诗,尖新,工对属。"

追求尖新的诗风,容易导致诗歌的形式主义倾向。刘祁《归潜志》卷十三云:"夫诗者,本发其喜怒哀乐之情。如使人读之,无所感动,非诗也。予观后世诗人之诗,皆穷极辞藻,牵引学问,诚美矣。然读之不能动人,则亦何贵哉?故尝与亡友王飞伯言,唐以前诗在诗,至宋则多在长短句。今之诗在俗间俚曲也。如所谓源土令之类。飞伯曰:何以知之?予曰:古人歌诗皆发其心所欲言,使人诵之,至有泣下者。今人之诗,惟泥题目、事实、句法,将以新巧取声名,虽得人口称,而动人心者绝少,不若俗谣俚曲之见其真情,而反能荡人血气也。"这是针对当时诗坛的不良诗风有感而发的。

无论是党怀英的"清脱派",还是王庭筠的"尖新派",其实皆为由

---

① 金·元好问:《中州集》卷七,四部丛刊初编本。

② 同上。

大定向明昌过渡当中，诗坛表现出的典雅风气的具体表现。由重“实”发展为崇“华”，展示出由大定诗风向明昌诗风转化的明显轨迹。元代杨奂评曰：“金大定中，君臣上下以淳德相尚。学校自京师达于郡国，专事经术教养，故士大夫之学，少华而多实。明昌以后，朝野无事，侈靡成风，喜歌诗。故士大夫之学，多华而少实。”①反映出当时诗坛创作风格的转变。

世宗、章宗之时，士大夫舞文弄墨、点缀升平，上层贵族附庸文雅，醉心享乐。北方民族的那种尚武精神渐被崇文风气所取代，激越刚悍之气渐次消磨。女真贵族集团中的一些人士就对这个现象极为忧虑。大定十七年，兀术子完颜伟对世宗曰：

> 国家起自汉北，君臣将帅皆以勇略战争，故能灭辽灭宋，混一南北，诸番畏惧。自近年来，多用辽宋亡国遗臣，以富贵文字坏我土俗。先臣昔在顺昌为刘锜所败，便叹用兵不如天会时，皆是年来贪安，渐为人侮。今皇帝既一向不说着兵，使说文字人朝夕在侧，遗宋所传之主，闻是有志报复。今蒙古不受调役，夏人亦复侵边，陛下舍战斗之士，谓其不足与语。不知三边有急，把作诗人去当得否？②

完颜伟的言论代表了当时一部分保守的女真贵族的观点。他将金朝军队战斗力的下降直接归因于统治者的汉化政策，显然是偏激的、不全面的。不过完颜伟的观点反映出了金朝统治阶层内部一些大臣的忧患意识和危机意识。但从金世宗开始，金朝政权上下崇尚奢华、附庸风雅的风气，在世宗以后也没有大的改变，反而有愈演愈烈之势。章宗后期，北有鞑靼等族的威胁，南有宋朝，内外矛盾加剧，然朝廷仍然崇尚奢华，外戚干政，政治腐败。南渡后，金朝国势如江河日下，“为宰执者往

---

① 元·杨奂：《还山遗稿》卷上《跋赵太常拟试赋稿后》，文渊阁四库全书本。

② 宋·宇文懋昭撰、崔文印校证：《大金国志校证》卷十七，中华书局 1986 年版。

往无恢复之谋。上下同风,止以苟安目前为乐。"[1]许多猛安谋克弃武从文,附庸风雅,"喜交士大夫,视女直同列诸人奴隶也。"[2]金朝自此国势不振,良有以也。

① 元·刘祁著、崔文印点校:《归潜志》卷七,中华书局 1997 年版。

② 元·刘祁著、崔文印点校:《归潜志》卷六,中华书局 1997 年版。

第四章　自适诗风的形成

在金代中期诗坛崇尚“气格”、渐趋“典雅”的背景之下，自适诗风也正在形成。古代多数诗人的闲适作品大概有两种情况：一为作于贬抑、游宦的境遇之下，地点多远离朝廷或京城；一为作于晚年功成名就之后。金代诗歌的自适风气，与中国古代其他时期不完全相同，涉及的原因亦不尽相同，表现出的特点也同中有异。

第一节　自适诗风形成的原因

一、社会经济原因

安定的社会环境、经济的恢复和发展，形成了金代中期诗人追求自适隐逸的物质条件。世宗久典外郡，“明祸乱之故，知吏治之得失”，所以即位之后，“南北讲好，与民休息。于是躬节俭，崇孝弟，信赏罚，重农桑，慎守令之选，严廉察之责。”大定的社会发展达到了繁荣时期。

王实甫杂剧《四丞相高会丽春堂》[①]就是根据世宗朝重五日广乐园射柳故事[②]改编扩充而成。戏曲中“端的是走轮飞鞚，车如流水马如龙。绮罗香里，箫鼓声中，盛世黎民歌岁稔，太平圣主庆年丰。”唱曲虽不无对世宗朝溢美的成分，但我们还是可以由此想见当时从朝廷到民间逸

① 明·臧晋叔编：《元曲选》，中华书局1979年版，第800页。

② 见元·脱脱等：《金史》卷三十五《礼志八》、以及《金史》卷六《世宗纪上》，中华书局1997年版。

乐的风气。朝廷亦推崇享乐。大定九年十一月庚申，皇太子生日，世宗宴于东宫，命奏新声。世宗谓大臣曰："朕制此曲，名《君臣乐》。今天下无事，与卿等共之，不亦乐乎？"[①]随着地方经济的发展，民间的逸乐风气也在产生。大定、明昌时期，路铎笔下驻春园、师拓笔下同乐园、初昌绍笔下的成趣园、赵秉文笔下的遂初园那样的庄园文学，无疑是当时经济发展的一个反映，同时也是当时文坛追求自适隐逸的主要物质表现。

自适风气亦出自女真的民族性格。《金史》云："金起东海，其俗纯实，可与返古。"[②]北方民族崇尚自然质朴的生活方式是金代中期诗人追求隐逸自适的文化原因。在北方民族的文化因子中，始终存在着崇尚自然、实用，不喜人为、雕琢的表现。《金史》卷三十九《乐上》："（大定）十三年四月乙亥，上御睿思殿，命歌者歌女直词。顾谓皇太子曰：朕思先朝所行之事，未尝暂忘。故时听此词，亦欲令汝辈知女直醇质之风。"

统治者尚质贵实、不喜浮华的文风。《金史》卷七《世宗本纪》记世宗尝云："朕观前史多溢美。大抵史书载事贵实，不必浮辞谄谀也。"大定十六年正月，世宗与臣僚议古今兴废事时指出："女直旧风最为纯直，虽不知书，然其祭天地、敬亲戚、尊耆老、接宾客、信朋友，礼意款曲，皆出自然，其善与古书所载无异。"大定二十七年十二月又谓宰臣曰："人皆以奉道崇佛设斋读经为福，朕使百姓无冤，天下安乐，不胜于彼乎？"[③]而对于性格直爽、天性自然的文人，世宗喜欢去亲近。天眷进士张大节，与世宗有藩邸之旧。世宗"爱其真淳，甚倚重之。"[④]这是由北方民族文化性格和北方地域文化特征所使然。在世宗的诗中，他向往童嬉孺慕的上古民风淳朴时代，而希望他的统治是使"国家闲暇，廓然无事"（《本朝乐曲》）。

由此而来，世宗比较喜欢淳古尚真的执政方式。大定八年（公元1168 年）正月，世宗对秘书监移剌子敬赞誉"昔唐、虞之时，未有华饰，

① 元·脱脱等：《金史》卷三十九《乐志上》，中华书局 1997 年版。
② 元·脱脱等：《金史》卷四十六《食货志一》，中华书局 1997 年版。
③ 元·脱脱等：《金史》卷八《世宗纪下》，中华书局 1997 年版。
④ 金·元好问：《中州集》卷八，四部丛刊初编本。

汉惟孝文务为纯俭。”①

二、民族因素

在金代中期诗坛自适隐逸风气的形成过程中，民族歧视是根本原因。金代民族歧视是一个不容忽视的问题。由于金代是一个由少数民族建立起来的、由多民族组成的政权，作为统治者的女真贵族占有政权优势，所以汉族士人尽管掌有文化方面的优势，但很难获取和女真人同样的政治地位。而这种现象直接影响到金代的文化生态，以及汉族文人的人生选择。

这里首先要探讨的是关于汉儒在女真政权中的作用和地位问题。金代统治者“借才异代”，注重发挥汉儒的文化优势而为自己服务，是不争的事实。从整个金代来说，金代儒臣并没有形成能够左右金朝政治的决定力量。金末名士张德辉不同意忽必烈“金以儒亡”之说。在苏天爵《元朝名臣事略》卷一〇《宣慰张公》一文中，张德辉指出：“（金代）宰执中虽用一二儒臣，余则武弁世爵。若论军国大计，又皆不预。其内外杂职，以儒进者三十之一，不过阅薄书、听讼、理财而已。国之存亡，自有任其责者，儒何咎也？”这就是说，不是儒臣亡金，而恰恰是金朝统治者对儒臣重视不够。这种现象的产生，自然可归因于民族歧视。虽然出于稳定政权的需要，金朝统治者都声称要平等对待各族士人。金熙宗就曾说：“四海之内，皆朕臣子。若分别待之，岂能致一？”要求对于本族士人和其他民族的士人“量才通用”②。世宗也重视各族人才的选拔荐举。大定八年，他对完颜思敬等大臣云：“朕思得贤士，寤寐不忘。自今朝臣出外，即令体访外任职官廉能者，及草莱之士可以助治者，具姓名以闻。”③然而在用人制度上，民族之间的不平等却是明显的。女真入主中原后，已有民族等级差别。“有兵权钱谷，先用女真，次渤海，次契

① 元·脱脱等：《金史》卷六《世宗纪上》，中华书局 1997 年版。
② 元·脱脱等：《金史》卷四《熙宗本纪》，中华书局 1997 年版。
③ 元·脱脱等：《金史》卷六《世宗纪上》，中华书局 1997 年版。

丹，次汉儿。”[①]世宗大定朝时，尚书右丞唐括安礼积极主张学习中原汉族文化，在对待民族关系上，是持比较平等的态度，正因如此，世宗批评唐括安礼说：“朕谓卿（唐括安礼）有知识，每事专效汉人。……卿习汉字，读诗书，姑置此以讲本朝之法。前日宰臣皆女直拜，卿独汉人拜，是耶非耶？”[②]当唐括安礼对世宗下令签发汉族壮丁入军籍提出不同意见，认为“猛安人与汉户今皆一家，彼耕此种，皆是国人”时，世宗对之非常反感，并责怪安礼：“所谓一家者，皆一类也。女直、汉人，其实则二。朕即位东京，契丹、汉人皆不往，惟女直人偕来，此可谓一类乎？”[③]可以说世宗对汉族士人持有着根深蒂固的不信任态度。吕思勉先生认为在金朝皇帝中，世宗的民族成见最深[④]，不是没有道理的。

科举的设立，是女真政权向中原儒家文化学习的显著标志，它为汉族士人提供了实现儒家人生价值的重要途径。毋庸讳言，科举为女真政权提供了源源不断的官僚资源，也为金朝诗坛提供了诗歌创作的庞大队伍。“终金之代，科目得人为盛。”[⑤]世宗、章宗朝，一些士人通过科举相继进入台阁。元好问云：“维金朝大定已还，文治既洽，教育亦至。名士之旧与乡里之彦，率由科举之选。父兄之渊源，师友之讲习，义理益明，利禄益轻。一变五代辽季衰陋之俗。”[⑥]的确如此，女真政权非常重视科举在金朝政权的稳定、社会文化的发展当中的重要作用和地位。不过和唐、宋两代汉族政权相比，金朝对科举的利用，也具有维护其民族利益的考虑。尽管前面我们列举金代不少诗人同时又是金代各级官员的事实，然而我们不难发现，在女真政权上层，汉族文人的地位远不如女真族，元好问就指出：“盖金朝官制，大臣有上下四府之目。自尚书令而下，左右丞相、平章政事二人为宰相，尚书左右丞、参知政事二人为

---

① 宋・徐梦莘：《三朝北盟会编》卷九十八，上海古籍出版社 1987 年版。
② 元・脱脱等：《金史》卷八十八《唐括安礼传》，中华书局 1997 年版。
③ 同上。
④ 参见吕思勉：《吕著中国通史》，华东师范大学出版社 2006 年版，第 448 页。
⑤ 元・脱脱等：《金史》卷五十一《选举志一》，中华书局 1997 年版。
⑥ 金・元好问：《遗山先生文集》卷第十八《内相文献杨公神道碑铭》，四部丛刊初编本。

执政官。凡在此位者,内属外戚与国人有战伐之功预腹心之谋者为多潢霤之人,以门阀见推者次之,参用进士则又次之。其所谓进士者,特以示公道、系人望焉。”[①]元好问所谓金代科举是“示公道、系人望”,指出了女真政权在一定程度上,只是将科举作为调节民族关系的一个举措,并不是要真正量才任人,所以实施科举的最终目的,还是为了维护女真的民族利益。这样导致的客观事实是,汉人在女真政权的高层中,数量远远少于女真族。大定十四年,诏定开国功臣 21 人,亚次功臣 22 人,其中非女真族只有 5 人。1 为渤海人,1 为契丹人,3 为汉人。[②] 有人作过统计,在金代 158 位宰执中,出自女真族的有 101 人,而汉人仅有 40 人。[③] 据程妮娜先生统计,世宗、章宗两朝中宰执任职的绝对人数为:世宗朝为 41 人,外族人与女真人的比例为 3/4,章宗朝为 31 人,外族人与女真人的比例为 2/3,两朝女真人宰执的数量均超过其他民族的总和。[④]

金朝汉人虽有许多通过科举进入仕途,但宰相等要职多为女真贵族占据。女真进士科始于大定四年,只有女真贵族才能参加考试,而且专考策论,培养治国人才。其他面向汉人的考试,虽考试科目时有增减,词赋进士一直未变,其目的培养辞臣。再者,金朝以胥吏对待文人,进士与免试的皇亲、宰执子同杂用就选,故“士大夫有气概者,往往不就。”[⑤]也正因如此,刘祁一针见血地指出:“金国之政,杂辽宋非全用本国法,所以支持百年,然其分别蕃汉人,且不变家政,不得士大夫心。此所以不能长久。”[⑥]

---

① 金·元好问:《遗山先生文集》卷第十六《平章政事寿国张文贞公神道碑》,四部丛刊初编本。

② 参看《金史》卷七〇《完颜习室传》、《金史》卷八〇《完颜阿离补传》,中华书局 1997 年版。

③ 参见刘浦江:《金朝的民族政策和民族歧视》,载《辽金史论》,辽宁大学出版社 1999 年版。

④ 见程妮娜:《论金世宗、章宗时期宰执的任用政策》,《史学集刊》1998 年第 1 期,第 19 页。

⑤ 元·刘祁著、崔文印点校:《归潜志》卷七,中华书局 1997 年版。

⑥ 元·刘祁著、崔文印点校:《归潜志》卷十二,中华书局 1997 年版。

其次,要探讨的是朝官与政治的关系。这里的朝官主要指金代皇帝身边的一个重要职位——"近侍"。谈到金代中期的文化生态,不能不涉及金代的近侍官。因为近侍官地位特殊,会左右文化政策的走向。

《金史》云:初,近侍有欲罢科举者,上(世宗)曰:"吾见太师议之。"浩入见,上曰:"自古帝王有不用文学者乎?"浩对曰:"有。"曰:"谁欤?"浩曰:"秦始皇。"上顾左右曰:"岂可使我为始皇乎!"事遂寝。①

近侍也可能会左右国家朝政。《金史》记载有世宗谕宰执的一段话:"近侍局官须选忠直练达之人用之。朕虽不听谗言,使佞人在侧,将恐渐渍听从之矣。"②从世宗对近侍的态度可以看出近侍官在金朝政治中的影响。又史载章宗即位之初,重用近侍,授之大权。太傅徒单克宁上书云:"陛下(章宗)始亲大政,不宜假近侍人权,乞正专擅之罪。"③这些资料从侧面给我们提供了近侍官总体的不良形象。

近侍官的职权具有特殊性。据有关史料,近侍局设立于熙宗天眷年间,属殿前都点检司管辖。近侍局提点为正五品,近侍局使为从五品,副使为从六品。近侍官官阶不高,但职权非常重要,"掌侍从,承敕令,转进奏帖。"④但有时也"尝与政事"⑤。近侍官大多为女真人。有学者从《金史》中共摘出有明确身份的近侍 74 人,其中女真人 58 人,占 78%⑥,且女真人中绝大多数又多权贵乃至宗室,故与皇帝关系非常密切。"职虽五品,其要密与宰相等。如旧日中书,故多以贵戚、世家、恩幸者居其职,士大夫不预焉。"⑦

近侍官主要活动在皇帝的身边,是受皇帝倚重的一股力量,所以对皇帝的影响是无形的但又是深刻的。金人南渡之后,近侍之权尤重。甚至金代的灭亡,近侍官亦难逃其责。刘祁曰:

---

① 元·脱脱等:《金史》卷八十三《张浩传》,中华书局 1997 年版。
② 元·脱脱等:《金史》卷八《世宗纪下》,中华书局 1997 年版。
③ 元·脱脱等:《金史》卷十二,中华书局 1997 年版。
④ 元·脱脱等:《金史》卷五十六《百官志二》,中华书局 1997 年版。
⑤ 元·脱脱等:《金史》卷一百三十一《宦者传》,中华书局 1997 年版。
⑥ 周峰:《金代近侍初探》,《内蒙古社会科学》1998 年第 2 期,第 33 页。
⑦ 元·刘祁著、崔文印点校:《归潜志》卷七,中华书局 1997 年版。

宣宗喜用其人以为耳目，伺察百官，故奉御辈采访民间，号"行路御史"，或得一二事即入奏之，上因以责台官漏泄，皆抵罪。又方面之柄虽委将帅，又差一奉御在军中，号曰"监战"，每临机制变，多为所牵制，遇敌辄先奔，故师多丧败。哀宗因之不改，终至亡国。①

近侍官是女真贵族保守势力的代表。根据有关史料的记载来看，我们得出的金代近侍官的总体形象：其一是以女真贵族为主；其二是文化保守、思想落后；其三是经常干预朝政。可以说近侍官地位的特殊性在一定程度上左右着文化生态的变化，也决定了金朝政治的发展变化。

再次，要探讨的是熙宗朝皇统事件对金代中期诗坛的影响。

发生在皇统六年的宇文虚中、高士谈被杀事件，皇统七年的田珏党狱，皇统九年的张钧事件，皆是金朝历史上重大的冤狱。金熙宗皇统时期发生的这三起重大事件，对金朝中期的文化生态产生着直接的影响。特别是发生在皇统七年六月的田珏党狱是由以宗望、宗翰为代表的东、西朝廷之争所导致的女真宗室内部权力斗争，其后果却变为金朝历史上一起重大的冤狱，其特征有三：一是株连广，许多汉族士人卷入其中；二是结局惨，《金史》记其因田珏之狱被处死者有 8 人，遭流放者 34 人，共 42 人。② 遭流放者或远徙海上，或编配五国城，或徙上京（辽上京临潢府）。"田珏党事起，台省一空"③；三是影响大。章宗就指出：

盖自田珏党事之后，有官者以为戒，惟务苟且，习以成风。先帝知珏等无罪，录用生存之人，有擢至宰执者，其次有为节度、防御、刺史者。其死者犹未追复，子孙犹在编户，朕甚悯焉。惟旌贤显善，无间存没，宜推先帝所以褒录忠直之意，并

① 元·脱脱等：《金史》卷一百十一《完颜讹可传》，中华书局 1997 年版。

② 据元好问《遗山先生文集》卷第二十九《忠武任君墓碣铭》记载，被处死者 8 人，遭流放者 28 人，共 36 人。

③ 元·脱脱等：《金史》卷八十三《张浩传》，中华书局 1997 年版。

加恩恤,以励风俗。①

熙宗皇统九年四月,翰林学士张钧因草诏文中有“惟德弗类,上干天威”及“顾兹寡昧,眇予小子”等语,受萧肄挑拨,被熙宗“以手剑剺其口而醢之”②。文字狱几乎每朝皆有,其产生的背景也不相同。由于对中国传统文化理解的局限甚至是隔阂,作为少数民族一员的金熙宗,就容易受他人的挑拨而对张钧所草诏书有错误的解读。

发生在熙宗皇统间的这三次事件,对汉族士人的影响无疑是消极的,它使得文人们对女真政权的态度变得谨慎和小心。海陵即位后,“杜塞言路,天下缄口,习以成风”③。到世宗时,田珏党狱中除贬死官员外,像刘仲渊、王仲通、王贲等大臣有幸又复官进用,但此时,“群臣偷安苟禄”④,官僚与文人阶层多以明哲保身作为人生的信条,所以世宗感叹道:“朕观在位之臣,初入仕时,竞求声誉以取爵位,亦既显达,即徇默苟容为自安计,朕甚不取。”⑤说明文人士大夫的畏祸心理一直到世宗、章宗朝并未消退。

至于大定、明昌之后,汉族文人的境遇更是今非昔比。章宗承安、泰和间,胥持国当权,“与妃表里,筦擅朝政。”“士之好利躁进者皆趋走其门下。”⑥“风俗侈靡,纪纲大坏,世宗之业遂衰。”⑦朝政开始衰败,投机钻营之辈,干谒权贵,沽名钓誉,大行其道。甚至“僧徒多游贵戚门”⑧。文人地位自然就堕落不堪了。袁桷在看到金《实录》中记载王庭筠为翰林修撰时,因擅议朝政而受杖之事的时候,不禁感叹道:“噫!使在庆历、元祐,宁有是耶?”⑨袁桷明确地用宋朝与金朝政权对比,说明

---

① 元·脱脱等:《金史》卷八十九《孟浩传》,中华书局1997年版。
② 元·脱脱等:《金史》卷一百二十九《萧肄传》,中华书局1997年版。
③ 元·脱脱等:《金史》卷九十五《移剌履传》,中华书局1997年版。
④ 元·脱脱等:《金史》卷八《世宗纪下》,中华书局1997年版。
⑤ 元·脱脱等:《金史》卷六《世宗纪上》,中华书局1997年版。
⑥ 元·脱脱等:《金史》卷一百二十九《胥持国传》,中华书局1997年版。
⑦ 元·脱脱等:《金史》卷一百二十七《杜时升传》,中华书局1997年版。
⑧ 元·脱脱等:《金史》卷一百五《王翛传》,中华书局1997年版。
⑨ 元·袁桷:《清容居士集》卷四十六《黄华帖》,文渊阁四库全书本。

汉族文人在少数民族政权下的不一样的遭遇。

正如史籍中所云:“章宗志存润色,而秕政日多,诛求无艺,民力浸竭,明昌、承安盛极衰始。至于卫绍,纪纲大坏,亡征已见。宣宗南渡,弃厥本根,外狃余威,连兵宋、夏,内致困惫,自速土崩。”①南渡之后,统治者但“苟安幸存,以延岁月”。因术虎高琪执政后,擢用胥吏,抑士大夫之气不得伸。文法纷然,无兴复远略。大臣在位者亦无忘身徇国之人,纵有之亦不得驰骋。“又偏私族类,疏外汉人。其机密谟谋,虽汉相不得预。人主以至公治天下,其分别如此,望群下尽力,难哉！故当路者惟知迎合其意,谨守簿书而已。为将者但知奉承近侍以偷幸宠,无效死之心。幸臣贵戚皆据要职于一时。士大夫一有敢言敢为者,皆投置散地,此所以启天兴之亡也。”②

金代中期,汉族士人的政治仕途遭到压缩,儒家思想消解,功名意识一定程度上缺失。刘汲《庆州回过盘岭宿义园》:“拘缚嗟微宦,崎岖走畏途。”景覃《感事》:“自古英雄足猜忌,莫教身外有浮名。”郭元道《送同舍张耀卿补掾中台》:“取士皆知有科举,进身初不在文章。”汉族文人缺乏唐宋文人经世济民的机会,从而缺乏功名意识,文学爱好则自然趋向自然世界。边元鼎《和致仕李政奉韵》:“云泉是处堪为乐,轩冕从来只累人。”刘汲《不如意》:“高轩与华冕,傥来亦如寄。”元德明《览镜》:“台阁多新赋,山林有逸诗。”汉族士人的精力由外在事功转向了自然世界以及内心的心性修养。

金代中期经济的恢复与发展、北方社会文化的影响、特殊的民族关系的背景以及统治者的爱好、宽容的文化空间、价值观选择的多元化等因素,它们相互融合,共同构成了金代中期诗坛追求隐逸自适的风气。社会上自上而下的闲适自乐的诗歌创作风气一直持续到宣宗南渡之后。

① 元·脱脱等:《金史》卷十八《哀宗本纪》,中华书局1997年版。

② 元·刘祁著,崔文印点校:《归潜志》卷十二,中华书局1997年版。

第二节　自适诗歌的多元表现

一、云泉是处堪为乐，轩冕从来只累人——诗人的"小隐"

金初借才异代时期，辽、宋入金的文人构成了文人队伍的主体。从宇文虚中《还舍作》："此生悲欢不可料。"吴激《过南湖偶成》："世事从来有折磨。"等诗中可以看出金初汉族文人的如履薄冰的处境。海陵朝蔡松年"刻意林壑，不耐俗事"，"率情任实，不留机心"，"雅咏玄虚，不谈世事"①。仍然表现出他作为汉族文人在文化心理转型时期的复杂心态，表现出他"世途古今险，方寸风涛惊"（《漫成》）的心路历程。

陆游诗《稽山道中二首》其一："文章事业初何有，钟鼎山林本自同。"②庙堂与江湖、台阁与山林，关涉到文人的出处与进退。金代中期的诗人和金初由辽、宋入金的文人显然不同，他们的诗中，没有了胆战心惊、如履薄冰的惶恐，更多的是试图以一种独特的方式来体现自己的人生价值。刘汲现存的十四首诗中，多抒发居官不乐的感受，而喜爱闲适的生活情趣。《家僮报西岩栽植滋茂喜而成咏》："孤云出岫本无心，何用微名挂士林。近日故园消息好，西岩花木已成阴。"其诗歌化用陶渊明《归去来兮辞》中："云无心以出岫，鸟倦飞而知还。"诗中追求自觉的、非常强烈的反叛意识，追求与众不同的人生哲学，表现出以陶渊明为代表的魏晋士人疏旷放逸、洒脱不羁的高情远韵。

第一，此怀能自适，未要缚簪缨——"适"。

《尚书》中"盘庚迁于殷，民不适有居"（《盘庚·上》）的"适"仅具有"满足"、"适应"之义。《庄子》中"适苍莽"、"适百里"云者，"适"也仅有"到"的通义。及郭象注《庄子》，乃以"无为而自得"，"以明性分之

---

① 金·蔡松年：《雨中花》序，见唐圭璋编《全金元词》，中华书局2000年版，第11页。

② 宋·陆游：《剑南诗稿》卷七十八，《陆游集》本，中华书局1976年版，第1821页。

适”，于是“适”的涵义就延伸为“自得”，即是“自适”，意为一切皆顺应自然。“任其所受之分”、“各任其自为”，则“性命安矣”，“无往而不安，则所在皆适”。（《逍遥游·注》）古代社会中，“自适”是知识分子精神状态的一个重要侧面，也是为大多数士人所喜欢的一种特殊处世方式。

斯宾诺莎认为万物都是必然的，他在其代表作《伦理学》中提出“自由只是对必然性的认识和遵循”，他称这种“认识和遵循”为“自决”，进而提出“我们有几分自决，便有几分自由”的命题。康德也曾有过这种自由之论：“再没有任何事情会比人的行为要服从他人的意志更可怕了。”[①]嵇康的《与山巨源绝交书》旨在提示读者为官之难，并列举自由人对世俗“必不堪者七，甚不可者二”。只有抛弃权势，才能获得自我的独立与自由。唐代韩愈在《送李愿归盘谷序》中也发出同样的感慨。那些官僚为了权位，“伺候于公卿之门，奔走于形势之途，足将进而趑趄，口将言而嗫嚅。处污秽而不羞，触刑辟而诛戮。侥幸于万一，老死而后止者，其于为人贤不肖何如也”。而大定诗人张建也有相同的感受。他在《拟古十首》其七：“有客曳长裾，袖刺谒高闳。低头拜阍者，始得通姓名。主人果厚眷，开宴海陆并。顾必承彼颜，语必顺彼情。不如茅檐下，饱我藜藿羹。”奔走仕途，万机缠心，即使可以获得口耳之福，然官事鞅掌，身不由己，何如韩愈所云“穷居而野处，升高而远望。坐茂树以终日，濯清泉以自洁。采于山，美可茹；钓于水，鲜可食。起居无时，惟适所安。”并且还可以“车服不维，刀锯不加，理乱不知，黜陟不闻。”[②]

金代许多文人所选择的就是韩愈“与其誉于前，孰若无毁于其后？与其乐于身，孰若无忧于其心？”[③]的隐逸自适的人生态度。郝俣《题温容村寺壁》：“草树醒朝雨，乌鸢快晚晴。山光自明润，野气亦凄清。茗碗闲中味，纹楸静里声。此怀能自适，未要缚簪缨。”草树、乌鸢、山光、野气、茗碗、纹楸，构成了诗人的精神家园。作者是选择“簪缨”还是“自

---

① 参罗素：《西方哲学史》（商务印书馆 1986）第十章、《西方著名哲学家评传》第四卷《斯宾诺莎》，山东人民出版社 1986 年版。康德语转引自罗素《西方哲学史》下卷，第 247 页。

② 唐·韩愈：《送李愿归盘谷序》，见《唐文粹》卷第九十六，四部丛刊初编本。

③ 同上。

适”,态度是非常明朗的。郝俣还有诗:“劳生虽可厌,清景亦自适。”①说明了他的一贯的生活理想。

刘迎、党怀英的诗中,同样表现出一种自适的生活情趣。刘迎非常羡慕朋友“传家所爱作宁馨,入室不愁无阿堵。堂中怡愉奉颜色,堂下嬉戏同儿女。十分寿斝泛醇酎,五色彩衣纷杂组。映阶萱草弄春色,循陔兰叶荣朝雨。”(《题刘德文戏彩堂》)的家居生活,希望能够过着“平生一片心,缘尘不关渠。相期有幽事,岁晚山林俱。彩服照黄冠,欢呼奉亲舆。大妇侍巾帨,中妇供庖厨。诸孙戏膝前,翩然凤将雏。朝采南涧芹,莫漉西溪鱼。烟霞入杖屦,风月来窗疏”(《盘山招隐图》)的隐居生活。党怀英《村斋遗事》:“人生天地真蘧庐,外物扰扰吾何须。与其羁靽齐辕驹,岂若饮龁随骀驽。不知掉尾忘江湖,呴呴濡沫胡为乎?谁念挟卷矜村墟,磨丹点黝围樵苏。申鞭示棰严范模,矍如狙翁调众狙。尔雅细碎编虫鱼,辞严义密字见疏。烘斋睥睨音语粗,讽诵谁敢忘须臾。万中有一差锱铢,咿哑坐使为呻呼。咄哉倡言口嗫嚅,等为儿戏夫何殊。霜风入户寒割肤,生薪槎牙供燎炉。漫漫湿烟迷四隅,白鹤日见黔如乌。此间纵乐能何如,其谁相与歌归欤。投笼嗟我自挛拘,垂翅更待穷年徂。”诗中透露出的作者的为官之累,作宦之难,正如鸟投樊笼,自我挛拘,完全是自讨苦吃。摆脱外物的纷扰,寻找自己的家园,才是应该追求的目标。另外如赵沨《秋日感怀》:“但有适人适,何尝事吾事。”《用仲谦元夕诗韵》:“李膺定已回仙棹,王绩无由入醉乡。”刘著《病中言怀呈韩给事》:“自惭无补报,只合隐林丘。”蔡珪《简王温父昆仲》:“求田已喜成三径,适意真堪寄一觞。”等皆寄托了相同的思想情趣。

金代中期诗人追求隐逸自适的人生理想主要表现为以下几个方面:

1. 该隐则隐,该仕则仕,不主一端,唯我自适。

关中隐士张建,隐居北山兰泉20年后,正遇明昌元年章宗下诏,谕

---

① 金·元好问:《中州集》卷二《郝俣小传》,四部丛刊初编本。

五品以上官,不拘资历,各举所知。董师中时为陕西提刑副使,以建应诏,得官绛州教授。党怀英少年时困于名场,“遂不以世务婴怀,放浪山水间,诗酒自娱,箪瓢屡空,晏如也。”[1]后又于大定十年赴试得中,释褐为官。王庭筠,大定二十年以赃去官,遂置家相下,买田隆虑,以黄华山主自号。“山居前后十年,得悉力经史,务为无所不窥,旁及释老家,尤为精诣。学益博,志节益高,而名益重。”[2]其《野堂》诗云:“云自知归鸟自还,一堂足了一生闲。门前剥啄定佳客,檐外孱颜皆好山。”大定十九年进士刘昂,明昌元年由省令史升为户部主事,改陕西西路转运副使。为当途者所忌,连蹇十年,卜居洛阳,有终焉之志。泰和三年,起为河南幕府。河北诗人,刘撝婿张元节,“雅尚气节,不能从俗俯仰”[3]。罢官后,即闲居乡里,以诗酒自娱,自号为遁斋老人。以上这些诗人在人生道路上所表现出的随遇而安、可仕则仕、可隐则隐的处世态度,实际上也是追求自适的一种人生哲学。

2. 群体隐逸。

金代中期的文人隐逸有不少是群体性的行为。正隆二年进士王启,章宗朝时,致仕还乡里,“与左丞董公、参政马公、宣徽卢公、尚书郭公为九老会。”[4]大有追步中唐白居易和北宋苏轼之意。史载“白乐天退居洛中,(于东都履道坊)作尚齿九老之会。”[5]范成大《吴郡志》卷二十六记载:“闾邱孝终,字公显,郡人,尝守黄州。苏文忠公在东坡时,与交从甚密。公后经从,必访孝终,赋诗为乐。孝终既挂冠,与诸名人耆艾为‘九老会’。”另外如滏阳人靖天民与庞才卿、杨茂才、刘之昂、王逸宾的隐逸亦带有群体性特征。山东诗人鲜于坦与其子溥居济源盘谷,“饮酒赋诗,翛然尘垢之外。时人以高士目之。”[6]

---

① 金·元好问:《中州集》卷三,四部丛刊初编本。

② 金·元好问:《遗山先生文集》卷第十六《王黄华墓碑》,四部丛刊初编本。

③ 金·元好问《中州集》卷七,四部丛刊初编本。

④ 金·元好问:《中州集》卷八,四部丛刊初编本。

⑤ 清·王原祁:《佩文斋书画谱》卷六十五,文渊阁四库全书本。

⑥ 金·元好问:《中州集》卷九,四部丛刊初编本。

3. 不受科举束缚者。

金代中期,也有一些诗人不以科举为意,表示出对功名仕途的淡漠。这里有两种情况,一为落第后而再无心应考者,如关中诗人景覃,大定初三赴帘试后,以病不就举。博极群书,"有举问者,立诵数百言不休,又从而讲说之。为人诚实乐易,不修威仪。隐居西阳里,以种树为业,落拓嗜酒,醉则浩歌,日以为常。"①元德明"世俗鄙事,终其身不挂口。为人诚实乐易,洞见肺腑。""累举不第,放浪山水间,未尝一日不饮酒赋诗"②。二是从不应考者,如汴梁诗人王磵,"博学能文,不就科举。""家无甔石之储,晏如也。"③太原诗人赵达夫,"性嗜读书,而不事科举。"④山西武乡诗人邢安国,"少日有赋声。四十岁后,即不应科举,以诗酒自娱。"⑤

4. 追求独立于政权之外的自由人格者。

金代中期一些诗人个性鲜明,其言谈举止异于常人,显示出强烈的超越功名、超越世俗、超越政权的自由意志。由宋入金诗人姚孝锡,宣和七年冬入金后,授五台簿。年二十九弃官,家五台。"以家事付诸子,放浪山水间,诗酒自娱。"⑥王寂称姚孝锡:"守臣纳土皆愿朝兮,公独完节儆乃僚兮。中天特立斡斗杓兮,致之不可况折腰兮。"⑦刘迎吊姚孝锡挽词中,评价姚孝锡曰:"谋生有道田园乐,阅世无心寿命长。"关中诗人段继昌,"家甚贫,而世间事皆不以挂口",《中州集》卷七记其"一日,天苦寒。人有遗之酒者,饮不尽而醉。夜半忽惊起,以衣衾覆酒缸,僵卧榻上。人为言酒自不冰,先生将不为寒所病乎? 子新笑曰:人病尚可,酒病不可疗也。其好饮如此。临终辞乡里,托以他适。明日卧于党氏园亭大石上,视之已逝矣。"济源诗人史士举,"褒衣缓带,逍遥山水间,

---

① 金·元好问:《中州集》卷七,四部丛刊初编本。
② 金·元好问:《中州集》卷十《元德明小传》,四部丛刊初编本。
③ 金·元好问:《中州集》卷四,四部丛刊初编本。
④ 金·元好问:《中州集》卷九,四部丛刊初编本。
⑤ 同上。
⑥ 金·元好问:《中州集》卷十,四部丛刊初编本。
⑦ 金·王寂:《拙轩集》卷六《姚君哀词》,文渊阁四库全书本。

宛然一老书生也。”①

隐逸始终代表着古代士人生存哲学的一个方面，与仕途经济之学既分庭抗礼，又共同丰富和健全着民族精神。赵秉文《送麻征君引》中云：“可以仕，可以不仕。仕则为人，不仕则为己。是以古之君子知进退之有义，进不为荣，退不为辱，尽其在我者而已。知穷达之有命，得之不为喜，失之不为忧，以其在外者也。”②在相对宽松的社会文化环境和日益多元的人生价值取向中，金代文人的出处进退有更多的选择空间。也许对于那些隐居避世的人来说，“隐居以求志，遁世而无闷，含华匿耀，高翔远引，非夫德充而义富、学优而诚笃，又孰能怀道自晦，绝俗而孤举哉？”③古代德充义富，学识渊博的隐士，他们之所以怀道自晦、绝俗孤举，则是借隐居而表现出自己的志向与追求，表达对人生、对社会的独特思考。

金代文人的隐逸闲适风气从大定朝开始，一直到河汾诗老结束，上演了一个世纪。在金南渡前后，蒙古军队南下，金廷内部斗争激烈，社会激烈动荡的时候，文人们也没有忘记“自适”追求。赵秉文在隆虑山下筑遂初园，他希望“饮酒不至醉，不茹荤血，布衣一袭，粝饭一盂。玄易书数册，吟讽终日。有客来则接之，焚香宴坐，与之眇天地之终始，笑梦幻之去来。浮云世事，瞪目不顾。每春和体轻，驾柴车往来隆虑山中，至秋尽乃归，未知前路能得几寒暑，山中几往来，复消几量屐耳？况朝廷以半俸优我，乡里以亲旧待我，予何忧哉？”④

赵秉文的思想代表了当时一些文人的生活追求。兴定末，冯璧以同知集庆军节度使致仕后，居崧山龙潭者十余年。诸生从之游，四方问遗者不绝。这些人在一起赋诗饮酒，放浪山水间，人望之以为神仙。春天山上多开兰花。“山僧野客，人持数本诣公，以香韵清绝为胜，少劣则有罚，谓之斗兰。所酿松醪，东坡所谓叹幽姿之独高者，惟叔献能尽之。

① 金·元好问：《中州集》卷九，四部丛刊初编本。

② 金·赵秉文：《闲闲老人滏水文集》卷十五，四部丛刊初编本。

③ 宋·王钦若等编：《册府元龟》卷八百九《隐逸》，文渊阁四库全书本。

④ 金·赵秉文：《闲闲老人滏水文集》卷第十三，四部丛刊初编本。

客有以京国名酒来与之校者,味殊不能近,正如深山草衣木食人语,觉佣儿贩夫尘土气为不可向也。是后'松醪斗兰'遂为山中故事。"①

金亡前后,社会战乱,一些文人则借隐逸以明志。吴澄《二妙集序》:"(金亡之际)干戈未息,杀气弥漫,贤者避世。苟得一罅隙地,聊可娱生,则怡然自适,以毕余龄,几若澹然与世相忘者。"

第二,妙处心知口莫言——"趣"。

大定诗人张子羽《宿宝应》诗:"禅房伴茗饮,岂待酒中趣。"萧贡《米元章大字卷》评米元章书法:"追摹古人得高趣,别出新意成一家。"在文人们对隐逸自适的生命体验中,"趣"则是崇高的目标。趣是一种至上的人生境界。人生若通于趣,则如苏轼《超然台记》中所言:"无所往而不乐"。《后汉书·蔡邕传》:"圣哲之通趣,古人之明志也。"此谓通趣属于哲人。人通于趣,诗乃有趣。在我国古代文论史上,要揭橥出概括"趣"的本质内涵极为困难。袁宏道在《叙陈正甫会心集》中坦言:"世人所难得者唯趣。趣如山上之色,水中之味,花中之光,女中之态,虽善说者不能下一语,唯会心者知之。"②但袁宏道基本上还是把"趣"视为一种只可意会而难以言传的微妙的审美感受。

邓牛顿《说趣》论曰:"趣是人类精神生活的一种追求,对生命之乐的一种感知,一种审美感觉上的自足","是人类在文明发展进程中所逐渐生长起来的一种审美文化精神"③。赵国乾《古典美学范畴"趣"的破译》则认为:"'趣'作为古典美学中的一个重要审美范畴,它介于审美主体与审美客体之间,既是创作追求的美学境界,也是欣赏接受追求的重要内容,它涉及古典美学的方方面面。从'趣'的历史应用可见,它偏重指一种有意味、有意思、有新奇感的美。从外延上说,它比美要小,是指一种有趣的美,或者说是一种具有美的属性的趣。"④

金代的一些诗论家在诗歌批评中喜欢运用"趣"。他们在以"趣"

---

① 金·元好问:《中州集》卷六,四部丛刊初编本。

② 于民、孙通海:《中国古典美学举要》,安徽教育出版社2000年版,第713页。

③ 邓牛顿:《说趣》,《南开学报》1994年第1期,第60页。

④ 赵国乾:《古典美学范畴"趣"的破译》,《许昌师专学报》1996年第4期,第32页。

评诗中，对诗人诗作进行了各异的观照。王若虚《高思诚咏白堂记》言："乐天之诗，坦白平易，直以写自然之趣，合乎天造，厌乎人意。"①意在肯定白诗在平易中表现出的自然真切之意趣。元好问《中州集》中多处以"趣"评诗论人。他评王元粹"年十八九，作诗便有高趣"；评秦略"诗尚雕刻，而不欲见斧凿痕，故颇有自得之趣"；评姚孝锡"古诗尤有高趣"；评辛愿"杜诗韩笔，未尝一日去其手。作文有纲目不乱，诗律深严，而有自得之趣。"元好问为金元之际诗坛巨擘，他论诗推尚"高趣"、"自得之趣"，体现出宁静致远的人生境界与审美追求。

古诗之趣，多关乎山水。盖山水佳胜，乃诸趣之温床。古代文人离开朝廷，便与自然走得很近。钱锺书《谈艺录》六九《附说十九》专论"山水通于理趣"，言"宋明理学诸儒，流连光景，玩索端倪"，于"乐山乐水"之际怡情得趣而悟理。金中期诗人追求"趣"，也是以山水园林为触媒，以陶渊明为代表的魏晋士人成为其立身的榜样。大定、明昌间，河北成趣园凝聚了一大批志同道合的的诗人，包括党怀英、张昌祚、李永安、郦掖、路铎、崔巍、田时秀、郭安民、刘仲杰、李楫、高延年、初昌绍共12人。这些诗人崇尚魏晋风度，每到成趣园后，"讲论道德，俯仰二仪，错综人物"②。他们在当时还编有《成趣园诗文集》，以成趣园为题，创作了不少的诗歌作品。在路伯达的《成趣园记》中记载云：

> 献陵梁君，任性旷夷，寄怀遐远，厌阛阓之喧，乐林泉之胜。早以家事，悉委于其子。尝读《晋史·隐逸传》，爱陶渊明之为人，慨然思之，于是背城而东几一里，膏腴朊朊间，买田治园，为闲散计。幅巾杖履，晨往夕还。乃命之曰"成趣"。……昔渊明去彭泽返故居，日涉其园，而至于成趣者，盖其所向之意深焉。尝摭陶事而论之，得其所以谓之趣者。陶蓄素琴一张，弦徽不具。每与朋会，则抚而和之曰："但识琴中趣，何劳弦上声。"又著《孟府君嘉传》：桓温尝问嘉"酒有何好而卿嗜

① 金·王若虚：《滹南遗老集》卷第四十三《高思诚咏白堂记》，四部丛刊初编本。
② 金·初昌绍：《成趣园诗文序》，粤雅堂本《金文最》卷四二，中华书局1990年版。

之?”嘉笑而答曰:“明公但不识酒中趣尔!盖惟琴抱太古之质,惟酒适无何之乡,以其妙意有不可言传者,故谓之趣。”而园中之游,亦得称其趣者,岂非寓不传之妙而与琴酒均耶?今梁君之榜园必取此者,是欲因其名而究其实,诵其语而师其行。余故曰:“诚慕陶之深矣!如或用志不分,乃凝于神,则兀然而遗世,寂然而忘言,揖南山之佳气,卧北窗之清风,其于羲皇上人,几何而不为也。”①

古人论“趣”,首先强调应心无执著、身无挂碍,这样才能领悟“趣”的境界。性格宽平,胸怀旷远的隐士献陵梁君,性爱自然山水而不喜车马喧闹,因羡慕陶渊明之“琴趣”和孟嘉的“酒趣”,“以其妙意有不可言传者”,于是认为“园中之游,亦得称其趣者。”在梁君看来,无言之山水也蕴涵着“趣”,也有不传之妙。只要识得此“趣”,则也可以到达那种“兀然而遗世,寂然而忘言,揖南山之佳气,卧北窗之清风,其于羲皇上人,几何而不为”的最高享受。

这位成趣园的主人确实也是如此追求“趣”的。初昌绍《成趣园诗文序》中记述他平时“阖门而居,优游偃仰。既而焚香默坐,诵渊明诗,读南华真人语。所谓逍遥一世之上,睥睨天地之间,不爱当时之誉,永保性命之期,可以凌霄汉出宇宙之外矣!”

郦掖《成趣园诗》有诗云:“妙趣人不识,高风今昔无。”金代中期诗人对“趣”的理解,影响到后代诗论家有关理论的形成。元代诗论家刘将孙将“趣”视为诗歌审美表现中最本质的东西。刘将孙自严羽之后,在我国古典“趣”论史上将“趣”标树为诗歌审美的极致境界。他说:“诗固有不得不如禅者也。今夫山川草木,风烟云月,皆有耳目所共知识。其入于吾语也,使人爽然得其味于意外焉,悠然而悟其境于言外焉,矫然而其趣其感他有所发者焉。”②刘将孙隐约道出了“趣”的一个

① 《畿辅通志》卷五十三《古迹》:“成趣园在献县。旧志:金梁子直隐居处,学士党怀英等诗文在焉”。文渊阁四库全书本。

② 元·刘将孙:《养吾斋集》卷十《如禅集序》,文渊阁四库全书本。

特征，这便是它如参禅一样，应在对山川草木、风烟云月的物象感悟的基础上生发，然其所得之趣又不执著于眼前物象，它在“味象”的过程中，主体内心神明早飘然于物外。大定初昌绍《成趣园记》笔下的这位梁君就是这样的一个“趣”的追寻者和实践者。梁君“所植之花，不必珍卉奇木，姚黄、魏紫，但得秀而实者，随所有而种。其与之游者，不必达官闻人、名流胜士，但旷达之辈、方外之流，道同气合、无为之友。其所观之书，不必三坟五典、八索九丘，如道经禅话、医方丹诀，无不爱而玩。榜其园曰：成趣亭，曰：容安轩，曰：静乐，皆取其退居闲静之义。公先豪于赀，为一郡之冠，然与众异趣耳。瓦砾财货、膏肓泉石，不以龙断为心。以澹泊为事，即之则无一点膏粱罗纨气，与之语，则真通达之士也”。“客去则阖扉而居，优游偃仰，既而焚香默坐，诵渊明诗，读南华真人语，所谓逍遥一世之上，睥睨天地之间，不爱当时之誉，永保性命之期，可以凌霄汉出宇宙之外矣。”

能够真正达到这种境界的人当少之又少。刘将孙《胡以实诗词序》道：“凡天趣语难得，其远者矫首发于寥廓，近者悠然出于情愫，意空尘俗，径解悬合。”[①]而在金代中期，成趣园诗人在努力探索“趣”的过程中，也不断地享受着“趣”所带来的心灵愉悦。初昌绍《成趣园诗》：“静中身与世俱弃，妙处心知口莫言。”李永安《成趣园诗》：“忘情势利居安易，寓意琴书得味真。”

刘将孙在《九皋诗集序》一文中又言：“人声之精者为言，言之又精者为诗。使其翩翩也皆如鹤，其诗矫矫也如其鸣于九皋，将人欲闻而不可得闻。诗至是，始可言趣耳。夫诗者，所以自乐吾之性情也，而岂观美自鬻之技哉？”[②]金代中期诗人当仕途坎坷失意之时，儒、道、释融通而成的内在超越哲学就成了他们精神自救的良药。他们对于儒家的道德提升和文化自足、道家的相对思维和精神净化、禅宗的轻外物、重自我、泯灭欲求和瞬间顿悟，采取兼容并用的开放态度，从而形成了以性灵智

① 元·刘将孙：《养吾斋集》卷十一，文渊阁四库全书本。
② 元·刘将孙：《养吾斋集》卷十，文渊阁四库全书本。

慧的“趣”的哲学。史震林《华阳散稿序》中云：“趣者，生气与灵机也。”“趣”表现出生命的自由与灵慧性。这也是“趣”与一般审美范畴有别的一大特征。在这点上，它虽与气、韵、神、势、格等范畴有着相似的一面，都与人的生命、元气、性情等主体因素相联，与人的诗性生命体验紧密相关；但也有不同的一面，这便是“趣”更表现为对人的生命的自由化呈现。它是人类在“自由自觉”的生理、心理和精神状态下所感受到的一种愉悦，是对生命自身本质力量的一种肯定，对生活本身的一种富于艺术意味的张扬。刘迎《虚春亭》诗：“不独禅心破诸有，还于法性识真如。”在我国古代文论史上，杨万里曾肯定“趣”是人的灵性的体现。袁中道见出“趣”是主体内在智慧充盈流溢的产物。史震林则把“趣”视为人的性灵与生机在诗文创作中的表现。“趣”的这方面特征，确实是创作主体内在生命智慧的流露，是主体生命能量的蕴积与迸发而产生的美，是人的性灵与睿智的结晶。而金代中期诗人进一步将“趣”作为自适隐逸、自由意志的实现过程，同时更作为追求人生智慧的目标。

二、身虽市朝寄，心与功名疏——诗人的“中隐”

中国隐逸文化在其不断发展的过程中，精神化倾向日趋增强。传统意义上的凿岩穴居、餐霞饮露的“形隐”，已越来越朝着注重心性主体精神化修炼的“心隐”方向发展。晋王康琚有《反招隐》诗云：“小隐隐陵薮，大隐隐朝市。”后来白居易觉得大隐和小隐都有不如人意的地方，不如中隐，于是作《中隐》诗：

> 大隐住朝市，小隐入丘樊。丘樊太冷落，朝市太嚣喧。不如作中隐，隐在留司官。似出复似处，非忙亦非闲。不劳心与力，又免饥与寒。终岁无公事，随月有俸钱。君若好登临，城南有秋山。君若爱游荡，城东有春园。君若欲一醉，时出赴宾筵。洛中多君子，可以恣欢言。君若欲高卧，但自深掩关。亦无车马客，造次到门前。人生处一世，其道难两全。贱即苦冻馁，贵则多忧患。唯此中隐士，致身吉且安。穷通与丰约，正

在四者间。[①]

边官边隐，似出似处，与现实政治保持着若即若离的关系，这样既能获得世俗的享乐，又可体会隐逸的乐趣。王嚞《得道阳》词："虽是居尘不染尘。"[②]谭处端《瑞鹤仙》词："意上有尘山处市，心中无事市居山。"[③]只要能把握隐逸的精神实质而涵养自己的隐逸品格，不必高卧林泉、脱离尘世即可获得隐逸的乐趣。史旭《怀郭硕夫刘南正程云翼》："薄有酒消闲日月，苦无心向老功名。"张公药《二月》："故山随分可娱老，宦游到处聊为家。"既有精神愉悦，又有现实收益，"中隐"可谓是在实用、功利基础上的精神追求。刘迎称朋友："身虽市朝寄，心与功名疏。"（《盘山招隐图》）党怀英"我虽朝市如林垧。"（《新泰县环翠亭》），与白居易的"山林太寂寞，朝阙空喧烦；唯兹郡阁内，嚣静得中间"（白居易《郡亭》）是多么相似！元好问称道家人物李大方"从容雅道，而无山林高蹇之陋"[④]；杨叔玉称处士诗人元德明之诗"不事雕饰，清美圆熟，无山林枯槁之气"[⑤]；李纯甫评隐逸诗人刘汲的诗"质而不野，清而不寒"[⑥]。显然说明了这段时期诗人与精神外倾化的、传统岩穴隐逸的表现相悖离的倾向。

以蔡珪、任询、党怀英、王寂、王庭筠等为代表的金代中期诗人，皆表现出"中隐"的人生思想，他们圆融通达地调谐了身与心、职与事、仕与隐的矛盾，真实体现了白居易"外以儒行修其身，中以释教治其心"[⑦]的人生哲学。而在这些诗人当中，又以王寂为代表。

王寂有《题中隐轩》诗，诗中并不认同古代著名隐士严君平、梅子真

① 清·曹寅、彭定求等：《全唐诗》卷四四五，中华书局编辑部点校本，中华书局 1999 年版，第 4991 页。

② 唐圭璋编：《全金元词》，中华书局 2000 年版，第 212 页。

③ 唐圭璋编：《全金元词》，中华书局 2000 年版，第 414 页。

④ 金·元好问：《遗山先生文集》卷第三十一《通玄大师李君墓碑》，四部丛刊初编本。

⑤ 金·元好问：《中州集》卷十，四部丛刊初编本。

⑥ 金·元好问：《中州集》卷二，四部丛刊初编本。

⑦ 唐·白居易：《白氏长庆集》卷七十一《醉吟先生墓志铭》，文渊阁四库全书本。

之所为，认为严君平、梅子真是“孤高与世自冰炭”，介之推、屈大夫是“甘焚就溺捐微躯”。四人的行为很难为人们所理解，并且有沽名钓誉的嫌疑。“两公朝市大喧噪，二子山林更牢落。混俗变姓良自欺，卖身买名何太错”。相比之下，王寂选择了一条“中隐”之路：“我则愿师白乐天，终身衮衮留司官。伏腊粗给忧患少，妻孥饱暖身心安。况有民社可行道，随分歌酒陶余欢。经邦论道不我责，除书破贼非吾干。折腰束带莫耻五斗粟，犹胜元载胡椒八百斛。一朝事败竟赤族，嗟尔安得为孤犊，尘靴汗板莫厌时奔走，犹胜李斯相秦印如斗，一朝祸起遭鞭杻，却思上蔡牵黄狗。况知富贵不可求，侥求纵得终身忧。不如中隐轩中，日日醉倒不省万事休。”①诗人王寂只是希望折腰束带，平安为宦，不追求官高恩隆，只求身心无忧。

王寂有不少诗歌反映了这种“中隐”的思想。《题刘德文乐轩》云：“君不见达官火色凌朝霞，传呼数里清堤沙。门人故吏听颐指，吹嘘一到枯生花。那知任重责亦重，朝服坐待晓鼓挝。撄鳞逆耳事可畏，四十未过两鬓华。又不见朱门钱痴豪且奢，氍毹按舞催筝琶。萍齑豆粥何足道，猩唇熊掌来咄嗟。那知中夜独不寐，百万计恐毫厘差。匹夫无罪死怀璧，何异犀象之角牙。人生快意在富贵，富贵尚尔余何夸。刘君适意殆非此，其乐自谓真无涯。官闲事少忧患少，君恩饱暖及全家。寿亲余沥沾宾友，教子尚有书五车。百年万事付杯酒，部伍鼓吹鸣池蛙。眼前识破两蛮触，胸次不置千褒斜。个中欢趣例如此，回首富贵谁能加。我今百指无定止，负舍却羡循墙蜗。思君清乐不可得，对此况味殊不佳。何时径往君家去，主孟莫厌煎盐茶。”

面对任重责重、撄鳞逆耳的官场生涯，作者并没有像刘汲等诗人选择弃官归隐之“小隐”路，而是怀着“官闲事少忧患少，君恩饱暖及全家”的态度，求得外在事功与内心适意的平衡。

王寂的“中隐”思想，一定程度上是因为他的仕途遭遇而自然发展和形成的。

① 金·王寂：《拙轩集》卷一，文渊阁四库全书本。

王寂生平以大定二十六年为界，分为前后两期。前期，儒家经世济民、积极入世的思想比较突出，他也想建立一番功业，以光宗耀祖，扬名后世。这在他的一些诗歌作品中可以清楚地看出来。王寂及第后，仕途一直比较顺利，这为他实现经世济民的人生理想提供了条件。大定十年(43岁)，入朝为谏官。在刚受谏职时，作《受谏职夜久不寐》:“横身会有涓埃报，莫笑年来便学喑。”希望能够劲直敢言，有补于朝政。大定十二年，在大理评事，按囚于泰安。十四年，授平州观察判官。二十三年，迁中都副留守。中都任职期间，王寂还为显宗经营葬事，可见其深受世宗的赏识。

大定二十六年(公元1186年，时王寂59岁)，王寂的人生轨迹发生了变化。此年，初改户部侍郎。八月，河决卫州，王寂受命与都水少监王汝嘉治水卫州胙城县。据记载，大定二十六年八月，“河决卫州堤，坏其城。上命户部侍郎王寂、都水少监王汝嘉驰传措画备御，而寂视被灾之民不为拯救，乃专集众以网鱼取官物为事，民甚怨嫉。上闻而恶之。既而河势泛滥及大名。上于是遣户部尚书刘玮往行户部事，从宜规画，黜寂为蔡州防御使”[①]。王寂的这次仕途挫折给他的心灵带来重大打击，并对王寂的人生观带来直接的影响。王寂被贬蔡州后，“终日兀然，如坐井底。闭门却扫，谢绝交亲，分为冻蛰枯梼，无复有飞荣之望”[②]。

从有关记载来看，大定年间，黄河在卫州多次决口，并且每次决口情况都非常严重。大定二十年，“河决卫州及延津京东埽，弥漫至于归德府。”[③]大定二十七年，“黄、沁北泛，淹没州城，水至浮图第一级”[④]。由此来看，这次发生在大定二十六年的水灾，即使王寂极力措画，也不会有多大的效果。他在《梦赐带笏上表称谢觉而思之得其五六因补其遗忘云》一文中说:“伏念臣捕骊得鳞，画蛇成足。嗟当途之见嫉，投绝徼以可怜。……伏遇皇帝陛下力援孤踪，甄收旧物，念群言交构，挤臣

① 元·脱脱等:《金史》卷二十七《河渠志》，中华书局1997年版。

② 金·王寂:《拙轩集》卷六《与文伯起帖》，文渊阁四库全书本。

③ 元·脱脱等:《金史》卷二十七《河渠志》，中华书局1997年版。

④ 元·王恽:《秋涧先生大全文集》卷第八十六《论塞绝沁水事状》，四部丛刊初编本。

于不测之渊。"他被贬官的真正原因,并不是救灾不力,而是派系恩怨斗争的结果。在朝廷的执政者对他进行诋毁和中伤,并且从"群言交构"云云来看,上章劾奏王寂者不只仅几个人而已。王寂贬官蔡州后,心灰意冷,归田隐居的思想越来越明显地表现出来。《蔡州》:"老夫为政拙,雅志与时乖。倦鸟收长翮,疲驽恋短秸。"《易足斋》:"吾爱吾庐事事幽,此生随分得优游。穷冬夜话蒲团暖,长夏朝眠竹簟秋。一榻囊书闲处看,两盂薄粥饱时休。红旗黄纸非吾事,未羡元龙百尺楼。"

大定二十六年之后,王寂的思想开始发生变化。一方面,因为以前世宗对王寂有过赏识,故王寂效忠朝廷的意识还未完全泯灭。在《伯起善用强韵往复愈工再和五首》其五中有句云:"臣子爱君无远近,斗牛箕野望神州。"可以说,在金代诗人中,王寂的圣朝心态是非常明显和突出的。所以尽管王寂对于他的无端被贬耿耿于怀,但也希望在晚年能够有所作为,报效朝廷。他在《梦赐带笏上表称谢觉而思之得其五六因补其遗忘》云:"惟独断至公,起臣于久废之地,哀其老态,奖以异恩,臣敢不佩鱼自警以不眠,解貂无从于彝饮。垂绅画策,赞股肱庶事之康。搢笏称觞,报冈陵万年之福。"在《谢带笏表》一文中,王寂再一次表现出同样的心情:"伏念臣去国五年,挈家万里。自谓永捐于沟壑,岂期再造于阙庭。重惜残年,特加异数。清谈废事,肯将拄漫吏之颐。老气未除,犹足击奸贼之齿。兹盖伏遇皇帝陛下,德以增新,人惟求旧。世宗飨国,臣常叨与于谏员。显考上仙,臣亦经营于葬事。惭无服称,猥荷恩私,臣敢不正以垂绅书而对命。奉公竭力,爰用赞于君前。抗疏乞骸,即愿还于陛下。"

另一方面,这次打击在王寂的人生道路上毕竟有着重要的影响。随着仕途经历的磨练和对现实社会的体察,王寂逐渐从一个以功名事业为追求目标的儒士,逐渐转化为一个为五斗身谋的高士。其《梦赐带笏上表称谢觉而思之得其五六因补其遗忘云》一文中所谓:"为贫而仕,素惭四壁之空;得宠若惊,猥被万钱之赐。"再没有豪情,仅剩下能够养尊处优的期盼了。

王寂没有选择逃避,即没有选择"小隐",而是选择了亦官亦隐的

"中隐"道路。在《洞仙歌·自为寿》词中，王寂写道："有荆钗举案，彩服儿嬉，随分地，且贵人生适意。"①正因他选择的是一条既能摆脱思想包袱，又能获得现实利益的道路，所以党怀英说王寂"公今致养丰禄食，更取蛮珍奉颜色"②，王寂一生生计不愁，晚年的生活也非常优裕。

王寂"中隐"思想的形成有受佛学濡染的痕迹，而佛学影响主要来自他的父辈。王寂的父亲王础是受佛教思想影响很深的一位正直的官僚。据王寂记载，王础"夙植善根，奉佛谨甚。年二十七登第后，日诵金刚经，至春秋八十有三，中间虽大寒暑风雨，不废也。易箦之际，澡浴振衣，置经于首，合手加额，跏趺以终。香闻满室，信宿乃灭。人以为戒定之报"③。另外王寂的思想形成过程中，姚孝锡的影响也是不可忽视的。姚孝锡为王寂之父王础所交"当世名士"之一，和王寂亦为挚友。孝锡"天资简淡，平居专以书史自娱，虽处暗室，无秋毫之欺，以至死生祸福不汩于胸中，况顾富贵为何等物也"④。而王寂引孝锡为忘年知己，所谓"平生知我，无如公者"⑤。

王寂思想的形成受老庄齐万物、一死生思想的影响也是最为明显的。

第三节　隐逸自适的思想渊源

金代中期诗坛出现的无论是"小隐"还是"中隐"风气，既有社会原因，也有思想原因。而佛教、道教对于中国古代文人隐逸自适思想的形成，绝对是极为重要的关键因素。金代中期，佛、道思想有着广泛的传播。统治者在文化思想方面的开放态度，特别是对佛、道的宽松态度为

① 唐圭璋编：《全金元词》，中华书局2000年版，第36页。
② 金·党怀英：《题大理评事王元老双橘堂》，《中州集》卷三，四部丛刊初编本。
③ 金·王寂：《拙轩集》卷六《书金刚经后》，文渊阁四库全书本。
④ 金·王寂：《拙轩集》卷六《姚君哀词》，文渊阁四库全书本。
⑤ 同上。

文人隐逸自适诗风的形成提供了滋养的土壤。

一、佛教思想的濡染

在金代中期诗人中,蔡珪佛学思想比较具有代表性。

仕途挫折是蔡珪的学术思想转向佛学的客观社会因素。蔡珪是大定时期非常著名的学者兼诗人,但仕途却并不顺利。大定九年,因受安国军节度判官高元鼎坐监临奸事牵连,王翛、蔡珪、任询、阎恕、高复亨、翟询各笞四十。王景晞、任师望各徒二年,官赎外并的决[①]。大定十四年,蔡珪除潍州刺史。因得风疾,失音不能言,不能入见奏谢。牵连右丞唐古安礼、参政王蔚、中丞刘仲诲同受世宗责备,并被世宗指"相为党蔽"[②]。由这两条资料来看,蔡珪的仕途比较曲折,虽长期任职京师,但不受统治者器重。这是蔡珪隐逸思想产生的一个重要原因。不过,蔡珪精深的佛学造诣也是一个重要因素。佛学成就的取得,一方面是家学渊源。蔡珪之父蔡松年舅氏丹房先生,"方外伟人,轻财如粪土。常有轻举八表之志,故世莫能用之"[③]。另一方面是蔡珪自己喜钻研佛法。他受佛学影响的明显的表现是为当时的佛教大师撰写碑铭,为寺妙禅院撰写碑记。这些作品包括《文慧禅师塔铭》、《慧聚寺妙通大师塔铭碑》、《易州玉溪善兴禅寺记》(《艺风堂金石文字目》卷十四)、《广福院碑》、《中都圣福寺碑》、《广济院碑》、《竹林寺碑》、《十方万佛兴化院碑》(《永乐顺天府志》卷七)、《大觉寺记》(王恽《玉堂嘉话》卷五)、《弘理大师碑》(王寂《辽东行部志》)等。

除蔡珪外,其实金代中期诗人受佛教的影响是比较普遍的。一个典型的表现是,这段时期的诗人多以"居士"等自号。

"居士"是一个佛教名词,一般用以称呼居家佛教徒之受过"三归"、"五戒"者。原起于先秦,本指"道艺处士",即有文化艺术修养而居家不仕的士人。佛教刚传入中国时,居士称谓被汉语译佛经者借用,

---

① 元·脱脱等:《金史》卷一百二十五《蔡珪传》,中华书局1997年版。

② 同上。

③ 金·蔡松年:《满江红》自序,唐圭璋编《全金元词》,中华书局2000年版,第19页。

成为对不出家的佛教信徒或施主的敬称。《维摩诘经》称,维摩诘居家学道,号称维摩居士。自唐、宋以后,居士又不专属佛门了,很多不在仕途的士人自称“居士”。金代的文人“居士”也并非“居家学道”的身体力行者,而是倾心于“居士”的佛教文化精神。这是金朝文人求得闲适生活与诗意人生的一种文化选择。

清代居士彭绍升作《居士传》,记述东汉以来历代著名居士 227 人,其中隋以前 41 人,唐 37 人,宋、金 71 人,元、明、清 78 人。这些被佛门称为居士的人,身份不同,但有一点是明确的,那就是他们皆在一定的程度上,表示出对佛的信仰和对佛学的尊崇。在唐代,以“居士”名号者,只是个别现象。著名文人中,也只有李白、白居易分别以青莲居士、香山居士名其号。到了宋代,以“居士”名号则成为一种文化时尚,如六一居士(欧阳修)、乐全居士(张方平)、笑笑居士(文同)、东坡居士(苏轼)、浮休居士(张舜民)、淮海居士(秦观)、后山居士(陈师道)、清真居士(周邦彦)、东湖居士(徐俯)、芗林居士(向子諲)、石林居士(叶梦得)、茶山居士(曾几)、芦川居士(张元干)、石湖居士(范成大)、遂初居士(尤袤)、千岩居士(萧德藻)、于湖居士(张孝祥)、稼轩居士(辛弃疾)、臞轩居士(王迈)、后村居士(刘克庄)、竹坡居士(周紫芝)等。就连女词人李清照和朱淑真也分别自号易安居士、幽栖居士。其中欧阳修、苏轼、辛弃疾等还是领袖一代的人物。

金代中期,有“居士”名号者不在少数。著名者有:天眷二年进士刘彧,自号香岩居士。贞元二年进士赵可,号玉峰散人。天德三年进士刘汲,自号西岩老人。天德三年进士刘瞻,自号樱宁居士。正隆二年进士郝俣,自号虚舟居士。皇统二年经义进士李晏,自号游仙野人。天德三年进士乔扆,号莲峰真逸。大定三年状元孟宗献,号虚静居士。大定七年状元赵摅,自号醉全老人。大定十四年进士刘迎,自号无诤居士。大定十六年进士王庭筠,自号黄华山主。另外,张建自号兰泉老人。段继昌自号适安居士。秦略自号西溪老人。张庭玉号盘溪居士。耶律履自号忘言居士。上述所举金代中期诗人的名号,或以“散人”、或以“老人”、或以“野人”、或以“居士”。意旨相同,皆用来表示自己追求闲散放逸的生活趣味。而以“居士”名号者,有八位之多。其中有宰相,有状元,有著名诗人及一般诗人,可见这一段时期文人阶层深受佛学思想的影响。

二、老庄“齐万物”的影响

齐万物,一死生,逍遥自适,自然无为,是庄子哲学的基本内容。金代中期的诗人在思想上或多或少皆受庄子哲学的影响。儒家有“立德”、“立功”、“立言”之说,蔡珪认为比不上道家“齐物”一篇。其《读史》诗云:“伯阳名迹世人知,太史成书未免讥。不是道家齐物我,岂容同传著韩非。”赵沨《题齐物堂》云:“至人识破浮生理,万变何尝有不同。果蝶梦周周梦蝶,为风乘我我乘风。得时未必全无识,穷处方知却有通。毕竟欲齐齐底物,世间元是一虚空。”

郭象《庄子注》云:“夫天下之所尊者,富贵寿善也。所乐者,身安、厚味、美服、好色、音声也。所下者,贫贱夭恶也。所苦者,身不得安逸,口不得厚味,形不得美服,目不得好色,耳不得音声。若不得者,则大忧以惧其为形也,亦愚哉。”①庄子哲学以适性逍遥为旨归,逍遥即本于“无”。他的哲学皆本于自然而总归于自由,正是系统化的超越哲学。庄子以天下所尊为累,不为世俗所动。“齐物”以“丧我”,丧我方能“坐忘”,坐忘才能“离形去知”、“弃圣绝知”,才能进入“心斋”,进入心斋才能体验“唯道集虚”的超然之境。如丘处机自述襟怀云:“漂泊形骸,颠狂踪迹,状同不系之舟。逍遥终日,食饱恣遨游。任使高官重禄,金鱼袋,肥马轻裘。争知道,庄周梦蝶,蝶梦庄周?”(《满庭芳》)

党怀英《题獐猿图》诗:“鲲鹏负云天,斥鷃处蒿蓬。万生所乐自不同。”《雪中四首》其一:“天公巧相幻,要我齐穷通。”

大定、明昌诗人中,党怀英的诗歌就反映了庄子的这种“逍遥”境界以及自然无为的人生哲学。其《和张德远伐松之什》诗:“社栎赋散材,乃遭匠石嗤。高梧中宫征,不能保孙枝。全伤随用否,理固不可移。长

① 晋·郭象:《庄子注》卷六《至乐》第十八,文渊阁四库全书本。

短归自然,勿为凫鹤悲。”与王寂赋《岩蔓聚奇赋》反映了相同的随缘任运的人生哲学。党怀英另有《徐茂宗蜗舍》诗:“万生扰扰安其安,莺鸠不羡鹏飞抟。端知扶摇上九万,无异跳跃蓬蒿间。是身江海一漂粟,身外纷然皆外物。一廛傥可容所寓,何用渠渠作高屋。知君从道由心成,昔焉忘俗今忘形。物来弭角不知竞,触蛮血战良虚名。我梦敲门访君舍,舍小不容相对话。觉来惊见壁间蜗,俯仰人间真物化。”这些诗其实就是庄子哲学的诗歌化表现。

金代中期诗人的老庄思想的形成,其中部分原因得自于师友之讲习。赵沨、党怀英的老庄思想就受到李大方的影响。李大方为金中期非常著名的道学人物。大定、明昌间,赵沨与党怀英、王庭筠同学道于通玄大师李大方。李大方因其“天质冲远,蝉蜕俗外。出入世典,而无专门独擅之蔽;从容雅道,而无山林高蹇之陋”[①]。故受到朝廷特征,“天下翕然以得人归之”。李大方当时影响很大,致有“百世清规”之誉。元好问称赵沨“性冲澹,学道有得”[②]。说明赵沨受李大方的影响是很深的。

另外有一些诗人如毛麾、孟宗献等,则受当时全真道教的影响。毛麾,字牧达,平阳府临汾人,号平水老人。大定二十七年为丘处机文集作《磻溪集序》,大定十九年,又作《冲虚至德真经四解序》。孟宗献,字友之,开封人,号虚静居士。师王硐习举业。大定三年乡、府、省、御四试皆第一。供奉翰林。孟宗献著有《金丹赋诗词集》。大定十年,王重阳携马珏等弟子行至开封,宗献往拜之,因以弟子自居。重阳(大定十年正月四日)卒,宗献为主丧事。这些皆说明了当时文人与宗教的千丝万缕的联系。

王寂唯一流传至今的赋作《岩蔓聚奇赋》,具有浓厚的老庄道家思想。作者描写岩石上形状粗恶、长有累然臃肿节结的藤蔓,虽然不为匠工所重,然而好事者却喜其自然天成之质,刻削而为酒杯,遂使得被世

① 金·元好问:《遗山先生文集》卷第三十一《通玄大师李君墓碑》,四部丛刊初编本。
② 金·元好问:《中州集》卷四,四部丛刊初编本。

俗漠视、凡人视为无用之物派上了用场,找到了知音。王寂希望自己“陶陶乎释身世之羁缚,浩浩乎谢功名之机陷”①,忘却世务,不计荣名,自适为乐,弃绝矫作伪饰,追求“浑然而天成”的思想和人生境界。

王寂面对山水画图,亦会生出离尘出世之想。其《题张信道所藏李元素淮山清晓图》诗有:“中宵沆瀣一濯洗,突兀了观清净身。”当面对车辙中被碾毙的乌龟时,他就情不自禁地发出了感叹:“江湖佳处多网罟,侧足恐为人所制”。“乃知生死有定数,万物皆然无巨细。夔蚿多寡各安分,椿菌短长均一世。越人善疗卒兵死,单豹养生遭虎噬。”②

死生有命,修短有期,吉凶逆定,万物生死皆有定数,这很明显是庄子的“齐物论”思想。庄子云:“凫胫虽短,续之则忧;鹤胫虽长,断之则悲。”晋郭象注曰:“各自有正,不可以此正彼而损益之。”③惠子的大瓠、宋人的不龟手之药,并非无用,而是“所用之异”。惠子那棵“大本臃肿而不中绳墨,小枝卷曲而不中规矩”的无用樗树,庄子认为,如果“树之于无何有之乡、广莫之野,彷徨乎无为其侧,逍遥乎寝卧其下。不夭斤斧,物无害者,无所可用,安所困苦?”正如郭象注曰:“夫小大之物,苟失其极,则利害之理均用。得其所,则物皆逍遥也。”④

庄子以“无用”超越现实与功利而获致一种个体精神的满足与自由,以达到“逍遥”的境界。

三、三教合一思想的融会贯穿

唐代之前,儒释道处于三教鼎立和互相斗争、互相影响的阶段。

---

① 金·王寂:《拙轩集》卷一,文渊阁四库全书本。

② 金·王寂:《拙轩集》卷一《辙中毙龟》引言云:“予以公事按部郊行。过污泥浊水,深不没膝,广可三丈许。车辙中有乌龟伏焉,首尾余尺。予初疑曝背,举而视之,则头且碎矣。予谓凡物之神无如龟者。意其舍鱼龙而伍蛙黾者,则必厌网罟搜罗之患,以求自安。今复死于奔轮之下,岂灵于人而不灵于已耶?抑吉凶逆定而不可逃耶?政如嵇叔夜锻隐以避世,反见谮于钟会,竟不免东市之刑。信乎死生有命,修短有期。彼有不顾名节,徼幸以求全者,未必然也。予作是诗,盖有激而云。”文渊阁四库全书本。

③ 晋·郭象:《庄子注》卷四《外篇·骈拇第八》,文渊阁四库全书本。

④ 晋·郭象:《庄子注》卷一《内篇·逍遥游第一》,文渊阁四库全书本。

唐、宋以来,三教渐趋合一。特别是金初以全真教为代表的三个道教派别,皆提倡三教同源、三教合一。文人中形成宽松的思想文化环境。统治者对于三教合一也给予支持和推崇。海陵朝有"三教该通,足为仪表"①的张通古,备受海陵王爱重。王处一《承安丁巳受第三宣……时在修真观作此一篇,寄呈老母洎圣水道众》诗中指出:"今蒙圣帝(指章宗)助玄风。"说明章宗对全真教也是支持的。

金代中期出现了一些融通三教的代表人物,如山东王去非、耶律楚材师释行秀等。

以道入儒的代表人物有王去非。王去非与其弟王去执、去执子王仲元皆以儒道著称,他们同为金中期山东儒学代表人物。据党怀英《醇德王先生墓表》记载,去非"束发知学问,为文章不喜为进取计。尝试有司,不合即屏去,举业益探六经百家之言,务为博赡精诣。杂取老庄释氏诸书,采其理要,贯穿融会,归诸大中。要本于吾儒修身养性之道,自信而力行之。其发于情,接于物者,求诸古人或难焉。乡人化服翕然咸尊之。……怀英昔者宦游东山,是时东阿张子羽、茌平马定国、奉符王颐、东平吴大方与其兄大年、郭弼宪、赵悫、申公绰诸公,与先生相友善。讲论道义,援据古今,以孔孟所传为诸儒倡。其后出者闻于朝,处者行于乡,虽隐显不同,而皆以先生为归"。周驰、赵沨、党怀英皆曾受学于王去非。

化佛入儒的代表人物有释行秀(公元1166—1246年)。释行秀号万松野老。耶律楚材从其学佛,受其所赐法号"湛然居士"。释行秀《领中书省湛然居士文集序》:"湛然居士年二十有七受显诀于万松。其法忘死生,外身世,毁誉不能动,哀乐不能入。……世谓佛法可以治心,不可以治国,证之于湛然正心修身、家肥国治之明效,吾门显诀,何愧于《大学》之篇哉?"在万松野老看来,佛法不仅可以治心,也可以治国,同样可以像儒家《大学》篇,起到正心修身、治国平天下的作用。

追求个体精神自适化与世俗化的佛教的"解脱"之学和融通三教的

① 元·脱脱等:《金史》卷八十三《张通古传》,中华书局1997年版。

心性之学，在宗教环境相对宽松的金代文化环境中深度渗透，使诗人的“自适”益趋于“随缘任运”的消极退避路向。汉民族儒、佛、道哲学支撑起来的隐逸文化逐渐渗透进了文人们的文化心理。冯友兰说：“因为儒家‘游方于内’，显得比道家入世一些；因为道家‘游方于外’，显得比儒家出世一些。这两种趋势彼此对立，但是也互相补充。两者演习着一种力的平衡。这使得中国人对于入世和出世有着良好的平衡感。”①唐代儒家思想开始渗透到佛教思想中，出现了禅宗思想。“它把佛教的心性论与中国士大夫的人生理想、处世态度结合起来，实现了信仰与生活的完全统一。”②

追求“小隐”或“中隐”，其终极目标是追求“自适”，追求顺适己意，放任自我，个体自由。它始终围绕着一己之私这个中心，始终指向主体快乐这个唯一的目标。这个追求的过程在群体社会及其既定的文化环境中必定会遇到阻力，从而给士人带来内心压抑与苦痛。“夫不自见而见彼，不自得而得彼者，是得人之得而不自得其得者也，适人之适而不自适其适者也。”③金代中期士人追求“自适”，反映了他们在“仕”与“隐”，即在居官与归隐二者之间的两难选择，这样，他们或者不得不走上“吏隐”或称“中隐”的道路，如前面谈到的王寂；或者走向“小隐”，如刘汲，即对现实政治采取不合作的态度，以消极的遁世方式，对世俗作出理性的超越。

但是，郭象所言作为“自得”的“性分”之“适”，则是使庄子“自然”之学的理性批判精神降落为“自然而然”的所谓“彻底自然主义”的“自然”境界，反映了道释文化对儒学的消解。文人在儒释道三教思想的取舍中，抛弃了功成身退的人生价值观，更倾向于道家的无为自适和佛教的居尘出尘。

庄子“齐物论”思想在王寂《三友轩记》中有最集中的表现。《三友轩记》作于王寂因卫州治水事而被贬蔡州的第二年，即大定二十七年。

---

① 冯友兰：《中国哲学简史》，北京大学出版社 1996 年版，第 20 页。

② 徐安琪：《唐诗三百首——大唐文化的奇葩》，云南人民出版社 1999 年版，第 79 页。

③ 晋·郭象：《庄子注》卷四《外篇·骈拇第八》，文渊阁四库全书本。

王寂于蔡州府衙之北，得败屋数楹。“旁穿上漏，不庇风雨。乃命枝倾补罅，仍其旧而新之。公余吏退，以为燕息之所。”作者发现“两檐之外，左有笋石，屹然而笔卓。右有仙榆，蔚然而盖偃”。于是每到佳夕胜日，就幅巾杖屦，徜徉乎其间。“至于倚苍壁而送飞鸿，藉清阴而游梦蝶。方其自得于言意之表也。”至于“三友”之得名，王寂解释是因为他：“心如坚石，形如槁木，陶陶然不知何者为我，何者为物。其为乐可胜计耶？予自是与木石有忘年莫逆之欢。因榜其轩曰三友。”

一般人对王寂的这种行为是并不理解的。客人就认为“所谓笋石者，鳞皴枯燥，不任斤凿，此固无用之石也。所谓仙榆者，离奇卷曲，不中规矩，是亦不材之木也。人且贱而弃之，曾不一顾，子恶取而独友于是哉？”王寂的观点是非常的明确和坚定：“向有牛奇章之嘉石，钱吴越之大树，则第以甲乙，衣以锦绣矣！予虽欲友，其可得乎？”在王寂来看，“今以予谬人与夫顽石散木皆绝意于世，而世亦无所事焉。此其所以为友也”。

王寂之所以与木石为友，是因为他们有一个共同的特点，即“绝意于世”，并且“世亦无所事”。“绝意于世”，是主观追求，而“世亦无所事”是指客观环境，二者可以认为是互为因果，从而获得身心内外的和谐，亦即“自适”。

王寂在《三友轩记》最后，总结道：

> 人情之嗜好，固不在乎尤物，而在乎适意而已。然必先得之于心，而后寓之于物。故无物不可为乐。如谢康乐之山水，陶彭泽之琴酒，嵇康之锻，阮孚之屐，虽其所寓不同，亦各适其适也。

王寂所追求的“自适”，实际上是对苏轼《宝绘堂记》中所云：“君子可以寓意于物，而不可以留意于物。寓意于物，虽微物足以为乐，虽尤物不足以为病。留意于物，虽微物足以为病，虽尤物不足以为乐”的人生方式的肯定和实践。

王寂所谓“先得之于心，而后寓之于物”，以及苏轼“寓意于物，而不可以留意于物”,其前提皆为一个“诚”。古代苏州龙光寺僧释惠生讲道于虎丘。“无信之者乃聚石为徒,与谈至理石皆为点头”①。《隋书》卷六十九《王劭传》云:“陈留老子祠有枯柏。老子将度世,云待枯柏生东,南枝回指,当有圣人出。”所以王寂针对客人疑问:“奈何木石无情,奚足以知子之区区如此?”王寂认为:“人之遇物,但患不诚,果能以诚,则生公之石,可使点头;老奘之松,亦能回指。幸无忽。”②

“诚”为对待客观世界的一种态度,它可以沟通天人、物我之间的关系,使之达到和谐的境界。一个人只要能够秉持“诚”的态度来关照万物,则无物不为我使,无物不为我用,则最后一定能够超越现实,到达自由的彼岸。

诗人王庭筠、路铎的人生哲学显然和王寂是一致的。王庭筠有“心为俗物所败则乱”、路铎有“心随境移”,其意旨与王寂所谓“先得之于心,而后寓之于物”并无二致。王庭筠在其所撰《香林馆记》(香林馆为当时任沂州守张汝方营建)中认为,营建香林馆的意义,“非徒燕息而已,盖将以致思于其中。人之思出于心,心为俗物所败则乱,故治心者先去其败之物然后安,既安而思,则思之精也。”这种认识正反映了王寂“人情之嗜好,固不在乎尤物,而在乎适意”的观点。而路铎《爽心亭记》所谓“人在丘墟之间,不期于悲而自悲;在郊庙社稷之中,不期于敬而自敬者,心为境所移也!何故疑于此亭耶?虽然,释氏所谓心非真、非妄、非起、非灭、非垢、非静,求之不可得也。以求不可得之心,而滞于见闻之境,岂不大惑欤?吾知非所以名亭之意。夫水之贮于器也,器有方圆而水因之方圆,非水心之寂于境也。境有动静,则心随之而动静,非心器异而心不异,境变而心不变也”。尽管与王寂“先得之于心,而后寓之于物”的表述不同,但皆表现出以心为主,不滞于物的对于客观世界的禅学观照。

① 明·陈耀文:《天中记》卷三十五引《中吴纪闻》,文渊阁四库全书本。

② 金·王寂:《拙轩集》卷五《三友轩记》,文渊阁四库全书本。

四、诗人的自适情趣

金代中期诗人求隐逸自适的主要表现是生活中的随遇而安，和在文学创作上的即事感兴。

刘勰强调物对情的自然感发的力量。《文心雕龙·物色》："人禀七情，应物斯感；感物吟志，莫非自然。"宋代叶梦得《石林诗话》卷中亦云："'池塘生春草，园柳变鸣禽'世多不解此语为工，盖欲以奇求之耳。此语之工，正在无所用意，猝然与景相遇，借以成章，不假绳削，故非常情所能到。诗家妙处，当须以此为根本，而思苦难言者往往不悟。"赵沨《分韵赋雪得雨字》诗："大雪初不知，开门已无路。惊喜视历日，此瑞固有数。池冰冻欲合，林鸦噤仍聚。已成玉壶莹，尚作宝花雨。造物固多才，中有无尽句。大儿拟圭璧，小儿比盐絮。后人例蹈袭，弥复入窘步。聚星号令严，亦自警未悟。谁有五色笔，绘此天地素。好语觅不来，更待偶然遇。"心无挂碍，遇物成咏。与景相遇，借以成章。这样的诗歌意蕴被叶梦得称为"诗家妙处"，而这是那些"思苦难言者"很难达到的。

章宗《游龙山御制》："试拂花笺为觅句，诗成自适任非工。"完颜璹《西江月》："少时伶俐老来愚，万事安于所遇。"①有些诗歌重兴致、喜白描，较少用典。崔巍《成趣园诗》："行乐当及时，甘分随所遇。"赵沨《秋日感怀》："但有适人适，何尝事吾事。"客观的自然景物与诗人潇散闲适的心境的完美契合，使诗人获得了轻松的情感愉悦。

托名唐代诗人王昌龄的《诗格》，重在强调感兴。所谓"久用精思，未契意象，力疲智竭。放安神思，心偶照境，率然而生。"金代中期的诗人也同样主张在诗歌创作过程中，应追求"适意"、师心。李纯甫为刘汲诗作序云："人心不同如面，其心之声发而为言。言中理谓之文，文而有节谓之诗。然则诗者，文之变也，岂有定体哉！故三百篇，什无定章，章无定句，句无定字，字无定音。大小长短，险易轻重，惟意所适。"②这个

① 唐圭璋编：《全金元词》，中华书局2000年版，第46页。

② 金·元好问：《中州集》卷二，四部丛刊初编本。

理论也经常表现在诗人的诗歌当中。周昂“尽日寻诗寻不得,鹁鸪声在梦魂中。”党怀英“始知天籁非人籁”。金代中期诗歌重感兴的特点,一方面为北方朴直性格所使然,也受到文学传统的影响。

金代个别诗人比唐、宋诗人更习惯于把个人琐细平淡的日常生活写进诗中(但很少写爱情生活),更注重从这些生活内容中格物穷理、阐幽发微,至少是感喟人生。这就形成了诗的日常生活化和哲理化。这种现象一方面表明金诗对表现领域的拓展和向人类心灵的纵深地带掘进,另一方面,这种看起来似乎更接近生活和人类主观世界的具体化、深入化倾向,实际上却局限在文人阶层,从而导致诗对大众普遍情感和生活的日渐疏离。胡应麟不喜金诗,因其“纤碎浅弱,无沉逸伟丽之观”①,大概与山水隐逸题材的诗歌作品数量过多,也与过于注重即事感兴有关。

---

① 明·胡应麟:《诗薮》杂编卷六,上海古籍出版社1979年版,第329—330页。

第五章　诗歌艺术特征论

由于“借才异代”，再加上中国北方的文化基础，使金初诗歌创作一开始起点就很高，所以在金初就产生探讨诗歌艺术理论的诗话作品则毫不奇怪。金初出现的诗话作品，主要包括朱弁留金期间写的《风月堂诗话》、金朝诗人祝简所著的《诗说》①，范墀的《诗话》②、魏道明的《鼎新诗话》③等。可惜现在除朱弁《风月堂诗话》外，其他的诗话作品早已散佚不闻。大定、明昌时期，也出现了一些和诗歌创作有关的书籍。王琢为满足当时“诗家以次韵相夸尚”的风气，专门作了《次韵蒙求》一书以为理论指导④。世宗、章宗时人韩孝彦曾撰有《四声篇海》十五卷⑤。孝彦字允中，真定松水人。他所编的《四声篇海》是根据《玉篇》⑥五百四十二部，依三十六字母次之，更取《类篇》⑦及《龙龛手镜》⑧等书，增杂

---

① 金·元好问：《中州集》卷二，四部丛刊初编本。

② 金·元好问：《中州集》卷八，四部丛刊初编本。

③ 同上。

④ 金·元好问：《遗山先生文集》卷三六《十七史蒙求序》，四部丛刊初编本。

⑤ 清·纪昀：《钦定四库全书总目》卷四十三《经部》，中华书局 1997 年版，第 575 页。

⑥ 《玉篇》为南朝梁大同年间黄门侍郎兼太学博士顾野王撰，唐代上元元年富春孙强增加至三十卷，凡五百四十二部。

⑦ 《类篇》四十五卷，宝元三年因翰林院学士丁度等奏而修撰。王洙、胡宿、张次立、范镇、司马光，先后参与修撰。是书凡十五卷，每卷各分上、中、下，故称四十五卷，末一卷为目录。凡分部五百四十三。据《钦定四库全书总目》卷四十一《小学类二》，第 543 页。

⑧ 据马端临《文献通考》卷一百九十：《龙龛手镜》三卷，契丹僧行均撰。凡二万六千四百三十字，注十六万三千一百余字。辽圣宗统和十五年（宋太宗至道三年，公元 997 年）僧智光为之序。宋神宗熙宁中，自辽境传入宋境，入傅钦之家。蒲传正帅浙西时，取以刻版。又《四库全书总目》卷四十一《小学类二》有辽僧行均撰《龙龛手鉴》四卷，见《钦定四库全书总目》第 546 页，中华书局 1997 年版。

部三十有七，共五百七十九部。该书凡同母之部，各辨其四声为先后，每部之内又计其字画之多寡为先后，以便于检寻。其书成于明昌、承安间。

《四声篇海》是一部韵书，同时又具有字书的性质。它的出现，标志着这一段时期，人们开始关注和探讨韵文创作，包括诗歌创作的艺术技巧和艺术规律，也说明了人们在安定的社会背景之下，追求诗艺、精益求精的创作态度。

第一节　科举对诗歌的影响

金代科举，特别是词赋一科，对诗歌创作特别是律诗平仄、用韵、对仗等创作技巧方面的带动作用是直接而明显的，客观上促进了金朝文人讲论诗艺、注重诗技的风气，带动了诗歌艺术的锤炼与提高。

一、"辞赋"科与诗歌艺术之关系

所谓"词赋"，是一种韵、散相间的文体。金的词赋科即唐之进士科、宋之诗赋科、辽之词赋科。王栐《燕翼诒谋录》卷五云：宋初，"进士词赋押韵不拘平仄次序。太平兴国三年九月，始诏进士律赋平仄次第用韵，而考官所出官韵，必用四平四仄。词赋自此整齐，读之铿锵可听矣。"词赋讲究对仗、典故、辞藻、韵律。金代"词赋"选举程文，必须严格按照词赋写作格式与要求，紧扣试题，并限以八韵。

金代文人对科举中的词赋科最为重视。刘祁《归潜志》卷八云："金朝取士，以词赋为重"。元代许衡在分析"词赋"一科受读书人重视的原因时云："唐宋科目甚多，词赋一科为四六者设，经生多不能此，因设此一科。既及第，便掌诰命，入金马玉堂，故因之相尊尚，焚香礼进士，撤幕待经生，天下翕然归之。后来于此科取人材，多出将相，由用四六起，入于富贵尊荣，士多用心，故此科转盛。”①

金代词赋科考试选拔、培养出了不少的人才，最著名者有孟宗献、赵枢等。刘祁《归潜志》卷八云：“金朝以律赋著名者曰孟宗献友之、赵枢子克。其主文有藻鉴多得人者曰张景仁御史、郑子聃侍读，故一时为之语曰：‘主司非张、郑，秀才非赵、孟’。”西京大同府人刘㧑，为金初辟进士举，开科词赋状元，故为金源一代词学宗师，当时名士大夫多出其门下，学者如孟宗献、赵枢、张景仁、郑子聃等皆所取法，学者累进。大定三年，孟宗献魁于乡、府、省，终魁于御前，连夺四元，天下号称“孟四元”②。为此，世宗特下《谕孟宗献诏》：

> 朕新御大宝，诏有司以取天下士。卿自乡选，至于殿陛，四为举首，非才之高、学之博、识之优，何以臻此？今畀以北门应诏之职。朕之待卿不薄，然君子志于远者大者，无以此为自足，尔其勉旃！③

按例，状元官从七品，阶承务郎，世宗以宗献独异等，与从六品，阶授奉直大夫④。

词赋科考试无疑为女真政权培养了大批的知识型人才，并为朝廷充实了各个阶层的官僚队伍。

不过，词赋科考试亦有弊端：

1. 应举士子视野不开阔。刘祁《归潜志》卷八云：“金朝取士，以词赋为重，故士人往往不暇读书为他文。尝闻先进故老见子弟辈读苏、黄诗，辄怒斥。故学者止工于律赋，问之他文，则懵然不知。”词赋应考方法单一，纯粹依靠模仿、记诵便可成功，不须多看书。青年士子为赢取科考，把精力只能放在格律、句式、修辞等创作方法上，没有机会多汲取

---

① 元·许衡：《鲁斋遗书》卷二《语录下》，文渊阁四库全书本。

② 元·王恽：《秋涧先生大全文集》卷第五十八《浑源刘氏世德碑铭并序》，四部丛刊初编本。

③ 元·王恽：《玉堂嘉话》卷一，中华书局丛书集成初编本。

④ 元·脱脱等：《金史》卷一百二十五《杨伯仁传》，中华书局1997年版。

前人的创作经验,扩大自己的知识范围。刘祁《归潜志》卷八又云:“(律赋)其源出于吾高祖南山翁。故老云:孟(宗献)晚进,初不识翁。因少年下第,发愤,辟一室。取翁赋,剪其八韵,类之帖壁间,坐卧讽咏深思。已而尽得其法,下笔造微妙。”大定间进士刘昂“律赋自成一家,轻便巧丽,为场屋捷法”①。

2. 注重形式技巧,扼杀创作个性,埋没了许多有天赋的诗人。魏道明《孟友之与西堂和尚帖跋》中,就为孟宗献深为惋惜:

> 君(宗献)友之,大梁之奇士也。余往年尝亲见其为人。其学问渊源,度越流辈远甚。惜乎方少年进取,从事于场屋间,独以诗格律赋见称,岂尽君之才耶?而又连取四魁,以成其赋名,人皆以为荣,余独以为不幸。何者?使其不为时学,而大发于古人,则必有桓桓之声、浑浑之力,追配于昔人,又岂止传道八韵而已哉?亦尝览其赋矣,皆约束俊气,徘徊窘步,以俯就时律,此尤足惜也。②

词赋科考试形成了青年士子固守死法,不知变通的毛病。刘祁《归潜志》卷九就说:“金朝律赋之弊不可言。大定间诸公所作,气质浑厚,学问深博,犹可观。其后张承旨行简知贡举,惟以格律痛绳之。洗垢求瘢,苛甚。其一时士子趋学,模题画影,至不成语言,文风寖衰。”有些士子虽然成功通过了考试,然其文风僵化陈腐,脱离实际,不能适应现实社会的需要,这样的人才最终会被社会所抛弃,而这样一来的后果,又导致了人才的荒废和国家教育资源的浪费。金代郝天挺亦云:“今人学词赋,以速售为功。六经百氏分列补缀外,或篇题句读之不知。幸而得之,且不免为庸人,况一败涂地者乎?”③《归潜志》卷十也说:“科举本以取天下英才。格律其大约也。或者舍彼取此,使士有遗逸之嗟。”

---

① 金·元好问:《中州集》卷四,四部丛刊初编本。

② 清·张金吾:《金文最》卷四十八,中华书局1990年版。

③ 金·元好问:《遗山先生文集》卷第二十三《郝先生墓铭》,四部丛刊初编本。

3. 及第士子多不能任事。由于金朝取士，止以词赋、经义学，士大夫往往局限于此，故多有不能任事者。刘祁《归潜志》卷七云：

> 其格法最陋者，词赋状元即授应奉翰林文字，不问其人材何如。故多有不任其事者。或顾问不称上意，被笑嗤，出补外官。章宗时王状元泽在翰林。会宋使进枇杷子。上索诗，泽奏："小臣不识枇杷子。"惟王庭筠诗成，上喜之。吕状元造，父子魁多士。及在翰林，上索重阳诗。造素不学诗，惶遽献诗云："佳节近重阳，微臣喜欲狂。"上大笑，旋令外补。故当时有云："泽民不识枇杷子，吕造能吟喜欲狂。"

《金史》记贞元二年词赋状元吕忠翰草《降海陵庶人诏》，"点窜再四"，终不能使世宗满意。世宗于是下诏："状元虽以词赋甲天下，至于辞命，未必皆能。凡进士可令补外，考其能文者召用之。"①

二、科举对文风的影响

由于词赋科要求的特殊性，在文学创作和科举考试上，士子们形成了不同的阵营。工诗文者需要摆脱词赋在韵律、句法等方面的束缚，而应举备考者则看重词赋学的实用价值。这样就渐渐出现了专工诗文者，和专工科举者分为两途、互相攻击的现象。刘祁《归潜志》卷八云："南渡以来，士人多为古学，以著文作诗相高，然旧日专为科举之学者，疾之为仇雠。苦分为两途、互相诋讥。其作诗文者，目举子为科举之学；为科举之学者，指文士为任子弟，笑其不工科举。"从我们现在来看，两者都有失偏颇。

刘祁又云："殊不知国家敕设科举，用四篇文字，本取全才，盖赋以择制诰之才、诗以取风骚之旨、策以究经济之业、论以考识鉴之方。四者俱工，其人才为何如也？而学者不知，狃于习俗，止力为律赋，至于诗、策、论，俱不留心。其弊基于为有司者止考赋而不究诗策论也"。古

① 元·脱脱等：《金史》卷一百二十五《杨伯仁传》，中华书局 1997 年版。

代科举考赋、诗、策、论，四科各有侧重，但不可偏废，这样统治者才能网罗全才。不过这样的人才少之又少。有金一代，士大夫身备四科者，“惟南渡后杨云翼一人而已”①。从实际情况来看，人们往往认为士子论、策水平的高低，更能够见出应考士子的发现和解决现实问题的能力，表现出他们的真才实学，马端临所谓“诗赋不过工浮词，论策可以验实学”②，但马端临也指出：“盖场屋之文，论策则蹈袭套括，故汗漫难凭；诗赋则拘以声病对偶，故工拙易见。其有奥学雄文，能以论策自见者，十无一二，而纷纷鹄袍之士，固有头场，号为精工，而论策一无可采者”③。词赋科考试之所以在许多朝代和地方得以实施，其原因在于在四科考试中，对词赋科水平的高低评判比论策具有明显的可操作性。况且，正如前面所谈到的，词赋科考试的准备可以突击，这也是应考士子和主考官皆对词赋科给予重视的一个原因。

科举重词赋的弊端，在章宗后期表现越来越突出。元好问云：

> 泰和、大安间，入仕者惟举选为贵科。荣路所在，人争走之。程文之外，翰墨杂体，悉指为无用之技，尤讳作诗，谓其害赋律尤甚。至于经为通儒，文为名家，不过翰苑六、七公而已。④

而在诗文创作领域，过分偏重词赋也造成了消极的影响。这种影响在章宗后期也产生了越来越严重的后果。刘祁《归潜志》卷十云：“泰和、大安以来，科举之文弊，盖有司惟守格法，无育材心。故所取之文，皆猥弱陈腐，苟和度程而已。其逸才宏气、喜为奇异语者，往往遭黜落，文风益衰。”

词赋科考试对诗坛的冲击是明显的。有些词赋科进士甚至状元，

---

① 金·元好问：《中州集》卷四《杨云翼小传》，四部丛刊初编本。

② 元·马端临：《文献通考》卷三十一《选举考》，中华书局1986年版。

③ 同上。

④ 金·元好问：《遗山先生文集》卷第二十三《故河南路课税所长官兼廉访使杨公神道之碑》，四部丛刊初编本。

在及第后，在政坛、诗坛皆未表现出过人的才华和能力。可贵的是，在这种背景下，有些诗人能够摆脱科举风气的影响，文风相对自由、清新。王寂《曲全子诗集序》记王寂母弟曲全子："性坦率，与人略无崖岸。当酒酣耳热，视世间富贵儿皆卧之百尺楼下。然不喜场屋之学。"①元好问称南渡诗人刘勋"风流蕴藉，都无科举气"②。这就显得难能可贵了。

从另一方面来讲，律赋科考试促进了诗歌艺术的发展，在音律、句式等方面的技巧更加规范，诗歌创作更加高雅化，作家也越来越局限于具有很高艺术修养的文人学士。诗歌创作的文人化倾向日渐突出。和韵、联句、集句诗成为文人创作的一项重要内容。《归潜志》卷八中，刘祁有关于和韵、联句方面的论述。说明文人聚会的频繁、诗歌艺术的专精。元好问对次韵诗也并不排斥，他曾指出：

> 评者谓次韵是近世人之弊病。以志之所之，而求合他人律度，迁就附会，何所不有？唯施之赋物、咏史，举古人征之事例，迁就附会，或当听其然。是则韵语、次韵为有据矣。③

说明金人在诗歌艺术上的宽容态度。

第二节　诗歌体裁的多样性

诗歌体裁的多样化，也体现出一个时代诗歌创作的繁荣与成熟的程度。金中期诗坛各种体裁、各种形式的诗歌皆有创作，从艺术性上达到了新的高度。

一、古体诗

从现存资料来看，金代初期，近体诗数量较多，而古体诗数量则很

① 金·王寂：《拙轩集》卷六，文渊阁四库全书本。
② 金·元好问：《中州集》卷七，四部丛刊初编本。
③ 金·元好问：《遗山先生文集》卷第三十六《十七史蒙求序》，四部丛刊初编本。

少。进入大定之后，诗歌体裁愈趋丰富。诗人除了创作近体诗外，开始注重古体诗的创作。姚孝锡古体诗成就很高，但金后期已散失不闻[1]，《中州集》所存孝锡32首诗歌，另加10首残诗，皆为近体。河南襄城诗人王利宾"作诗有古意"，元好问曾见其五言古诗十数首[2]，今存诗仅一首而已。从整个情况来看，因为古体诗字数多、容量大，不易于流传，再加上金末战乱，金代古体诗的散失数量要大大地超过近体诗。换句话说，金代中期古体诗的创作规模，至少要比我们现在看到的多几倍，甚至几十倍。

从形式上来看，金代中期诗坛古体诗歌有旧体齐言诗（包括五言、六言、七言）、杂言诗、歌行体诗等。

旧体齐言诗。以蔡珪、刘迎、党怀英为代表，题材以写景、题画为主，体裁往往很庞大。刘迎《鳆鱼》成就较大。另张建有《拟古》十首，语言古朴劲直，言短情长，多用比兴，继承了古诗十九首的艺术表现方法。诗歌以抒情为主，借叙事来抒情。其中有七首诗，虽皆为五律形式，但语言散文化，不追求对仗。即使中间两联，也通常以散句出之。另三首为五言十句。

六言诗。在文学史上，六言诗创作数量不多。在初、盛唐时期，沈佺期、王维等人已有试作，但继之者甚少。在近万首唐人绝句中，只有三十八首六言诗作[3]。比较著名的六言诗人也不多，唐代以王维、顾况，宋代以黄庭坚、范成大等为代表。洪迈认为，六言绝句如此之少的原因是"六言诗难工"，他说："予编唐人绝句，得七言七千五百首，五言二千

---

① 金·元好问：《中州集》卷十："古诗犹有高趣，恨不复见之矣。所著《鸡肋集》，丧乱以来，止存律诗五卷而已。"四部丛刊初编本。

② 金·元好问：《中州集》卷九《王利宾小传》，四部丛刊初编本。

③ 见洪迈：《万首唐人绝句》卷二六，文学古籍刊行社1955年版。明赵宧光、黄习远在洪迈基础上增补六言诗，其数量亦只不过50首，可见唐代六言诗数量之少。赵宧光、黄习远编定《万首唐人绝句》，有北京书目文献出版社1983年版，六言诗见第十卷附录，第188—192页。

五百首，而六言不满四十，信乎其难也。”[1]金中期，一些诗人如王寂、元德明等，不避艰难，敢于尝试，成为六言诗的代表作家。王寂共创作有三首六言诗，其《赠李彦猷郭伯达二首》其一云：“才气无双家世，中朝第一名俦。茂藹登龙士誉，醉挥倚马词头。南郑囊封倜傥，西昆诗律深幽。自古卜邻识面，与君正合交游。”其二云：“豪气从来角出，雄文未易肩俦。学骥翻输牛后，点蝇误失龙头。经火初惊玉美，饮风久识兰幽。他日相期林下，幅巾与赤松游。”[2]六言绝句《题扇》云：“荷柄犹擎宿露，荻花已着秋霜。寄语浣沙游女，莫惊溪上鸳鸯。”[3]王寂的六言诗突破了唐、宋两代多写田园风光的题材局限，转向了题咏、赠答等具有交际功能的作用上来，从而拓展了六言诗的表现领域。

元德明有《六言》诗：“北阙三台五省，东山万壑千岩。琴书中有真味，风月外无多谈。”这首六言诗以议论为主，主题鲜明，个性突出，也扭转了以前六言诗山水田园的写景内容和闲逸疏宕的抒情风格。

一般六言诗的音步以二二二式为常见，而王寂六言诗中，有四二式、二四式；元德明六言诗为二四式和三三式，节奏跌宕起伏，体现了不同于传统六言诗的音步节奏特点。

歌行体诗。以刘迎诗歌成就最高。《中州集》录刘迎诗七十五首，其中七言歌行就有十五首之多。刘迎的《淮安行》、《修城行》、《河防行》作于大定十三年刘迎登进士第，授唐州幕官时。《淮安行》、《修城行》为读者展示了位于边防前线的金军城池淮安防守的空虚。这些诗歌具有强烈的针对性和现实意义，显示出了刘迎强烈的忧患意识。隆兴和议后，金代统治者对待宋朝的态度是以和为上，一方面是不滋事骚扰，再者是放松边防。即使南宋宁宗拜韩侂胄为相，“缮器械，增屯戍”，将启边衅，金朝官员如太常卿赵之杰、知大兴府承晖、中丞孟铸等，皆还

① 宋·洪迈：《容斋三笔》卷十五“六言诗难工”条，上海古籍出版社 1996 年版，第 596 页。

② 金·王寂：《拙轩集》卷二，文渊阁四库全书本。

③ 金·王寂：《拙轩集》卷三，文渊阁四库全书本。

认为“江南败衄之余，自救不暇，恐不敢败盟。”[1]致泰和六年二月，宋朝军队突然攻陷散关、取泗州、虹县、灵璧等地，而金朝军队被迫加以反击。

杂言诗。以刘迎、周昂为代表作家。周昂以《冷岩行赋冷岩相公所居》、《利涉道中寄子端》等诗著名。刘迎的杂言诗《摧车行》、《败车行》、《楚山清晓图》、《车辘轳》、《沙漫漫》等成就显著。刘迎这些反映现实生活题材的诗歌，以七言诗句为主，采用三三七式开头的方式，音节抑扬顿挫，具有乐府民歌的鲜明特点。后来的赵秉文诗《扈从行》就运用这种句式开头。特别是刘迎的诗歌《车辘轳》、《沙漫漫》，又在诗歌中间加入五五句式，或加入三三式，使诗歌的句式更加参差错落，适合抒发作者抑扬顿挫、朴素真挚的思想感情，从而增强了诗歌的生活气息与艺术表现力。这种三、五、七言交错的杂言体，先秦诗歌中就已经出现。汉乐府中，数量增多。汉乐府诗歌有《平陵东》：“平陵东，松柏桐，不知何人劫义公。劫义公在高堂下，交钱百万两走马。两走马，亦诚难，顾见追吏心中恻。心中恻，血出漉，归告我家卖黄犊。”中唐新乐府诗人也受到了影响，元结《田家词》就采用这种句式。（而刘迎以《车辘轳》为题，也可能就出自元结《田家词》中的诗句：“六十年来兵簇簇，月月仓粮车辘辘。”）在和金大定、明昌同时的南方诗人如陆游、范成大、杨万里的作品当中，也经常能见到，如范成大《车遥遥篇》：“车遥遥，马憧憧。君游东山东复东，安得奋飞逐西风。愿我如星君如月，夜夜流光相皎洁。月暂晦，星常明。留明待月复，三五共盈盈。”[2]古代杂言体诗歌中，三三七、三三七字句式相对来说较为常见，中间的七字句式可多可少，最后七字句式（也有用五字句式者）一般为三句。刘迎《沙漫漫》中间的七字句式为四句，而杨万里《醉吟》中间的七字句式为十一句。

金代中期古体诗题材丰富，包括山水诗、题画诗、写景诗、叙事诗等。这段时期的古体诗以那些反映现实、关注社会的作品成就最高。

---

① 元·脱脱等：《金史》卷九十八《完颜匡传》，中华书局 1997 年版。

② 宋·范成大：《范石湖集》卷一，上海古籍出版社 1981 年版，第 2 页。

刘迎的古体诗能够继承《诗经》、汉乐府、杜甫、白居易的现实主义创作传统，代表了金代中期诗坛古体诗的最高成就。其思想内容包括：（一）对下层人民疾苦的同情。（二）对国家局势的深切关怀。（三）反映宦游行役、感伤痛苦。（四）崇尚高风逸韵、脱俗雅致。

金中期古体诗具有高度的艺术成就。

1. 铺陈详细，描摹细腻。这个特点以刘迎表现最明显。刘迎的古体诗多用赋法，内容具体而真实。如《淮安行》诗，为读者展现当时的淮安城景象："迄今井邑犹荒凉，居民生资惟榷场。马军步军自来往，南客北客相经商。迩来户口虽增出，主户中间十无一。里闾风俗乐过从，学得南人煮茶吃。"里面涉及城市的面貌、市民的生活、商业的活动、人口的流动、风俗的变化等许多方面，用全景式的扫描方法，真实具体地记载了处在宋金前线的一些城市的实际情况。

刘迎《修城行》则是通过一件具体事实而生发出对淮安城郭的防守问题的强烈关注："淮安城郭真虚设，父老年前向予说。筑时但用鸡粪土，风雨即摧干更裂。只今高低如堵墙，举头四野青茫茫。不知地势实冲要，东连鄂渚西襄阳。谁能一劳谋永逸，四壁依前护砖石。免令三岁二岁间，费尽千人万人力。"

淮安地处冲要，但淮安城郭用鸡粪土所筑，"只今高低如堵墙，举头四野青茫茫"。导致城防虚设，它带来的后果非常严重。诗歌从国家的安全利益着眼，从一件具体事例入手，表现出作者对前线局势的深深的关切之情。

自然灾害给人民带来的灾难，也是刘迎关注的非常重要的问题。特别是黄河泛滥，历来给黄河两岸的人民带来了无穷的痛苦。金代中期，有记录的黄河泛溢就有三次之多，并皆造成巨大的生命和财产损失。诗人王寂因为治黄不力而被谗贬官。刘迎《河防行》为我们展现出黄河泛滥时真实而可怕的景象："南州一雨六十日，所至川源皆泛溢。黄河适及秋水时，夜来决破陈河堤。河神凭陵雨师借，晚未及晴昏复下。传闻一百五十村，荡尽田园及庐舍。""只今茫茫余故迹，未易区区议疏辟。三山桥坏势益南，所过泥沙若山积"。诗歌从淫雨连日、川源泛滥、适及秋水、河破陈堤、田园荡尽、泥沙山积等几个方面，按照洪水发生、泛滥、结果等时间顺序展开，景象壮阔、触目惊心，具有强烈的艺术震撼力和感染力。

刘迎的诗歌继承了汉乐府“缘事而发”的现实主义创作精神和白居易叙事诗“一吟悲一事”的表现方法，将金代中期的现实主义诗歌创作推向了高潮。明清诗论家皆对刘迎的古体诗给予很高的评价。《带经堂诗话》卷四：“刘迎无党之七言古诗，……乃（中州）集中眼目，虽北宋作者无以过之。”《金诗选》卷一选刘迎《修城行》，评曰：“金诗推刘迎、李汾，而迎七古尤擅场。苍莽朴直中，语皆有关系，不为苟作，其气骨固绝高也。”刘迎的古诗与南渡后诗人李汾的古诗作品，代表了金中期和后期古体诗的最高成就，对金亡前后元好问的诗歌也产生了鲜明的影响。正如翁方纲《石州诗话》卷五评价云：“合观金源一代之诗，刘无党之秀拔，李长源之俊爽，皆与遗山相近。”从实际情况来看，翁方纲的观点无疑是正确和客观的。

2. 夹叙夹议、叙议结合。刘迎的不少古体诗以叙事为主，同时在关键的地方，插入自己的议论，或抒发自己的感情，使诗歌观点鲜明、针对性强、主题突出。如前面提到的《淮安行》。刘迎在看到淮安承平稳定的社会景象时，自然而然地发出了感慨：“宦游未免简书畏，归去更怀门户忧。世缘老矣百不好，落笔尚能哦楚调。从今买酒乐升平，烂醉歌呼客神庙。”希望自己能够摆脱简书案牍、伤心劳神的官宦生涯，过上一种无拘无束、自由自在的生活。

刘迎《河防行》有感于黄河泛滥给陪都南京造成的巨大灾难时，联想起大禹治水的功绩：

> 我闻禹时播河为九河，一河既满还之他。川平地迥势随弱，安流是以无惊波。只今茫茫余故迹，未易区区议疏辟。

通过古今对比，暗含有对现在治黄措施和治黄的不满。作者希望针对具体情况，制定切实可行的方法，因地制宜、因时制宜，积极准备，扎扎实实地做好预防措施：

高谈泥古不须尔，且要筑堤三百里。郑为头，汴为尾，准备他时涨河水。

刘迎《鳆鱼》诗批判了官僚贵族为了口腹享受而不顾人民死活的行径。诗歌在展现了捕鱼百姓冒着生命危险，在惊涛骇浪中上下滚打时，情不自禁地发出了自己的声音："碎身粉骨成何事，口腹之珍乃吾祟。郡曹受赏虽一言，国史收痂岂非罪。筠篮一一千里来，百金一笑收羹材"。诗歌最后"我老安能汗漫游，买船欲访渔郎去"。则是更明确地表现出与官僚贵族阶层截然不同的思想和人生追求。诗歌态度之鲜明、感情之强烈，使几百年后的我们这些读者也可以想见作家爱憎分明的凛然风神。

刘迎的这首《鳆鱼》诗在构思上，受到了李贺《老夫采玉歌》的影响。特别是李贺《老夫采玉歌》中写老夫的采玉经历："蓝溪之水厌生人，身死千年恨溪水。斜山柏风雨如啸，泉脚挂绳青袅袅。村寒白屋念娇婴，古台石磴悬肠草。"采玉过程的那种九死一生的艰险，得到了刘迎的艺术借鉴，在刘迎这首《鳆鱼》诗中有类似的表现。但两诗也有不同。李贺《老夫采玉歌》偏重于老夫采玉的过程描写和采玉时的心理描写。采玉老父是作品的主人公，也是一个受人同情的形象。而刘迎《鳆鱼》描写捕鱼的惊险过程主要是为作者鞭挞、批判官僚贵族腐化享乐的主题服务，所以作者的主观意识、创作思想在作品中得到了清楚和明确的显现。从这个角度来看，作者刘迎应是诗歌的主人公。

3. 侧面描写、渲染烘托。金中期的古体诗歌，艺术表现方法多种多样。不少诗歌为了使主题更加突出，形象更加鲜明，常常运用侧面描写、渲染烘托的写作方法，取得了非常高的艺术效果，有力地增强了作品的艺术感染力。

刘迎《鳆鱼》描写渔父清晨打渔的情景："槲林叶老霜风急，雪浪如山半空立。贝阙轩腾水伯居，琼瑰喷薄鲛人泣。长铲白柄光芒寒，一苇去横烟雾间。峰峦百迭破螺甲，宫室四面开蚝山。"诗中运用了"槲林叶老"、"雪浪如山"、"峰峦百迭"等自然环境以及"霜风急"、"鲛人泣"等主观感情色彩浓厚的侧面描写，渲染烘托了渔父生活的险恶。而“色新欲透玛瑙杯，味胜可挹葡萄醅。饮客醉颊浮春红，金盘旋觉放箸空。齿牙寒光潄明月，胸臆秀气喷长虹。平生浪说江瑶柱，大嚼从今不论数”。为我们展现的是一幅美酒佳肴、觥筹交错的贵族享乐图景，这又和前面渔父九死一生的艰难生活，形成强烈的对比，使作品的主题更加突出。

大定歌行体诗以蔡珪、任询等成就较为突出。明胡应麟评价金诗的七言歌行时指出：“七言歌行，时有佳什。蔡正甫《医巫闾》，任君谟《观潮》，……皆具节奏，合者不甚出宋、元下。”①蔡珪《医巫闾》写北方名山：“幽州北镇高且雄，倚天万仞蟠天东。祖龙力驱不肯去，至今鞭血余殷红。崩崖暗谷森云树，萧寺门横入山路。谁道营丘笔有神，只得峰峦两三处。我方万里来天涯，坡陁缭绕昏风沙。直教眼界增明秀，好在岚光日夕佳。封龙山边生处乐，此山之间亦不恶。他年南北两生涯，不妨世有扬州鹤。”诗歌构思奇特、想象丰富，意境壮阔，气象雄浑，颇能显示出北方地理、气候的鲜明特征。

在金代中期古体诗的创作中，一些抒情之作也借助宏大深远的诗歌景象，衬托、渲染作者博大、深厚、沉郁的思想感情。在这方面，当以边元鼎为代表。边元鼎仕途几遭打击。天德三年，及第释褐不久，就以事停铨。世宗朝，太师张浩表荐供奉翰林，出为邢州幕官，复坐诬累，遂不复仕进。他的诗歌充满抑郁不平之气。如《春花零落》：“世情冷热虽予问，人事升沉未汝知。”《和致仕李政奉韵》：“云泉是处堪为乐，轩冕从来只累人。”《山中》：“坐诗为累言难解，因酒成狂病转深。”而古体诗《八月十四日对酒》将这种因仕途挫折而带来的不平之气表达得更为深隐、幽微。诗歌首先展现在读者面前的是秋夜当空的明月：

> 梧桐叶雕辘轳井，万籁不动秋宵永。金杯泻酒滟十分，酒里华星寒炯炯。须臾蟾蜍弄清影，恍然不是人间景。金波淡荡桂树横，孤在玻璃千万顷。玻璃无限月光冷，鸿洞一色无纤

---

① 明·胡应麟：《诗薮》杂编卷六，上海古籍出版社 1979 年版，第 331 页。

颖。清风飒飒四坐来，吹入羲黄醉中境。

意境辽阔而清幽。然后作者由月生情，因情问月：

醉中起歌歌月光，月光不语空自凉。月光无情本无恨，何事对我空茫茫。

最后作者对月自伤："我醉只知今夜月，不是人间世人月。一杯美酒蘸清光，常与边生旧交结。亦不知天地宽与窄，人事乐与哀。仰看孤月一片白，玉露泥泥从空来。直须卧此待鸡唱，身外万事徒悠哉。"①诗歌运用环境衬托、渲染的方法，提升了诗歌的品位，深化了作品的主题，也反映出作者诗歌创作的艺术水平。元鼎10岁就开始作诗，进入仕途后，又因诗所累，一生与诗结下不解之缘。元好问评其"资禀疏俊，诗文有高意，时辈少及"。当不为无据之论。

4. 语言晓畅、准确精炼，极富表现力。这个特点在上举刘迎的诗歌中有明显的表现。《河防行》："我闻禹时播河为九河，一河既满还之他。"《鳆鱼》："碎身粉骨成何事，口腹之珍乃吾祟。"说明刘迎的诗歌不避散句口语，从而使诗歌语言更加生活化，更符合诗歌内容和主题的需要。周昂《利涉道中寄子端》："行武昌，望利涉，高青烟，低白雪。冈陵弥漫沟浍灭。氤氲冷日从东来，照我清影，忽作溪水卧明月。凌兢羸马猬毛缩，诘曲微行蛇腹裂。遗鞭脱镫初不知，指僵欲堕骨欲折。毡裘毛袜良可念，我自无备谁从辍。人家土榻借微暖，坐久清冰落须颊。黄花臞仙怯风驭，久向笙歌窟中蛰。径须持此远相饷，一洗夜堂花酒热。"句式灵活，节奏明快，感情抒发跌宕回环、抑扬顿挫，显示出诗歌的散文化、通俗化倾向。诗中比较突出的是"弥漫"、"氤氲"、"黄花"、"清影"、"清冰"双声叠韵的运用，音韵流畅，使诗歌风格显得质朴、自然。从诗歌的创作实践上，可以看出周昂"以意为主"的理论特色。

正隆进士冯子翼在《岐山南显道冷香亭》一诗中，欣赏友人南显道

---

① 金·元好问：《中州集》卷二，四部丛刊初编本。

"文章聊嬉戏,辞气颇驰骋"的潇洒疏放的生活,有感自己"陋巷车辙静,山歌听嘲哳"的西州官掾生涯,感慨万端,最后以"傍人怪迂疏,佳处当自领"自慰。诗歌大量地运用双声、叠韵词如"璀璨"、"殷勤"、"嬉戏"、"嘲哳"、"驰骋"、"氤氲"、"茅草"、"迂疏"等,使诗歌在起伏宕荡的感情抒发中,又表现出作者辞气纵横、质朴通畅的创作风格。元好问称子翼"性刚果,与物多忤"①。在这首诗歌中,也能够看出作者与众不同的性格特点。

叠字的运用。萧贡有《古采莲曲》诗:"洋洋长江水,渺渺涨平湖。田田青茄荷,艳艳红芙蕖。酣酣斜日外,苒苒凉风余。倩倩谁家子,袅袅二八初。两两并轻舟,笑笑相招呼。悠悠波上鸳,泼泼蒲中鱼。采采不盈手,依依欲何如。"诗歌创意出奇,深受前代诗歌的影响。之前有三联叠字者,如古诗《青青河畔草》;七联叠字者,有韩愈《南山诗》。萧贡善于吸取前人创作经验,形成了这首诗歌语言流畅自然、缠绵婉转的诗歌特色。

5. 句式多样,多采用散文句法,散中有骈,笔势腾挪跳跃,富于变化。以蔡珪、刘迎、周昂为代表作家。代表作品有蔡珪《野鹰来》、刘迎杂言诗《摧车行》、《败车行》、《楚山清晓图》、《车辘轳》、《沙漫漫》、周昂《冷岩行赋冷岩相公所居》、《利涉道中寄子端》等。《野鹰来》之曲由汉末刘表始创,后代多有诗人用《野鹰来》诗题进行创作。代表诗人除蔡珪外,还有宋代苏轼、苏辙兄弟,元代赵文、胡尊生等。他们的同题《野鹰来》诗皆为杂言体,里面包括三、五、七言等,交错穿插,但这些同题的《野鹰来》诗歌,在字数、句式上并不统一。相比起来,蔡珪的《野鹰来》诗字数最少、体制最小,但句式上,仍然包含有三、五、七言的形式,故而使得节奏更为急促、声调更为激昂,更能够体现出作者桀傲不群的个性和奋发有为的精神面貌。刘迎杂言诗如《摧车行》、《车辘轳》、《沙漫漫》等反映现实生活题材的诗歌,以七言诗句为主,采用三三七式开头的方式,音节抑扬顿挫。

周昂《冷岩行赋冷岩相公所居》诗写于明昌五年,专为女真官员完

① 同上。

颜守贞所作。完颜守贞为大定、明昌间为金朝的礼乐文化建设做出最大贡献的女真皇室成员，也是一名有作为的朝廷官员。他喜推毂善类，接援后进。然而明昌后期，朝廷已趋腐败，社会弊端丛生。章宗宠任权臣，溺幸女色，喜好游猎，致使朝政日荒，为正直大臣所忧心，屡上书切谏，然不为章宗所纳。“时右谏议大夫贾守谦上疏陈时事，……右拾遗路铎继之，言尤切直，帝不悦。”章宗不仅不虚心从谏，反而怀疑完颜守贞与其他文人相互援引，私结朋党，于是将其有疑者董师中、路铎等皆令补外。而将完颜守贞以“太邀权誉”，不能“平心守正”，并且“私权之自树，交通近侍，密问起居，窥测上心，预图趋向”的罪名，将其夺官一阶，解职。周昂对守贞遭遇非常同情，并写诗相送。赵秉文亦有《冷岩行》诗赞完颜守贞。周昂诗云：

> 或为盂，或为钟，人心自异山本同。天清云远望不极，小孤宛在江流中。涧之毛，可筐筥。山之木，可斤斧。惟有白云高崔巍，风吹不消自太古。岘山何奇，羊子所攀。东山何秀，谢公往还。今尔胡为藉甚乎人间。于嗟乎冷山！

诗中将守贞比喻为“天清云远望不极”的高山和“风吹不消自太古”的白云，并以羊祜、谢安等晋代风流人物许之，足见周昂对守贞品格的敬仰以及对守贞遭到贬官的不满。诗歌运用三、五、七、四言等句式交错的、长短不齐的散文化句式和口语化的语言，更表现出周昂不畏权势，耿直敢言的性格特征，元好问称周昂为“豪杰之士”，确为的评。

诗歌散中有骈，中间夹有整齐对仗的句式。正对如：“或为盂，或为钟。”扇对如：“涧之毛，可筐筥。山之木，可斤斧。”“岘山何奇，羊子所攀。东山何秀，谢公往还。”

这首诗歌同样体现出周昂诗学杜甫，以意为主的诗学主张。元好问《中州集》卷四评：“（周昂）学术醇正，文笔高雅。以杜子美、韩退之为法，诸儒皆师尊之。”说明周昂的诗歌风格在当时诗坛影响很大。

二、近体诗

南朝永明体的产生,为近体诗的形成与发展提供了条件。至唐代,近体格律诗歌创作趋于繁荣与成熟。明胡震亨《唐音癸籤》卷六指出:“近体盛唐至矣。充实辉光,种种备美。”可以说,在盛唐时期,包括五、七言律诗,五、七言绝句,五、七言排律等近体诗诸体大备,并皆产生了非常优秀的作品,代表了近体诗创作的最高成就。

七言律诗是近体诗的主要体裁之一。宋代范晞文《对床夜语》卷二云:“七言律诗极不易。唐人以诗名家者,集中十仅一二,且未见其可传。盖语长气短者易流于卑,而事实意虚者又几乎塞。用物而不为物所赘,写情而不为情所牵,李、杜之后,当学者许浑而已。”晚唐许浑擅长七律,格律圆熟、布局谨严、用字精工、诗意警拔,但从总体上说,许浑缺乏对现实的自觉关注,也没有杜牧那种刚健高朗的性格,追寻旷逸闲适、逃避社会的思想在他诗中显得更突出,内容上也是大量地写消极恬退的闲适诗。可以想见,在七律诗的构思创作中,一般诗人很难达到圆融的艺术境界。李白、杜甫学际天人,后人难以望其项背,所以宋以后诗人皆以晚唐诗人七律为法。吴绍澯《声调谱说》:“七言律诗,……南宋讫元,多学晚唐”。据《唐音癸籤》卷三十一所云,元好问《唐诗鼓吹》亦多选晚唐作品。并且在所选95人的五百八十余篇七律中,初盛唐仅张说、崔颢、王维、李颀、高适、岑参数篇,余并元和以下诗人诗。

金代近体诗随唐、宋余波,很难在艺术上有明显的突破。不过金代诗人善于吸收前人的创作经验,并在前人已有成就的基础上,力图展现“国朝文派”的北方文学创作特色。

胡震亨指出盛唐近体诗所缺少者曰“大”、曰“化”。金代诗人在七律的创作中,注重诗歌意境的宏大、浑融,努力避免“语长气短”、“事实意虚”的创作倾向。这些特点从朱自牧、郝俣、边元鼎、王寂等的七律作品中可以看到。大定初诗人朱自牧有诗云:“多病始知穷有鬼,独贤方党仕无媒。”①从中显示出他仕途的坎坷。其《和郭仲荣郡城秋望》诗云:“城高野阔思何穷,人在西风一笛中。楼影不摇溪水净,春声相答暮山空。海天引望能供碧,霜树禁秋更倚红。回首客魂招不得,莼鲈归兴满江东。”诗歌作于大定初,时作者同知晋宁(今山西临汾)军事。诗歌以抒情主体的情感意蕴统摄全诗,借助辽远开阔、雄浑壮观的艺术意象,深刻地揭示出诗人薄宦飘零的落魄心情,衬托出诗人有志难伸的抑郁情怀。朱自牧还有《冬至拟江楼晚望》等七律诗歌,同样借助气象雄浑的北方风景,抒发“羁人”的特殊感怀。

郝俣字子玉,自号虚舟居士。当时有集行于世。其七律诗《故城道中同元东岩赋》:“客亭南北厌飘零,尚喜扬镳过故城。桐叶不堪追往事,泥丸尤足见民情。青山阅世几兴废,白塔向人如送迎。伫立夕阳无限思,西风禾黍动秋声”。诗歌融写景、抒情、议论、发慨为一炉,真正体现了范晞文《对床夜语》卷二所要求的“用物而不为物所赘,写情而不为情所牵”的诗歌艺术。

金代中期诗坛中,律诗数量比较多的是边元鼎。在现存的四十二首诗中,其中有二十五首七律。他用七律创作了不少妇女题材的作品。其七律《怀友》:“曾联金辔赏春风,花里风前酒面红。行乐昔年君我醉,诗觞何日我君同。一声啼乌青春晚,几树残红野寺空。相忆情怀正萧索,半山夕日水声东。”诗歌运用前后对比的方法,通过初春、暮春不同景物的渲染、衬托,表达出对朋友的思念之情。时空跳跃、气象宏大,深化了主题,反映出作者豪放的性格特征。

擅长七律的诗人主要还有如刘迎、王寂、党怀英等。李晏七律或写景、或咏史,意境雄浑,气象阔大,议论深邃,有盛唐气象。

五言成就较大者有张琚、刘汲、周昂等诗人。张琚为大定间进士,官至同知定国节度使事。《中州集》卷七称其“刻意于诗,五言其所长也。”当时有“张五字”之目,其诗集号《韦斋》。刘汲有五律《到家》:“三载尘劳虑,翻然尽一除。园林未摇落,庭菊正扶疏。绕屋看新树,开箱

① 金·朱自牧:《小雨不出宁海司理厅》诗,见元好问《中州集》卷二,四部丛刊初编本。

检旧书。依然故山色,潇洒入吾庐”。刘汲从人生哲学到诗歌风格,皆继承陶渊明,与陶渊明可谓异代知音。这首五律诗歌在思想上、艺术上,与陶渊明《归园田居》皆一脉相承。风格上,“质而不野,清而不寒”,达到了很高的水平。

金中期诗人在律诗创作中,非常重视对仗的锤炼。上举朱自牧、郝俣、边元鼎的七律诗,还有刘汲的五律诗即是实例。中间的两联对仗工整,含蕴丰富。写景或细腻、或宏大;抒情或豪放、或抑郁;主体性强,善于概括。关于金代中期诗人律诗对仗的艺术特点,在本章之最后部分,拟作具体分析。

这段时期,绝句也取得了很大成就。七绝成就以王寂、刘仲尹、王庭筠、周昂为高,五绝以王庭筠数量较多。王庭筠诗歌,金毓黻辑录在《黄华集》中有 44 首,其中有七绝 21 首,占近一半的比例。

绝句与律诗不同。沈德潜《说诗晬语》卷上云:“七言绝句,以语近情遥,含吐不露为主。”含蓄蕴藉,意在言外,当为绝句诗歌的最高境界。如果以这个标准来评价金诗的话,其中有些诗人的绝句诗歌,也应当为上乘之作。郦权《闻砧》:“玉关消息到长安,处处砧声捣夜阑。想得月残哀响断,一灯清泪剪刀寒。”诗歌以“砧声”作为中心意象,以“月”作为背景意象,透过抒情主人公在听觉、视觉、感觉上立体、持续的强烈震撼,反映出诗歌所表现出的战争、离别、相思等多重主题,以及由此而产生的社会、家庭、感情等现实问题。

王夫之在《薑斋诗话》中认为七绝应“一以才情为主。言简者最忌局促。局促则必有滞累。苟无滞累,又萧索无余。”这主要针对写景的七绝诗而言。金代中期的一些写景的七绝作品,成就也比较显著,受到了后代诗论家的称许。王庭筠的有些七绝,在才情上颇似李白。《四溟诗话》卷二:“金学士王庭筠《黄花山》一绝,颇有太白声调。诗曰:‘挂镜台西挂玉龙,半山飞雪舞天风。寒云直上三千尺,人道高欢避暑宫’。”刘昂七绝《客亭》:“折尽官桥杨柳枝,春风依旧绿丝丝。啼莺为向行人道,离别何时是尽时”。《即事》:“雨洗明河画扇收,匡床露冷药阑秋。墙阴未得中庭月，一点荧光草际流。”吴景旭评此二诗“能于清折之中，自成凄断。”①

一些写景七绝，情景交融，语言流畅。边元鼎《花开人散》二首其二：“闲花闲草满芳洲，春水无人自在流。白日迟迟倦游子，一声啼鸟一声愁。”颇有六朝民歌语言明丽、缠绵柔婉的创作风格。说明了金代中期诗人在七绝创作上，不主一家的、多样化的风格追求。

清代朱庭珍《筱园诗话》卷三：“咏古七绝尤难。以词意既须新警，而篇终复有深情远韵，令人玩味不穷，方为上乘。若言尽意尽，索然无余味可寻，则薄且直矣。”而金中期的咏史七绝，也有一些内容丰富、涵蕴深刻的质量上乘之作。高有邻《马嵬》诗：“事去君王不奈何，荒坟三尺马嵬坡。归来枉为香囊泣，不道生灵泪更多。”这首诗歌属于“马嵬”题材，但“词意新警”。传统诗文中反映“马嵬”题材的作品，主要是表现对李杨同情的“爱情主题”，而高有邻的这首诗歌由“爱情主题”转换为更高层次、更新境界的“社会主题”、“历史主题”，从而给“马嵬主题”的文学作品注入了新的创作思想和创作精神。

古人的七绝创作，往往表现出先写景、后抒情这样的句法结构。金代中期诗人为了能够使主体意识强化，诗歌主题突出，在一定程度上突破了前半写景、后半抒情的传统创作模式，而是先议论（或抒情），再写景。宋周弼编《三体唐诗》中云：

> 前虚后实。前联写情而虚，后联写景而实。实则气势雄健，虚则态度谐婉。轻前重后，剂量适均，无窒塞轻佻之患。大中以后多此体，至今宗唐诗者尚之。

实际上，金代中期不少诗人也喜欢运用这种体式。如刘汲《家僮报西岩栽植滋茂，喜而成咏》：“孤云出岫本无心，何用微名挂士林。近日故园消息好，西岩花木已成阴。”赵沨《留题西溪三绝》其三：“总道西溪画不如，岂知造物用功夫。蟾光忽作灵犀透，表里通明两玉壶。”王庭筠《狱中见燕》：“笑我迂疏触祸机，嗟君底事入圜扉。落花吹湿东风雨，何

① 清·吴景旭：《历代诗话》卷六十三，文渊阁四库全书本。

处茅檐不可飞。”

一味写“虚”，就会“轻佻”；只重写“实”，易致“窒塞”。而“先虚后实”，即议论或抒情先行，后用写景补足，则不会导致“窒塞轻佻”的缺点，反而会使诗歌主题更加突出。李晏《莲塘陪诸公赋》：“潦倒何堪接俊游，神仙空羡李膺舟。官曹只在空湖畔，簿领如山屋打头。”诗人重点是感叹自己的“潦倒”的为官生涯，是“虚”；后用官衙的简陋、偏僻补足诗意，是“实”。作者于诗后还自注云：“省幕在城外，极卑陋，故云。”更是具体化的“实”。诗歌意蕴丰满，体现出作者既沉郁下僚又达观放旷的性格特征。

七绝组诗的成就也令人瞩目。怀古题材的有蔡珪《画眉曲》7 首、闺怨题材的有边元鼎《阅见》10 首、咏史题材的有刘仲尹《墨梅》10 首、山水田园题材的有王硐《杂诗七首》。

五绝诗以写景、抒情为主。写景诗重丰神情韵，言短情长，受唐诗影响。王庭筠《绝句》：“竹影和诗瘦，梅花入梦香。可怜今夜月，不肯下西厢。”意境清幽，兴象玲珑，情思绵渺。他还有诗《忆瀰川》：“极目江湖雨，连阴甲子秋。青灯十年梦，白发一扁舟。”尺幅千里，感慨万端，富于概括。赵沨《聚远台》：“独上平台上，风云万里来。青山一樽酒，落日未能回。”有初唐陈子昂《登幽州台歌》年华易逝，壮志难酬的悲慨。而张建《杂诗二首》其二：“踏雪寻梅花，雪梅同一色。不是暗香来，梅花寻不得。”学王安石《梅花》诗，则趋向于表现宋诗中的理趣。

这段时期的诗人，还利用五绝的形式创作了一些咏物的诗作。姚孝锡《芍药》：“绿萼披风瘦，红苞浥露肥。只愁春梦断，化作彩云飞。”写芍药的形象。前两句实写，设色浓艳，形象丰满；后两句虚写，抒发韶华易逝，美景不常的感慨，意象空灵。前后对比，韵味深长，引人幽思。姚孝锡还有《芭蕉》、《蜀葵》诗。两诗皆借物咏怀，托物言志，体现出作者不变的气节和高洁的情怀。

三、楚辞体诗歌

先秦时期产生的以屈原《离骚》为代表的楚辞体诗歌，句式上灵活自由；修辞上运用想象、比喻、象征、对比等多种方法；在创作方法上，表现出浪漫主义与现实主义相结合的创作精神。金代中期诗人善于运用楚辞体的形式进行创作。渔阳诗人刘中“诗轻便可喜,赋有楚辞句法,古人典雅宏放,有韩柳气象”①。党怀英、刘汲等皆为这一时期楚辞体诗歌的代表作家。

金代中期楚辞体诗歌表现出两个方面的思想内容:

(一)主张怀德自安、守节自持。以党怀英、王寂吊姚孝锡诗为代表。

《中州集》卷十《姚孝锡小传》中有党怀英吊姚孝锡楚辞体诗:

> 望西山以驰吊兮,其下维德人。抱明月以蟠盘兮,宁终屈而不伸。天昏廓以四辟兮,群飞纷其上翥。将搏挐以并征兮,惜冲风之落羽。兰为佩兮桂为帷,谁招余者兮余从与归。青云岂难振迹兮,顾揵结之不素。玄豹自媚其文兮,亦何嫌于隐雾。诗书与友兮,琴尊与游。适意自安兮,乐闲自休。出吾余以研桑兮,犹足以比素封之侯。惟清闲为秘福兮,非有力能兼取。虽神仙犹可畏兮,曾莫乐于下土。数与数相乘除兮,常此夺而彼与。陋岩栖之下概兮,心实往而迹藏。出非徼而处非隐兮,吾独蹈古人之所。常随时委顺以终老兮,噫!先生为不亡。

党怀英诗中将姚孝锡比之于屈原。《离骚》中,“众皆竞进以贪婪兮,凭不厌乎求索”与党怀英诗中“天昏廓以四辟兮,群飞纷其上翥”何其相似!《湘夫人》中“筑室兮水中,葺之兮荷盖。……芷葺兮荷屋,缭之兮杜衡”。与党诗中“兰为佩兮桂为帷,谁招余者兮余从与归”、“玄豹自媚其文兮,亦何嫌于隐雾”并无差异。《离骚》:“不吾知其亦已兮,苟余情其信芳”,与党诗中的“陋岩栖之下概兮,心实往而迹藏。出非徼而处非隐兮,吾独蹈古人之所”,追求则是一致的。

王寂亦有吊姚孝锡诗。姚孝锡与王寂父子关系十分紧密。孝锡生前与王寂之父王础为好友,而王寂幼时亦曾师事孝锡,故王寂吊姚孝锡

---

① 金·元好问:《中州集》卷四,四部丛刊初编本。

诗沉痛哀伤：

守臣纳土皆愿朝兮，公独完节儆乃僚兮。中天特立斡斗杓兮，致之不可况折腰兮。退安丘壑躬牧樵兮，西子扫除嫫母妖兮。龙媒连蹇驽马骄兮，英声义气江汉潮兮。①

诗中突出了对姚孝锡人格的赞美、志节的仰慕。

党怀英与王寂的诗歌皆表现出对姚孝锡的赞美与哀悼之情，并皆采用楚辞体的表现形式和修辞方法。同时应该强调的是，两诗又都受到古代铭文体裁的影响。梁代任昉《文章缘起》云：

若夫铭之为体，则有三言、四言、七言、杂言、散文，有中用兮字者，有末用兮字者，有末用也字者。其用韵有一句用韵者，有两句用韵者，有三句用韵者，有前用韵而末无韵者，有前无韵而末用韵者，有篇中既用韵而章内又各自用韵者。有隔句用韵者，有韵在语辞上者，有一字隔句重用自为韵者，有全不用韵者。其更韵，有两句一更者，有四句一更者，有数句一更者，有全篇不更者，皆杂见于作者之林也。

党怀英与王寂这两首诗歌同属铭文一类，但同时体现出铭文类作品多样化的写作模式。用韵上，党诗隔句押韵，凡八次换韵，其中有两句一换者，有四句一换者，有六句一换者；王诗句句押韵，并一韵到底。党诗中，有句中用兮字者，有句末用兮字者；而王诗则皆为句末用兮字。党诗显得声调平缓而感情真切，而王诗显得声调急促，情绪高昂。

（二）反映出蔑视礼法、自由放旷的思想主题。

以刘汲为代表。刘汲有骚体《西岩歌》：

西岩逸人以天为衢兮，地为席茵。青山为家兮，流水为之朋。饥食芝兮渴饮泉，又何必有肉如林兮，有酒如渑。世间清

① 金·王寂：《拙轩集》卷六《姚君哀词》，文渊阁四库全书本。

境端为吾辈设，吾徒岂为礼法绳？少文援琴众山响，太白举杯，明月清波澄。人间行路，是处多炎蒸，如何水前山后，六月赤脚踏层冰。

诗歌深得嵇康脱略形迹、自由旷放人格的影响，情感激烈，爱憎分明，展现出自己蔑视礼法、追求自由的豪放个性，是一首与封建专制、权威决裂的宣言书。

在人生价值观上，刘汲也有所取舍。《左传》（昭公十二年）记齐景公宴请晋昭公时自夸曰："有酒如渑，有肉如陵"，[①]表示对对方的蔑视。而刘汲却宁愿青山为家，流水为朋，宁愿饥食芝、渴饮泉，过清苦而自由的生活。南朝宋时宗炳字少文，不应征辟，好山水，爱远游，"栖丘饮谷三十余年"。"妙善琴书，精于言理，每游山水，往辄忘归。"[②]刘汲希望能够步武南朝少文、唐朝太白，弹琴赋诗、饮酒论文，远离世态炎凉、人间纷扰。

金代中期诗坛以上述作品为代表的楚辞体诗歌，主要有两个方面的艺术特色。一是具有丰富的想象。通过诗人奔放不羁的自由想象，描绘出生动的情节和美丽的画面，使它们成为表达诗人思想感情的艺术构思的一部分，从而取得了极强的抒情达意效果。第二是诗歌运用浪漫主义的比兴、象征手法，通过对比，衬托出诗歌主体的志行高洁、正直。

党怀英、刘汲之后的诗人赵秉文则有十三首骚体诗，进一步开拓了楚辞体诗的表现领域。

第三节　诗歌体式的丰富性

金代中期诗坛在体式上，还表现出回文体、集句体、连珠体、寓言体、渔父体、天随子体等以下几个方面。

---

① 杨伯峻：《春秋左传注》，中华书局2000年版，第1333页。

② 梁·沈约：《宋书》卷九十三《宗炳传》，见《二十五史》本，上海古籍出版社1986年版，第258页。

一、回文体

诗人萧贡有《拟回文》组诗四首。

金代回文诗是文学史上回文诗发展的产物。关于回文体诗的起源,有温峤、苏蕙、道原三种说法。① 金初,一些文人也对回文体的文学形式颇感兴趣。宇文虚中有《四序回文诗》十二首、张斛有两首回文五绝小诗。这些作品的成就也值得注意。张斛回文诗:"绿径斜萦草,红梢半落花。曲池风碎月,欹岸雨摧沙。"写旅怀乡思,用笔细腻,景致清丽,风格凄婉。句式上两两对仗,形式整饬,艺术上较为成熟。

金代中期,一些文人对回文体形式兴趣也很大。孟宗献有回文词《菩萨蛮》一首②。王寂有《菩萨蛮·回文题扇图》③,李晏有《菩萨蛮·回文》④,王庭筠有三首回文词《菩萨蛮》⑤。

金大定、明昌间诗人萧贡有《拟回文》组诗四首:

春波绿处归鸿过,夜月明时飞鹊愁。人去附书将恨寄,暮山云断倚高楼。

楼上却来楼下待,晚窗春尽断回肠。愁人有说嫌人问,泪洒新诗扫墨香。

风幌半萦香篆细,碧窗斜影月笼纱。红灯夜对愁魂梦,老

---

① 刘勰在《文心雕龙·明诗》中以为"道原为始"。但赵翼《陔余丛考》卷二十三云:"回文诗世皆以为始于苏蕙,然刘勰谓回文所兴,道原为始,则非起于苏蕙矣。道原不知何姓何时人。按梅庆生注《文心雕龙》云:宋有贺道庆作四言回文诗一首,计十二句,从首至尾,读亦成韵,勰所谓道原或即道庆之讹也。但道庆宋人而苏蕙苻秦人,则蕙仍在道庆前,而勰谓始自道原,意谓当时南北朝分裂,蕙所作尚未传播江南,而道庆在南朝实创此体,故以为首耳。"而宋祝穆撰《古今事文类聚别集》卷十云:皮日休《杂体诗序》曰:晋温峤始有回文诗。严羽《沧浪诗话·诗体·六》认为起自窦滔之妻苏蕙。大致来看,回文体诗歌最早当起源于东晋。自产生之后,受到诗人的关注,当时一些著名的文人就有创作。谢灵运有《回文诗集》一卷。梁简文帝、梁劭陵王萧纶、周庾信亦皆作过回文诗。唐末诗人卢邈"进献回文诗三百首,官至秘书省正字。"

② 唐圭璋:《全金元词》,中华书局 2000 年版,第 57 页。

③ 唐圭璋:《全金元词》,中华书局 2000 年版,第 32 页。

④ 唐圭璋:《全金元词》,中华书局 2000 年版,第 39 页。

⑤ 唐圭璋:《全金元词》,中华书局 2000 年版,第 43 页。

尽春庭满树花。

萋萋碧草连天远，杳杳行人几日回。凄雨晚凉空坐久，泪妆残晕湿红腮。

这组诗以闺怨为主题。诗歌可单独成篇，也可合而为一。综合四诗来看，好像是一场独幕剧：季节为暮春，地点为楼上，时间为黄昏。诗中主人公登楼远眺，总是失望伤心。归鸿、飞鹊只添愁供恨。思妇愁肠百结，怕人询问，有感于春花老尽，碧草连天，而自己望穿双眼，难觅情郎的身影。凄风苦雨，倍觉孤独，以致久坐灯边，泪湿红腮。

江淹《别赋》："织锦曲兮泣已尽，回文诗兮影独伤。"①古代回文体诗歌的主题大多以闺怨为主，情感抑郁低沉，缠绵婉转。萧贡的这组回文诗，并没有脱离回文诗的传统主题和风格。作为金代的诗人，萧贡的贡献在于他能够积极尝试运用这种一般文人并不常用的、或没有能力运用的形式来进行创作，表现出诗人的创新精神。萧贡之后，金代后期诗人杨云翼、元好问等皆有回文体诗的作品。

二、集句体

金代中期集句诗数量较多，在集句诗的发展历史上，也应具有一定的地位。集句诗出现在晋朝。据明代杨慎《升庵诗话》卷一认为："晋傅咸作七经诗，此乃集句诗之始。"不过集句诗出现之后，在南北朝、隋唐时，很少有诗人注意这种形式。后世大力提倡、推动者当为北宋时期的王安石。蔡绦《西清诗话》云："集句自国初有之，未盛也，至石曼卿，人物开敏，以文为戏，然后大着。至元丰间，王荆公益工于此。"在王安石影响下，宋代不少著名诗人涉足集句诗的创作，至明代蔚为大观。明童琥撰《集古梅花诗》四卷，皆集句成诗，以咏梅花，得五言律诗、七言律诗、七言绝句各百首，又有咏红梅七言律诗十首。所采之诗"排比联贯，

① 梁·江淹：《梁江文通文集》卷第一，四部丛刊初编本。

往往巧合,然非诗家正格,徒弊精神于无用之地耳”[1]。至明清,为了创作集句诗的方便,还出现了专门的书籍。明代施端教编《唐诗韵汇》,“采唐人近体诸诗,以上下平韵隶之,大抵取供集句者之用。前有王震序,称其集句为绝艺,可知是书所由作矣”[2]。清朝马瀚撰《唐句分韵集》,“以唐人诗句分一百七韵编次,以为集句之用”[3]。

金代中期,集句诗这种形式也受到诗人的关注。代表诗人主要是党怀英、吕中孚和杨庭秀等。党怀英有《黄菊集句》、《孤雁集句》。吕中孚有《集句》诗。杨庭秀有《李简之莲池集句》。

古人的集句诗一般运用七言或五言句式,并且多集著名诗人的诗句成诗。金初高士谈有《集东坡诗赠程大本》、《晓起戏集东坡句二首》诗,皆专集苏轼诗句。清沈雄《古今词话·词品》上卷谓:“律陶集杜,自昔已然。”一般诗人以集杜甫诗句为多。

金代中期集句诗在句式上,也限于五言、七言。党怀英的两首集句诗歌皆用五言的句式,而吕中孚、杨庭秀则采用七言。但三人皆不专以一流诗人的诗歌为集句的素材。

党怀英《黄菊集句》:“九月欲将尽,鲜鲜金作堆。绕篱残艳密,拥鼻细香来。五色中偏贵,群花落始开。可怜陶靖节,共此一倾杯。”诗中包含有唐代释齐已、北宋王禹偁与魏野的诗歌。而《孤雁集句》诗:“万里衔芦至,寒空半有无。踪分沙岸静,声入塞垣孤。影早冲关月,飞高望海隅。不知天外侣,何处下平芜。”又取杜牧、杜甫、崔涂等诗人的作品。说明党怀英集句诗不集一家,而是广收博取。

为了使集句诗在平仄、用韵上符合要求,党怀英有时还会对原诗作次序上的改动。如释齐已《庭际晚菊上主人》[4]诗首句中的“九月将欲

---

① 清·纪昀:《钦定四库全书总目》卷一百七十六《别集类存目三》,中华书局 1997 年版。

② 清·纪昀:《钦定四库全书总目》卷一百九十三《总集类存目三》,中华书局 1997 年版。

③ 清·纪昀:《钦定四库全书总目》卷一百三十九《书类存目三》,中华书局 1997 年版。

④ 唐·释齐已:《白莲集》卷四,文渊阁四库全书本。

尽”，在党怀英的《黄菊集句》中，仍为首句，但改为“九月欲将尽”，以符合平仄的要求。

党怀英有时将原作为七字句的诗歌，变为五言，从而为自己所用。如其《黄菊集句》中的“拥鼻细香来”，即改自王禹偁《雪中看梅花因书诗酒之兴》：“拥鼻还怜细细香。”①《孤雁集句》：“万里衔芦至”，即改自晚唐杜牧《雁》：“万里衔芦别故乡，云飞雨宿向潇湘。”②说明党怀英的集句诗并不为原作所左右，而是以己意统照全诗，使之成为自己诗歌创作中有机的、不可分割的整体。

集句诗应“词意相属，如出诸己。”③有时应该超越原诗。宋沈括云：“古人诗有‘风定花犹落’之句，以谓无人能对。王荆公以对‘鸟鸣山更幽’。‘鸟鸣山更幽’本宋王籍诗。原对‘蝉噪林逾静，鸟鸣山更幽’。上下句只是一意。‘风定花犹落，鸟鸣山更幽。’则上句乃静中有动，下句动中有静。荆公始为集句诗，多者至百韵，皆集合前人之句，语意对偶，往往亲切过于本诗，后人稍稍有效而为之者”④。党怀英的集句诗能够吸收王安石集句诗的创作艺术，整体成就上，超越了所集原诗。释齐已《庭际晚菊上主人》：“九月将欲尽，幽丛始绽芳。都缘含正气，不是背重阳。采去蜂声远，寻来蝶路长。王孙归未晚，犹得泛金觞。”诗歌刻画渲染，稍嫌雕琢。魏野《咏菊》：“荣虽同雨露，晚不怨乾坤。五色中偏贵，千花后独尊。……”情志过于显露，缺乏含蓄蕴藉。而党诗《黄菊集句》相比来说，风格简易平淡，抒情自然，显示出党怀英诗歌“清脱”的特色，在艺术上高过释齐已、魏野一筹。

吕中孚“累举不第，以诗文自娱”⑤，是金代中期较为著名的诗人，生前就著有文集《清漳集》。其《集句》诗：“骚人吟罢起乡愁，百感中来

① 宋·王禹偁：《小畜集》卷第十，四部丛刊初编本。

② 清·曹寅、彭定求等：《全唐诗》卷五百二十六，中华书局编辑部点校本，中华书局1999年版。

③ 宋·胡仔：《苕溪渔隐丛话前集》卷三十五引《遁斋闲览》评荆公集句诗语，人民文学出版社1981年版，第238页。

④ 宋·沈括：《梦溪笔谈》卷十四，四部丛刊初编本。

⑤ 金·元好问：《中州集》卷七，四部丛刊初编本。

不自由。一种人间太平日，满衣尘土避公侯。”四句诗皆取自晚唐诗人的七律作品，包括许浑《竹林寺别友人》、杜牧《登池州九峰楼寄张祜》、罗隐《寄张侍郎》、李山甫《曲江》。

吕中孚《集句》诗所集诗之作者，大多有着与吕中孚相同的仕途遭遇。杜牧（公元803—853年）大和二年（公元828年）进士后，十年时间里，在各方镇为幕僚，长期沉沦下僚。因此他发出“为吏非循吏，论书读底书”（《春末题池州弄水亭》）的牢骚。罗隐（公元833—910年）曾十次应试皆未得中，只好浪迹天涯，最后东归吴越，投靠钱镠。其《答贺兰友书》自述“少而羁窘，自出山二十年，所向摧沮，未尝有一得幸于人。”而李山甫咸通中屡举不第，依魏博幕府为从事，尝逮事乐彦祯、罗弘信，仕宦亦不达。实际上，吕中孚引四人为知音，他的《集句》诗能够集中唐代四位诗人作品中的感情共通之处，典型而又概括，故情感之激越要超过四首原作。

集句诗还有杨庭秀的《李简之莲池集句》：“一月衰颜几笑开，生前相遇且衔杯。莲塘十里花如锦，有底忙时不肯来。”诗题中谈到的李简之为明昌、泰和间诗人李仲略。仲略字简之，大定间进士，名臣李晏之子，仕至山东路按察使。《金史》卷九十六有传。李仲略亦为画家，清王毓贤《绘事备考》卷七称其“善画山水。尝临米元章名迹。笔意幽澹，元章不是过也”。

庭秀此诗是集杜甫《醉时歌》（“不须闻此意惨怆，生前相遇且衔杯”）、韩愈《同张水部籍游曲江寄白二十二舍人》（“漠漠轻阴晚自开，青春白日映楼台。曲江水满花千树，有底忙时不肯来。”）等诗人的诗句。

集句诗通常被认为是文人们游戏笔墨的产物，偏重形式，缺乏真情实感，但也不能一概而论。有些作品情感浑融，主题明确，在艺术性和思想性上，超过原作。有些诗人喜用集句写诗，注重形式，玄弄学问，以多取胜，则不可取。明代李东阳《怀麓堂诗话》指出：“集句诗宋始有之，盖以律意相称为善，如石曼卿、王介甫所为，要自不能多也。后来继作者贪博而忘精，乃或首尾横决，徒取字句对偶之工而已。”

总体来看,金代中期诗人的集句诗不是以量取胜,而是以质见长,在诗坛有较大影响。金代后期,诗人赵秉文、李遹、张澄、李俊民等皆曾作集句诗。

三、连珠体

我国文学史上所云"连珠体"有两类情况。一为独立的文体,二是修辞的方法。

"连珠体"的文章,体裁短小,皆为上达之辞,旨在建言劝谏,以"盖闻(或吾闻、臣闻、妾闻等)……,是以……"为固定句式。任昉在《文章缘起》中谈到这一文体的特点时指出:"其体辞丽而言约,不指说事情,必假喻以达其旨,合于古诗劝兴之义,历历如贯珠,易睹而可悦,故谓之连珠"。

作为独立的文学体裁,刘勰认为起源于扬雄。《文心雕龙·杂文》:"扬雄覃思文阔,业深综述,碎文璅语,肇为连珠。"梁任昉则认为起自韩非,其《文章缘起》中云:"韩子《韩非子》书中有连语,先列其目而后著其解,谓之连珠。据此则连珠已兆韩非"。

魏晋六朝,是连珠体创作的兴盛时期。陆机有《演连珠五十首》①,庾信有《拟连珠四十四首》②。此外还有吴均、刘潜、梁简文帝萧统、谢惠连、颜延之等,皆为连珠文体创作的代表作家。

作为修辞的方法,大约又有两种情况。第一种情况是,连珠属于对仗的一种。宋魏庆之将"句中字相对"称为"连珠",并举例如唐代诗人司空曙《鲜于秋林园》:"远山芳草外,流水落花中"和韩翃《夜宴》:"千峰孤烛外,片雨一更中"等句加以说明。这种对仗方法从唐代即已开始,故魏庆之将之归为"唐人句法"③。另外,唐初上官仪总结诗有六对,其三云"连珠对",如"萧萧赫赫"。

第二种情况是,连珠体相当于连章体、顶真格。连章体是章与章之

---

① 明·张溥:《汉魏六朝百三家集》卷四十八《晋陆机集》,文渊阁四库全书本。
② 明·张溥:《汉魏六朝百三家集》卷一百十一上《庾信集》,文渊阁四库全书本。
③ 宋·魏庆之:《诗人玉屑》卷三,上海古籍出版社 1978 年版,第 73 页。

间的相互勾连。曹植《赠白马王彪》诗中运用有连章体。即诗中各章之间，下一章的前两个字，和上一章的最后两字相同，借以使各章相互连接。王世贞认为这种章法源于《诗经》①。

所谓顶真格，是指诗句之间，下一句的开始二字(或一字)和上一句的最后二字(或一字)相同，从而使句与句之间相互勾连。顶真格的运用以南朝乐府民歌《西洲曲》②为代表。如该诗中有："日暮伯劳飞，风吹乌臼树。树下即门前，门中露翠钿。""忆郎郎不至，仰首望飞鸿。鸿飞满西洲，望郎上青楼。楼高望不见，尽日栏干头。栏干十二曲，垂手明如玉。"这种章法被唐代温庭筠《西洲曲》③诗所承袭。如其中有句"悠悠复悠悠，昨日下西洲。西洲风色好，遥见武昌楼。武昌何郁郁，侬家定无匹"。运用这种章法结构，能够使诗歌婉转缠绵，一气贯注。

大定初诗人朱之才作有《十月十五日夜作连珠诗四首》，其章法体式属于第二种情况中的连章体，但与曹植《赠白马王彪》诗不同的是，朱之才诗中，章与章之间是以句子相连接。其一为："披衣开户几宵兴，永夜无眠魂九升。坐觉飞霜明瓦屋，天如寒鉴月如冰。"其二为："天如寒鉴月如冰，僵卧家僮唤不应。却忆少年游太学，萧然独对短檠灯。"其三为："萧然独对短檠灯，引睡翻书睡几曾。自笑年来忧患熟，跏趺真作坐禅僧。"最后一首为："跏趺真作坐禅僧，不学窗间故纸蝇。湛若琉璃含宝月，此中无减亦无增。"

诗歌内容无甚可取之处，其形式则使人有耳目一新之感。四诗可以单独成篇，但由于运用了连珠体章法，使四诗又组成了一个整体。抒情层层深入，语气贯注，跌宕多姿。这种章法在文学史上较为少见。

---

① 清·朱鹤龄：《诗经通义》卷九云："《大雅·文王之什》此诗自三章以下，语相承接，累累如贯珠。王世贞谓是曹植赠白马王诗章法所祖。"文渊阁四库全书本。

② 宋·郭茂倩：《乐府诗集》第七十二卷，中华书局1979年版，第1027页。

③ 清·曹寅、彭定求等：《全唐诗》卷二十六，中华书局编辑部点校本，中华书局1999年版。

四、寓言体

寓言是中国古代文学的重要表现形式之一。先秦产生的寓言不仅以鲜明的特点丰富了中国文学宝库，而且因为具有独特的魅力对后世文学，特别是小说和诗歌创作产生了极大影响。寓言借助简单的故事和鲜明的形象来阐明事理，在故事、形象背后，包含着讽刺性、哲理性的内容。

在我国古代诗歌中，产生了不少受先秦寓言影响的作品。以唐宋诗人来说，盛唐张九龄、王维、李白，中唐贾至、孟郊，晚唐杜牧、吴融、韦庄；宋代王安石、陆游等，皆有题为《寓言》的诗歌。大概来看，有关这类诗歌的作品可以分为两种情况。

一是诗人以"寓言"为题抒发感慨、寄托情思为目的的作品，这类作品从表现主题到表现方法上，与先秦寓言并无直接关系。如杜牧《寓言》诗："暖风迟日柳初含，顾影看身又自惭。何事明朝独惆怅，杏花时节在江南。"

二是受先秦寓言直接影响的，以讽刺和批判现实为主题的作品。这类作品又有两种情况。一种情况是不以"寓言"题名，但其表现方式则与先秦寓言相同，如唐代韩愈有《题木居士二首》其一："火透波穿不计春，根如头面干如身。偶然题作木居士，便有无穷求福人。"另如中唐刘禹锡诗《百舌吟》亦属于此类。第二种情况是以"寓言"题名者。这两种情况在金代中期诗坛皆有表现。前者以张建的作品为代表，而后者则以朱之才的诗歌为代表。

不以"寓言"题名，但其表现方式则与先秦寓言相同者，以张建具有代表性。张建有《拟古》十首。其中有些诗歌就具有"寓言"诗的特点。如第三首：

枯桑依颓垣，摧折生理微。剥我枝间叶，备君身上衣。叶尽谁复顾，栖鸟来亦稀。君看牡丹丛，日日笙歌围。

第四首：

青青河滨柳，柯叶柔且妍。一从智巧萌，戕贼为杯棬。器成岂不佳，天质失自然。争如河堤上，濯濯披春烟。

其五：

石泉何清泠，中有九节蒲。蒲性本孤洁，不受滓秽污。一移入城市，生意寄泥淤。翠叶日焦卷，不霜而自枯。寄言守静者，勿涉奔竞途。

这些诗歌就以铺陈事类、善用隐喻为其特点。

张建的诗虽未明确标明其寓言的特征，但在艺术上却明显地表现了出来。再者，上举张建的这些诗歌，有很强的思想性，其对现实社会的种种现象所给予的揭露和讽刺、批判和鞭挞，在金代诗歌中也是非常少见的。

许安仁写有《草木虫鱼咏二首》，也具有先秦寓言的特点。其一云："蝇钻故纸竟不悟，蛾扑明灯甘丧生。大似盲人骑瞎马，不知平地有深坑。"其二云："蓬在麻中应自直，茑生松下亦能高。不关若辈工攀附，物理由来系所遭。"

两诗中出现的动物皆为古代原型意象，并经常出现在古代的文化典籍之中。如第一首中的"蝇"和"蛾"，宋祝穆《咏窗上蝇》诗："百年钻故纸，未见出头时。"①明高攀龙释《周易》"九四突如其来如焚如死如弃如"条云："两离相继，上炎，躁进，突如其来，如赴火之蛾，有焚死弃而已。"②

第二首中的"蓬"和"茑"，《荀子·劝学篇》："蓬生麻中，不扶而直。"《诗经·頍弁》"茑与女萝，施于松上。"

在许安仁的这两首诗歌中，"蝇"和"蛾"讽刺那些社会上依靠干谒求索、投机钻营来沽名钓誉、贪求富贵之辈。他们为了达到目的，不顾人格、降身屈节。然而他们全然不知世途凶险，灾祸随时及身。这是社

---

① 宋·祝穆：《古今事文类聚·后集》卷四十九，文渊阁四库全书本。

② 明·高攀龙：《周易易简说》卷一，文渊阁四库全书本。

会环境使然。“蓬”也能直,“茑”亦能高,它们之所以攀麻附松,非是出于天性,皆由后天遭遇所致。

宋代林之奇《尚书全解》卷十二引晋人危语云:“杖头数米剑头炊,百岁老翁攀高枝,盲人骑马临深池。”为了讲道理而讲故事,是寓言的一个重要特点。寓言的这一特点是由寓言本身富有训教意义和哲理性而决定的。“在《庄子》中的每一个寓言后面都站着一个哲学结论,蕴涵着一种哲学思想。”[①]在古代诗歌或史籍中,有不少格言或警句,虽然深深扎根在生活的土壤里,却大都已凝练为概念化的语言。

以“寓言”题名者为大定初期诗人朱之才的《寓言二首》。其一云:“兽有善触邪,草有能指佞。兽草非有心,不移本天性。前王著臣冠,俾尔效端鲠。如何不称服,触指反忠正。吾欲取二物,豢植列台省。一令邪佞徒,奔逃亟深屏。”

政治清明、国泰民安,是每个朝代人人所希望实现的目标,而清明的政治,又必须依赖于宰职的贤能与忠诚。然而几乎每个朝代都有奸臣当道,祸乱朝政。由于奸臣巧言令色,善于伪装,使人们很难区别丑恶、分辨忠奸。受神话传说的影响,古人认为有的动物和草木可以承担这个任务,可以辨别忠奸、区分贤愚。《晋书》引《异物志》云:“北荒之中有兽名獬豸,一角,性别曲直,见人斗,触不直者;闻人争,咋不正者。”[②]又《博物志》卷三云:“尧时有屈轶草生于庭,佞人入朝则屈而指之,一名指佞草。”[③]

正因獬豸、屈轶草有如此本领,所以在现实社会中,人们希望那些担任建言劝谏职责的官员能够像獬豸、屈轶草那样,具有识别真假善恶的真实本领,并不畏艰难,敢于抗争。宋代李焘强调“台官之职,只在触邪指佞”[④]。而古人所谓“兽解触邪,草能指佞。烈士狥义,见危致命。

---

① 崔问石:《庄子思想的文学特质》,见《黄淮学刊》1990 年第 2 期。

② 唐·房玄龄等:《晋书》卷二十五《舆服》,中华书局 1974 年版页,第 768 页。

③ 晋·张华:《博物志》卷三《异兽》,文渊阁四库全书本。

④ 宋·李焘:《续资治通鉴长编》卷三百九十四,中华书局 1995 年版,第 9600 页。

国有忠臣,亡而复存"①。反映了人们对古代身任谏职的要求与希望。

朱之才善于运用寓言的形式对人情冷暖、世态炎凉进行无情的剖析和揭发。《寓言二首》其二:"风雨晦时夜,鸡鸣有常声。霜雪枯万干,松柏有常青。内守初已定,外变终难更。若人束世利,浮沉无定情。俯仰效槔槔,低昂甚权衡。反出木鸟下,徒为万物灵。"诗中的"鸡"、"松柏"秉持"内守"的品德,风雨不变,霜雪难侵,而作为万物灵长的人,若为世利所束缚,守节不常,二三其德,反而比不上那些木鸟了。

朱之才在这两首寓言诗中,赋予动物和植物以生命、感情、品格,借以反映朝政得失、人情世态的主题,充分发挥了寓言的特有功效。

朱之才、许安仁两人皆曾任谏官。朱之才为谏官时,因直言而被黜官。许安仁于大定朝被选东宫,转左补阙,应奉翰林文字。章宗即位,改国子监丞兼补阙,徙翰林修撰,同知制诰,兼职如故②。由于两人皆担任过谏官的职务,所以他们的诗歌都表现出强烈的政治思想和使命意识。两人的寓言诗自觉地指向人生的底蕴和社会的真实。寓言无需板起面孔说教,更不用牵强附会,而是水到渠成,使抽象的道理不言而喻。而两人的诗歌运用寓言的形式和表达方法,更使得寓言的讽刺性和诗歌的艺术性紧密地结合在一起,从而发挥出更大的作用。

五、渔父体

张建有《赋胡直之溪桥莲塘二首》,自序为"渔父词体"。诗歌描写五月荷塘溪桥景象,有江南景致。

其一云:

溪桥脚下水平分,桥柱萍粘浪打痕。天向晚,日才昏,两簇青烟断岸村。

其二云:

① 后晋·刘昫:《旧唐书》卷一百八十七《忠义传下》,中华书局1975年版,第4915页。

② 元·脱脱等:《金史》卷九十六《许安仁传》,中华书局1997年版。

拂拂轻风漾翠澜，粉媒新扑小荷盘。塘水涨，岸痕漫，草阁临流五月寒。

元好问将两诗收入《中州集》卷七。

从张建这两首诗歌来看，他所谓的“渔父词体”包括两方面的表现：一为形式上、句式上，与中唐张志和《渔父词》完全相同，故称为“渔父词体”；二是生活旨趣上，追求张志和词中“渔父”的达观态度，故亦可称作“渔父词体”。笔者认为第一个表现固然重要，它决定了“渔父词体”作为一种“体”的外在特征；但第二个表现，对金代中期诗人的影响却至为明显。元好问将两诗列入《中州集》，而未归入《中州乐府》，意即强调“渔父”形象的诗学内涵。

渔父形象经历了一个产生、变化、发展的过程。文学史上较为完整的渔父形象最早见于《庄子》和《楚辞》。《庄子》和《楚辞》中的渔父形象具有极强的神秘色彩。此后，在扬雄、嵇康、陆机、鲍照、李白、杜甫、王维、白居易、柳宗元、苏轼、黄庭坚、陆游等的诗文作品中，皆有渔父形象的出现。在唐宋时期，渔夫形象发生了变化与发展，具有了独立性，是一种自由与独立的象征。陈子昂诗：“子牟恋魏阙，渔父爱沧江。”① 张志和《渔父词》中那位身披蓑衣、头戴箬笠、风雨不归的垂钓者和柳宗元《江雪》的寒江独钓者的形象，成为渔父形象的定格。人向自然回归，向自身回归。南宋嘉定时，释少嵩撰《渔父词集句》二卷，“每遇景感怀，因集句作渔父词以自适”②。大定、明昌间的诗人对“渔父”的想象更赋予了理想化的色彩。刘迎《海上》：“一曲水仙操，片帆渔父家。”王硐《杂诗七首》其五：“一竿便拟从渔父，卷置琴书买钓舟。”蔡珪《十三山下村落》：“何日秋风半篙水，小舟容我一蓑闲。”从这些诗句可以看出金代诗人对“渔父”形象的喜爱之情。大定之后的诗人李节有《渔父》诗：“举世从谁话独醒，短蓑轻箬寄余生。半篙春水世尘远，一笛晚风山雨晴。”刘铎有《所见》诗：“纶竿老子绿蓑衣，细雨斜风一钓矶。”也反映了

---

① 唐·陈子昂：《陈伯玉文集》卷第二《群公集毕氏林亭》，四部丛刊初编本。
② 清·纪昀等：《四库全书总目》卷一百七十四，中华书局 1997 年版。

相同的生活旨趣与思想追求。

田耕宇先生在其论文《"渔父"形象与古代文人心态剖析》[①]中,将古代渔父形象分为四类:钓名的渔父;孤傲的渔父;潇洒的渔父;"偷闲"的渔父。第一种希望以隐求仕,第二种为愤世嫉俗,第三种淡泊世事,第四种为仕中求隐。相比起来,中间两种"渔父"在唐、宋及以后的文学作品中更为常见。他们追求达观旷放、超尘脱俗,"白发渔樵江渚上,惯看秋月春风。一壶浊酒喜相逢,古今多少事,都付笑谈中"。也往往表现出强烈的自由精神和独立人格,正如党怀英《渔村诗话图》诗中所云:"江村清境皆画本,画里更传诗语工。渔父自醒还自醉,不知身在画图中。"

六、天随子体

"天随子体"为晚唐陆龟蒙的诗歌风格。大定时期,与党怀英、郦权同师刘瞻的诗人魏抟霄,有诗《田若虚游龙门宝应用天随子体赋诗因次其韵》二首。从诗题可以看出,这两首诗是学晚唐陆龟蒙。陆龟蒙字鲁望,姑苏(今江苏苏州)人,人称甫里先生,又号天随子。陆龟蒙为晚唐著名诗人和小品文代表作家,有《笠泽丛书》、诗文集《甫里集》。他的文学主张和创作风格都与皮日休相近。小品文成就巨大,如《记稻鼠》、《野庙碑》等短文,语言犀利,淋漓痛快,讽刺性强。陆龟蒙又性格孤傲,与世不合。史称龟蒙"尝至饶州三日,无所诣。刺史蔡京率官属就见之,龟蒙不乐,拂衣去"。于是居松江甫里,多所论撰。又龟蒙"不喜与流俗交。虽造门不肯见。不乘马,升舟设蓬席、赍束书、茶灶、笔床、钓具往来,时谓江湖散人,或号天随子、甫里先生,自比涪翁、渔父、江上丈人"[②]。涪翁为东汉初章帝、和帝时的高士,人不知其姓名,见其常渔钓于涪水,因号涪翁。"乞食人间,见有疾者,时下针石,辄应时而效,乃著《针经》、《诊脉法》传于世。弟子程高寻求积年,翁乃授之。高亦隐迹

① 见《西南民族大学学报》2005 年第 8 期,第 203—207 页。

② 宋·欧阳修、宋祁:《新唐书》卷一百九十六《陆龟蒙传》,中华书局 1975 年版。

不仕。(郭)玉少师事高,学方诊六微之技、阴阳隐测之术。”[1]江上丈人为楚平王时高士,助伍员渡江者。楚平王受费无忌谗言,追杀伍员。伍员奔吴,至江上,欲渡无舟而楚人购员甚急,自恐不脱,见丈人得渡。伍员因解所佩千金之剑以与丈人,丈人不受而别。员至吴为相,求丈人不能得,每食辄祭之曰:“名可得闻而不可得见,其唯江上丈人乎?”[2]

江上丈人是一个豪侠仗义、不慕荣华的隐士加高士。他挺身救人而不图回报,“楚国之法,得伍胥者爵执珪、金千镒,吾尚不取,何用剑为?”[3]其磊落豪爽、离尘忘机的风范,大为后代文人所景仰。初唐陈子昂就曾著有《江上丈人》一文,旨在论“将磅礴化机、而与造物者游”[4]。

渔父、江上丈人、涪翁,皆为古代无名高士,然其对后人影响却颇深远。唐余知古《渚宫旧事》卷一:“文王至顷襄王四百年间,楚产之尤著者。……隐逸则……北郭先生、詹何、江上丈人、鶡冠、渔父。”这些隐士群体具有激浊扬清、惩恶扬善的共同的思想性格,同时又以隐居避世、逍遥自适而扬名。

“天随子体”当为陆龟蒙“自比涪翁、渔父、江上丈人”的生活情趣和人生追求,以及由此而形成的诗歌风格上的闲逸、疏放。金代田若虚游龙门宝应时用天随子体所赋之诗,现已不传。魏抟霄的次韵诗,其一云:“少室右臂禹所断,开排清伊来高寒。土肉养石自古秀,山腰流泉无时干。佛髻滴滴染湿翠,松风飕飕鸣惊湍。白傅已矣不可见,予谁从之投归鞍。”反映了失意士人希望脱离尘网、而友朋山水的思想主题。第二首,则是反映了诗人“骏足忽勒破,英才如拘麗”的怀才不遇的悲慨与激愤的心情,显示出作者内心深处的功名意识和进取精神,而这在某种程度上,与古代高士追求豪放、有为的情怀是一致的。

---

① 南朝宋·范晔:《后汉书》卷八十二《郭玉传》,中华书局1973年版,第2735页。

② 晋·皇甫谧:《高士传》卷上,辽宁教育出版社1998年版。

③ 同上。

④ 明·曹学佺:《蜀中广记》卷九十七《著作记第七》,文渊阁四库全书本。

第四节　诗歌用典的多元化特征

刘勰《文心雕龙·事类》论诗歌用典“乃圣贤之鸿谟，经籍之通矩也。”说明刘勰对用典是极为重视的。用典是中国古代文人拓展自己文学作品的表现空间，从空间与时间两个维度延伸作品的意义，使作品的思想层次、审美层次更为丰富、作品的内涵更为厚重深邃的一种创作方法，也正如刘勰《文心雕龙·事类》中所云：“事得其要，虽小成绩，譬寸辖制轮，尺枢运关也”。用典使不同时空的事件、人物与情感汇聚到同一文本中来，它们以一种美妙的方式交织融合在一起，使当下的喜怒哀乐在一瞬间与历史、传统链接贯通，创造出“以俗为雅，以故为新”的非凡效果。

金代中期社会的安定、文化的发展，诗歌的文人化倾向愈趋明显，表现出以苏、黄为代表的宋代诗歌以才学为诗、以学问为诗的创作特征。不少诗人非常善于用典，并积极发挥用典的作用，而诗人的文化心态也往往通过诗歌用典表现出来。金初借才异代时期，像宇文虚中、高士谈等诗人，在诗歌创作当中大量运用“汉节”、“北海”、“南冠”、“楚囚”等典故来表明自己的身份，抒发自己的痛苦，寄寓自己的民族气节。进入大定、明昌时期，诗人群体的文化心态，随着时代的变化，也有了很大的转变，因而诗歌用典也发生了直接的变化。用典的范围比金初有明显的扩大，用典的形式也有了新的表现。其中最明显的用典形式有三种情况：一为密集用典；二为反意用典；三为组诗用典。密集用典显示出诗歌情趣的文人化；反意用典反映出诗歌思想的个性化；组诗用典显示出诗歌主题的多元化。

一、密集用典，表现文人趣味

古代诗论家十分强调用典的文学作用和艺术效果，但他们也明显反对为用典而用典的形式主义创作风气。刘勰在《文心雕龙·事类》中，要求诗歌用典应该“取事贵约,校练务精”,并且要用典自然:“凡用旧合机,不啻自其口出”。钟嵘《诗品》从文体的特点谈到了典故的运用问题:“若乃经国文符,应资博古;撰德驳奏,宜穷往烈。至乎吟咏情性,亦何贵于用事?”钟嵘认为,那些描写山水、吟咏性情之作,应当不用或少用典故。他的观点主要是针对南朝“文章殆同书抄”的不良文风有感而发的。金代中期的诗歌,其中包括不少吟咏性情之作,不仅用典,而且往往一诗多典,从而显示出金代中期诗人博学多才、逞才使气的风格特点。

典故大体可分为语典与事典。金代中期诗坛一诗多典的情况包括如下四类:一是以历史上的雅人雅事、贤人能人,或古代著名的诗人文士的语言或文句、诗句(语典)作正面类比以表明自己的清高不俗的气度;二是借儒、道典籍中哲人的精辟言论、观点以突出自己的人生观念(语典);三是借古代落拓文士遭遇(事典)婉托自己的不平遭遇;四是借古人高风亮节(事典)寄寓诗人的人格理想。

刘迎《梅》诗多用“语典”:“谁道江梅驿信迟,碧琅玕里见横枝。为寻疏影暗香处,独立嫩寒清晓时。嚼蕊不妨浮白饮,认桃休赋比红诗。平生东阁风流在,何逊而今鬓欲丝。”诗中围绕“梅”的意象,化用了陆凯、林逋、苏轼、杜甫、何逊等多位著名文人的诗句,衬托作者对古代文人高雅脱俗的生活情趣的羡慕与追求。古人以“屋角墙隅,占宽闲地种两三株,淡月微云,嫩寒清晓,香彻庭除。”①为赏梅的最佳境界。明代朱谋垔《画史会要》卷二记宋代华光长老“酷爱梅花。方丈植梅数本。每花放时,移床其下,吟咏终日。偶月夜,见窗间疏影横斜,萧然可爱,遂以笔规其状,因此好写得其三昧。山谷见而美之曰:嫩寒清晓,行孤舟篱落间,但欠香耳”。攀条嚼蕊,藉草衔杯,也最能够代表古代文人的生活雅趣。郭璞诗曰:“放情凌霄外,嚼蕊挹飞泉。”②宋代陈景沂撰《全芳备祖后集》卷三十记有七言古诗句:“餐花嚼蕊有真乐,一饱何必谋甘肥。”宋代张孝祥《清平乐》写梅花:“吹香嚼蕊,独立东风里。雪冻云娇

① 明·赵琦美:《赵氏铁网珊瑚》卷十一《扬补之墨梅图》,文渊阁四库全书本。
② 晋·郭璞:《游仙诗》,见《六臣注文选》卷第二十一,四部丛刊初编本。

天似水,羞杀夭桃秾李。"[1]"认桃休赋比红诗"是说苏轼与石曼卿的诗坛轶事。宋代阮阅《诗话总龟》卷八记载:"石曼卿咏《红梅》云:'认桃无绿叶,辨杏有青枝。'东坡云:'诗老不堪梅格在,更看绿叶与青枝。'""平生东阁风流在",典出杜甫诗《和裴迪登蜀州东亭送客逢早梅相忆见寄》:"东阁官梅动诗兴,还如何逊在扬州。"[2]刘迎"何逊而今鬓欲丝"则出自何逊《秋夕叹白发》诗:"丝白不难染,蓬生直易扶。唯见星星鬓,独与众中殊。"刘迎在此借何逊来自比。

古代大量的语典、事典同时出现在一诗中,可以丰富诗歌的人文内涵,提高作品的文化品位。但这要求作者对所运用的语典、事典的意义要有准确而深刻的认识与把握,要服从于作品的中心思想。诗中所有典故的情感色彩,都要与诗歌的主题相一致。王寂《自东营来广宁道出牵马岭经梁利器墓下》:

> 毁誉诜诜息盖棺,百年春梦大槐安。功名倒挽九牛尾,富贵真成一鼠肝。故国莺花人事改,空山风雨夜台寒。平生我亦心如铁,醉眼西州泪不干。

诗中多用道家事典、语典,感叹人生如梦。功名富贵,只不过是过往烟云。但在表面旷达的背后,表现出作者对朋友的深切同情和对自己蹉跎岁月、壮志未酬的无限悲痛。诗中交织着儒家入世与道家避世的人生思想的冲突与碰撞。诗中"盖棺"一词其实包含着对命运的抗争。杜甫诗《君不见简苏徯》:"一斛旧水藏蛟龙,丈夫盖棺事始定。""大槐安"典出唐代李公佐《南柯太守传》,宣扬人生如梦的老庄思想。"功名倒挽九牛尾,富贵真成一鼠肝。"是表示对功名富贵的蔑视与不屑。《晋书》卷五十二《华谭传》引华谭语:"昔许由、巢父让天子之贵,市道小人争半钱之利。此之相去,何啻九牛毛也。"庄子有语:"伟哉,造

---

① 宋·张孝祥:《于湖居士文集》卷第三十四,四部丛刊初编本。

② 清·曹寅、彭定求等:《全唐诗》卷二百二十六,中华书局编辑部点校本,中华书局1999年版。

化！又将奚以汝为？将奚以汝适？以汝为鼠肝乎？以汝为虫臂乎？”郭象《庄子注》卷三注“鼠肝”曰：“委弃土壤而已，取微灭至贱。”“故国莺花人事改”，来自丘迟《与陈伯之书》：“暮春三月，江南草长，杂花生树，群莺乱飞，见故国之旗鼓，感平生于畴日。抚弦登陴，岂不怆恨。”①山河依旧而人世已非，不免给人以人世沧桑之感。

王寂与其朋友梁利器为知己朋友，王寂曾云“公（梁利器）初待我以国士，虽晚意少疏，而恩礼未易忘也。”②说明他们是保持着长久的交往。梁利器《金史》不载，生平无考，从王寂的这首诗中，我们可以发现，梁利器生前曾入过仕途，但受人谗言，所以一直沉郁下僚，最后竟落魄而终。王寂对朋友的遭遇表现出同情的同时，也不无愤激之言，结合王寂自己的经历，诗人亦不排除有借他人酒杯，浇自己块垒的用意。

金代中期诗人在运用古事古语时，有时并不直接对典故形式直接运用，而是精炼语词，重在体现物象典故的美感境界及人事典故的道德境界。在理想境界的烘托中，其复杂多变的审美情感、道德情感、历史情感和宇宙情感在其中交织呈现。郝俣有《郝吉甫蜗室》诗：

> 草草生涯付短椽，身随到处即安然。功名角上无多地，风月壶中自一天。世路久谙甘缩首，曲车才值便流涎。一生笑我林鸠拙，辛苦营巢二十年。

诗中以用“语典”为主。“短椽”为简朴的生活。杜甫《回棹》诗：“几杖将衰齿，茅茨寄短椽。”“身随到处即安然”显示出自己四海为家、随遇而安的生活态度，典出白居易《吾土》诗：“身心安处为吾土，岂限长安与洛阳。”后苏轼词《定风波》中有：“试问岭南应不好，却道，此心安处是吾乡。”亦出自白诗。“功名角上无多地”，是表示对功名的鄙视。晋郭象注《庄子注》卷八：“有国于蜗之左角者，曰触氏。有国于蜗之右角者，曰蛮氏。时相与争地而战，伏尸数万，逐北。旬有五日而后反。”

① 唐·姚思廉：《梁书》卷二十，《二十五史》本，上海古籍出版社 1986 年版，第 36 页。
② 《盛京通志》卷一百十，文渊阁四库全书本。

郭象注曰："诚知所争者若此之细也，则天下无争矣。""风月壶中自一天"是表明自己胸中自有天地。《周易集说》卷十二："井中有井中之天，洞中有洞中之天，室中有室中之天，山中有山中之天。何必以九霄之上乃为天哉？小而壶中、瓮中，亦莫不有天，又何必以天不在山中为疑哉？"又《易传》云："天在山中，大畜君子。以多识前言往行，以畜其德。"冯椅注曰："天在山中，大畜自山中，见天则天在山中，如壶中有天之义。"①关于"壶"，《庄子翼·附录》解释道："夫壶者，以空虚不毁为体"。故王庭筠《中秋》诗："虚空流玉洗，世界纳冰壶。""世路久谙甘缩首"，衬托出自己曾有志用世而终不为世所用的经历和感慨。明代林希元《易经存疑》卷三："内君子而外小人，不是真个君子在朝廷，小人在州县，但得志柄用者，虽在外，犹在内也；但不得志缩首者，虽在内犹在外也。""曲车才值便流涎"出自杜甫《饮中八仙歌》："知章骑马似乘船，眼花落井水底眠。汝阳三斗始朝天，道逢曲车口流涎，恨不移封向酒泉。"是反映自己希望像唐代贺知章那样的豪放不羁、自由洒脱的生活追求。"一生笑我林鸠拙"指自己拙于身谋，一生困顿的生活境遇。宋代欧阳修撰《诗本义》卷二："鸠者，拙鸟也，不能作巢，多在屋瓦间或于树上架构树枝，初不成窠巢，便以生子往往坠壳殒雏而死，盖诗人取此拙鸟不能自营巢，而有居鹊之成巢者以为兴尔。"

刘迎的《观古作者梅诗戏成一章》诗借"语典"来塑造幽独、高洁的人格形象：

> 翠袖佳人修竹傍，风姿绰约破湖光。静中惯识形神影，妙处谁知色味香。观想有灵通水月，孤音无侣伴冰霜。故人愁绝今何许，烟雨霏霏子半黄。

"翠袖佳人修竹傍"一语，出自杜甫《佳人》诗："绝代有佳人，幽居在空谷。……天寒翠袖薄，日暮倚修竹。"诗中为我们展现了一个幽居静处，恬淡自守的佳人形象。"静中惯识形神影"，典出陶渊明《形影

---

① 宋·冯椅：《厚斋易学》卷三十九《易外传》卷七，文渊阁四库全书本。

神》诗。陶渊明认为“贵贱贤愚,莫不营营以惜生,斯甚惑焉。故极陈形影之苦。言神辨自然以释之”。他所写的《神释》诗有:“老少同一死,贤愚无复数。日醉或能忘,将非促龄具。立善常所欣,谁当为汝誉。甚念伤吾生,正宜委运去。纵浪大化中,不喜亦不惧。应尽便须尽,无复独多虑。”生死自有定数,不必为此而烦恼。应该追求自然,毁誉不惊。可以说,这是生活的最高境界。元代唐元有诗:“谈诗直指形神影,抚世何心梦电沤。”[①]“妙处谁知色味香”,出自苏轼《洞庭春色赋序》:“安定郡王以黄柑酿酒,名之曰洞庭春色。色味香三绝。”也是强调应该追求生活“三昧”。刘迎诗歌善于运用人事典故的道德境界,为读者提供一个可以作“诗意栖居”的理想境界。

金代中期诗人喜欢一诗多典。典故大多比较显豁,易于理解,和晚唐李商隐、宋初西昆派密集用典,词意隐晦有明显的不同。

元德明有《遣兴》诗:“张翰一杯酒,林逋千首诗。性惟便自适,材敢论时施。狡兔从三窟,鷦鷯分一枝。青山有佳色,只似往年时。”

诗歌中出现的晋代张翰、宋代林逋,以及狡兔三窟、鷦鷯一枝等,皆文学史上熟悉的人物和语典。张翰纵任不拘,任心自适,不求当世,曾云:“使我有身后名,不如实时一杯酒。”时人贵其旷达。[②] 林逋有《诗家》:“风月骚人业,相传能几家。清心长有虑,幽事更无涯。隐奥谁知到,陵夷即自嗟。千篇如可构,聊僦当豪华。”[③]以诗为生涯,不慕豪华,甘于幽隐清苦。所谓人各有志,冯谖为孟尝君营三窟,使“孟尝君为相数十年,无纤介之祸者,冯谖之计也”[④]。而诗人自己则更喜欢追求随缘自适、随遇而安。正如《庄子·逍遥游》所云:“鷦鷯巢于深林,不过一枝。”

王安石认为:“诗家病使事太多,盖皆取其与题合者类之,如此乃是编事,虽工何益?若能自出己意,借事以相发明,变态错出,则用事虽

---

① 元·唐元:《筠轩集》卷七《再用韵谢龚子敬》,文渊阁四库全书本。

② 唐·房玄龄等:《晋书》卷九十二《张翰传》,中华书局 1974 年版,第 2384 页。

③ 宋·林逋:《林和靖集》卷一,文渊阁四库全书本。

④ 宋·鲍彪:《战国策校注》卷第四,四部丛刊初编本。

多,亦何所妨?”[①]密集用典,往往会有堆砌词藻,诗旨遥深的倾向,所谓典繁而意密。但从上面所举的诗歌来看,诗人能够解决好典繁与意豁的矛盾。明代胡震亨撰《唐音癸籤》卷四:

> 用事患不得肯綮,得肯綮则一篇之中八句皆用,一句之中二事串用,亦何不可?宛转清空,了无痕迹,纵横变幻,莫测端倪,此全在神运笔融,犹斫轮甘苦,心手自知,难以言述。

如果诗歌主题突出,用典显豁,使事而不为事所使,即使一诗多典,自然也可以达到“宛转清空,了无痕迹,纵横变幻,莫测端倪”的艺术境界了。

王寂《日暮倚杖水边》诗:

> 水国西风小摇落,撩人羁绪乱如丝。大夫泽畔行吟处,司马江头送别时。尔辈何伤吾道在,此心惟有彼苍知。苍颜华发今如许,便挂衣冠已是迟。

当为诗人自伤之作。诗中用典出自《诗经》、孔子、屈原、《后汉书》、白居易等典籍和著名诗人及名士的经历。“大夫泽畔行吟处,司马江头送别时”两句所用典故围绕“水边”而抒发家国之慨和身世之感。“尔辈何伤吾道在”,借用孔子传道之难,抒发有志难酬的悲愤。“此心惟有彼苍知”出自《诗经·秦风·黄鸟》:“彼苍者天,歼我良人。”进一步渲染心情的沉痛。诗歌最后希望像古代高士那样,谢绝尘缘,弃官归隐。古代典籍中有不少人物辞官不做,挂冠而去的记载。西汉冯萌见王莽篡逆,恐祸将及身,遂解冠挂于城东门,辞官隐遁。南朝萧视素为诸暨令,到县余日,挂衣冠于县门而去。

作者在一首诗中连续使用多个典故,单独来看,每个典故都是一个完整的故事或构成一个完整的意境。这些典故组合在一起,就具有了

---

① 宋·魏庆之:《诗人玉屑》卷七“使事不为事使”条引王安石语,上海古籍出版社1978年版,第147页。

逻辑上的联系，从而表达出某种特定的意义。这组典故并不仅仅具有表面上的逻辑关系，它是创作者的意识流动的结果，符合人内心的情感逻辑和心理时空秩序。各个典故之间因跳跃而留下的艺术空间有待读者以丰富的想象和联想去填补。在艺术再创造过程中，作者的创作意图就非常清楚地展现在读者的面前了。

二、反意用典，强化主体情感

用典有直用其典和反用其典两种。宋代胡仔《渔隐丛话后集》卷十九引《艺苑雌黄》云："文人用故事，有直用其事者，有反其意而用之者。"前面"密集用典"中所举诗歌者，多为直用其典。严有翼《艺苑雌黄》指出："直用其事，人皆能之；反其意而用之者，非学业高人，超越寻常拘之见，不规规然蹈袭前人陈迹者，何以臻此？"[①]严有翼这个观点也是相对来说的。就审美效果而言，直用典故和反意用典皆可达到"融化无迹"、"纵横变幻"的艺术境界，但如果从运用技巧上来看，反意用典比直用典故难度要大一些。因为反用典故者，更应该学识渊博，见解精湛，这样才能使诗歌的主题更加深化、主体性更为突出，才能起到化腐朽为神奇的力量。金代中期诗人在反意用典上，也做出了努力。

反意用典包括两种情况：一种情况是对典故原意的同向深化；另一种情况是对典故原意的逆向背离。

第一，对典故原意的同向深化。如路铎《高唐刘氏驻春园》诗："安用苦求三径资，明月常满千家墀"。作者并非要否定陶渊明"三径"所包含的隐逸自适的文化意义，而恰恰是追求一种比陶渊明隐逸情趣更加超脱的生活态度。

萧贡有《自感》诗："形骸付与甄陶外，祸福难防倚伏前。孔雀若知牛有角，应须忍渴过寒泉。"古代道家认为"甄陶"是万物始生时的一种混沌状态。宋代张栻《南轩易说》卷三指出："天地之气始交，而阴阳之气甄陶孕育，勾而未萌，甲而未拆，此屯所以为物之始生也。"人类的起

① 宋·胡仔：《苕溪渔隐丛话后集》卷十九引，人民文学出版社 1981 年版，第 134 页。

源当然也不例外。而祸福倚伏也是道家对人生的长期观察而得出的结论,老子云:“祸兮福之所倚,福兮祸之所伏。”二者既相互矛盾,又相互依存。河上公注云:“祸因福而生。人遭祸而能悔过责己,修善行道,则祸去而福来。祸伏匿于福中,人得福而为骄恣,则福去祸来。”①诗人萧贡对有关典故原意作了同向的深化,旨在说明人生的虚无缥缈以及祸福的不可捉摸,从而更加强化了道家的传统学说。

郭用中《偶得》诗中有:“庄蒙抵死谈齐物,无物齐时也合休”之句。通过对庄子“齐物论”的反用,也同样强化了庄子哲学的精神内涵。庄子的“齐物论”认为:“天地与我并生,而万物与我为一。”郭象注解则更为清楚:“天下莫大于秋毫之末,而太山为小。太山为小,则天下无大矣。秋毫为大,则天下无小也。无小、无大、无寿、无夭,是以蟪蛄不羡大椿而欣然自得,斥鷃不贵天池而荣愿以足。苟足于天然而安其性命,故虽天地未足为寿,而与我并生;万物未足为异,而与我同得。则天地之生又何不并万物之得,又何不一哉?”②庄子其意在于表现他的顺其自然、安分守己的人生哲学,而“齐物论”正是这种哲学的逻辑基础。郭用中“无物齐时也合休”则深化了安分守己人生哲学的逻辑基础,成为没有任何条件的,随时随地可以选择的人生追求。这样的观点显然不是在反对庄子的哲学,而是使庄子的哲学更大程度地获得普及成为可能。同样,赵沨诗《题齐物堂》:“至人识破浮生理,万变何尝有不同。果蝶梦周周梦蝶,为风乘我我乘风。得时未必全无识,穷处方知却有通。毕竟欲齐齐底物,世间元是一虚空。”也反映出同样的表现。

党怀英诗《壬辰二月六日夜,梦作一绝句。其词曰:矫冗连天花,春风动光华。人眠不知眠,我佩绛红霞。梦中自以为奇绝,觉而思之,不能自晓,故作是诗以纪之》:“梦中作诗真何诗,梦中自谓清且奇。觉来反复深讽味,字偏句异诚难知。岂非梦语本真语,无乃造物为予嬉。君不见庄周古达士,栩栩尚作蝴蝶飞。我生开眼尚如此,况在合眼夫何疑。”

---

① 《老子德经》卷下《河上公章句第三》,文渊阁四库全书本。

② 晋·郭象:《庄子注》卷一,文渊阁四库全书本。

庄子梦蝶,“不知周之梦为蝴蝶与？蝴蝶之梦为周与?”可以说庄子在梦中达到了一种与物周旋、物我为一的超现实的人生境界。郭象注云:“今之不知蝴蝶,无异于梦之不知周也,而各适一时之志,则无以明蝴蝶之不梦为周矣。世有假寐而梦经百年者,则无以明今之百年非假寐之梦者也。”[1]庄子合眼成梦,因梦而致惑。而诗人“开眼”即梦,因梦成蝶,更何况在合眼时候呢？通过“我生开眼尚如此,况在合眼夫何疑”的诗句,诗人对待现实、对待人生的虚幻态度,与庄子相比是有过之而无不及的。

第二,对典故原意的逆向背离。诗人不同意典故的原意,而是选择了和原始典故相反的意义,借以表现和古人的不同。这种情况在王寂的诗歌中比较常见。由于王寂仕途经历过大的打击,所以其思想受老庄影响较大,在其诗中表现出对功名的漠视和对隐逸生活的追求(关于这点,我们在前面已作分析)。其《思归诗》:“擢贾之发罪莫数,君恩犹许牧边州。梦寻蓟北山深处,身在淮西天尽头。袖手不应书咄咄,乞骸端欲膀休休。求田问舍真良策,卧地还胜百尺楼。”诗中有两处地方就是属于对史事的反用。一为“袖手不应书咄咄”。史书载晋代殷浩被黜后,“虽家人不见其有流放之戚,但终日书空,作咄咄怪事四字而已”。尽管殷浩终日“口无怨言,夷神委命,谈咏不辍”。看似达观旷远,但史书亦记其“有德有言,而用违其才”[2]。对殷浩表示惋惜和同情。所以说殷浩日书“咄咄怪事”,亦有抒发内心不平之意。但王寂反意用之,表现出他甘于接受命运的摆布,屈服于外界的压力,并希望像晚唐司空图那样,结茅深山,过隐居避世的生活。二为“求田问舍真良策,卧地还胜百尺楼”。典出晋代陈寿所撰《三国志·魏志》卷七《张邈传》,原典意在肯定“百尺楼上”的刘备与陈登所代表的“入世”和“用世”人生理想,而不赞赏“卧地”的许汜所代表的那种“避世”与“玩世”的生活态度。作者王寂所取的态度正好相反。当然王寂在这里也不无一时愤激之

① 晋·郭象:《庄子注》卷一,文渊阁四库全书本。
② 唐·房玄龄等:《晋书》卷七十七《殷浩传》,中华书局1974年版,第2047页。

言。王寂另一首诗《易足斋》中:"红旗黄纸非吾事,未羡元龙百尺楼。"《送刘子高宰新安》中的"子文已惯三无愠,叔夜休辞七不堪"。皆为对古代典故原意的反叛。红旗作为古代战场指挥的号令,引申有杀敌建功之意。黄纸为朝廷用来下诏颁赏,暗含升官封爵。(司马光撰、胡三省音注《资治通鉴》卷一百十九:"东晋时已用黄纸写诏。南朝宋明帝时,就军补官赏功,又多用黄纸")白居易有诗:"红旗破贼非吾事,黄纸除书无我名。"[①]据《论语注疏》卷五载,楚大夫令尹子文,"三仕为令尹,无喜色。三已之,无愠色。"王寂并不学"用世"的陈登,也不学狂傲的嵇康,而更欣赏令尹子文的宠辱不惊。

王寂的反意用典,有的是对事典的反用,也有的是对语典的反用,如他的《中秋月下有感戏效乐天》中:"悲欢人自尔,月是一般明。"就是对杜甫《月夜忆舍弟》:"露从今夜白,月是故乡明"的反用。同是面对月亮,感受却明显不同,这当与二人作诗时的经历有关。从王寂诗中,可以看出作者仕途失意后对人间感情的超脱、对生活意义的冷漠。而杜甫此诗作于乾元二年(公元759年),是年九月,史思明陷东京,及齐、汝、郑、滑四州。时杜甫在秦州。二弟一在许,一在齐,皆在河南,生死未卜,故极为挂念。实为思亲怀友,感情悲切。

反意用典有时可以实现主题的变化。宋人杨万里《诚斋诗话》所言:"诗家用古人语,而不用其意,最为妙法。"[②]反用典故,使用典又有了另一层美感,不仅能使读者产生丰富的思绪迁移,而且能导引后人的鉴赏品格。刘迎有《和人七夕韵》诗:

> 今古良宵此会同,望穷云物有无中。人间钿合三山隔,天上灵槎一水通。鳷鹊楼空纨扇月,鸳鸯机冷苎罗风。不须更乞蛛丝巧,久矣人生百巧穷。

相传"荆楚之俗,七月七日设瓜果于庭中以乞巧。有喜子(即蟏蛸,

① 唐·白居易:《白氏长庆集》卷第十七《刘十九同宿》,四部丛刊初编本。

② 丁福保:《历代诗话续篇》,中华书局1983年版,第140页。

一种长脚蛛）网于瓜上，则以为得巧”[①]。作者由七夕乞“巧”（高超的技艺）生发出人间之“百巧”（社会众相），从而实现了主题的转移。诗歌由七夕爱情题材转变为世态社会题材；由描写自然宇宙转变为反映现实人生；由写景变议论，由情感变理智。诗人借题发挥，涵蕴深厚。

边元鼎《闲题》诗：

> 十年一梦到灰心，归鬓吴霜渐欲侵。物外少逢稀有鸟，冶中仍作不祥金。闲云阁雨终何事，枯木因风亦自吟。却叹渊明非达道，无弦犹是未忘琴。

诗中用典很有特色。有语典、有事典；有对典故的正用，有对典故的反用。首联化用了唐代杜牧《遣怀》诗：“十年一觉扬州梦”，以及李贺《还自会稽歌》诗：“吴霜点归鬓，身与塘蒲晚”，来表现自己的身世遭遇。颔联中的两典为正用。物外“稀有鸟”出自宋林栗释《周易》“鸿渐于干”：“所贵乎鸿者，谓其高飞远举，出乎物外也。渐于水湄，则非其所处矣。”[②]“冶中仍作不祥金”典出北宋仁宗朝，“僧绍宗以铸佛像惑众，都人竞投金冶中，宫掖亦出赀佐之。拱辰言西师宿边而财费于不急，动士心、起民怨，诏亟禁之”[③]。这一联是通过对比的手法，一方面表现自己的高洁情操，另一方面又反映出世态的阴暗、朝政的荒淫。尾联则为对事典的反用。《晋书》云：陶渊明“性不解音而畜素琴一张，弦徽不具。每朋酒之会，则抚而和之曰：‘但识琴中趣，何劳弦上声’。”[④]陶渊明弹无弦之琴，实是为了以琴寄趣耳，所以并不在意有无弦徽。这与大定诗人路伯达《成趣园记》所云：“惟琴抱太古之质，惟酒适无何之乡，以其妙意有不可言传者，故谓之趣。”[⑤]是一致的。元代刘敏中亦云：“潜之意，

① 宋·罗愿：《尔雅翼》卷二十五《释虫二》，文渊阁四库全书本。

② 宋·林栗：《周易经传集解》卷二十七，文渊阁四库全书本。

③ 元·脱脱等：《宋史》卷三百十八《王拱辰传》，中华书局1977年版。

④ 唐·房玄龄等：《晋书》卷第九十四《陶潜传》，中华书局1974年版，第2463页。

⑤ 清·郭元釪：《全金诗》卷六十二《成趣园诗》，文渊阁四库全书本。

在乎识趣,不在乎琴而寓之琴也。"[①]但诗人边元鼎却叹渊明非达道,认为他弹"无弦"之琴,犹是未能忘琴。其立意与陶渊明本人、还有后人如路伯达、刘敏中等的理解显然不同,而和宋阮阅见解比较接近。阮阅《诗话总龟》卷六云:"渊明亦非忘琴者也。五音六律,不害为忘琴。苟惟不然,无琴可也。何独弦乎,以是知旧说之妄也。"阮阅的观点是有些偏激,而边元鼎诗的反意用典,尽管与阮阅的观点相似,但主要是与他自身的遭遇有着直接的关系。

有些诗歌的用典,是对原典涵义的转移或变化,虽不属于反意用典,但与原典并没有意义上的相连,而只是借用原典的字面含义。如刘迎《七律·莫州道中》中有"野旷微闻乌乌乐,草寒时见马牛风"之句。"乌乌乐"、"马牛风"皆出自《左传》。襄公十八年,齐师伐鲁,遭晋、鲁等诸侯联合抵抗,齐师致败而夜遁,师旷告晋侯曰:"乌乌之声,乐齐师其遁"。杜预注:"乌乌得空营,故乐也"[②]。《左传》僖公四年云:"君处北海,寡人处南海,唯是风马牛不相及"。贾逵注曰:"风,放也,牝牡相诱谓之风。然则马牛风佚,因牝牡相逐而遂至放佚远去也。"马永卿曰:"此乃丑诋之辞尔,言齐楚相远,虽马牛之风者犹不相及。"刘迎诗显然与这些典故并没有意义上的借用。

金代中期诗坛反意用典的诗歌数量比较多,从用典艺术的角度来看,成就也较高。具体表现在:一是用典准确,与题旨相洽;二为平者出奇,化板重为空灵。正如清代朱庭珍《筱园诗话》卷三所强调:"使事用典,最宜细心。第一须有取义,或反或正,用来贵与题旨相浃洽,则文生于情,非强为比附,味同嚼蜡也。次则贵有剪裁融化,使旧者翻新,平者出奇,板重化为空灵,沉闷裁为巧妙。如是笔势玲珑,兴象活泼。用典征书,悉具天工,有神无迹,如镜花水月矣。"三是作者借题发挥,从而突出了诗歌主题。善于反意用典的诗人,他们在现实中往往遭受到了比较大的挫折,为了抒发情怀,发泄不平,于是就依靠对经典的深度解读

---

① 元·刘敏中:《中庵集》卷十九《寓斋铭并序》,文渊阁四库全书本。

② 晋·杜预:《春秋左传注疏》卷三十三,文渊阁四库全书本。

或逆向解读,以达到借他人之酒杯,浇自己之块垒的目的。

三、组诗用典,隐含多元主题

金代中期诗坛用典的第三种情况是组诗用典。以刘仲尹《墨梅》10首、蔡珪《画眉曲》7首、边元鼎《阅见》10首等七绝组诗为代表。在这些组诗中,或一诗一典,或一诗两典,且多用事典。整组诗歌主题多元,涵蕴丰富,涉及的内容有民族问题、朝政得失、世风民俗以及反映人生哲学等主题。其中最具代表性的作品是刘仲尹《墨梅》10首、蔡珪《画眉曲》7首。

刘仲尹《墨梅》第一首涉及了非常敏感的民族关系的话题:"瘦损昭阳镜里春,汉家公主奉乌孙。泪痕滴尽穹庐月,谁道神香解返魂"。诗歌用乌孙夫人事。乌孙为西域小国,其先居敦煌、祁连之间,后驱逐大月氏而建立乌孙。汉武帝既通西域,以江都王刘建女为江都公主、以楚王刘戊孙女为解忧公主,先后嫁乌孙昆莫。史载江都公主"至其国,自治宫室居。岁时一再与昆莫会,置酒饮食,以币帛赐王左右贵人。昆莫年老,语言不通。公主悲愁,自为作歌曰:'吾家嫁我兮天一方,远托异国兮乌孙王。穹庐为室兮旃为墙,以肉为食兮酪为浆。居常土思兮心内伤,愿为黄鹄兮归故乡'。天子闻而怜之,间岁遣使者持帷帐锦绣给遗焉"①。诗以西汉所采取的民族和解政策为背景,对为民族利益而做出个人牺牲的历史人物表示同情和理解。诗中突出了江都公主、解忧公主等的痛苦,无人能比。梁代任昉《述异记》卷上记载有:"聚窟洲有返魂树,伐其根心,于玉釜中煮。取汁又熬之,令可丸,名曰惊精香,或名震灵丸,或名反生香,或名却死香。死尸在地,闻气即活"。然而江都、解忧两公主之痛苦,即使非常灵验的返魂神香也无法帮忙了。

对荒淫朝政的批判,是刘仲尹《墨梅》组诗的一个突出的主题,包括第二首"绝缨"、第五首"凤驾九龙池"、第六首"鸡鸣埭"、第八首"图玉按春风"等。第二首写楚庄王之事。《韩诗外传》卷七云:

---

① 汉·班固:《汉书》卷九十六,中华书局1975年版。

楚庄王赐其群臣酒。日暮酒酣，左右皆醉，殿上烛灭。有牵王后衣者，后扢冠缨而绝之。言于王曰："今烛灭，有牵妾衣者，妾扢其缨而绝之。愿趣火视绝缨者。"王曰："止。"立出令曰："与寡人饮，不绝缨者，不为乐也。"于是冠缨无完者，不知王后所绝冠缨者谁。于是王遂与群臣欢饮乃罢。

第六首，写南朝齐武帝之事。《南齐书》卷二十云："（武帝）数游幸诸苑囿，载宫人从后车，宫内深隐，不闻端门鼓漏声，置钟于景阳楼上，宫人闻钟声，早起装饰。至今此钟唯应五鼓及三鼓也。车驾数幸琅邪城，宫人常从早发，至湖北埭鸡始鸣。"李商隐有《南朝》诗："鸡鸣埭口绣襦回"，温庭筠有《鸡鸣埭曲》诗，皆指斥其荒淫无道的行为。

刘仲尹《墨梅》第十首，反映出他对绘画创作艺术所坚持的"工意不工俗"的观点："妙画工意不工俗，老子见画只寻香。未应涂抹相欺得，政自不为时世妆。""工意"即重"神似"，而"工俗"则是只重"形似"的表现。刘仲尹认为"工俗"之画，与妇人之喜"时世妆"一样的"俗"，《唐五行志》云："元和末，妇人为圆鬐、椎髻，不设鬓饰，不施朱粉，惟以乌膏注唇，状若悲啼，乃悟唐之俗工作时世妆，嫁名道子，以给流俗。"而白居易更把当时的"时世妆"看为是代表来自外域的戎风，要求人们要"儆戎"。在白居易的眼中，"时世流行无远近，腮不施朱面无粉。乌膏注唇唇似泥，双眉画作八字低。妍蚩黑白失本态，妆成尽似含悲啼。圆鬟无鬓椎髻样，斜红不晕赭面状"。这种时世妆是人们的一时跟风，不值得仿效。所以最后白居易指出："元和妆梳君记取，髻椎面赭非华风。"①刘仲尹以"时世妆"之"俗"，衬托出老子"见画只寻香"的"工意"，亦即重"神似"的审美倾向。古人云：

绘事之求形似，舍丹青、朱黄、铅粉则失之。是岂知画之贵乎？有笔不在夫丹青、朱黄、铅粉之工也，故有以淡墨挥埽，整整斜斜，不专于形似而独得于象外者，往往不出于画史，而

① 唐·白居易：《白氏长庆集》卷第四《时世妆》，文渊阁四库全书本。

多出于词人墨卿之所作。盖胸中所得固已吞云梦之八九，而文章翰墨形容所不逮。故一寄于豪楮，则拂云而高寒，傲雪而玉立。与夫摇月吟风之状，虽执热使人亟挟纩也。至于布景致思，不盈咫尺而万里可论，则又岂俗工所能到哉？[①]

古代墨梅、墨竹等，皆不工逼真形似，而是注重神似风韵，追求“拂云而高寒，傲雪而玉立”的审美境界，这也正是作者刘仲尹所追求的美学理想。

刘仲尹组诗既以《墨梅》为题，则他主要是以“梅”来统合十首诗歌。第一首“神香”、第三首“疏影冷香”、第四首“爱香”、第五首“丁香”、第七首“只欠香”、第十首“只寻香”，皆以“香”为线，由“香”而“梅”，加以贯穿。又以“香”牵合众多的典故，其中包括神话传说、史事记闻、古人轶事等。第四首“赵郎爱香人不知，罗浮山下有佳期。春寒彻骨角声起，才记参横月堕时。”述隋开皇中，赵师雄游罗浮时，于梅树下遇仙女一事。诗句亦源自《能改斋漫录》卷六对此事的记载。宋代秦观诗《和黄法曹忆建溪梅花诗》：“月落参横画角哀，暗香消尽令人老。”亦是融化此典而成。诗歌衬托古代高士爱梅之深，喜梅之痴。

第七首和第九首渲染文人的高雅情趣。第七首谈到了花光和尚。花光和尚和苏轼、黄庭坚同时。古人认为花光始画墨梅[②]。据古籍记载：“花光山在（衡州）府城西南十五里。上有花光寺，宋时花光僧居此，善画梅，黄庭坚有诗。”[③]第九首则化用杜甫“天寒翠袖薄，日暮倚修竹”诗句。只不过将所咏之物由“竹”变为“梅”。仇兆鳌《杜诗详注》卷七解释此句道：“言妇虽见弃，终能贞节自操。”表示出文人的志向与趣味。

相对于刘仲尹的组诗，蔡珪《画眉曲》七首更具有文人化色彩。作品以“画眉”之事为中心，通过一些诗人的诗坛掌故或文人遗闻轶事，渲染文人风流。如第一首是用唐代范摅《云溪友议》卷下记朱庆余与张籍事。第三首化用白居易《杨柳枝词八首》其七：“叶含浓露如啼眼，枝袅轻风似

① 清·王原祁：《佩文斋书画谱》卷十二《墨竹》，文渊阁四库全书本。

② 清·王原祁：《佩文斋书画谱》卷十二《宋释仲仁画墨梅》，文渊阁四库全书本。

③ 明·李贤等：《明一统志》卷六十四，文渊阁四库全书本。

舞腰。小树不禁攀折苦,乞君留取两三条。”[1]第六首融化虞世南《应诏嘲司花女》诗:“学画鸦黄半未成,垂肩亸袖太憨生。缘憨却得君王惜,长把花枝傍辇行。”[2]和杜甫《江畔独步寻花七绝句》诗:“留连戏蝶时时舞,自在娇莺恰恰啼。”第七首用西汉张敞事。班固《汉书》卷七十六云:

敞为京兆。朝廷每有大议,引古今处便宜,公卿皆服,天子数从之。然敞无威仪,时罢朝,会过走马章台街,使御吏驱,自以便面拊马。又为妇画眉。长安中传张京兆眉怃。有司以奏敞。上问之,对曰:“臣闻闺房之内,夫妇之私有过于画眉者。”上爱其能弗备责也,然终不得大位。

张敞走马章台,正是仕途得意之时。李白《流夜郎赠辛判官》诗有:“夫子红颜我少年,章台走马著金鞭。文章献纳麒麟殿,歌舞淹留玳瑁筵。”第四首“画手新翻十样图,西巡故事出成都。凭君列置华堂上,与问丹青解语无。”说的是唐明皇与杨贵妃之事。据说“十样图”始自唐玄宗:

唐明皇令画工画十眉图。一曰鸳鸯眉,又名八字眉。二曰小山眉,又名远山眉。三曰五岳眉。四曰三峰眉。五曰垂珠眉。六曰棱眉,又名却月眉。七曰分梢眉。八曰涵烟眉。九曰拂云眉,又名横烟眉。十曰倒晕眉。[3]

苏轼有《眉子石砚歌赠胡誾》诗:“成都画手开十眉,横云却月争新奇。”[4]后两句中的“解语”当指杨贵妃。[5]

刘仲尹和蔡珪的组诗相同的地方主要体现在大量用典上。两组诗歌

---

① 宋·郭茂倩:《乐府诗集》第八十一卷,中华书局1979年版,第1143页。

② 清·曹寅、彭定求等:《全唐诗》卷三十六,中华书局编辑部点校本,中华书局1999年版。

③ 明·朱谋垔:《画史会要》卷一,文渊阁四库全书本。

④ 明·曹学佺:《蜀中广记》卷一百五引,文渊阁四库全书本。

⑤ 五代·王仁裕:《开元天宝遗事》卷下“解语花”条云:“明皇秋八月,太液池有千叶白莲数枝盛开。帝与贵戚宴赏焉。左右皆叹羡久之。帝指贵妃示于左右曰:‘争如我解语花’。”中华书局2006年版,第49页。

皆一诗一典或一诗两典，表现出金代诗人逞才弄学的倾向。这在一定程度上，显示出汉族文人比较高的文化素养。但两组诗也有明显的不同。用典方面，刘仲尹《墨梅》10首用典比较显豁，诗意也比较清楚。蔡珪《画眉》7首中，有的诗歌用典晦涩，难于索解，影响到对全诗的理解。在思想主题上，刘仲尹的诗歌现实性、针对性比较强，反映的问题比较广泛和深刻，而蔡珪诗歌题材狭窄，思想性不强，更多的是卖弄学问，做文字游戏。这当与蔡珪的经历有关。据《中州集》卷一：蔡珪“七岁赋菊诗”，及第后不赴选调，“求未见书读之，其辨博为天下第一”。如果说一定要在蔡珪这组诗歌中，找寻到有现实意义的作品的话，那么第四首涉及唐明皇与杨贵妃的诗歌，作者可能包含着一定程度的讽谕色彩。

《彦周诗话》云：“作诗浅易鄙陋之气不除，大可恶。客问何从去之，仆曰：‘熟读李义山与本朝黄鲁直诗而深思焉，则去也。’”诗论家主张学习李商隐和黄庭坚的诗歌创作方法来消除诗歌的“浅易鄙陋之气”，以达到典雅脱俗的诗歌境界。而李商隐和黄庭坚的诗歌特色，正是大量用典。蔡珪学问渊博，以才学为诗自有其基础。而刘仲尹诗学黄庭坚，所谓“参涪翁而得法者也”[①]。不过李商隐、黄庭坚诗歌用典过多、雕章琢句、弥见拘束的弊病，经常受到诗论家们指摘。而且他们有些典故因过于晦涩，还会产生读者的理解障碍，以致破坏了诗歌的美感认同[②]。蔡珪和刘仲尹的这两组诗歌也正体现了二人深受李、黄的这种影响，同时也显示出金代中期诗坛一定程度的雅化倾向。

第五节　诗歌句式的丰富性

金代中期，诗人队伍整体的文化素质很高。在他们的诗歌创作中，一方面注重表现“国朝文派”特有的北方文化风格；另一方面，品诗谈艺

① 金·元好问：《中州集》卷三，四部丛刊初编本。

② 如李商隐的某些“无题”诗。《冷斋夜话》称“诗到义山，谓之文章一厄，其用事僻涩，时称西昆体”。文渊阁四库全书本。

也是当时文人生活里的风雅谈资。他们又非常注重继承古代诗歌的创作传统，加强诗歌创作艺术的锤炼，包括诗歌在修辞技巧、句法安排、语言艺术等方面的要求。当时诗坛有"四炼体"（炼格、炼意、炼句、炼字）出现，说明此段时期，诗歌创作在注重"气格"的同时，也在追求诗歌创作艺术上的精益求精。

章宗承安间，有无名氏作《移剌相公骊山有感诗跋》：

> 诗之兴也久矣。其源本出于国风之什，滥觞于汉魏，派演于六朝，下逮唐宋，汪洋大肆，靡所不至。大率以炼格、炼意、炼句、炼字为法，而少能相兼，各自名家而已。必求其粹然可称道者，亦不多得焉。……按察相公人品高秀，……向提宪关中，尝有《题华清宫》三绝句，远近传诵，不啻脍炙，方以不多见为恨。顷因再游，复留一绝，格愈老、意愈新、句愈健、字愈工，恬然备四炼体。自非深于文章者，其孰能与于此？①

伊剌霖为契丹族诗人，字仲泽，大定进士，明昌、承安间官陕西路按察使时，曾作《骊山有感》绝句二首（今存）和《题华清宫》绝句三首（已佚）。当时人对伊剌霖的这些诗歌评价很高，认为他能够将炼格、炼意、炼句、炼字四法相兼，从而备"四炼体"。伊剌霖现存诗仅两首，故难窥其全豹。不过从古代诗歌的成就来看，能够备"四炼体"者，作者众多，并非如上举无名氏所云"少能相兼，各自名家而已"。这位无名氏的评语，有对伊剌霖"溢美"的成分。不过如果人们将"四炼体"作为诗歌创作艺术的要求来看待的话，这才是有意义的。

所谓"四炼体"，是通过诗人之"炼"，使诗歌达到格老、意新、句健、字工的艺术效果。格老和意新主要是对风格和内容方面的要求，而句健、字工则属于艺术和形式上的要求。就艺术和形式而言，金代中期诗人在继承唐宋诗歌的创作方法的基础上，达到了一个新的高度。特别是近体诗句中间的颔联、颈联，在对仗、炼句、炼字等方面，表现出较高

---

① 清·张金吾：《金文最》卷四十七，中华书局1990年版。

的艺术水平。

一、炼句

大多数的五言诗、七言诗在音步、节奏上，都有共同的特点。明代胡震亨《唐音癸籤》卷四云："五字句以上二下三为脉；七字句以上四下三为脉，其恒也。"说明古代一般诗人皆遵循这个创作的规律。如金代郝俣诗《三月望日次边德举揽秀轩》："水绕千家邑，山围一席天。桑麻新雨露，桧柏老风烟。梦后余芳草，愁时更杜鹃。亦知推不去，端用得忘年。"基本上采用的是上二下三的句式。胡震亨《唐音癸籤》卷四同时又指出："有变五字句上三下二者，变七字句上三下四者，皆蹇吃不足多学"。对于和上二下三或上四下三不同的音步节奏，古代诗人一般是持排斥态度的。不过从盛唐杜甫开始有意识地进行创新，他常用不寻常的语言句式，创造出新鲜的、能够激活读者心理感受的形象。如为了能够突出颜色给读者造成的视觉冲击，杜甫的写景诗句，常把表示色彩的字放在开头，然后用一个动词引入实物，像"青惜峰峦过，黄知橘柚来"(《放船》)，"碧知湖外草，红见海东云"(《晴》)，"绿垂风折笋，红绽雨肥梅"(《陪郑广文游何将军山林》)等。宋代王得臣《麈史》卷二云："杜子美善于用事，及常语多离析或倒句，则语峻而体健，意亦深稳。如'露从今夜白，月是故乡明'是也。"

这种上一下四式的节奏音步，在金代中期诗歌中有许多例证。如刘仲尹《秋尽》："秋随庭树老，寒逐雁声来"。刘汲《庆州回过盘岭宿义园》："山从林杪出，路到水边无"。相比较而言，党怀英、周昂诗中更为常见。党怀英《奉使行高邮道中二首》其一："潮吞淮泽小，云抱楚天低。"《奉使行高邮道中二首》其二："岸引枯蒲去，天将远树来。"《孤雁集句》："踪分沙岸静，声入塞垣孤。"周昂《秋夜》："暗觉巢乌动，清闻露菊香。"周昂《早春》："老侵长路鬓，春荡故园心。"《鹊山》："旆沾新雨过，鸟逐暮云还"。《寄王子明》："笔成今夕把，书似来年题。"

在金代中期诗坛上，五言句式除上一下四句式外，另有如二一二式。周昂《得家书》："雁声寒日夜，秋色老乾坤。"元好问称师拓"工于炼句。如赋雁云:天低仍在眼,山没更伤心。溪上云:夕阳明菡萏,秋色静蒹葭。白曳冲烟鹭,红翻漾水霞。春日池上云:水风凉绮席,沙日丽金壶。燕市酒楼云:气清天旷荡,露白野苍凉。又荷苍秋近叶,莲腻雨余花。大为时人所称。"[①]元好问所举师拓的这些诗句以二一二式居多,节奏顿挫抑扬,舒缓有致,表现出诗人淡泊的生活态度。有二二一式。姚孝锡《春日抒怀》:"节物惊心远,丘园入梦频。"有三二式。师拓《赠云中刘巨济》:"绿绮音谁会,青霄气自干。"师拓《中元后二日》:"世态贫逾薄,秋光老易悲"。赵沨《贡院闻雨》:"人如秋已老,愁与夜俱长。"

七言句式也打破了上四下三的通常惯例,重在推陈出新。有三四式。古人以上三下四格称"折腰句"(《梅硐诗话》卷上),"折腰句"据说起源自韩愈。[②] 史旭《怀郭硕夫刘南正程云翼》诗中有:"薄有酒消闲日月,苦无心向老功名。"有二五式。刘迎《赠人》:"梦幻莫论身外事,啸歌聊得醉中天。"边元鼎《和致仕李政奉韵》:"云泉是处堪为乐,轩冕从来只累人。"有四一二式。党怀英《世华将有登州之行作是诗以送之》:"秋鸿渺渺看孤往,夜雨潇潇忍独闻。"有一六式。蔡珪《到广河》:"身随客路常岑寂,心与沙鸥共渺茫。"《并门无竹旧矣李文饶尝一植之至今寺僧日为平安报其难可知已官舍东堂之北种碧芦以寄意因作长句》:"色添新雨帘栊好,声入微风枕簟凉。"

诗歌句式当中,音步节奏的变化,体现了金代中期诗歌创作中追求创新的一面,同时也是北方诗人性格朴实、豪爽不羁的表现。音步的变化,使感情抒发抑扬顿挫、并能够突出诗歌的主题。同时音步节奏的变化,也往往会带来诗歌语言的散文化倾向,在一定程度上损害诗歌语言的特质,这也是古代正统文论家持反对态度的一个原因。

---

① 金·元好问:《中州集》卷四《师拓小传》,四部丛刊初编本。

② 《唐宋诗醇》卷二十九引张耒语云:"古人作七言诗,其句脉多上四字,而下以三字成之。退之乃变句脉以上三下四。如'落以斧引以纆徽,虽欲悔舌不可扪。'是也。"文渊阁四库全书本。

二、炼字

刘勰在《文心雕龙·章句》中指出:"夫人之立言,因字而生句,积句而为章,积章而成篇。篇之彪炳,章无疵也。章之明靡,句无玷也。句之清英,字不妄也。振本而末从,知一而万毕矣。"刘勰这段话,虽然并非就诗歌语言而论,但用在诗歌语言的锤炼方面,也是完全合适的。南宋初诗论家张表臣《珊瑚钩诗话》卷一中云:"诗以意为主,又须篇中炼句,句中炼字,乃得工耳。"明代谢臻《四溟诗话》卷四亦指出:"凡炼句妙在浑然,一字不工,乃造物之不完。"这些诗论家皆主张在诗歌创作中追求字句锤炼工整的重要性。

(一)诗眼。刘熙载《诗概》云:"炼篇、炼章、炼句、炼字,总之所贵乎炼者,是往活处炼,非往死处炼也。夫活亦在乎认取诗眼而已。"金中期诗人重视对诗歌语言的锤炼。当时党怀英就有关于诗歌炼字的议论。刘祁《归潜志》卷八云:"赵闲闲尝言,律诗最难工,须要工巧周圆。吾闻竹溪党公论,以为五十六字皆如圣贤,中有一字不经炉锤,便若一屠沽子厕其间也。又云:八句皆要警拔极难。一篇中,须要一联好句为主,后但以意收拾之,足为好诗矣。"①

一些诗人善于炼字,受到同时或稍后名人的称赞。赵秉文评师拓诗"行云春郭暗,归鸟暮天苍。野色明残照,江声入暮云。"称其"甚似少陵"②。元好问评朱自牧:"有诗云:寒天展碧供飞鸟,落日留红与断霞。又云:水禽孤影白,霜果半腮红。海气升孤月,岩姿起暝烟。山雪寻崖断,林烟逐树低。灯残星在壁,霜重水漫衾。句法之工类如此。"③古人对师拓、朱自牧的赞赏,重在二人对于"诗眼"的运用。如师拓诗中

① 清·王士祯:《香祖笔记》:"金翰林赵秉文尝论述党怀英论诗云云,按此乃五代人刘昭禹语,党述之耳"。按:刘昭禹语在计敏夫《唐诗纪事》中。宋代计敏夫撰《唐诗纪事》卷四十六记刘昭禹尝与人论诗曰:"五言如四十个贤人,着一字如屠沽不得。觅句者若掘得玉合子,底必有盖,但精心求之,必获其宝"。作者认为:党怀英之语不必一定来自刘语,也有可能与刘昭禹诗论偶合,故王士祯《香祖笔记》中所言,稍嫌武断。

② 元·刘祁著、崔文印点校:《归潜志》卷八,中华书局1997年版。

③ 金·元好问:《中州集》卷二《朱自牧小传》,四部丛刊初编本。

"明"、"入"字,朱自牧的"展"、"留"、"升"、"起"字等,皆使诗歌形象鲜明、富有生机。师拓《郡城南郭早望》诗有:"鸟影明苍霭,湖光倒碧空。"画面明净,情趣横生。其他诗人如蔡珪有《登陶唐山寺》:"千里好风随野色,一轩空翠聚山光。"《并门无竹旧矣李文饶尝一植之至今寺僧日为平安报其难可知已官舍东堂之北种碧芦以寄意因作长句》:"色添新雨帘栊好,声入微风枕簟凉。"赵沨《和诜上人雪诗》:"枕冷梦魂短,山明天宇新。"通过对字眼的选择,加强了对自然景物的描写或人物心理的刻画,从而突出了诗人的主观感受,提高了诗歌的艺术感染力。

(二)虚字。古代诗歌在炼字中,涉及"虚"字和"实"字的运用。明李东阳《麓堂诗话》云:"诗用实字易,用虚字难。盛唐人善用虚,其开合呼唤,悠扬委曲,皆在于此。用之不善,则柔弱散缓,不可复振。"[①]虚字运用得好,可以使诗歌节奏富于变化,正如李东阳所云:"开合呼唤,悠扬委曲",也能够突出诗人的情感。杜甫诗中虚字的运用,就很好地体现出了这些特色。其《白帝城最高楼》诗:"城尖径仄旌旆愁,独立缥缈之飞楼。峡拆云霾龙虎卧,江清日抱鼋鼍游。扶桑西枝对断石,弱水东影随长流。杖藜叹世者谁子?泣血迸空回白头。"诗中第二句和第七句皆用虚词,皆为古体诗的散文化句式。尤其第七句是上五下二的节奏,在第五字"者"处形成很强的停顿,然后引出悲怆而有力的末句。李东阳认为诗用实字易,用虚字难,事实上也确实如此。所以古人一般认为,诗中应多用实字,少用虚字。谢榛《四溟诗话》卷一就说:"实字多则意简而句健,虚字多则意繁而句弱"。但金中期诗人似乎有意识地在诗中发挥虚字的作用,突出虚字的意义。任询《西湖》:"仰看湖上月,即是镜中影。"虚字"即"使两诗句似对非对,似工对却又是流水对。蔡珪《简王温父昆仲》诗"求田已喜成三径,适意真堪寄一觞。"通过"已"、"真",显示出诗人情感上的变化。

诗人在运用虚字的同时,还将用典结合起来。虚字往往就包含在典故中,这样一来,虚字的运用不仅表现出诗歌的语言技巧、功力,而且

---

① 丁福保:《历代诗话续编》下,中华书局1983年版,第1376页。

使诗歌更具有丰富的人文内涵。蔡珪《和曹景萧暮春即事》:“山阴未辨羲之集,沂上聊从点也归。”其中“羲之集”、“点也归”分别出自《兰亭集序》和《论语》。一些著名诗人用典自然,与全诗浑化无迹,虽用典而似无典。

党怀英《夏日道出天封寺》:“世事自嗟吾老矣,山僧那识兴悠哉。”其意显豁,看似无典,而实际上,融化了古代的事典与语典。“吾老矣”包含有孔子的经历。宋代陈祥道撰《论语全解》卷九《阳货第十七》云:“齐景公待孔子曰:‘若季氏,则吾不能以季孟之间待之’。曰:‘吾老矣,不能用也。’孔子行。”“兴悠哉”出自杜甫《放船》诗:“江流大自在,坐稳兴悠哉。”

刘汲七律《题西岩》诗中有:“身将隐矣文何用,人不知之味更真。”表现出诗人超俗绝尘、不求显达的思想追求。诗意浅显,如出自然。然两句皆暗含典故。第一句反映了作者对介子推人格的仰慕及对其命运的同情。《史记》记载:春秋时,晋国介子推曾从晋文公流亡,有功不受禄,将隐,其母说:“亦使知之,若何?”介子推对曰:“言,身之文也。身欲隐,安用文之? 文之,是求显也。”①第二句表示出刘汲非常浓厚的老庄思想。庄子云:“虽圣人不在山林之中,其德隐矣,隐故不自隐。”宋代林希逸解释说“举世皆不知道,则圣人虽在目前亦不知矣,非圣人自隐也。人不知之,不求隐而自隐矣。故曰:隐故不自隐,言其所以隐者,非圣人故意自隐也,在目前而人不识之也”②。刘汲这两句诗,内涵丰富,故赵秉文评其“尤可讽味”③。

三、对仗

金代中期有些诗人在近体诗中间两联的创作中,还具有两个特点。

一为善于概括,富有哲理。有的诗人学刘禹锡,善于概括人生哲理、历史规律。中唐刘禹锡的诗如《西塞山怀古》、《乌衣巷》、《石头

---

① 汉·司马迁:《史记》卷三十九《晋世家第九》,中华书局1975年版,第1662页。
② 宋·林希逸:《庄子口义》卷五,文渊阁四库全书本。
③ 金·赵秉文:《闲闲老人滏水文集》卷第二十《跋刘伯深西岩歌》,四部丛刊初编本。

城》、《蜀先主庙》等，能够以简洁的文字、精选的意象，表现他阅尽沧桑变化之后的沉思，其中蕴涵了很深的感慨，具有一种空旷开阔的时间感和空间感。像他的名句如“沉舟侧畔千帆过，病树前头万木春”（《酬乐天扬州初逢席上见赠》），“芳林新叶催陈叶，流水前波让后波”（《乐天见示伤微之敦诗晦叔三君子皆有深分因成是诗以寄》），都是他对历史、人生进行沉思之后的一种感悟。李晏诗学刘禹锡，诗歌能够从大处着眼，将诗情和哲理高度融合，展现了更深的意境，容纳了更丰富的内涵，拓宽了诗歌的表现领域，从而强化了诗歌的表现力量。他的七律《白云亭》中：“兴亡翻手成舒卷，今古无心自去留。”七律《题武元直赤壁图》中：“一时豪杰成何事，千里江山半落晖。”皆包含着超越时空的深沉的历史沧桑感。另外如边元鼎《春花零落》诗中：“世情冷热虽予问，人事升沉未汝知。”郝俣《故城道中同元东岩赋》诗中：“青山阅世几兴废，白塔向人如送迎。”都能够用简洁流畅的语言，高度概括和浓缩了历史规律和人生现象，引人感怀。再如刘迎《题吴彦高诗集后》诗中：“万里山川悲故国，十年风雪老穷边。”学杜甫《登高》，通过寥寥十四字，就对友人吴激的遭遇作出概况和说明，并在字里行间寄予了深切的同情。

二是虚实结合，蕴涵深厚。古人作诗，非常注重虚实搭配。谢臻《四溟诗话》卷一就说：“律诗重在对偶，妙在虚实。”所谓虚实，即是诗歌中客观与主观、抽象与具象、实景与虚景、目前与想象、景物与情感等的相互配合、相互交融、相互衬托。金代中期诗坛不少诗人借助于虚实相生的艺术技巧，创作出空灵激荡、缠绵悱恻的诗歌作品。边元鼎《村舍》诗：“等闲浊酒篱边兴，寂寞寒花雨里愁”中，“兴”、“愁”将浊酒、寒花拟人化，而“兴”、“愁”又是抽象的、“虚”的情感。故诗歌由实化虚，余味隽永。姚孝锡《用峰山旧韵》诗：“衰年花近眼，久客梦还家。”由衰年而眼花，由久客而梦家，亦是由实到虚，情意深长。王庭筠《绝句》诗：“竹影和诗瘦，梅花入梦香。”周昂《秋夜》诗：“暗觉巢乌动，清闻露菊香。”两诗皆通过视觉、嗅觉、听觉等的积极介入，使客观景物（实）与诗人的主体感觉（虚）紧密地融合在了一起，产生出身临其境的、逼真的艺术效果。

比喻和联想的运用,也可以使诗歌虚实相生,情趣盎然。刘迎《题雪浦人归图》诗:“水镜千江月,风琴万壑松。”一镜一琴,使“水”、“风”化实为虚,又使“水”、“月”、“风”、“琴”有机地构成了一幅非常优美空灵的山水画卷。而王磵《谢竹堂先生见过》:“新雪添衰鬓,寒灰死壮心。”史肃《复斋》:“身似卧轮无伎俩,心如明镜不尘埃。”两诗皆运用比喻手法,虚实衬托,使形象更加逼真,主题更加鲜明。元好问《中州集》卷五评史肃诗“精致有理”,是不无道理的。至于像周昂《早春》诗:“老侵长路鬓,春荡故园心”中,前一句偏重实写,后一句偏重虚写,意境虚涵概括,包含着作者深沉、浓厚的感伤。

清代朱庭珍《筱园诗话》卷一云:

> 律诗谋篇,贵一气相生,词意浑成,精光熊熊,声调响亮。用笔则贵有抑扬顿挫、开阖纵擒之奇。造语炼句,则贵生辣警拔,力厚思沉,又须无斧凿痕迹,虽炼而不伤气格,乃为上乘。

金中期诗人在近体诗的创作中,善于通过炼字、炼句、虚实结合、高度概括等方法,创作出了有一定艺术水平的,在一定程度上表现出“抑扬顿挫、开阖纵擒”,“生辣警拔、力厚思沉”的作品,从而提升了金代近体诗的品位。

朱庭珍论诗以“气格”为主。凡炼字、炼句,皆以不伤“气格”为基本条件。或尖新、或斧凿,都将影响到诗歌“气格”的表现。大定、明昌之际诗坛上出现的“尖新”之风,一直影响到金代南渡之后诗坛。金末刘祁《归潜志》卷十三就指出:“今天之诗,惟泥题目、事实、句法,将以新巧取声名,虽得人口称,而动人心者绝少。”显示出了金代中期之后诗风的走向。

第六章 诗歌的意象

意象是诗人审美活动的结晶,是诗人用“诗意”之眼观照的产物。中国诗学传统中的“意象”范畴导源于先秦两汉时期的玄理之“象”与人文之“象”,经六朝挚虞、陆机、刘勰诸人的努力,转变为文学审美意象,至唐代更演化出诗歌“兴象”。“意象”作为审美者意匠经营之“象”,是“心物交感”的产物,其生成途径有“寓目辄书”和“假象见意”两大类型,构造原则当为“意与象合”。“兴象”则更强调情意对物象的超越,即由“象内”向着“象外”境界的拓展。从“情志”到“意象”再到“象外之象”(意境),形成诗歌创作活动的生命流程,“意象”实居于这一流程的中端。鲍姆嘉通说:“意象是感情表象。”感情与表象一旦完成结合,这个“象”就成了感情的载体,同时又成了审美的本体。意象的审美感有外在的形式美感和内在的意蕴美。外在的形式美感,是意象的客观因素作用于人的感官的审美愉悦,包含视觉美、听觉美、触觉美、嗅觉美等。意蕴美是意象深层结构的美,是意象的内在生命和理性表现。康德说:“审美意象是和理性观念相对称的……在具象化的当中使它们达到理性的最高度。”①

文学史中的意象包括“寓目辄书”和“假象见意”,亦即章学诚所谓的“天地自然之象”和“人心营构之象”②。而这二者又往往彼此交错,乃至相互包含。“人心营构之象”是“情之变易”为之,即作为主体的人的创造,它不仅仅代表一定的具体物象,而且有联想,有幻想,有具体的

---

① 苏珊·朗格:《情感与形式》,中国社会科学出版社 1986 版,第 57 页。

② 清·章学诚著、叶瑛校注:《文史通义校注·易教下》,中华书局 1985 年版,第 18 页。

情感因素。金代诗人非常重视诗歌意象——“自然之象”、“营构之象”在抒发情感，反映生活、表现志节方面的作用和意义，所以他们十分重视意象的营造与构思。

金代中期诗歌意象包括“山水意象”、“香草意象”、“动物意象”、“残缺意象”几个方面。

第一节　山水意象的倾心经营

自然山水是文人们心灵的港湾。中国古人笃信力行“体物悟道”式的山水自然审美观，因为中国古典哲学十分推崇天人合一的生命精神。董仲舒道：“以类合之，天人一也。”①这是一种超越个体生存的一切烦恼而实现精神自由和人格独立的审美精神。天其实就是自然，自然与人事相对。人生的一切苦乐悲欢、荣辱忧惧皆缘于人事，即老、庄所说的“为”。人只有放弃人事而至于“无为”，才不会有烦心之事。而只有全身心地融入自然之中，才有可能做到“无为”，从而达到物我两忘、独立自足、自由自在的审美生存境界。魏晋玄学以《庄子》为谈玄的主要内容，将庄子哲学中作为宇宙本体的“道”具象化为自然，引导人们在纵情山水中达到超然自由的人生境界。如何晏在《无名论》里引用夏侯玄的话：“天地以自然为运，圣人以自然为用。自然者，道也。”玄学家把自然看做是宇宙万物存在和运动的法则和客观规律，郭象注《庄子·逍遥游》：“天地者，万物之总名也。天地以万物为体，而万物必以自然为正。”玄学家们通过对老庄哲学思想的重新阐释，为魏晋隐逸之风的高涨奠定了思想基础，同时把人们的审美视野从社会生活引向自然山水。

道家自隐无名、返璞归真的哲学，虚静恬淡、寂寞无为的生活方式，禅宗于一切法不取不舍，随缘任运的惮悟理论都为中国古代士大夫文人隐向山林提供了思想基础。老庄之道、禅宗教义，从抽象上把握是哲

① 汉·董仲舒：《春秋繁露》卷十二《阴阳义第四十九》，文渊阁四库全书本。

学的、思辨的，而从具象去把握则又是生活的、艺术的。党怀英《晓云次子端韵》有诗云："川上风烟无定态，尽供新意与诗家"。金末诗人李俊民也有《和张文玘》诗："景物秋来件件佳，江山都助与诗家。"中国的诗歌以山水清音为妙境，正所谓"何必丝与竹，山水有清音"。山水诗能够体现自然与精神的融合。清人朱庭珍指出：

> 作山水诗者，以人所心得，与山水所得于天者互证，而潜会默悟，凝神于无朕之宇，研虑于非想之天，以心体天地之心，以穷造化之变。……以人之性情通山水之性情，以人之精神合山水之精神，并与天地之性情、精神相通相合矣。①

金代中期的"山水意象"有几个特征。

一、诗人普遍的山水情结

元好问《中州集》收金代诗歌两千多首，题材比较广泛，但描写山水题材的作品所占比例最大。诗歌意象中，以山、水、云、天、风为代表的自然意象出现的次数最多。从季节上看，描写春天的作品数量要多于其他三个季节。（如表中所示）

表一：

节序				自然景物						
春	秋	夏	冬	山	风	云	天	雨	水	雪
622	530	70	40	1292	1067	1029	779	591	490	322

我们可以从数据的统计结果看出金代诗歌在意象创作上的倾向性特征。而这个特征，也同样体现在金代中期诗坛上。以最具代表性的诗人为例，《中州集》收蔡珪 46 首诗歌，其中"山"意象出现 23 次，占到总数的 50%。刘迎共 75 首，"山"意象出现 63 次，竟占到总数的 84%。党怀英 65 首诗歌当中，"山"意象出现 53 次，占总数的 82%。王庭筠共

① 郭绍虞：《清诗话续编》第四卷，上海古籍出版社 1983 年版，第 2345 页。

有诗28首,“山”意象出现23次,占总数的82%。

表二:

意象 诗人	山	风	云	水	树	诗歌总数 (《中州集》)
蔡 珪	23	24	18	11	6	46
刘 迎	63	52	27	19	6	75
党怀英	53	35	28	24	7	65
王庭筠	23	10	8	3	4	28

从地理文化上看,金代诗人普遍的山水情结,有部分原因来自于北方民族朴素而自然的生活方式。以金代统治者为例,金世宗就特喜山水。王寂《灵岩山突兀峰顶长松》诗序云:世宗即位前留守辽阳时,其母(即睿宗之后)正隐居辽阳之灵岩山。世宗“凡伏腊休沐,必躬诣也;问安视膳,或留信宿。西岩浮图之右,突兀一峰,顶平如砥。纵横可十亩,长松数十本,环列如烟盖云幢,实自天成,非人力所营也。世宗每饭余茶罢,散策经行,辄置榻其下。中一松,修直郁茂,秀出林表,上尤注意,摩挲叹赏,终日不倦。”

不过世宗的行为所包含的文化内涵与汉族士大夫的山水意识并不相同。汉族士大夫的山水情结往往是和避世、隐逸、自适等联系在一起的。文人士大夫或隐居待时,或韬光养晦。“圣人非洁身以避世,待时而已;非有心欲人之不知也,不求知而已。”①不管动机如何,山水隐逸的过程享受则是文人极力追求的心灵愉悦。《论语·雍也》:“子曰:‘知者乐水,仁者乐山。知者动,仁者静。知者乐,仁者寿。’”远离喧啸的俗务世事,通过自然景物的怡悦作用,达到感情的宣泄,从而回归到质朴自然的逍遥世界。

刘汲有《题西岩》诗:

① 元·胡震:《周易衍义》卷一,文渊阁四库全书本。

人爱名与利，我爱水与山。人乐纷而竞，我乐静而闲。所以西岩地，千古无人看。虽看亦不爱，虽赏亦不欢。欣然会予心，卜筑于其间。有石极峭屼，有泉极清寒。流觞与祓禊，终日堪盘桓。此乐为我设，信哉居之安。

隐逸的存在方式使中国古代知识分子的生活成为了一种审美的人生艺术，如海德格尔所说"诗意的栖居"。"诗化使人之栖居第一次进入了自己的本质。唯有诗化能令栖居为人之栖居"[①]，荷尔德林说："劬劳功烈，然而人诗意地栖居在大地上。"[②]诗人们的诗意栖居以山水为灵魂归宿和精神寄托。刘汲《南园步月》："从来山水心，不为尘埃没。"边元鼎《偶题》："晚节惯成林壑僻，幽居深入水云寒。"士大夫们在纵情山水的隐逸生活中，将人生情趣和审美对象转向了宁静恬淡的山水田园，借自然山水以安身立命，在人与自然的融合中，达到某种精神境界来与苦难的现实相对抗，从而消解心灵的苦闷，获得超脱与自由。自然景物，正是古人"自然人格"的象征性符号。靖天民《西子放瓢图》："髻鬟萧飒苎萝秋，千古香溪水自流。吴越兵争竟何得，风流输与五湖舟。"刘汲《平凉道中》："青山炯无尘，尘满行人衣。行人望青山，咫尺不得归。吾归不作难，世故苦相违。何当临溪水，一洗从前非。"

以自然山水为表现对象的山水艺术比较其他艺术门类更能体现"道"的精神，禅的精髓。

在此期间，少数民族诗人由于经过长时间汉文化的熏陶，也具有了汉族文人的文化心理和精神追求。章宗之弟密国公完颜璹，博学多才，是女真贵族最后的著名诗人。他的诗《北郊散步》云："陟水荷凋晚，茅檐燕去凉。远林明落景，平麓淡秋光。群牧归村巷，孤禽立野航。自谙闲散乐，园圃意犹长"。薛瑞兆先生评其"文华落尽，潇洒淡远，深得唐人山水田园诗真谛。这位女真贵族完全涵泳于中华文化的精神之中

① 刘小枫主编：《人类困境中的审美精神》，东方出版中心 1996 年版，第 572 页。
② 同上，第 564 页。

了”。[1] 这就说明了汉族文化精神的渗透力和影响力是多么的深刻与广泛。

二、山水意象的多样构造

金代中期，诗人在山水意象的构造上，运用多维的意象组合方式，展现出意象的独特价值和审美魅力。在承续、辐射、对比、并列、衬托、逆挽等常见的意象组合模式中，诗歌的意象以并列、递进、衬托式组合为主。

1. 并列式组合

并列式组合指的是将本来互不相连的两个或两个以上的意象组合在一起，构成具有审美意味、生动鲜明的意象群。构成诗歌的意象之间没有主和从、包容与被包容的关系，意象之间是一种平行、并列的关系，共同组合形成诗歌意境。如蔡珪《春阴》："城上春阴暗晚空，城头山色有无中。似闻啼鸟来幽树，已有游丝曳好风。流水小桥归未得，落霞孤鹜兴无穷。林花不解东君意，邀勒游人未破红。"刘瞻《无极道中》："银河淡淡泻秋光，缺月梢梢挂晚凉。马上西风吹梦断，隔林烟火路苍茫。"

诗歌并列式组合表现出四个特点。第一、诗歌的意象常以白描手法出之，诗人敏锐而细腻的心理感受使意象具体化、可视化，呈现出绘画美。如王庭筠《偕乐亭》："日暮西风吹竹枝，天寒杖屦独来时。门前流水清如镜，照我星星两鬓丝。"第二、是虚实结合，即将实景的意象同虚拟的意象组合起来。党怀英《白庄道中》："暖风迟日弄春晴，浑似龙眠画里行。沙路半随堤尾曲，几家桃李鹁鸪鸣。"虚拟意象与现实意象相结合，而虚景又常常是诗人想象之景，想象之景是不受时空限制的，作者、读者皆可凭这些充分心灵化了的景象任思绪翻飞，使诗的意境开阔，诗意盎然。这种虚实相济使金中期诗歌中有一股穿透常境的力量。周昂《即事》："杨花颠倒入帘栊，睡鸭香残碧雾空。尽日寻诗寻不得，鹁鸪声在梦魂中。"又周昂《春日即事》："冻柳僵榆未改容，狐裘貂帽尚宜风。欲寻把酒浑无处，春在鸣鸠谷谷中。"虚实相济还表现在以沉着笃

[1] 薛瑞兆：《金代科举》，中国社会科学出版社 2004 年版，第 41 页。

实之笔写灵动虚巧之意。如王庭筠《绝句》:“竹影和诗瘦,梅花入梦香。可怜今夜月,不肯下西厢。”第三、诗人比较善于将心境物化,即将抽象的情思托付于具体的物象中。如边元鼎《暮钟》:“落日行人断,深秋暝雨残。一声烟树外,千里暮山寒。倦鸟方知止,哀猿冷不安。萧萧风叶下,时与野僧还。”师拓《游同乐园》:“晴日明华构,繁阴荡绿波。蓬丘沧海远,春色上林多。流水时虽逝,迁莺暖自歌。可怜欢乐极,钲鼓散云和。”两诗相同之处在于,皆运用客观描写的方法,为读者展现诗人眼前景象,将抽象的情思寄托在具体的物象中。但物象不同,即由于季节、地点、景物的不同选择,寄托的情思就不同。前一首诗为冷色调,写深秋孤旅;后一首诗为暖色调,写仲春同游。两位诗人的心境也就截然不同了。第四、诗人善于运用象征性意象。象征性意象又为原型意象,大多有经典性出处,在历代文人的沿袭传承中成为有固定意蕴的象征符号,如“柳”象征别离,“猿啼”象征哀愁,“断蓬”的漂泊无依涵蕴等。在金代中期诗人笔下,这些意象即使不是目之所及,由于有着相对固定的涵蕴,在“托志”、“达意”的需要下也会以描述性手法写出。如刘昂《客亭》:“折尽官桥杨柳枝,春风依旧绿丝丝。啼莺为向行人道,离别何时是尽时。”边元鼎《晚行》:“隔浦行闻晚寺钟,断坡寂历对寒松。苍烟暮合孤城暗,破月微昏远岫重。宿翼飞投空自急,断蓬无计竟何从。新年又入应添岁,归把青铜怨暮冬。”

2. 递进式组合

如果说并列式组合意象之间是平行、平等的,那么,递进式的组合意象之间就存在着时间、空间上的先后顺序,或存在意义上的层进、深入关系。如任询《西湖》:“西湖环武林,澄澄大圆镜。仰看湖上寺,即是镜中影。湖光与天色,一碧千万顷。堤径截烟来,楼台自昏暝。”

递进式组合也有几个特点。第一、以抽象的思维、意识的流动统率组合意象。由于原本不相关的群象中贯穿了诗人的思绪,所以意象之间便呈现出一种内在的逻辑生发联系。如刘迎《雨后》:“尘埃日日厌风霾,一雨方容眼界开。水底天光大圆镜,树头山色小飞来。马牛涉地无相及,鸥鹭知人已不猜。更得扁舟待明月,一杯容我醉云罍。”第二,意象递进式组合不像上述连缀式的递进，而是有规律地间隔递进，逐章递进，如王庭筠《野堂》二首。其一："绿李黄梅绕屋疏，秋眠不着鸟相呼。雨声偏向竹间好，山色渐从烟际无。"其二："云自知归鸟自还，一堂足了一生闲。门前剥啄定佳客，檐外孱颜皆好山。"第三，意象的递进式组合有时还以空间有规律的转换为序，可以是从大到小、从外到内、从高到低等多种形式，即如车轮的辐辏一样，辐条逐渐向车毂集中，这样的组合也可形象地称为辐辏式组合。如王庭筠《秋郊》："瘦马踏晴沙，微风度陇斜。西风八九月，疏树两三家。寒草留归犊，夕阳送去鸦。邻村有新酒，篱畔看黄花。"第四，递进式的组合有时还以一个意象为中心，其他意象是这个中心意象的派生、延续、拓展。如王庭筠《中秋》："虚空流玉洗，世界纳冰壶。明月几时有，清光何处无。人心但秋物，天下近庭梧。好在黄华寺，山空夜鹤孤。"周昂《边月》："边月弓初满，山城角尚孤。中天看独立，永夜兴谁俱。未觉风生晕，空怀斗转隅。含情知白兔，欲下更踟蹰。"

3. 衬托式组合

衬托式意象组合是指以一个或多个意象去映衬、垫托中心意象，并通过这种衬托，更加凸显着力刻画的中心意象。如周昂《对月》诗："月近天河白，秋深夜气清。蛛丝时隐见，兔杵正分明。欹帽中宵落，孤舟几处行。清风殊未发，树稳鹊休惊。"诗中天河、蛛丝、兔杵、孤舟、清风、树、鹊等景物其实皆为衬托"月"这个中心意象，从而表现诗人旅途孤独的景况和思乡怀人的愁绪。

山水意象在中国传统文化中蕴含着丰厚的人文精神。在金代中期的诗歌中，自然的山水亦浸润了诗人的主体感情和精神，为文人们所偏爱，而诗人们丰富的山水意象组合方式无疑促进了诗歌意象的表现艺术。

第二节 "香草"意象的比兴寄托

金中期诗坛广泛出现的山水意象反映了诗人们对待生活的态度和

对现实世界的理性观察，但这只是反映了这一时期诗人人生思想的一个方面。除了山水意象外，当时诗坛上，也有“香草”、“佳木”这些象征性意象的出现，表现出金代中期诗人思想性格的多元化特征和社会生活的高雅化倾向。

中国自古就有“君子比德”的传统。《荀子·法行》：

> 夫玉者，君子比德也。温润而泽，仁也；栗而有礼，知也；坚刚而不屈，义也；廉而不刿，行也；折而不挠，勇也；瑕适并见，情也；扣之，其声清扬而远闻，其止辍然，辞也。①

“比德”的审美情趣，一方面可以突出自然物的自然特征；另一方面使自然物的某些特征与人的某些品德美相类似，从而可以使抽象道德形象化，使人受到美的感染和享受。“比德”成为中国人一个重要的优良传统，与此相应的如引类譬喻、托物寄兴、因物喻志、借物讽喻、感物兴怀等，成为中国人重要的审美理想，并推动中国历代文化艺术始终沿着一条健康的道路向前发展。这也正是“比德”作为中国人一种重要的审美情趣历经几千年沧桑变迁却没有发生质的变化的原因所在。

“比德”的艺术实践由先秦屈原所开创，以屈原《离骚》的“香草”文学为代表，并在文学史上影响最为深远。在《离骚》中屈原通过创造性地运用一系列芳草原始意象，并建构了一个五彩缤纷、意蕴丰厚的香草象征体系，体现出他内美修能、九死不悔的高尚志节和举贤授能、坚持美政的社会理想，激励着后代的诗人们不断地追求高洁的人格操行和积极进取的奋斗精神。金初诗人马定国《村居五首》其二：“离骚读罢无人会，独立溪南看夕晖。”边元鼎《偶题》：“离骚夕赋醒尤独，孤愤空书说转难。”郑子聃《即事》：“读罢离骚解衣卧，门前花柳自争春。”皆说明了金代中期诗人对屈原及《离骚》“香草”文学的关注。《离骚》具有的

① 清·王先谦：《荀子集解·法行篇第三十》，诸子集成本第2册，中华书局1986版，第351—352页。

"依诗取兴，引类譬喻。故善鸟香草，以配忠贞；恶禽臭物，以比谗佞"①的比兴象征的艺术特点，又为后代诗歌的艺术表现形式增添了新的内涵。正是通过"寄情于物"、"托物言志"，屈原表现了他的高尚人格、人生情感和政治思想，同时也为我们塑造了一个光彩照人、感人至深的抒情主人公形象。

相对于《离骚》中的香草意象，后代诗人更多的是继承了《离骚》中的比兴象征的表现艺术。金中期诗歌当中出现的梅、兰、菊、芭蕉、葵花、芙蓉、梨花、酴醾、牡丹、萱，还有竹、松等，代替了屈原笔下的江离、辟芷、蕙草、杜衡，而更具有了时代的意义。在独特的时代背景下，诗人们是用人格美意识去观物，在对物的吟咏中寄托高雅的人格理想，借物的品格象征人的品格。

一、主体性特征

香草意象的主体性特征，是指古人在香草意象中，融合了诗人主体的感情和品德。香草意象中，渗透着作者的人格追求和道德品质。也可以说，香草意象成为诗人形象的表现载体，你中有我，我中有你。宋代刘将孙《彭宏济诗序》云："天地间清气，为六月风，为腊前雪，于植物为梅，于人为仙，于千载为文章。"苏轼《于潜僧绿筠轩》："可使食无肉，不可居无竹。无肉令人瘦，无竹令人俗。"韦居安《梅磵诗话》记宋代诗人赵紫芝之语："但能饱吃梅花数斗，胸次玲珑，自能作诗。"这些评论皆谈到了香草意象与诗人主体性的关系问题。大定、明昌诗坛，诗人主要通过"梅"、"菊"、"兰"、"竹"、"松"等来表现诗人的主体性情感。

金初，由宋入金文人多怀民族气节，他们愁思婉转，有时借香草意象寄托自己的家国之思，表白自己的雅洁的情怀。宋代名臣洪皓羁留金国期间，听侍婢歌《江梅引》词，乃感叹曰："此词殆为我作也"，"既归，不寝，追和四章，多用古人诗赋"。并言"此方无梅花，士人罕有知梅

① 汉·王逸：《楚辞章句》卷一《离骚经章句第一》，文渊阁四库全书本。

事者,故皆注所出。"①

姚孝锡亦有《芭蕉》:"凤翅摇寒碧,虚庭暑不侵。何因有恨事,常抱未舒心。"《蜀葵》:"倾心知向日,布叶解承阴。空侧黄金盏,谁人与对斟。"借"芭蕉"、"蜀葵"意象曲折地表达自己的志向和节操。

"梅"意象。梅花傲霜斗雪,情操高洁,最为文人所叹赏。郦权《夷门遣怀》:"梁园花木艳精神,尽属东风点缀人。雪压老梅香不起,问君消得几多春。"刘仲尹《窗外梅蕾二首》:"玉儿秀稡云幄藏,鼻观已觉瓶水香。过眼空花均一寓,十分春色属秋堂。"又"细蕾初看柳麦肥,春风得得绕窗扉。道人方作玉溪梦,石坞竹桥风雪飞。"张建《杂诗》(二首)其二:"踏雪寻梅花,雪梅同一色。不是暗香来,梅花寻不得。"而南渡后诗人赵秉文也受到影响,写有赞梅花的诗《同粹中师赋梅》:"不为爱冷艳,不为惜幽姿。爱此骨中香,花余嗅空枝。"这些作品在构造梅花形象时,不自觉地融入了自己的感情,因而也是作者形象的文学写照。

"菊"意象。金初,由宋入金的文人笔下的"菊"意象,往往表示着节序的推移,和由此引起的乡国之思,如宇文虚中《和高子文秋兴二首》其二:"葵衰前日雨,菊老异乡秋。"《又和九日》:"一持旌节出,五见菊花开。"

金代中期,文人们在"菊"意象上寄托了新的意义。金人重"重阳"节②。周昂《九日》:"不堪马上逢佳节,况是天涯望故乡。高会未容陪戏马,旧游空复忆临香。痴云黯黯方垂地,小雪霏霏欲度墙。犹赖多情数枝菊,肯留金蕊待重阳。"全真教主王嚞喜"菊"。因喜"菊"而喜"重九",从而喜"重阳",因号"重阳子"。至于王嚞为何喜菊,他在其词《红芍药》云:"这王嚞知明,见菊花坚操,便将重阳自为号。"③其《满庭芳》词:"重阳子,迎霜金菊,独许满庭芳。"④又《恨欢迟》:"名嚞排三本姓

---

① 唐圭璋:《全宋词》,中华书局 1965 年版,第 1001－1002 页。

② 宋·范成大:《范石湖集》卷十二《燕宾馆》自序,上海古籍出版社 1981 年版,第 157 页。

③ 唐圭璋:《全金元词》,中华书局 2000 年版,第 166 页。

④ 同上,第 172 页。

王，字知明子号重阳。似菊话如要清香。吐缓缓，等浓霜。”[①]由此来看，则“菊”意象中有着王重阳本人的非常鲜明的品德和人格展现。

陶渊明在其诗句“采菊东篱下，悠然见南山”中所表现出的高旷与自得的人生态度，也得到了金中期诗人的强烈共鸣。路铎《成趣园诗》：“春兰泛光风，夏木贮清阴。露菊浥佳色，霜松知本心。渊明尝乐此，意合无古今。”党怀英《西湖晚菊》：“重湖汇城曲，佳菊被水涯。高寒逼素秋，无人自芳菲。鲜飙散幽馥，晴露堕余滋。蹊荒绿苔合，采采叹后时。古瓶贮清泚，芳樽湔尘霏。远怀渊明贤，独往谁与期。徘徊东篱月，岁晏有余悲。”诗歌以素秋高寒，生长在水边的佳菊自况，表现出作者孤高自许而知音难求的悲愁。

“兰”意象。三国魏·王肃注《孔子家语》卷五云：“芝兰生于深林，不以无人而不芳；君子修道立德，不为困穷而改节。”文学作品中的“兰”花，常常是以“幽兰”的形象出现的，同时也与芝兰、兰菊联系在一起，反映幽独的处境和不变的志节。蔡珪《荷香如沉水》：“三径未论菊，九畹空羞兰。”党怀英《西湖芙蓉》：“悠哉清霜暮，共抱兰菊恨。”两诗的“兰”意象皆具有强烈的主体性色彩，显示出作者借物咏怀、托物言志的创作主旨。

“葵花”意象。除姚孝锡《蜀葵》诗出现外，蔡珪也有《葵花》诗：“北墉开处叶森森，政以多花负赏音。小智区区能卫足，孤忠耿耿祗倾心。”两位诗人皆根据葵花的生物特点，予葵花以拟人化、人格化。由于两人经历不同，其葵花意象的背后当有比较大的差别。

“松”意象。自《论语·子罕》：“岁寒，然后知松柏之后凋也”出现之后，后世的“松”意象逐渐成为了完美的儒家人格形象。历来借“松”言志之作层出不穷。刘桢《赠从弟三首》其二：“亭亭山上松，瑟瑟谷中风。风声一何盛，松柏一何劲。冰霜正惨凄，终岁常端正。岂不罹凝寒，松柏有本性。”何逊《暮秋答朱记室诗》：“桃李尔繁华，松柏余本性。”金中期诗人亦善于运用松柏形象衬托自己的凛然正气和不屈的志

---

① 唐圭璋：《全金元词》，中华书局2000年版，第175页。

向。雷思有《食松子》诗："千岩玉立尽长松，半夜珠玑落雪风。休道东游无所得，岁寒梁栋满胸中。"又如"资性疏俊"的诗人边元鼎，诗中常自比"孤云"、"松柏"。《山中》诗："十年积毁应销骨，岂碍孤云万里心。"《早春》诗："春风走尘沙，鸟语满京国。东皇发潜润，土木变颜色。桃李争妍媚，白红姹容饰。唯有松柏姿，依然蔽崖黑。"①边元鼎在世宗朝供奉翰林时，因坐诬累，后来干脆不复仕进。

为了突出松柏坚忍不拔的个性，有些诗人还运用对比的方法加以衬托。王寂诗："只有松杉全晚节，不随桃李嫁春风。"②倪民望《种松》诗云："种松莫种柳，种柳莫种松。坚脆非所计，雅俗宁与同。可是种松无隙地，却教憔悴柳阴中。"③周昂《孙资深岁寒堂》："世态浮云日夜移，春兰秋菊各争时，此心铁石无人会，唯有庭前柏树知。"

"竹"意象。古人在"竹"意象中寄寓了美好的感情与品德。《诗经》中的《卫风·淇奥》有"瞻彼淇奥，绿竹猗猗"，陈奂《毛诗传疏》谓此诗"以绿竹之美盛，喻武公之质德盛。"《礼记·祀器》言："其在人也，如竹箭之有筠也，如松柏之有心也。二者居天下之端也，故贯四时而不改柯易叶。"金中期诗人用"竹"来表白自我心迹，衬托文人的高洁的气节和仪态风范。如郭长倩《义师远丛竹》："虽无秾艳包春色，自许贞心老岁寒。"在现实打击下，文人常常"外求不得，反求诸身"，通过对"竹"的赞美，从而表明自己的节操，以"内圣"自高。

后代诗人也经常在松竹意象上寄寓自己的不屈的情怀。金末隐逸诗人薛继先《松化石》："瘦见千年傲霜骨，炼成一片补天心。"④清代画家兼诗人郑板桥《竹石图》上的一首题诗："咬定青山不放松，立根原在破岩中。千磨万击更坚劲，任尔西北东南风。"诗人以竹的豪气凌云来

---

① 金·元好问：《中州集》卷二，四部丛刊初编本。

② 金·王寂："自东营来广宁，道出牵马岭。岭西去路几半里，松桧郁然，桃李间发，问之，云利器梁侯之先茔也。其榇尚附浅土，遂命酒哭奠而去。公初待我以国士，虽晚意少疏，而恩礼未易忘也。"见《中州集》卷二，四部丛刊初编本。

③ 金·元好问：《中州集》卷九"王敏夫小传"，四部丛刊初编本。

④ 金·元好问：《中州集》卷九，四部丛刊初编本。

比喻人坚毅不拔、不畏风暴的高贵品质，同时也衬托出自己愤世嫉俗、孤傲清高的品格。

“木樨”意象。以郦权《木樨》诗为代表。木樨花开在秋季，与荼蘼、芙蕖等花并不相同，但和荼蘼、芙蕖有同样的浓香。古代有所谓“荼蘼香春，芙蕖香夏，木犀香秋，梅花香冬”之说①。木樨的生长状态和松柏有相同之处，即虽遇寒冻而花叶不凋。宋朱鉴《诗传遗说》卷五：“松柏非是叶不凋，但旧叶凋时新叶已生。木犀亦然。”那么，作为文学意象的“木樨”具有两个特征。一为坚忍不拔，风范凛然；二为浓香萦纡，高雅脱俗。郦权就从这两个方面来塑造“木樨”的形象。“菊小未堪摘，荒池悴芙蕖。穷秋不慰眼，幽独将焉如。殷勤蕊宫子，种桂庭之除。乘闲弄余花，散落荒山隅。从兹云月裔，漂泊生江湖。”诗人将木樨置于荒山偏僻的角落，但娟娟耐冻的枝叶迎风斗霜，显得多么与众不同。香气环绕，品类不俗，更在其他香草之上。“娟娟耐冻枝，便与群芳殊。琉璃剪芳葆，蛾黄拂仙裾。唾袖花点碧，濑金粟生肤。好风一披拂，九里香萦纡。兰蕙不敢友，荃荪正僮奴。妄意此尤物，化工异吹嘘。不然九天香，安得独付渠。”诗人有感于如此特殊之草木，却没有引起屈原的注意而被他写入诗中，甚为可惜：

托物寄深缊，古今一三闾。收揽名草木，自比君子徒。惟兹不挂口，无乃圣不居。抑夫古简编，断缺秦火余。君看齐鲁臣，史笔逸其书。惜哉不可晓，临风为嗟吁。

其实直至宋代，到元祐诸家也无人注意：

尤怜元祐前，不及附欧苏。末路益可惜，例进宣和初。仙根岂易致，百死不一苏。昔游汴离宫，识此倾城姝。摩挲三品石，尚想狎客娱。却后十五年，微霜半粘须。一枝再经眼，相对怜羁孤。不知苦何事，玉骨乃尔癯。故人怜我老，尺书远招

① 明·周嘉胄：《香乘》卷十引《华夷续考》，文渊阁四库全书本。

呼。要趁秋香浓,共此碧玉壶。遥知婵娟客,与我笑一俱。

诗人对木樨的遭遇深表同情。木樨风标独具,神韵超群,然从古到今竟无人理解,更无人赞美。只有作者引之为知己:“一枝再经眼,相对怜羁孤。”其实,作者在对木樨的遭遇描写中,投进了自己的身世感慨。据《中州集》卷四作者小传所云,郦权以门资叙,但宦途一直不顺。明昌初,朝廷以著作郎召之,不久即卒。所以我们也可以认为,“木樨”意象是作者自我经历的折射,是作者主体性思想精神的艺术化表现。

尽管郦权极力推崇“木樨”意象,但郦权之后,似乎并没有多少诗人给予足够的重视。从整个情况来看,被称为“四君子”的梅、兰、竹、菊,始终成为唐宋以来香草文学的典型意象。“四君子”不仅在诗歌领域,而且在绘画领域也是文人画家寄托感情的主要意象。在中国文人绘画题材的发展变化中,“四君子图”兴起于北宋,盛于南宋。这同靖康以来尖锐的民族矛盾有直接关系。画这类题材的画家,大都是具有民族气节的文人士大夫。他们借物寄情,以表现自己高洁的操守和不屈的志向。以画《四梅图》而著名的画家杨无咎就是一位“以不直秦桧,累征不起”①的志节之士。郑思肖“自宋亡,誓不与北人交接。”②所画墨兰不画土根,寓有“土为番人夺去”③的含义,寄寓了鲜明的民族感情。

大定、明昌诗人同样比较热衷于梅、兰、竹、菊“四君子”的意象创作,并且赋予意象主体性特征。从特定的时代背景来看,诗人或许有民族因素的参与,但主要还是文人借以追求高洁的人格,或宣泄怀才不遇的愤闷之情。

二、女性化特征

和上面谈到的“四君子”意象的主体性不同,金代中期诗坛中以“牡丹”、“荷花”为代表的香草形象,则更多的是以一种美的形象打动读者。

① 元·夏文彦:《图绘宝鉴》卷四,文渊阁四库全书本。
② 清·徐乾学:《资治通鉴后编》卷一百五十七,文渊阁四库全书本。
③ 清·姚之骃:《元明事类钞》卷三十三,文渊阁四库全书本。

周昂在《和路宣叔梅》诗中，将梅花比喻为寿阳公主，并且以蛾眉、倾国这些通常用来赞美女性的词汇来衬托和渲染："月底明肌粲寿阳，道人呼入竹西堂。安排腊味千钟酒，消破春风万斛香。花鸟有情应见惜，蛾眉倾国故难藏。"诗中的"梅花"意象并不具有主体性特征，亦即并不反映诗人的主体情感，而是将梅花化身为一个美丽的女性形象，从而将描写对象拟人化、女性化，以达到赞美的目的。这些诗歌的出现是这段时期诗歌创作典雅化、文人化趋向的具体体现。

赵沨在《盆池荷花》诗中，对"荷花"意象的描写："一泓寒碧甃波光，雨后妖红独自芳。不许纤尘污天质，政须清吹发幽香。洛神初试凌波袜，妃子来从矾石汤。休笑埋盆等儿戏，要令引梦水云乡。"池中荷花的美丽，堪比曹植笔下的洛水女神、华清池中的杨贵妃。[①] 最后一联从韩愈《盆池》诗："老翁真个似童儿，汲水埋盆作小池。一夜青蛙鸣到晓，恰如方口钓鱼时"引出，使诗歌韵味深长，让读者回味不已。

党怀英《西湖芙蓉》诗中的"芙蓉"意象，萧贡《梨花》诗中的"梨花"意象，也皆具有鲜明的女性化特征。

党怀英诗中的芙蓉因长于荒僻之地，故而无人欣赏。就像怀春少女空度韶光："林飙振危柯，野露委荒蔓。孤芳为谁妍，一笑聊自献。明妆炫朝丽，醉态羞晚困。脉脉怀春情，悄悄惊愁怨。岂无桃李媒，不嫁惜婵媛。悠哉清霜暮，共抱兰菊恨。"而萧贡《梨花》诗："丰姿闲淡洗妆慵，眉绿轻颦秀韵重。香惹梦魂云漠漠，光摇溪馆月溶溶。陈家乐府歌琼树，妃子春愁惨玉容。安得能诗韩吏部，郭西同去醉千钟。"直接将"梨花"意象和陈后主张丽华、唐玄宗杨玉环的悲剧命运相联系，赋予"梨花"意象凄迷惨淡的情感色彩，使诗歌弥漫着一种感伤的情调。最后一联从韩愈《闻梨花发赠刘师命》诗："桃溪惆怅不能过，红艳纷纷落地多。闻道郭西千树雪，欲将君去醉如何"[②]化出，故作旷语，更增加了

① 宋·高似孙：《纬略》卷十一引《述征记》曰："水底有矾石，故上无冰冻也。"并引李贺诗："华清源中矾石汤，徘徊百凤随君王。"文渊阁四库全书本。

② 清·曹寅、彭定求等：《全唐诗》卷三百四十三，中华书局编辑部点校本，中华书局1999年版。

悲剧的气氛。

“香草”的女性化，以“牡丹”意象最具代表性。刘仲尹《西溪牡丹》：“为云为雨定成虚，醉脸笼娇试粉初。举国春风避姚魏，换胎天质到黄徐。百年金谷凭阑袖，三月扬州载酒车。我欲禅居净余习，湖滩枕石看游鱼。”牡丹高贵大方、雍容华贵，在文人笔下最具皇家气象。刘禹锡《赏牡丹》：“唯有牡丹真国色，花开时节动京城。”①所以金中期诗歌中的“牡丹”意象绝大多数出现在应制诗歌当中。如蔡珪《和彦及牡丹时方北趋蓟门》：“旧年京国赏春浓，千朵曾开共一丛。好事只今归北圃，知音谁与醉东风？临觞笑我官程远，赋物输君句法工。却笑燕城花更晚，直应趁得马家红。”

北京在辽时名燕京。据《辽史·圣宗本纪》记述：“统和五年三月癸亥朔，(圣宗)幸长春宫赏花钓鱼，以牡丹遍赐近臣，欢宴累日。”说明当时北京已有牡丹。金代中期，燕京继续作为金代的京城，所以京城的牡丹当更常见。一些翰林诗人如党怀英、郝俣等创作了一些描写牡丹的应制诗。

党怀英有《应制粉红双头牡丹》两首。其一：“卿云分瑞两嫣然，镜里妆成谷雨天。晓日倚阑闲妒艳，春风拾翠偶骈肩。水南水北何曾见，桃叶桃根本自仙。梦想沉香亭北槛，略修花谱记芳妍。”其二：“春意应嫌芍药迟，一枝分秀伴双蕤。并肩翠袖初酣酒，对镜红妆欲斗奇。上苑风烟工献巧，中天雨露本无私。更看散作人间瑞，万里黄云麦两岐。”

第一首诗将双头牡丹形容为倚阑少妇、拾翠佳人，其美丽如王献之爱妾桃叶、李隆基之宠妃玉真。第二首诗中，用“并肩翠袖初酣酒，对镜红妆欲斗奇”之句刻画牡丹的颜色神态。由于采用拟人化手法，使牡丹意象富有灵动、传奇的色彩，从而使全诗也具有强烈的艺术感染力。

郝俣有《应制状元红》诗：“仙苑奇葩别晓丛，绯衣香拂御炉风。巧移倾国无双艳，应费司花第一功。天上异恩深雨露，世间凡卉谩铅红。情知不逐春归去，常在君王顾盼中。”

---

① 清·曹寅、彭定求等：《全唐诗》卷三百六十五，中华书局编辑部点校本，中华书局1999年版。

据元代陶宗仪云:“状元红,千叶深红花也。色类丹砂而浅,叶杪微浅,近萼渐深。有紫檀心,开头可七八寸,其色最美,迥出众花之上,故洛人以状元呼之。”①美丽无比的状元红,当然需要最美的女子来衬托。诗中“巧移倾国无双艳”之句,借用李延年诗:“北方有佳人,绝世而独立。一顾倾人城,再顾倾人国。宁不知倾城与倾国,佳人难再得。”②而“应费司花第一功”则典出《隋遗录》:“炀帝幸江都,洛阳人献合蒂迎辇花。帝命御车女袁宝儿持之,号司花女。”③最后一句出自西蜀张俞《留题骊山二绝》其一:“金碧楼台插碧空,笙箫递响入天风。当时国色并春色,尽在君王顾盼中。”

诗中既以人喻花,又以花赞人,花即人,人即花。诗中的牡丹美色出众,深受爱幸,那么,那些宫女佳人又何尝不希望自己有出众的容颜,来获得君王的顾盼宠爱呢?

郝俣诗对意象的塑造富丽堂皇,表现出明显的应制诗的特点,诗歌很显然是承平时代的宫廷文学产物。

三、对象化特征

意象的对象化特征和上面谈到的意象主体化、女性化特征,三者具有相同之处,即皆赋予意象拟人化。不过三者又有区别。主体化赋予意象以人格、品德、节操、才能等偏重内在修养的内容,从而实现意象的诗人自我化。女性化赋予意象以美丽、多情、温柔等外在可视性的表征。主体化趋向阳刚,女性化偏向阴柔。如果说主体化突出善的一方,那么女性化则代表美的一面。而意象的对象化特征则是体现出“真”的情感表现。所谓“真”,即是意象内涵具有相对稳定性,从而可以实现诗人与意象之间情感的交流。意象的对象化特征并不像其他香草有时显

---

① 元·陶宗仪:《说郛》卷二十六《洛阳花木记》第五册,中国书店1986年版,据涵芬楼1927年11月版影印,第20页。

② 汉·班固:《汉书》卷九十七上,中华书局1983年版,第3951页。

③ 唐·虞世南:《应诏嘲司花女》诗序引《隋遗录》,见《全唐诗》卷三十六,中华书局1979年版,第476页。

示出主体性特征,有时却又以女性化特征出现。以“萱”意象为例。萱草,又名鹿葱、忘忧、宜男、金针花等,其中以“忘忧”之义为文人所广泛运用。嵇康《养生论》云:“合欢蠲忿,萱草忘忧,愚智所共知也。”金代诗人将“萱”意象作为自己情感投射的对象,每当情感低落、或失意落魄时,“萱”意象就作为知音而出现。周昂《萱草》:“万里黄萱好,风烟接路傍。迹疏虽异域,心密竟中央。染练成初色,移瓶得细香。客愁无路遣,始为看花忘。”诗人理解、同情萱草的遭遇,萱草也寄托了诗人的情感。花与人互相进行交流,互为知音。王庭筠亦有诗《狱中赋萱》:“沙麓百战场,舄卤不敏树。况复幽圄中,万古结愁雾。寸根不择地,于此生意具。婆娑绿云杪,金凤掣未去。晚雨沾濡之,向我泫如诉。忘忧定漫说,相对清泪雨。”王庭筠此诗作于大定二十年。庭筠在馆陶主薄职上,因犯赃罪而被关入狱。诗即作于狱中。草与人相同的遭遇,带来二者情感上的共鸣。

意象的对象化并不强调诗人与意象之间在某种品格上的相同,而是着眼于二者情感上的相通。其主要作用,就是为诗人抒情提供适合的渠道,提高抒情手法的艺术性,同时也体现出诗人怨而不怒,哀而不伤的儒学中庸思想。元好问针对王庭筠《狱中赋萱》有评价云:

> 柳州怨之愈深,其辞愈缓,得古诗之正。其清新婉丽,六朝辞人少有及者。东坡爱而学之,极形似之工,其怨则不能自掩也。党承旨出于二家,辞不足而意有余。王内翰无意追配古人,而偶与之合,遂为集中第一。大都柳出于雅,坡以下皆有骚人之余韵。①

元好问对柳宗元“辞愈缓”则非常欣赏,认为其“得古诗之正”。所谓“辞愈缓”,就是指柳宗元诗歌体现出抒情表达方式上很高的艺术性。相比之下,元好问对苏轼“怨则不能自掩”及党怀英的“辞不足”稍有不满。而元好问之所以极力推崇王庭筠的诗歌,也是源于这个原因。

① 金·元好问:《中州集》卷三,四部丛刊初编本。

金中期诗歌中的香草文学在文学史上具有独特的贡献。

首先是增加了香草的种类，扩大了描写的范围。罗大经《鹤林玉露》卷四云："木樨、山矾、素馨、茉莉，其花之清婉，皆不出兰芷下，而自唐以前，墨客槧人曾未有一话及之者，何也？"那些在唐宋以前的文学作品中很少出现的香草种类，如木樨、萱等，在金代中期出现在郦权、王庭筠、周昂等诗人的诗歌作品当中。

其次是壮大了咏物诗的创作队伍。唐宋以前，咏物诗的创作处于零零星星的状态。诗人少、诗歌少、描写对象也比较狭窄。就拿咏梅花的作品来说，周必大《二老堂诗话》"程祁陈从古梅花诗"引陈从古的统计，"自宋鲍照以下，仅得十七人，共二十一首。唐诗人最盛，杜少陵才二首，白乐天四首，元微之、韩退之、柳子厚、刘梦得、杜牧之各一首。自余不过一二，如李翰林、韦苏州、孟东野、皮日休诸人，则又寂无一篇，至本朝方盛行"。说明在宋朝之前，咏梅花的诗歌还较落寞。清代四库馆臣在谈到宋朝范成大所撰《范村梅谱》时亦云：

> 梅之名虽见经典，然古者不重其花，故《离骚》遍咏香草，独不及梅。《说苑》始有越使执一枝梅遗梁王事，其重花之始欤？六朝及唐递相赋咏，至宋而遂为诗家所最贵，然其裒为谱者，则自成大是编始。①

元祐诗坛是咏梅诗发展的一个高峰，而和范成大同时的金代中期是咏梅诗创作的又一高峰期。其作者数量和作品数量是比较多的。以清代所编《全金诗》来考查，仅金代中期诗坛上，写到梅花的诗人就有二十多位，涉及梅花的诗歌有四十多首。代表性的诗人有：朱之才（诗歌中出现 3 次）、党怀英（2 次）、刘仲尹（6 次）、王庭筠（2 次）、刘迎（4 次）、冯子翼（1 次）、李晏（3 次）、王寂（1 次）、路铎（3 次）、师拓（1 次）、赵沨（1 次）、任询（1 次）、边元鼎（1 次）、萧贡（4 次）、张建（6 次）、杨庭秀（1 次）、段继昌（1 次）、元日能（1 次）、范墀（1 次）、杨邦基（1 次），

① 清·纪昀：《钦定四库全书总目》卷一百十五，中华书局 1997 年版。

等等。

再次是提高了意象的营造艺术。包含有香草意象的诗歌，绝大多数属于咏物诗的范畴。杨慎《诗话补遗》卷一“金人咏物诗”条云：“《中州集》：金羽士王予可咏《西瓜》云：‘一片冷沉浑底月，半弯斜卷陇头云’。孙铎咏《玉簪花》云：‘披拂西风如有待，徘徊凉月更多情’。郑子聃咏《酴醿》云：‘玉斧无人解修月，珠裙有意欲留仙’。皆极体物之工”。在金代中期诗坛上，咏物诗在艺术上，特别是在香草意象的刻画方面，达到了比较高的水平。清代朱庭珍《筱园诗话》卷四主张咏物诗不在于“刻划极工，形容极肖”，而是要“宛转相关，寄托无迹，不粘滞于景物，不着力于论断，遗形取神，超相入理，固别有道在焉。”清人沈祥龙在《论词随笔》中也曾经指出：“咏物之作，在借物以咏性情。凡是世之感，君国之忧，隐然蕴于其内，斯寄托遥深，非沾沾焉咏物矣。”其实金初完颜亮在诗歌中，非常善于运用意象。在他诗中的竹、龙、岩桂、月亮意象皆“非沾沾焉咏物”。而是托物言志，深得咏物诗之神髓。而金中期咏物诗则是在金初文学成就的基础上发展起来的。顾奎光《金诗选》卷二选张建《拟古十首》中“美人何茕茕”、“石泉何清冷”、“庭前兰惠窠”三首，评曰：

> 托物讽谕，古风郁然。诗之感人动物，比兴之用为多。自唐以下，赋多而比兴少，是以直致无余地，所谓下死语，犯本位也。

金中期咏物诗能够填补这样的空白，达到这样的成就，说明他们对咏物诗的重视。

第三节　动物意象的文化内涵

在我国古代文学作品当中，动物意象既具有自然属性，又具有人文属性。动物的人文属性是经过对其自然属性的长期的观察了解，然后在此基础上，加以提炼、总结、升华，最后形成相对固定的、具有民族文化积淀的文学意象。自然属性是人文属性的基础，人文属性是对自然属性的超越，是自然属性的文学和文化的反映。动物的自然属性不同，则其人文属性也不相同，其文学意象的内涵也就有差异。故张戒《岁寒堂诗话》卷下指出：

> 物类虽同，格韵不等。同是花也，而梅花与桃李异观。同是鸟也，而鹰隼与燕雀殊科。咏物者要当高得其格致韵味，下得其形似，各相称耳。

中国诗歌中的意象类似于西方文论中的“寓托”，具有象征、比喻等文学的表现功能。文学史上不少著名的作家皆善于通过动物意象表达自己的志向和理想，实现人格的意象化，同时诗歌意象反映诗人的创作心态，周昂《晚阴不成》诗：“不借蛟龙便，虚成燕雀忙。”就明显反映出诗人的人生遭遇，也折射出时代的印记。在意象的运用上，金初和金代中期的诗人却是并不相同的。金初动物意象主要集中在“雁”、“鸿”、“菊”、“鹄”、“鸦”等传统意象上，用以寄托天涯孤旅、乡国思念，这和诗人们绝大多数是由宋入金有关。以蔡松年为代表的海陵王时期的诗人，因为没有由辽入金、或由宋入金的经历，其文化心态和太宗、熙宗时期的诗人相比，已经有了很明显的变化。上述那些反映乡国思念的文学意象已退出诗坛，而以“鹰”、“马”等具有北方民族地域特色的意象渐渐显现在诗人们的笔下。

金中期诗坛的动物意象以“鹰”、“鹤”、“马”最具代表性。许安仁《望少室》：“名山都不见真形，万仞盘盘入杳冥。安得云间骑白鹤，下看三十六峰青。”诗歌立意高远，志向宏大。诗人在“鹤”意象中寄托了自己的理想与抱负。

一、“下视平芜低”的“鹰”意象

被称为“国朝文宗”、对“国朝文派”有开创之功的大定初期诗人蔡珪，以其《野鹰来》诗雄视金代中期诗坛，并奠定了自己在金代诗坛的地位。诗中的“奇鹰”形象鲜明,不落流俗——“置穴千仞山”;不受束缚——“网罗虽欲施,藤石不可攀”;技艺超群,发扬蹈厉——“鹰朝飞,耸肩下视平芜低。健狐跃兔藏何迟。鹰暮来,腹肉一饱精神开,招呼不上刘表台”;追求自由——“锦衣少年莫留意,饥饱不能随尔辈”。这个“奇鹰”形象正是符合了北方地域豪放、刚悍的的文化性格。值得注意的是,在明昌末渐登诗坛,后在南渡诗坛成为盟主的赵秉文也创作有描写“鹰”意象的诗歌《雏鹰》:“皋落秋风暮,深崖得尔雏。他时万里翼,天末片云孤。何处三窟兔,古城千岁狐。伫翻壮士臂,飞血洒平芜。”①诗中“鹰”的意象血气方刚,积极向上,具有“大定”气象,当为赵秉文年轻时的作品。与蔡珪诗所不同的是,这个“鹰”意象缺少了那种不受羁绊、追求自由的豪爽和洒脱。

文学史上,“鹰”意象最早出现在《诗经·大雅·大明》:“时维鹰扬,凉彼武王。”用来赞美武王师众之盛,如鹰之飞扬。其后,描写鹰的作品渐多。晋代孙楚《鹰赋》为较早专门咏鹰的作品:

> 有金刚之俊鸟,生井陉之岩阻。超万仞之崇巅,荫青松以静处。体劲悍之自然,振肃肃之轻羽。擒狡兔于平原,截鹤雁于河渚。且其为相也,疏尾阔臆,高髻秃颅,深目蛾眉,状似愁胡,曲觜短颈,足若双枯,麾则应机,招则易呼。背碣石以西游,经马岭而南徂。于时商秋既迈,岁在玄冥。风霜激厉,羽毛振惊。尔乃策良骥,服羔裘,鞲青骹,戏田畴,萦深谷,绕山丘,定心意,审精眸,兽驰厥足,鸟矫其翼。下赴幽溪,上翔辰极。随指授以腾踊,因升降以毕力。纷连薄以攫窜,遂陷首以摧臆。

诗歌中“鹰”意象的生活环境是:生岩阻、超崇巅。技艺水平是:体劲悍、擒狡兔、截鹤雁。状貌特征是:疏尾阔臆,高髻秃颅,深目蛾眉。等等。从多个方面对鹰的形象进行刻画描写,奠定了后代“鹰”的人文

---

① 金·赵秉文:《闲闲老人滏水文集》卷第四,四部丛刊初编本。

意象的基本内涵。以后的文人或借鹰自伤，如唐代郑繇《白鹰》诗："不知寥廓外，何处是依栖。"张谓《进白鹰状》："徒有愿于击搏，竟无阶于效用。"或托鹰咏志，如杜甫《雕赋》："以雄才为己任，横杀气而独往。""夹翠华而上下，卷毛血之崩奔。随意气而电落，引尘沙而昼昏。"不管是奋发昂扬还是情绪低落，诗人们皆在"鹰"意象中寄托了鲜明的功名意识和进取精神。蔡珪笔下"耸肩下视平芜低"、"腹肉一饱精神开"的奇鹰形象，正是诗人在金代中期和平稳定时期，受北方文化性格熏陶所产生的强烈的进取精神和不屈的斗志的文学反映。

二、"奔腾多奇龙"的"马"意象

"马"意象，是金诗出现次数最多的一个动物意象。如下表所示（《中州集》中）。一般包含在纪行诗、题画诗、次韵诗等题材的作品当中。

动物	马	牛	鸡	羊	鸟	燕	雁	鸦	雀	鹊	鹰
数量	293	89	86	41	154	131	91	39	32	22	10

文学作品中的"马"意象一般有两方面的涵义。

第一方面的涵义为：抒发鞍马劳顿、宦途漂泊之苦，通常以"鞍马"、"马蹄"、"疲马"、"车马"等形式出现。这个涵义偏重于"马"的自然意象。金初吴激《题宗之家初序潇湘图》："忽见画图疑是梦，而今鞍马老风沙。"《招赵资深拾遗》："归期淹几日，莫厌马蹄频。"蔡松年《夜坐》："但愿闻钲似疲马，可能粘壁作枯蜗。"大定间蔡珪《霤川道中》："诗成鞍马上，不觉在天涯。"郝俣《题均福堂三首》："莫待山灵嫌俗驾，却将鞍马觅尘埃。"边元鼎《和致仕李政奉韵》："车马年年陌路尘，安知六骥过隐频。"萧贡《按部道中》："一年乐事能多少，强半光阴马上消。"刘仲尹《别墅》："馆粥年来我稍具，厌随鞍马逐浮名。"

第二方面的涵义为：有志报国的智勇之士。以"厩马"、"良马"或"大宛"、"青骢"等形式出现。这个涵义偏重于"马"的人文意象。郦权《留仲泽》："朝衫酒湿紫宸霞，暂辍旌旗拥使华。驰马弯弓真将种，载书囊笔自名家。”诗中称赞张汝霖“驰马弯弓”，暗含有武艺高强，希望能报效国家之意。（金代著名诗人中，有两人字皆为仲泽，一为张汝霖（？—公元1190年），金太师张浩之子，辽阳人。另一为南渡诗人王渥（公元1186—1232年），太原人。郦权卒于明昌初，而此时王渥为10岁左右，所以郦权与王渥当无交往。郦权与张汝霖的交往，应在金大定后期或明昌初，时两人皆在京城。郦权被召为著作郎，而张汝霖时为尚书右丞、进拜平章政事，兼修国史。）

即使古人在诗歌中要突出“马”的人文意象，也常常从马的形象、经历入手，抒发“马”的遭遇和命运，然后达到以马喻人的目的。王寂的题画诗《跋张舍人所收杨仲明天厩铁骢图》为读者展现出天厩铁骢的鲜明形象：“大宛山下汗血驹，麟鬐凤臆龙头颅。黑花细洒云满躯，倜傥不与驽骀俱。黄金络头老京都，注目落日思长途。圉人仗棰不敢驱，似听马语方踟蹰。”这匹马出身高贵，为西域良种；形象伟岸高大，麟鬐凤臆，龙头花躯，志向高远，倜傥不群，耻与驽骀同枥。然而年驰岁往，却始终没有纵横疆场之机遇。最后“千金但赏骏骨枯，世上良马无时无。”统治者并非真正爱惜人才，致使多少人才因知音难遇而埋没终身。

金中期诗坛中的“马”意象是对中国古代诗歌中传统的“马”意象的继承和发展。《诗经》中已经大量出现了马的形象，为马意象人文主题——“以马喻人”的产生与发展奠定了基础。到了魏晋南北朝，以马喻人的诗篇更是繁多。诗人往往以马的英姿来衬托马上郎的英雄气概。如“白马饰金羁，连翩西北驰”（曹植《白马篇》）。还有的借马来抒发心中的报国之志和英雄理想，如“千里生冀北，玉鞘黄金勒。散蹄去无已，摇头意相得。豪气发西山，雄风擅东国。不许夸天山，何由报皇德?”（王僧孺《白马篇》），鲍照则把主人与马的关系比喻成君主与臣的关系，如“马毛缩如猬，角弓不可张。时危见臣节，世乱识忠良。投躯服明主，身死为国殇”（鲍照《白马篇》）。

由上来看，唐以及唐之前，就已形成了以马喻贤的传统文化心理并使之固定化。到了唐代，杜甫善于写马，如“大宛马”、“胡马”、“青骢”、“汗血马”等。马是杜甫诗歌中出现次数最多的意象，共三百多次。杜甫在传统马文化以及人们赋予马意象的传统母题的陶冶中，运用马意象构筑自己的审美结构，寄寓自己的英雄情结和不遇之情。以《房兵曹胡马》："胡马大宛名，锋棱瘦骨成。竹批双耳峻，风入四蹄轻。所向无空阔，真堪托死生。骁腾有如此，万里可横行。"为代表的杜甫咏马之作，反映出自己的人生经历、价值观念，而且也移植和折射了诗人的生命情感、价值取向。

金中期诗歌中，"马"的人文意象主题并没有脱离魏晋六朝和唐代的传统母题。刘昂《田若虚游龙门宝应，用天随子体赋诗，因次其韵二首》其二："阙塞若厩马，奔腾多奇尨。悫尔不可沮，西来何悾悾。骏足忽勒破，英才如拘尨。"诗人构筑的马意象图不仅是自己人生的缩影，而且是自身价值追寻的过程。从金代中期诗坛来说，马意象在金代诗歌作品中的持续出现，表明封建文人对儒家理想的人生价值观的执著坚守。

上面谈到的"香草"意象和动物意象，反映到文学作品中时，皆被赋予了人格化特征，从而具有主体性或女性化，相当于西方文论中的"外应物象"（objective correlective）。这种自然物的人格化，主要是通过类比或联想等创作手段将作者的主观感情、人格追求移入到客观对象之中。这种充满道德观和价值观的联想类比变为审美活动时，主体与客体的关系就由外在的类比转变为内在的交融。诗人的精神与外物的品质融通无间，逐渐臻于庄子所云的"物化"，或类似于西方美学中所说的移情（empathy）。

文学意象在长期的发展过程中，具有隐喻性、象征性特点，成为文人抒情言志的运用符号，也逐渐积淀成为民族文化的一部分。金代由于民族关系的复杂性，因而存在着对古代意象的不同解读方式。明昌期间，赵秉文、王庭筠、完颜守贞因直言而触犯权臣胥持国。胥持国"因穷治其事，收等俱下吏，且搜索所作讥讽文字，复无所得，独省掾周昂《送路铎外补》诗有云：'龙移鳅鳝舞，日落鸱枭啸。未须发三叹，但可付一笑。'颇涉讥讽，奏闻。上（章宗）怒曰：'此政谓世宗升遐，而朕嗣位也。'大臣皆惧，罪在不可测。参知政事孙公铎从容言于上曰：'古之人臣亦有拟为龙为日者，如孔明卧龙、荀氏八龙、赵衰冬日、赵盾夏日，宜无他。于是上意稍解。”①很显然，大臣孙铎对古代“龙”、“日”等意象的准确把握，帮助周昂逃过一劫，不然后果相当可怕。

第四节 “残缺”意象

一、“残缺”意象的表现特征

金代诗人善于运用香草意象、动物意象来衬托自己的主体情志，展现作者的美好情怀。然而我们在金代中期诗坛上，还会接触到比较多的“残缺”的香草意象（本人将之简化为“残缺”意象）。即在“马”、“松”、“竹”等文学意象前面，再加上修饰语“残”、“老”、“瘦”、“病”等表现残破、衰老、疾病等具有强烈感伤色彩的词语，以突出主体意象的表现特征，暗示诗人的处境和遭遇。

“残缺”意象在金代以前即已出现，并且以“病马”形象最为常见。杜甫《病马》：“毛骨岂殊众，驯良犹至今。物微意不浅，感动一沉吟。”古人注云：“此诗托意人君始用其才，终乎捐弃，而失之寡恩也。”②中唐元稹《病马诗寄上李尚书》诗：“万里长鸣望蜀门，病身犹带旧疮痕。遥看云路心空在，久服盐车力渐烦。尚有高悬双镜眼，何由并驾两朱轓。唯应夜识深山道，忽遇君侯一报恩。”元稹借病马表示对对方的理解与同情。晚唐曹唐有《病马》诗。《唐才子传》卷六云：“（曹）唐平生志甚激昂，至是薄宦，颇自郁悒，为病马诗以自况。警联如：尾盘夜雨红丝脆，头捽秋风白练低。又云：风吹病骨无骄气，土蚀骢花见卧痕。又云：饮惊白露泉花冷，吃怕清秋豆叶寒。皆脍炙人口。”宋代苏轼诗集中，也经常出现病马意象。如《和晁同年九日见寄》：“病马已无千里志，骚人

① 元·刘祁著、崔文印点校：《归潜志》卷十，中华书局1997年版。

② 宋·黄希原本、黄鹤补注：《补注杜诗》卷二十引师尹注，文渊阁四库全书本。

长负一秋悲。”《过云龙山人张天骥》：“孤僮卧斜日，病马放秋草。”《神宗皇帝挽词三首》其三：“病马空嘶枥，枯葵已泫霜。”《次韵曾子开从驾二首·再和》：“眼花错莫鬓霜匀，病马羸骀只自尘。”在宋代画家中，甚至有以画病马著名者。《宋朝名画评》卷二记云：“李用及，京师人。父隶武军。用及能画天厩马，深得韩干笔法。人多称之。为病马尤工，自古未之有也。”

始用终弃或终身偃蹇，是“病马”致病的两个最主要的原因。善相马的伯乐和善御马的造父是良马的知音。世上各代的良马是否能够非常幸运地遇到像伯乐和造父那样的知音，将决定它们一生的命运。宋冯山有诗曰：

> 伯乐善相马，相内不相外。造父善御马，御成不御败。沙丘有病马，志远力未惫。盘身怯泥土，俯首困草稗。强起时奋迅，悲鸣辄喑噫。驽骀倦相逐，童仆几见卖。斯人一回顾，世俗始惊怪。冀北有骏马，散蹄雨雹快。去势驰灭没，朝荆暮燕代。衔辔苟庸拙，道途足险隘。斯人一驶手，千里瞬息届。二者岂不伟，系人而否泰。相也命所系，御也才所赖。名马世常有，伏枥固有待。伯造不世出，古今重遭会。相得互相起，两致一无碍。所以马与人，功名各自大。①

社会需要人才，更需要能够发现人才的人才。只有这样，统治者才不会有遗珠之叹，社会上才能人尽其才。

金代中期诗坛以萧贡的“瘦马”、王寂的“病马”与“病竹”、郦权的“矮竹”、宗端修的“枯松”等为代表的“残缺”意象，集中地体现了金代中期诗人的文化心理与价值追求，所以，这些意象既是诗人眼中的“天地自然之象”，同时又表现出“人心营构之象”的审美特点。

① 宋·冯山：《安岳集》卷一《谢夔守贾昌言礼宾》，文渊阁四库全书本。

二、"残缺"意象的文化精神

我们可以将金代中期诗坛"残缺"意象的文化精神概括为三个方面：

第一是表示出对道德节操的坚守，是诗人对高洁人格的真实写照，具有强烈的主体情怀。

"残缺"表明香草意象所遭受的打击，或表明一种不能适应的生存的状态。但从美学的角度来分析，这是一种残缺的美。"残缺"使美因受到考验而充实了内容，美因"残缺"而更突显其"美"的品德和美的形象。故在金代中期诗坛上，诗人有时以"残缺"意象自许，亦以"残缺"意象许人。如边元鼎《答文伯二首》诗中以"羸马"比喻王处士："遥羡郭西王处士，道傍羸马咏风骚。"这种方法在王寂诗中比较多见。他以"驽马"称许姚孝锡："龙媒连蹇驽马骄兮，英声义气江汉潮兮。"[①]以"病竹"赞美郭解元："此君清苦少知音，独有幽人忍冻吟。生死挺然终抱节，荣枯偶尔本无心。比肩耻与蒿莱伍，强项不容冰雪侵。姑待东风脱新绿，傍阴高卧解吾簪。"其二："风摧雨折不成阴，培养应无老醉吟。狂直未能忘故态，孤清端不负初心。佳人日暮何堪倚，太守春馋辄莫侵。特立闲门固痴绝，看他桃李上华簪。"[②]诗中"生死挺然终抱节"、"孤清端不负初心"，表面上咏"病竹"，实际上是诗人对朋友坚贞不屈、百折不挠的志节的由衷赞美。

第二是表示出对现实遭遇的不满，是诗人价值失落后的痛苦期待，具有浓厚的悲剧意识。

在各种矛盾相互交错的社会现实面前，金代中期文人虽然普遍表现出追求自适的风气，但是传统儒家价值观念仍然会左右着他们的思想，影响着他们的生活。在宦途不顺、功名不遂之时，诗人们往往将心中之块垒，直接付之于诗。赵沨《立秋》："余生苦多艰，壮志久摧颓。"

---

① 金·王寂：《拙轩集》卷六《姚君哀词》，文渊阁四库全书本。

② 金·王寂：《拙轩集》卷二《次韵郭解元病竹二首》其一，文渊阁四库全书本。

刘迎《数日冗甚怀抱作恶作诗自遣》:“胸次有怀空块垒,人间无处不崎岖。”不过,诗人们也常常选择以“残缺”意象,来委婉表达对自己境遇的不满或对朋友怀才不遇的同情。杨庭秀《成皋道中》以“瘦马”自叹:“瘦马成皋道阻长,峥嵘冰雪老年光。”刘迎以“万马空”与朋友郦权同悲:“人物伤心万马空,于今声价歘然东。教条不独行千里,筹策曾经奉一戎。”①

郦权《竹林寺矮松》诗以“矮松”来表现自己的处境。“荒僻无四邻”的矮松偃蹇连年,命运是多么悲惨:“谪重飞举难,堕此蜿蜒身。联拳缩爪股,气屈不得伸。卧枝老无力,支撑藉樵薪。无风自悲吟,失水固不神。”在无情的现实面前,自己只能接受命运的摆布:“安知才不才,祸福了已分。南山耸千嶂,直干排风云。正以中绳墨,中道遭斧斤。岂知无用资,千岁保其真。何必求先容,养此老囷轮。我亦爱奇节,岁晏守贱贫。他时来汝伴,露顶挂葛巾。”诗人在最后虽故作旷达之语,然而在字里行间表现出对现实遭遇的不满,同时也可看出诗人价值失落后,还存有痛苦的期待。全诗充满着浓厚的悲剧意识。

具有悲剧情怀的“残缺”意象,出现在社会相对稳定、经济相对繁荣的大定、明昌时期,既具有现实原因,(在第二章中,我们已作了详细分析),又是文学传统的表现。抒发怀才不遇的感慨是文学传统中的永恒主题。从宋玉《九辩》开创的“悲秋伤怀”的创作传统,再到张衡《四愁诗》,再到王维《老将行》,我们皆可注意到文人们借助文学意象抒发情怀、宣泄不平的文学创作进程。金代中期诗坛当然是中国文学发展的一根链条,自然也不会脱离这个创作的传统。之后的诗人也在承继着这个传统。明昌进士韩玉有《赋怪松》:“昂藏殊未展,伛偻旋自缩。惜尔云外姿,耐此胯下辱。”“木高众必摧,地厚敢不局。河中皆泛泛,涧底自郁郁。”赵元《村居夏日》:“羁勒困名马,网罗多珍禽。”这些“残缺”意象是金代中期之后诗坛的代表。

---

① 金·刘迎:《次韵郦元与赠于元直道旧二首》其一,见《中州集》卷三,四部丛刊初编本。

第三是表示出对价值理想的执著，是诗人对功业理想的强烈追求，具有不屈的进取精神。

大定诗人元德明有《楸树》诗："道边楸树老龙形，社酒浇来渐有灵。只恐等闲风雨夜，怒随雷电上青冥。"王寂《跋韦偃病马图》："如何写此神俊物，剥落玄黄只皮骨。却思落日蹴长楸，风入四蹄追健鹘。呜呼！往事今茫然，矫首有意谁其传。主恩未报忍伏枥，志士扼腕悲残年。安得老髯通马语，刍秣医治平所苦。行当起废一长鸣，要洗凡庸空万古。"①"残缺"意象，是香草意象的一种状态，但它和"抱残守缺"却有截然的不同。"残缺"意象的特征在于香草意象所表现的"残缺"状态或遭遇到的"残缺"处境，是由外部原因所引起，而并非主观追求所导致。因此，它们极力要摆脱"残缺"的命运。师拓《冬夜》："贫贱岂足戚，所思天下英。"内心深处的儒家入世意识、功名意识始终在支配着文人的人生价值理想。在金代中期诗坛，通过"残缺"意象，将诗人不甘于现状和高度的自信表达出来。

萧贡《君马白》中的"瘦马"形象：

> 我马瘦，君马肥，我马虺隤君马飞。雕鞍宝校锦障泥，向风振迅长鸣嘶。一朝计落路傍儿，铜鬲为椁薪为衣。瘦马虽瘦骨骼奇，古人相马遗毛皮，千金一顾会有期。

诗中"瘦马"自伤而不自卑、落魄而不沉沦，不畏挫折，充满自信，这应该代表了北方诗人追求"气格"的意象表现。这种意象内涵对金后期诗歌也产生了直接影响。冯璧《同希颜怪松》诗中："偃蹇如蟠螭，奋迅如攫兽"的"怪松"意象，就充满了虽处艰难，但不屈不挠、强烈进取的奋斗精神，正如李纯甫《雪后》诗所云："男儿生须衔枚卷甲臂琱弓，径投虎穴策奇功。不然羊羔酒涨玻璃钟，侍儿醉脸潮春红。谁能蹇驴驼着灞陵东，骨相酸寒愁煞侬。"金代诗坛中出现的"残缺"意象所代表的不屈的进取精神，从一个侧面反映出金代豪杰诗人的思想性格。

---

① 金·王寂：《拙轩集》卷一，文渊阁四库全书本。

在金中期诗坛,诗人对"残缺"意象的营造中,表现出了较为高超的艺术表现手法。诗人在展现"残缺"意象的时候,通过对比和衬托等方法,来突出意象的内涵,揭示诗歌的主题。第一是横向对比。如萧贡《君马白》诗中的"我"的瘦马与"君"的肥马的比较,在比较中得出"瘦马虽瘦骨骼奇"、"千金一顾会有期"的诗歌主题。再如宗端修《漫书》:"冷面宜教冷眼看,只惭索米向长安。阴崖何限枯松树,望见屏帏尽牡丹。"诗歌有感而发,对明昌朝政表示出强烈不满。作者宗端修为大定二十五年(公元1185年)进士。明昌中,宗端修任监察御史,不避权贵,奏弹张复亨、张嘉贞等胥门十哲中人物,又劾奏行六部尚书温昉"屈意事(完颜)匡以马币为献,及私以官钱佐匡宴会费。"[1]承安间,端修上书斥元妃李氏兄弟干政。[2]《漫书》诗中"牡丹"和"枯松"对比,反映出朝廷斥逐贤良,重用佞臣的昏乱的现实。第二是环境衬托。环境衬托也是突出"残缺"意象的一种主要方法。诗人在塑造"残缺"意象时,经常将意象置于非常恶劣、艰苦的环境之中,借以衬托和突出"残缺"意象的内涵特征。郦权《竹林寺矮松》中的"矮松",是生长在一个"苍烟霭山曲"、"荒僻无四邻"的环境。王寂《次韵郭解元病竹》中的"病竹"是:"风摧雨折不成阴"、"佳人日暮何堪倚"。衬托"残缺"意象的自然环境,往往就是那些失意文人们所面临的严酷的现实环境。

① 元·脱脱等:《金史》卷九十八《完颜匡传》,中华书局1997年版。
② 元·脱脱等:《金史》卷一百《宗端修传》,中华书局1997年版。

第七章 诗歌因革论

金代诗歌由于有着明显的地域性特征,在艺术上也具有独特性。周惠泉先生认为:“金代文学是一种与宋代文学既有联系、又有区别的多元一体的新质文化。”而“民族之间文化的融合,主要是层次较高一方向层次较低一方的辐射扩散;同时也无可否认,这种交流又是双向进行的”。[①] 即一方面少数民族倾慕中原文明,对中原地区的汉文化表现出强烈的认同意识;另一方面少数民族文化也源源不断地向中原地区汇聚,为汉文化输入了新鲜血液。在客观上,也确实是如此。任何时代的文学创作都存在着创新和继承的关系问题。金代文学的创新,实际上就是金代北方文学特征的体现,从而表现出金代诗歌的独特性。把金代文学创作完全看做是北宋文学的延续,甚至看做是北宋文学一部分的观点,是不符合客观实际的。以往的论著,由于受正统观念的影响和接触材料的局限,大多强调金代文学属于汉族文学的余波遗响。例如郭绍虞曾指出:“金代文学,不脱北宋之窠臼。”[②]夏承焘、张璋则认为:“金代文化,实际上是汉族化的一种延伸和继续。”[③]范宁《金代的诗歌创作》也以为:“女真族统治下的北中国(即金朝)文学,基本上是北方汉族人民的文学,不仅作者绝大多数是汉人,而且作品的思想和风格也是赵宋王朝文学的延续。”[④]他还指出:“由于南北政治的分裂,我们统观金元(源)一代诗歌和南宋诗歌不同,主要是政治原因造成的,至于艺

① 周惠泉:《金代文学研究的历史回顾》,见《社会科学战线》1993 年第 2 期,第 259 页。
② 郭绍虞:《中国文学批评史》,上海古籍出版社 1986 年版,第 286 页。
③ 夏承焘、张璋:《金元明清词选·前言》,人民文学出版社 1983 年版,第 3 页。
④ 见《文学遗产》1982 年第 4 期,第 82 页。

术风格和表现手法几乎并无两样。”这些观点代表了当代许多学者的看法，即宋代文学对金代文学的影响是单向的。这些观点皆在一定程度上忽视了北方少数民族文化与汉文学相互交融所产生的鲜明的北方文学风格。但我们也不能忽视金代诗歌对中国古代诗歌创作传统的继承性。金代文学作为中国古代文学发展的一根链条，它不可能割断和其他历史阶段文学创作的关系。

从金代中期诗坛来看，诗人在人生思想、诗歌风格上，相对而言受魏晋陶渊明、唐代杜甫、白居易，宋代苏轼、黄庭坚的影响是最为明显的。

第一节　陶谢风流到百家

北宋之前的几百年间，陶渊明一直处于寂寞的状态。在他所生活的南北朝时期，刘勰在《文心雕龙》中对他只字未提，钟嵘尽管称他为“隐逸诗人之宗”，但对其诗歌亦不甚称许，只把其诗列入“中品”。沈约也基本承袭钟嵘评价，将他载入《隐逸传》。萧统为他的文集作序，主要是突出对他人格的敬仰。至唐代，陶渊明的文学地位也并没有受到重视。宋《蔡宽夫诗话》云：“渊明诗，唐人绝无知其奥，惟韦苏州、白乐天、薛能、郑谷皆颇效其体。”杜甫将陶渊明与谢灵运并列：“焉得思如陶谢手，令渠述作与同游。”（《江上值水如海势》）但杜甫又在《遣兴》诗中云：“陶潜避俗翁，未必能大道。观其著诗集，颇亦恨枯槁。”白居易“夙慕陶渊明为人”（《访陶公归宅序》），但也认为他的诗是“篇篇劝我饮，此外无所云。”（《效陶潜体诗十六首》）主要欣赏的是陶渊明的生活态度。

宋代诗人对陶渊明的评价大大提升了。钱锺书先生曾说：“渊明文名，至宋而极”。[1] 陶渊明的诗歌受到了广泛的关注，并且成为著名诗人

① 钱锺书：《谈艺录》，中华书局 1984 版，第 88 页。

学习的对象。苏轼“于诗人无所甚好，独好渊明之诗”。他不仅追和陶诗，数量达109首，更推渊明为千载独步之首位诗人。“渊明作诗不多，然其诗质而实绮，癯而实腴，自曹刘鲍谢李杜诗人，皆莫及也。”（《和陶诗序》）陆游《自勉》诗中亦云：“学诗当学陶，学书当学颜。”[①]又《家酿颇劲戏作》诗中称：“竹林嵇阮虽名胜，要是渊明最可人。”[②]

金代诗人对于陶渊明的接受，在北宋之后又上升到了一个新的高度。元好问云：“予窃谓古今爱作诗者，特晋人之自放于酒耳。吟咏情性，留连光景，自当为缓忧之一物。”[③]这里的晋人显然指的是以陶渊明为代表的魏晋时期具有相同创作倾向的诗人。洪迈《容斋随笔》卷八：“陶渊明高简闲靖，为晋宋第一辈人。语其饥则箪瓢屡空，瓶无储粟。其寒则裋褐穿结，絺绤冬陈。其居则环堵萧然，风日不蔽。穷困之状可谓至矣。”元好问用“晋人”代替了陶渊明，并且认为晋人诗歌主要是“吟咏情性，留连光景”，是为了“缓忧”，强调了以陶渊明为代表的晋代诗歌“抒情”、“抒愤”等几个方面对后世的影响。金代诗人对陶渊明的接受，逐渐脱离了日常生活化的效法、模仿，而是在诗歌风格、生活方式、处世态度的异代共鸣。金末杨奂还著有《陶渊明年谱》，[④]从一个方面说明金人对陶渊明的喜爱和重视。

金中期诗人对陶渊明的接受主要在两个方面：

一、强烈的“三径”情结

陶渊明的诗歌风格对金代诗坛的影响无疑是巨大的，而陶渊明的人生态度同样为金代文人所景仰。陶渊明为代表的魏晋士人，以其不为物累、通脱达观，“颖脱不羁，任真自得”[⑤]的人生哲学，影响到金源整

---

① 宋·陆游：《剑南诗稿》卷七〇，《陆游集》本，中华书局1976年版，第1653页。

② 宋·陆游：《剑南诗稿》卷七十四，《陆游集》本，中华书局1976年版，第1734页。

③ 金·元好问：《遗山先生文集》卷第三十六《如庵诗文叙》，四部丛刊初编本。

④ 元·李庭：《寓庵集》卷六《跋陶渊明年谱序》：“诗家之有年谱，尚矣。盖自唐宋以来诸名公皆有，独靖节先生缺焉。今紫阳先生始追而补之，起晋宁康，讫宋元嘉，六十三年之间，灾变兴废，班班可考。”文渊阁四库全书本。

⑤ 唐·房玄龄等：《晋书》卷九十四《陶潜传》，中华书局1974年版，第2460页。

代诗人。金初宇文虚中、高士谈学陶，意在表明自己不贪权势，志向高洁，以减轻因“失节”而带来的困扰。处于文化人格转化时期的蔡松年的《对新月独酌》诗曰：“客情念还家，如瞽不忘视。到家问松菊，早作解官计。青镜发萧萧，及此霜雪未。”则对陶渊明之弃官归田心驰神往，决心效法渊明。

大定、明昌文人对陶渊明的接受，其程度之深，超越北宋和金初。金代这段时期学陶的代表诗人主要以党怀英、王寂、刘汲、刘迎以及《成趣园》诗人为代表，他们学陶主要是在仕宦出处中，求得心理平衡。刘汲《到家》、《西岩歌》诗与陶渊明《归去来兮辞》、《归园田居》在思想感情上极其相通。党怀英为大定、明昌间的文坛盟主，其《黄菊集句》：“可怜陶靖节，共此一倾杯。”《西湖晚菊》中写道：“远怀渊明贤，独往谁与期。徘徊东篱下，岁晏有余悲。”对陶渊明的人格精神同样表现出由衷的钦羡。王寂《三友轩记》崇尚“适意”的人生哲学，“陶彭泽之琴酒”自然成为了最理想的典范，其《易足斋》中“吾爱吾庐事事幽，此生随分得优游”，显然与陶渊明“众鸟欣有托，吾亦爱吾庐”。无论在人生追求，还是意境、造句上都相惬相通。王寂崇拜陶渊明、白居易，他认为自己和陶渊明有相同的性格特点。在《咏张宫师二疏东归图》中，王寂同样引陶渊明为知音，表现出对陶渊明人格的崇敬之情。

大定、明昌诗人具有浓厚的“三径”情结，显示出他们对陶渊明生活态度和人生哲学的强烈的倾慕之情。

“三径”最早出现在后汉赵岐《三辅决录·逃名》篇：“蒋诩归乡里，荆棘塞门。舍中有三径，不出，唯求仲、羊仲与之游。”据《汉书》记载：“（蒋诩）亦以廉直为名，王莽居摄，（郭）钦、诩皆以病免官，归乡里，卧不出户，卒于家。”①

文学史上最早将“三径”引入文学作品中的作者为陶渊明。史书记载，陶渊明“以亲老家贫，起为州祭酒，不堪吏职，少日自解归。州召主簿，不就，躬耕自资，遂抱羸疾。复为镇军、建威参军，谓亲朋曰：‘聊欲

① 汉·班固：《汉书》卷七十二《鲍宣传》，中华书局1975年版，第3096页。

弦歌，以为三径之资可乎？'执事者闻之，以为彭泽令"。[①] 义熙二年，陶渊明解印辞官，并赋《归去来兮辞》，其辞中有"三径就荒，松菊犹存"。渊明之后，较早将"三径"引入诗中的有南朝梁时的庾肩吾《赠周处士》："九丹开石室，三径没荒林。"还有唐代王勃和卢照邻。王勃《赠李十四四首》其三："乱竹开三径，飞花满四邻。"卢照邻《元日述怀》："草色迷三径，风光动四邻。"

"三径"内涵经历了一个变化的过程。最先的"三径"为归隐者的家园，其后转变凝固为一个具有丰富文化内涵的人文意象，包含着对社会的一定程度上的否定态度，显示文人阶层在出与处、仕与隐、身与心的矛盾冲突中，心灵所追求的理想境界，是文人精神的家园、心灵的港湾。

在由唐至金的历史发展时期，文学作品中的"三径"意象也经历了一些变化，那就是这个意象是逐渐渗透到一般诗人的思想当中。唐宋两代诗歌中的"三径"意象，比较集中在极个别的诗人创作中。唐代集中在以王维、孟浩然为代表的盛唐山水诗人的作品中。清代王琦所撰的《李太白集注》中，未出现"三径"意象。宋代郭知达《九家集注杜诗》中只出现一次，而中唐以山水题材著名的诗人韦应物诗文集《韦苏州集》中，也未有"三径"的出现。

宋代"三径"意象，集中在苏轼、黄庭坚、杨万里、陆游、范成大这些大家上。笔者翻检南宋"中兴四大诗人"之一的尤袤诗文集《梁溪遗稿》，"永嘉四灵"翁卷《西岩集》、赵师秀《众妙集》、徐照《芳兰轩集》、徐玑《二薇亭诗集》，发现在这些诗人的诗集中，竟没有出现一次"三径"的意象。

而在金代诗人中，那些留存诗歌数量较多的诗人，大多会注意到"三径"意象。出现的时间从金初一直延续到金末的诗坛。

金初诗人宇文虚中《白菊》诗："重阳好伴白衣来，五柳先生忆三径。"《己丑重阳在剑门梁山铺》："何必东皋是三径，此身天地一虚舟。"

---

① 唐·房玄龄等：《晋书》卷九十四《陶潜传》，中华书局 1974 年版，第 2461 页。

在这些诗歌的“三径”意象中，显示出作者明显的无奈之情。正如其诗《还舍作》：“此生悲欢不可料。”

进入金中期诗坛，“三径”情结同样牵动着诗人们在现实遭遇中产生的喜怒哀乐。但其内涵却比金初丰富多彩。其中有心想事遂后的畅快喜悦，如蔡珪《简王温父昆仲》：“求田已喜成三径，适意真堪寄一觞。”有苦求不获后的自我宽慰，如路铎《高唐刘氏驻春园》：“安用苦求三径资，明月常满千家墀。”不过更多的是仕途挣扎中的痛苦愁闷。如刘迎《题归去来图》：“折腰五斗几钱直，去国十年三径荒。”党怀英《次文孺韵》：“凄凉三径菊，无梦到壶觞。”周昂《靳子温款春亭》：“自怜白首荒三径，桃李年年檐上看。”杨庭秀《成皋道中》：“九关欲上虎豹怒，三径未归松菊荒。”边元鼎《答文伯二首》其二：“露浥野花三径合，风传云壑七松哀。”王寂《题刘器之秀埜亭》：“却愁三径花狼藉，燕觅旧主声呢喃。”

对“三径”情有独钟的诗人还有《成趣园诗》中的作者，包括郦掖、李永安、李楫、田时秀、崔巍、张昌祚等。对这些诗人来说，成趣园成为他们心中的“三径”。这些诗人畅游成趣园时，暂时忘却了尘世的烦恼，仿佛进入了与世无争的世外境界。李永安：“三径时往还，花香袭杖屦。”郦掖：“日涉三径幽，松菊滋绕庐。”田时秀：“折腰肯为五斗米，三径归来理松竹。”李楫：“萧然三径足云烟，须信壶中别有天。”不过有的诗人并没有为这短暂的欢娱而变得昏头转向。现实的烦恼始终在纠缠着他们。张昌祚：“三径亦奚暇，家窘亲朋讥。”崔巍：“我亦欲归归不得，空嗟三径已成荒。”

“三径”意象的密集出现，表明了大定时期诗人心态的魏晋化倾向。而与前代相比，金人对陶渊明之人格精神的评判出现了两种值得重视的新倾向：

第一，暗示出诗人对陶渊明忠义、节操的仰慕。前代有不少人认为，“耻事二姓”是陶渊明隐居的真正原因。沈约《宋书·隐逸传》云：“（陶）潜弱年薄宦不洁去就之迹，自以曾祖晋时宰辅，耻复屈身后代，自高祖王业渐隆，不复肯仕。所著文章，皆题其年月，义熙以前，则书晋氏年号,自永初以来,唯云甲子而已。”在唐代出现的一些史书或文章如《南史·隐逸传》、六臣注《文选》中,也持同样的观点。在今天看来,陶渊明的隐居或许也有“耻事二姓”的原因,但更重要的是基于对封建社会的一定程度的否定。元代吴师道《吴礼部诗话》:“陶公《归去来辞》:‘三径就荒,松菊犹存。’下复云:‘景翳翳以将入,托孤松而盘桓。’系松于径荒景翳之下,其意可知矣。又好言孤松,如‘冬岭秀孤松’,如‘青松在东园,众草没其姿’。下云‘连林人不见,独树众乃奇’。皆以自况也。人但知陶翁爱菊而已,不知此也。”金初文人中,由宋入金而仕的情况较为多见。因此,陶渊明不仕刘宋朝的气节就为不少文人所关注。王寂崇拜陶渊明,他认为自己和陶渊明有相同的性格特点,称自己为“吾生赋拙直,浪许近骨鲠。”而他在《咏张宫师二疏东归图》中,称赞陶渊明:“寥寥阅魏晋,得一陶靖节。平生腰骨硬,肯向督邮折。”都包含着一定程度上对自己节操的秉持态度。

大定诗人李永安《成趣园诗》:“渊明晋名流,贤达早自悟。一为折腰屈,幡然赋归去。亲戚说情话,园涉日成趣。陈迹固已远,赏音者稀遇。君独慕高节,隐居事田圃。”郦掖《成趣园诗》:“梁君早闻道,浮云视簪裾。乃复爱渊明,幽怀寄村墟。朝行云霞窟,暮醉花月区。寻梅雪没履,倚竹霜粘须。妙趣人不识,高风今昔无。”李永安称赞陶的“高节”、郦掖羡慕陶的“高风”,其中不无对渊明忠义和节操的敬仰之情。赵秉文《东篱采菊图》中用“平生忠义心,回作松菊伴”,对陶渊明的人格精神有非常精辟的阐释,突出了其坚持气节、耻事二姓的节操,这一看法在金源诗坛颇为普遍。

第二,揭示出陶渊明诗歌的现实精神。前人论陶多重其天然淳真、绝去雕琢等方面的品质,极少涉及其与现实的关系问题。金代元好问在《东坡诗雅引》讲道:“五言以来,六朝之陶谢、唐之陈子昂、韦应物、柳子厚,最为近风雅。自余多以杂体为之,诗之亡久矣。”元好问指出陶诗是符合风雅之道的,而这恰恰是陶诗值得推重的最重要的原因。南宋黄彻《碧溪诗话》卷八:

世人论渊明，皆以其专事肥遁，初无康济之念，能知其心者寡也。尝求其集，若云："岁月掷人去，有志不获骋。"又有云："猛志逸四海，骞翮思远翥。""荏苒岁月颓，此心稍已去。"其自乐田亩，乃卷怀不得已耳。士之出处，未易为世俗言也。

陶渊明的人生历程经历了一个由愤世而出世，由出世而再到怀世的变化。清代潘德舆《养一斋诗话》卷十云："陶公诗虽天机和畅，静气流溢，而其中曲折激荡处，实有忧愤沉郁、不可一世之慨。"他又评价说：陶渊明"不独于易代之际，奋欲图报，……即平居酬酢间，忧愤亦多矣"。金代诗人深受陶诗这个方面的影响，但诗人又有几种情况。

一为由愤世而到避世者。避世者，实避祸也。宇文虚中《己酉岁书怀》："生死已从前世定，是非留与后人传。"《上乌林天使》："雷霆倘肯矜凋弊，草芥何须计死生。"《郊居》："蓬蒿似欲黄三径，疏懒谁知意更长。"《从人借琴》："昭文不鼓缘何意，靖节无弦且寄情。"

蔡松年引渊明为先觉。《庚申闰月从师还自颍上，对新月独酌》其二："晋室有先觉，柴桑老渊明。"《漫成》诗有陶渊明《归园田居》诗意，表达他希望"拄颊西山语，适意千里羹"的生活，摆脱"世途古今险，方寸风涛惊"。

二为由愤世而到玩世者。以王寂、党怀英等为代表。在刘迎的诗中也有明显的表现。刘迎《题归去来图》："笔端奇处发天藏，事远怀人涕泗滂。余子风流追魏晋，上人谈笑自羲皇。折腰五斗几钱值，去国十年三径荒。安得一堂重写照，为公携酒泻蕉黄。"画作《归去来图》据说最早为唐人所画，后来《宣和画谱》卷十一记北宋画家孙可元亦画有《陶潜归去来图》。孙可元"好画吴越间山水，笔力虽不至豪放，而气韵高古，喜图高士幽人岩居、渔隐之趣"。孙可元又尝作《春云出岫》，借用陶渊明"云无心以出岫"意，付之于画，"观其命意，则知其无心于物，聊游戏笔墨以玩世者。所以非陶潜绮皓之流不见诸笔下"。北宋黄庭坚及元代赵孟頫皆作有《题归去来图》诗，表示出玩世的倾向。

三为由愤世而到出世者。以刘汲、王元节等为代表。刘汲有非常强烈的叛逆性格,其郁勃不平之气,在对山水景物的描写中,不时地流露出来。他的归隐心态与陶渊明更为接近。相比较而言,王寂的中隐情结则更受白居易的影响。他们两人正好代表了大定、明昌时期文人阶层追求隐逸闲适生活情趣的几种心理路向。刘汲《到家》诗:"三载尘劳虑,翻然尽一除。园林未摇落,庭菊正扶疏。绕屋看新树,开箱检旧书。依然故山色,潇洒入吾庐。"简直就是陶渊明《归去来兮辞》的翻版,而《西岩歌》更是一篇用骚体写成的向礼法宣战、向世俗决裂的宣言书,语气迭宕,感情强烈。赵秉文评《西岩歌》:"南山翁子伯深置之古人集中,谁能辨之?所谓不拘礼法,非如晋之狂士。公未及五纪致政,临终不乱,盖有道者。"①李纯甫《西岩集序》:"观其为人,必傲世而自重者。"②张昌祚《成趣园诗》:"贵富不可怙,人多蹈危机。清闲乃仙分,尘世得者稀。高哉隐君子,不官无昨非。"与陶渊明《归园田居》诗在思想上一脉相承。

元好问在《论诗三十首》其四中进一步讲道:"南窗白日羲皇上,未害渊明是晋人。"指出陶渊明虽高卧南窗,自谓羲皇上人,但他并没有超越实际,他的诗仍然反映了晋代的社会现实。这种认识十分深刻地揭示了陶诗的本质特征,从而把陶渊明与一般的隐逸之士严格地区分了出来,突出了陶渊明的地位和价值。在这首诗的自注中,他把陶渊明目为"晋之白乐天",肯定陶渊明是与白居易一样的现实主义诗人,充分强调了陶诗的现实意义。赵秉文将陶诗目为"高士之诗也",王寂以"适意"评陶,都体现了这样的倾向。

二、兴寄高妙、真淳简淡的美学特征

古人对陶渊明诗歌的成就有着很高的评价。清代陈祚明云:

> 陶靖节诗,如巫峡高秋,白云舒卷,木落水清,日寒山皎之中,长空曳练,萦郁纡回。望者但见素色澄明,以为一目可了,

---

① 金·赵秉文:《闲闲老人滏水文集》卷第二十《跋刘伯深西岩歌》,四部丛刊初编本。

② 金·元好问:《中州集》卷二,四部丛刊初编本。

不知封岩蔽壑，参差断续，中多灵境。又如终南山色，远睹苍苍；若寻幽探秘，则分野殊峰，阴晴异壑，往辄无尽。①

后代不少诗人从陶渊明的诗歌中汲取了丰富的营养，并形成了自己的诗歌风格。而大定诗坛众多诗人对陶渊明的接受，既有中国传统文化心理的影响，也是陶渊明独特的魅力所使然。

元好问在其《自题中州集后》中曾讲："陶谢风流到百家。"②元好问将陶、谢并称，实际上表明了作者所欣赏的是以陶、谢为代表的洒脱、自由的人生态度和兴寄高妙的诗歌美学风范。的确，在宋人的基础上，金人对陶渊明的地位给予了更加充分的肯定，陶渊明的人格精神和陶诗的美学品质也持久而深入地影响到了金源诗坛。在金代，诗人们往往引渊明为知音，如蔡松年《丁巳九月梦与范季沾同登北潭之临芳亭，觉而作诗，记其事以示范》："时无陶彭泽，此曲难知音。"《闲居漫兴》："簿书欺俗吏，绳墨守愚儒。安得如嵇阮，相从兴不孤。"马定国《题崇子中庵》："羡君高节似陶潜，五亩园林老不添。遁世人情虽淡薄，开门秋色自清严。"诗人或以陶渊明自况，如宋九嘉诗："壮哉砥柱颓波里，惟有渊明唤不来。"元好问诗："解道田家酒应熟，诗中直合爱渊明。"可以讲，尊陶是金源诗学最显著的特征。罗大经引朱熹语云："作诗须从陶、柳门庭中来乃佳，不如是，无以发萧散冲澹之趣，无由到古人佳处。"③而要达到真淳简淡的诗歌境界，就必须从陶诗入手。赵秉文就对陶渊明多所赞誉，他说："陶谢之诗，六一公之文，妙绝一世。"④他又说："尝谓古人之诗，各得其一偏，又多其性之似者。若陶渊明、谢灵运、韦苏州、王维、柳子厚、白乐天得其冲淡。"⑤以"冲淡"总陶诗，颇中肯綮。刘汲、刘迎、党怀英、张建等自适派诗人的诗歌作品中，就吸取、融化了陶诗真醇、自

---

① 清·陈祚明：《采菽堂古诗选》卷十三，引自《陶渊明资料汇编》，中华书局 2004 年版，第 180 页。

② 清·施国祁：《元遗山诗集笺注》卷十三，北京人民文学出版社 1958 年版。

③ 宋·罗大经：《鹤林玉露》甲编卷六，王瑞来点校，中华书局 1997 年版。

④ 金·赵秉文：《闲闲老人滏水文集》卷第二十《题竹溪篆》，四部丛刊初编本。

⑤ 金·赵秉文：《闲闲老人滏水文集》卷第十九《答李天英书》，四部丛刊初编本。

然的风格。上引《竹溪先生文集引》中,赵秉文评党怀英的五言古体诗:"兴寄高妙,有陶谢之风,此又非可与夸多斗靡者道也。"这里,他又肯定了党诗兴寄高妙、简洁自然的特点。经过金中期诗坛对陶渊明的接受,金代后期的诗歌创作和诗歌理论,进一步对陶诗高度推崇。赵秉文曾云:"渊明、乐天,高士之诗也,吾师其意,不师其辞。""师其意",显示出他对陶渊明诗歌内在品质的推崇,"不师其辞",也较鲜明地体现了赵秉文的诗学个性。总的看来,赵秉文对陶诗真淳、自然、抒性灵、戒藻饰等特点都给予了很高的评价。金末元好问在《论诗三十首》其四中评陶诗曰:"一语天然万古新,豪华落尽见真淳。"以"天然"、"真淳"论陶诗,准确地抓住了陶诗的本质特性。元好问在《后饮酒五首》(其五)中也写道:"我爱陶靖节,于酒得其天。"元好问又指出金后期诗人赵元(愚轩)诗具有陶诗的风格:"愚轩具诗眼,论诗贵天然。颇怜今世人,雕镌穷岁年。君爱陶集中,饮酒与归田。此翁岂作诗,直写胸中天。天然对雕饰,真赝殊相悬。乃知时世妆,粉绿徒可怜。枯淡足自乐,勿为虚名牵。"①说明在金后期,诗坛对陶渊明追求"天然"、直抒胸臆的诗歌风格的一致推崇,和对一味注重雕饰、浮艳的诗风的反对。元好问经常袭用前人诗句,愈六十多处。袭用范围从古诗一直到金初,而以陶渊明、杜甫为最多。

三、从文学意义的学习到生活旨趣的无意识渗透

陶诗在宋代倍受文人关注,当时以苏轼为代表的著名诗人几乎都创作有不少的和陶作品。不过,金后期诗论家王若虚对苏轼专门大量地创作和陶诗持批评的态度。他说:"东坡酷爱《归去来辞》,既次其韵,又衍为长短句,又裂为集句诗,破碎甚矣!"因为王若虚认为"陶文信美,亦何必尔,是亦未免近俗也。"②苏轼不能"免俗",是因为苏轼易受当时创作风气的影响。王若虚认为人们不必过分注意苏轼那些和陶作品艺术上的优劣

---

① 金·元好问:《遗山集》卷二《继愚轩和党承旨雪诗四首》其四,文渊阁四库全书本。

② 金·王若虚:《滹南遗老集》卷三十九,《四部丛刊》影印旧钞本。

得失，而应该注意苏轼的人生旨趣与陶渊明是否相同。王若虚指出："东坡和陶诗，或谓其终不近，或以为实过之，是皆非所当论也。渠亦因彼之意以见吾意云尔，曷尝心竞而较其优劣耶？故但观其眼目旨趣之何如，则可矣。"① 从对陶诗风格的追求到对陶氏生活态度的仰慕，从金初即见端倪。金中期诗人则普遍常将陶渊明与其他诗人对举，表现一种和陶渊明相同或相似的思想倾向。蔡珪《荷香如沉水》："三径未论菊，九畹空羞兰。"高士谈《予所居之南，下临短壑。因凿壁开窗，规为书室，坐获山林之趣，榜曰野斋，且作诗与诸友同赋》："巷陋颜子乐，地偏陶令心。"《秋兴》："渊明方止酒，王粲亦登楼。"《志隐轩》："元亮结庐山挂眼，孔融好客酒盈尊。"吴激《拟渊明贫居》诗："坐读贫士诗，吾乃渊明俦。"金人之所以既喜陶诗，又喜渊明其人，是因为从陶诗看陶氏其人，真正是"文如其人"。宋人许顗《彦周诗话》云："陶彭泽诗，颜、谢、潘、陆皆不及者，以其平昔所行之事，赋之于诗，无一点愧词，所以能尔。"金南渡前后诗人王若虚、赵秉文大量创作和陶诗，更与社会动荡，自感人生多艰密切相关。王若虚《题渊明归去来图》其五："名利醉心浓似酒，贪夫衮衮死红尘。折腰不乐翻然去，此老犹为千载人。"其一："靖节迷途尚尔赊，苦将觉悟向人夸。此心若识真归处，岂必田园始是家。"其二："孤云出岫暮鸿飞，去住悠然两不疑。我自欲归归便了，何须更说世相违？"赵秉文有《和渊明饮酒二十首》、《访渊明自广》、《和渊明拟古九首》等。其《东篱采菊图》诗称渊明云："东篱把一枝，意岂在酒盏。"《和渊明饮酒》认为渊明云："长啸天地间，独立万物表。"皆为对渊明生活态度、人格情操的由衷赞美之情。金末江山易代之际，文人遗老敬羡的目光全部聚焦陶渊明，希望从他身上汲取精神的力量。正如清代馆臣评价金末李俊民："抗志遁荒，于出处之际能洁其身。集中于入元之后只书甲子，隐然自比陶潜，故所作诗累多幽忧激烈之音。系念宗邦，寄怀深远，不徒以清新奇崛为工。文格冲淡和平，具有高致，亦复似其为人。"②

---

① 金·王若虚：《滹南遗老集》卷三十九，《四部丛刊》影印旧钞本。

② 清·纪昀：《四库总目提要》卷一百六十六《庄靖集》，中华书局 1997 年版。

第二节　苏学盛于北

从时间和空间上来看，金代“国朝文派”诗歌所继承的最直接的文化遗产是辽、宋诗。相对于辽诗，以苏、黄为代表的北宋诗歌对金诗的影响尤其深刻。元好问说：“百年以来，诗人多学坡、谷。”①明人王世祯在《艺苑卮言》中称元好问所收金诗《中州集》“其大旨不外苏、黄。”整个金代，“苏学盛于北”（翁方纲《石州诗话》），追随、围绕苏轼、黄庭坚的一大批诗人形成的流风贯穿金代始终，苏轼、黄庭坚的文学思想对金代诗坛的影响极其巨大。

一、“苏学盛于北”之原因的考察

第一，是宋、金政治斗争在金代诗坛的反映

北宋新旧党争，影响到金初文人对北宋末期文学现象的判定。由宋入金诗人马定国在宣政末所作“苏黄不作文章伯，童蔡翻为社稷臣。三十年来无定论，到头奸党是何人。”真实客观地反映了北宋后期以苏轼为代表的元祐学术的遭遇，而作者是以北宋元祐旧党的拥护者的身份出现的。

北宋后期，蔡京等执政。他们打着新党的旗号，大肆迫害旧党人物，并且追贬元祐党人，禁元祐学术。徽宗崇宁元年（公元1102年）七月，蔡京拜相，极力主张“禁元祐法”；九月，“立党人碑于端礼门”。被认为是旧党的一分子，“曾任待制以上官者”的苏轼被列为首恶②。政治迫害逐渐演变为全面封杀。崇宁二年四月，“诏苏洵、苏轼、苏辙、黄庭坚、张耒、晁补之、秦观、马涓文集、范祖禹《唐鉴》，范镇《东斋记事》、

---

① 金·元好问：《元好问全集》卷四十《赵闲闲书拟和韦苏州诗跋》，山西人民出版社1990年版。

② 均见明·冯琦、陈邦瞻：《宋史纪事本末》卷四十九《蔡京擅国》，中华书局1955年版，第479、482、483页。

刘攽诗话、僧文莹《湘山野录》等印板悉行焚毁。”[1]而且，“苏轼所撰碑刻，并一例除毁。”[2]崇宁三年六月，“重定位元祐、元符及上书邪等者，合为一籍，通三百九人，刻石朝堂。……待制以上官苏轼等四十九人。”[3]且令全国各州县皆刻“党人碑”，颁布天下。对“苏学”迫害打击的序幕也全面拉开。

禁元祐学术，最初是出于政治原因，后来一些官员为了掩盖自己的文学低能，也极力诋毁元祐学术。周密《齐东野语》卷十六：“诗道否泰，亦各有时。政和中，大臣有不能诗者，因建言诗为元祐学术，不可行。时李彦章为中丞，望风旨，遂上章论渊明、李、杜而下，皆贬之。因诋黄、张、晁、秦等，请为科禁。”[4]由此而来，北宋中期新旧党争，为北宋后期带来了文学上的大震荡。马定国在宣政末所作《四月十日遇周永昌二首》其二：“世无苏黄六七子，天断文章三十年。”比较客观地反映了当时文坛上的真实情况。

不过我们也应该注意到，北宋官方对元祐学术的禁止，并没有完全真正阻挡住民间对以苏、黄为代表的元祐诗人的崇敬与喜爱。朱弁《曲洧旧闻》云崇宁、大观间，“朝廷虽尝禁止，赏钱增至八十万，禁愈严而传愈多。往往以多相夸，士大夫不能诵坡诗，便自觉气索，而人或谓之不韵。”[5]元祐学人的文集在民间的流传还是比较活跃，以至于宣和六年十月，朝廷又不得不下诏：“有收藏习用苏、黄之文者，并令焚毁，犯者以大不恭论。”[6]但诏令的实际效果是非常有限的。晁公武云：“（苏轼）为人英辩奇伟，于书无所不通。所作文章，才落笔，四海已皆传诵。下至闾阎田里，外至夷狄，莫不知其名。”[7]宋徽宗时，“禁苏、黄集甚严，至有藏

① 清·毕沅：《续资治通鉴》卷八十八，中华书局1979年版，第2252页。

② 宋·周煇撰、刘永翔校注：《清波杂志校注》卷第五，中华书局1997年版，第191页。

③ 清·毕沅：《续资治通鉴》卷八十九，中华书局1979年版，第2270—2271页。

④ 宋·周密：《齐东野语》，张茂鹏点校，中华书局1997年12月版，第292页。

⑤ 宋·朱弁：《曲洧旧闻》卷八，孔凡礼点校，中华书局2002年版，第205页。

⑥ 元·脱脱等：《宋史》卷二十二《徽宗四》，中华书局1977年版。

⑦ 宋·晁公武：《郡斋读书志》卷十九，孙猛校证，上海古籍出版社2005年版，第997页。

于衣褐，间道出京，为逻人所获者。”①北宋都城对苏、黄书籍查禁甚严，京城之外则相对要宽松一些。

等到北宋灭亡之际，朝廷内部一些大臣在反思朝廷的一些治国政策时，就将宋朝衰亡的原因归于以蔡京为代表的“新党”人物，并且追根溯源，将北宋败亡源头归罪于王安石。钦宗时右谏议大夫兼侍讲杨时在奏疏中就云：

> 安石挟管、商之术，饰六艺以文奸言，变乱祖宗法度。当时司马光已言其为害，当见于数十年之后。今日之事，若合符契。其著为邪说，以涂学者耳目，而败坏其心术者，不可缕数。②

王安石的学术著作也遭受波及。靖康元年，宰相吴敏“因司业杨时上言，王安石《三经新义》邪说，聋瞽学者，致蔡京、王黼因缘为奸以误上皇，皆安石启之也。又谓安石不当继十哲，宜依郑康成画壁从祀。”③最后导致王安石的“《三经新义》，至南渡而废弃。”④与王安石形成对比的是，宋室南渡间，以苏轼、黄庭坚为代表的元祐学术却得到广泛的推崇。罗大经《鹤林玉露》云，孝宗朝“所谓人传元祐之学，家有眉山之书，盖纪实也。”⑤实际上，从徽宗毁弃元祐学术、经过高宗到孝宗朝，元祐诸人文集的流传不绝如缕，民间对苏、黄的喜爱始终没有中断。

金统治者对元祐党人和元祐学术是持肯定和赞赏的态度。这种肯定是和金朝军事反击北宋统治同时进行的。为了配合军事斗争，金朝统治者极力宣扬对宋用兵的正当性和合理性。北宋末，金兵南向，统帅斡离不在移牒宋廷的文书中，条述金兵攻打北宋的原因：“其于本国，穷

---

① 清·赵翼：《瓯北诗话》卷五，人民文学出版社 1998 年版，第 66 页。

② 元·脱脱等：《宋史》卷四百二十八《杨时传》，中华书局 1977 年版。

③ 宋·徐梦莘：《三朝北盟会编》卷五十一，上海古籍出版社 1987 年版。

④ 清·全祖望：《鲒埼亭集外编》卷四十九《记王荆公〈三经新义〉事附宋史经籍志》，四部丛刊初编本。

⑤ 宋·罗大经：《鹤林玉露》甲编卷二，王瑞来点校，中华书局 1997 年版，第 33 页。

奢极侈，上下相蒙，阉寺擅权，克取民间财玩，至有室如悬磬，人不聊生！种种弊源，莫可罄言。今我皇帝上符天心，爰赫斯怒，大举天师，数路并进，礼当问罪。”[①]把斗争的矛头指向荒淫无道、失却民心的北宋统治者和那些专权弄国，穷奢极侈的所谓的“新党”人物以及童贯等阉寺等。这说明金朝的统治者同南宋文人的观点是一致的，南北双方皆将北宋朝政的腐败归之于“新党”。他们对北宋新党的憎恶、对旧党的喜爱态度是非常分明的。出于如此原因，金军在攻宋中，对北宋旧党子孙注重保护，甚至加以重用。

宋代徐梦莘《三朝北盟会编》卷六十三云：

> 粘罕在西京，令人广求大臣文集墨迹书籍等。又寻富郑公、文潞公、司马温公等子孙。时唯潞公第九子殿撰维申，老年杖屦，先奔走出城，乃遗一妾一婴儿。粘罕既得，抚之良久，赠衣服珠玉为压惊，复令归宅。
>
> 靖康初，（司马朴）入为虞部右司员外郎。金人次汴郊，命朴使之。二酋（粘罕、斡离不）问朴家世，具以告。喜曰：“贤者之后也。”待之加礼。金人挟之北去，命朴为行台左丞，朴辞而止，益重之。

在南宋，一些旧党后代因为使宋金人的过问而重新得到任用。元朝胡三省在《通鉴释文辩误》的《后记》中云：

> 绍兴两国讲和，金使来问：“汝家复能用司马温公子孙否？”朝廷始访温公之后之在江南者，得伋，乃公之从曾孙也，使奉公祀，自是擢用。

相比而言，金人对北宋新党人物如王安石等，则采取鄙弃的态度。靖康元年十二月二十五日，“金人入国子监取官书。凡王安石说皆

---

① 宋·徐梦莘：《三朝北盟会编》卷二十九，上海古籍出版社 1987 年版。

弃之。”①

金代从官方到民间都注重宋代旧党人物苏、黄文集的收集。其实苏轼的文集在辽代即已传至北方。苏辙出使契丹时有诗《奉使契丹寄子瞻》云:“谁将家集过幽都,每被行人问大苏。”②金代攻打北宋之时,更十分注意苏、黄文集的收集与保护。据宋朝文献记载:(靖康元年十二月)“二十三日甲申,金人索监书藏经、苏、黄文及古文书、《资治通鉴》诸书。金人指名取索书籍甚多,又取苏文墨迹及古文书籍”③。靖康二年正月二十六日,金人索取“秘阁三馆书籍、监本印板、古圣贤图像、明堂辟廱图、皇城宫阙图、四京图、大宋百司并天下州府职贡令、宋人文集、阴阳医之书”。(原注:如元、白,并元祐诸名人文,尤爱慕)④所以,到了南宋初期(即金代的熙宗、海陵王时期),在北方金境流传的宋代文集以苏、黄文集为最多。赵翼说:“宋南渡后,北宋人著述,有流播在金源者,苏东坡、黄山谷最盛。”⑤反映的当是实际的情况。金人注重收集以苏、黄为代表的宋人文集,为金代文坛的学苏、尊苏,奠定了文献基础。清人钱谦益《牧斋初学集》卷八十三《题中州集钞》云:“自靖康之难,中国文章载籍,捆载入金源,一时豪俊,遂得所师承。”

第二,苏轼忠义之气在宋金同受肯定

宋代邵博在区别欧阳修、苏轼文风时指出:“欧阳公之文,和气多,英气少;苏公之文,英气多,和气少。”⑥所谓“英气多”,就是指苏轼对国家大事,总是敢于坚持自己的意见,“尽言无隐”(《杭州召还乞郡状》),“不顾身害”(宋孝宗《御制文集序》),不盲从,不徇私,抗言直节、表里如一,具有强烈的社会责任感和为国为民的文人使命感。正如史书所

---

① 《靖康要录》卷十,文渊阁四库全书本。

② 清·厉鹗:《宋诗纪事》卷二十一,上海古籍出版社 1983 年版,第 525 页。

③ 宋·徐梦莘:《三朝北盟会编》卷七十三,上海古籍出版社 1987 年版。

④ 宋·徐梦莘:《三朝北盟会编》卷七十七,上海古籍出版社 1987 年版。

⑤ 清·赵翼:《瓯北诗话》卷十二,人民文学出版社 1998 年版。

⑥ 宋·邵博:《邵氏闻见后录》卷第十四,刘德权、李剑雄点校,中华书局 1997 年版,第 111－112 页。

云，苏轼“忠规谠论，挺挺大节，群臣无出其右。”[1]苏轼不仅为后代文人树立了崇高的榜样，而且得到后代封建统治者的高度赞赏。南宋陈岩肖《庚溪诗话》卷上就指出：“东坡先生学术文章，忠言直节，不特士大夫所钦仰，而累朝圣主，宠遇皆厚。”特别是南宋高宗、孝宗二帝非常喜欢苏轼其人其文。史载高宗即位后，“以其文置左右读之，终日忘倦，谓为文章之宗”[2]。陈岩肖《庚溪诗话》卷上指出孝宗：“尤爱其文”。罗大经《鹤林玉露》甲编卷之二云：“孝宗最重大苏之文。御制序赞，特赠太师，学者翕然诵读。”[3]孝宗即位之初，除赠苏轼太师、谥文忠外，又赐其曾孙苏峤出身，并擢为台谏侍从。陈岩肖《庚溪诗话》卷上亦云“至乾道末，上（孝宗）遂为轼御制文集叙赞，命有司与集同刊之。”

金代文人在肯定苏轼文学成就的同时，也和南宋君臣一样，对苏轼的忠义直节给予很高的赞美。大定期间，苏轼的影响高出金初。冯翼在《问山堂记》中，评价苏轼为“雄文大笔，学贯九流，出入百年，波澜浩浩，高出前古，挟以英伟忠义之气，虽晚年窜逐海上，气不少衰”[4]。甚至金世宗对苏轼也表示出强烈的兴趣。元好问《中州集》卷九记载：

> 兴陵（世宗）尝问宋名臣孰为优？（耶律）履道以苏端明轼对。上曰：“吾闻轼与王诜交，甚款。至作歌曲戏及姬侍，非礼之甚。尚何足道耶？”履道进曰：“小说传闻，未必可信。就使有之，戏笑之间，亦何得深责？世徒知轼之诗文，人不可及。臣观其论天下事，实经济之良才，求之古人，陆贽而下，未见其比。陛下无信小说传闻，而忽贤臣之言。”明日录轼奏议上之，诏国子监刊行。

苏轼能够在南宋和金朝，不仅同受文人士大夫的尊重和喜爱，而且还受南北双方统治者的重视，这是和苏轼刚直磊落的人格分不开的。

---

① 元·脱脱等：《宋史》卷三百三十八《苏轼传》，中华书局 1977 年版。
② 元·脱脱等：《宋史》卷三百三十八《苏轼传》，中华书局 1977 年版。
③ 宋·罗大经：《鹤林玉露》，王瑞来点校，中华书局 1997 年版，第 33 页。
④ 清·张金吾：《金文最》卷二十五，中华书局 1990 年版。

清人周寿昌《思益堂日札》卷五感叹道:“世宗为金朝有道之主,值宋孝宗临朝,东坡文忠谥、太师之赠,皆出自孝宗,而奏议复刊行于敌国,亦一时奇遇也。”确实,苏轼的这种同时在多个政权受到推崇的情况,在中国历史上是并不多见的。金朝统治者对苏轼的推崇,实际上也体现了少数民族政权对儒家明德修身、经世济民的人格理想的吸收与褒扬。

苏轼对后代文人的影响是多方面的。特别是他对人生的旷放与超然的态度,同样也受到后代文人的高度评价。正如章培恒、骆玉明主编《中国文学史》中所云:苏轼“既严正又平和,既坚持了士大夫积极入世、刚正不阿、恪守信念的人格理想,又保持了士大夫追求超越世俗、追求艺术化的人生境界与心灵境界的人格理想,把两者融为一体,巧妙地解决了进取与退隐、入世与出世、社会与个人那一类在士大夫心灵上历来相互纠结缠绕的矛盾,并在其文学作品中加以充分的表现。苏轼为后来在类似社会条件下生存的文人提供了一种典范,因而获得他们普遍的尊敬。金代文人对苏轼人生哲学的尊敬与景仰,丝毫不减其他任何朝代的文人。耶律履《念奴娇》词中自称“老坡疑是前生。”①完颜璹《自题写真》诗中亦称自己:“只因酷爱东坡老,人道前身赵德麟。”金代有些文人对苏轼的喜爱,竟达到了痴迷的程度。高宪“自言于世味淡无所好,唯生死文字间而已。使世有东坡,虽相去万里,亦当往拜之。”②《中州集》卷七卫承庆小传载:

> 承庆字昌叔,襄城人,父文仲,承安中进士,以孝友淳直称于乡里,官至文登令,年七十余卒。临终沐浴易衣冠,与家人诀,怡然安坐,诵东坡《赤壁》乐府,又歌“人间如梦”以下二句,歌阕而逝。

金代文人对苏轼的忠义之气,旷达的人生态度的崇敬、喜爱,并不是出于一时的冲动,而是有着深刻的文化原因。

---

① 金·耶律履:《念奴娇》,唐圭璋编《全金元词》,中华书局2000年版,第28页。

② 金·元好问:《中州集》卷五,四部丛刊初编本。

第三，苏轼对金代中期文学艺术的影响

在文学上，苏轼诗文词对整个金代的影响同样是很深刻的。苏词受到金代学者的高度评价，作为文坛领袖的赵秉文和金代著名批评家王若虚均认为东坡词"为古今第一"。金代词人直接禀承苏轼所创立的言志之体及其所特有的刚健豪放之气，体现了北方民族崇尚豪爽之气和刚健之美的文化心理。金代诗坛上，苏轼也成为金代诗人学习的对象。明代王世贞《艺苑卮言》卷四就指出：

> 宇文太学虚中、蔡丞相松年、蔡太常珪、党承旨怀英、周常山昂、赵尚书秉文、王内翰庭筠，其大旨不出苏、黄之外。

翁方纲《石州诗话》卷五亦云："蔡松年、赵秉文之属，盖皆苏氏之支流余裔。"并且他还指出："尔时苏学盛于北，金人尊苏，不独文也，所以士大夫无不沾丐一得。"

金初学者如由宋入金的宇文虚中、朱弁、施宜生、朱之才等尊苏、学苏，为金中期诗坛学苏的盛行起到了很大的推动作用。朱弁使金被扣留 17 年，在金著《曲洧旧闻》10 卷、《风月堂诗话》3 卷，在金刊刻，其中有不少对苏轼的记述，对在金传播苏轼作品起了一定作用。施宜生也是入金宋人，宣和末担任颍州教官，曾从赵德麟游，得苏门沾溉，入金官至翰林侍讲学士。据《耆旧续闻》卷六载，著名的《东坡》诗即其所作："文星落处天应泣，此老已知吾道穷。事业谩夸生仲达，功名犹忌死姚崇。"朱之才有《次韵东坡跋周日方所画欠伸美人》，《后薄薄酒》（苏轼有《薄薄酒》诗），表明他对苏诗也很爱好。蔡松年是自宋入金官位最高的文人，他的诗词都颇类东坡，《金元诗选》评松年《晚夏驿骑再之凉陉，观猎山间，往来十有五日，因书成诗》云："吐属清新，笔似坡公。"可以说，金初诗人对苏轼在形式和风格上的继承，为整个金代苏学的盛行奠定了基础。

邓广铭先生在论及宋代文化时，曾指出："宋代的文化，在中国封建社会的历史时期之内，截至明清之际西学东渐的时期为止，可以说，已经达到了登峰造极的高度。"同时，"宋代文化的发展，既超越了居于它之前的唐代,也为居于它之后的元明两代之所不及,这却是无可争辩的事实。”[①]谈宋代文化,则不可能不谈作为宋代文化代表人物的苏轼。苏轼诗歌风格大体来说具有二重性,即既有质朴自然、豪放雄奇的北方文风,又具有宋代特定历史条件下所形成的以才学为诗的特点,而第二个特点正好代表了宋代文化的客观实际。宋代诗、文、词、书、画艺术高度发展与繁荣。实际上,以苏轼、黄庭坚为代表的宋代诗歌,一定程度上,代表的就是一种文人士大夫的诗酒风流和浓郁的文人雅致的生活态度。有学者认为“宋代社会的基础是文官政治,内在精神是注重品性涵养,外在表现是书卷风流。他们三位一体,构成了宋人所处浓郁的人文气息氛围。其审美情趣也从外在的羁旅漫游、征戍迁谪、行旅离别逐渐转向丰富多彩的心智活动,于是构成了宋代文学和文学思想中那种博大精深的人文气象。”[②]这种观点是符合客观实际的。而金代诗人学习苏、黄,是中国古代文化艺术发展到一定时期的产物。大定、明昌时期,不仅形成了浓厚的人文气息,文人的心智活动方式,也步武苏、黄。特别是此时文人的书画艺术基本上是继承了以苏、黄为代表的北宋时期书画艺术的创作特色。徐明善《送黄景章序》云:“中州士大夫文章翰墨,颇宗苏黄。盖唐有李杜,宋有二公,遒笔快句,雄文高节,宗之宜矣。”[③]特别是大定、明昌间,社会稳定,经济发展,文人们有更多的时间和精力从事书画艺术,且不少文人如张莘卿、完颜琦、赵沨等皆以苏、黄为法。天德进士张莘卿,官至镇西军节度副使,兼岚州管内观察副使。赵秉文评其“字画遒丽,得东坡遗法。”[④]元好问评完颜琦:“字画得于苏、黄之间。”[⑤]元好问又评赵沨:“正书体兼颜、苏;行草备诸家体。超

---

① 邓广铭:《宋代文化的高度发展和宋王朝的文化政策》,见《历史研究》1990 年第 1 期,第 64 页。

② 刘畅:《文官政治 · 书卷风流 · 人文气象——宋代文学存在的社会文化背景分析》,《南开学报》2000 年第 5 期,第 55 页。

③ 元 · 徐明善:《芳谷集》卷上,文渊阁四库全书本。

④ 金 · 赵秉文:《滏水集》卷十一《赠银青荣禄大夫翰林学士承旨张文正公神道碑》,文渊阁四库全书本。

⑤ 金 · 元好问:《遗山集》卷三十六《如庵诗文叙》,文渊阁四库全书本。

放又似杨凝式，当处黄鲁直、苏才翁伯仲间。”①所以说，金代中期的书画艺术就是笼罩在苏、黄的影响之下。

苏轼诗歌代表了北宋诗歌的最高成就。其对金代中期诗坛的影响大体包括两个方面：

第一为苏轼诗歌本身方面，如诗歌创作方法、诗歌艺术风格等。

金代中期诗人对苏轼诗歌的学习与继承最明显的表现是次韵苏轼诗。蔡珪有《雪拟坡公韵》、刘迎《郭熙秋山平远用东坡韵》。这时期的道教人物作诗，也喜次东坡韵。如马钰。马钰有诗《腊日海上见海市用东坡韵》、《癸卯四月行化道过福山，因借坡公海市诗韵以述怀，赠诸道友》、《予行化芝阳，特承蓬莱道众见访，相别索诗，为借坡公韵藏头叠字赠焉》，而马钰诗《黄邑修设黄箓，邀予作度师，既至，加持于全真庵，借东坡海市诗韵以示道众》，则是次韵苏轼《登州海市》诗。

在诗人郑子聃、党怀英等人的诗文中，更多的则是表现出苏轼诗歌风格的影响。刘象先《雨声轩记》中称郑子聃诗文“皆轧轧若自肺腑中流出，何异于万斛泉源不择地而出焉？公生平尝慕东坡之为人，于其文章，尤所嗜好。下笔优入其域，岂非声而应欤”？② 赵秉文论党怀英诗文风格云：“文章非能为之为工，乃不能不为之为工也。非要之必奇。要之不得不然之为奇也，譬如山水之状，烟云之姿，风鼓石激，然后千变万化，不可端倪。此先生之文与先生之诗也。”③这显然与苏轼诗文的风格相似。

第二为苏轼的生活追求和人生态度方面。郑子聃、刘迎对苏轼的景仰就包括对苏轼的人生经历的感慨。刘象先《雨声轩记》（作于金大定十七年）谈到郑子聃的诗歌创作时又云：“昔东坡访黎氏之居，水竹幽茂，滨于大池，坐客怜其贫，共将醵钱作屋。坡乃为诗以宠之。其中有云：‘临池治虚堂，雨急瓦声新。’郑（子聃）侯深爱其语，故结宇于湖东

① 金·元好问：《中州集》卷四“赵沨小传”，四部丛刊初编本。

② 金·刘象先：《雨声轩记》，《金文最》卷二十三，中华书局 1990 年版。

③ 金·赵秉文：《滏水集》卷十一《翰林学士承旨文献党公碑》，文渊阁四库全书本。

之亭，以瞰湖上。”①著名诗人刘迎有《徐梦弼以诗求芦菔辄次来韵》诗：“又闻东坡公，谪居饱鲑菜。暮年海南住，几席溪山对。自馔一杯羹，老狂犹故态。最喜霜露秋，味出鸡豚外。乃知作诗本，口腹不无赖。”苏轼的人生经历对其诗歌创作的影响无疑是直接而又深刻的。金代诗人注意到了苏轼诗风的形成，是与他的仕途遭遇和人生态度紧密联系在一起的。

正如论文前面所云，金代中期诗歌标志着金代诗歌发展的转型。这种转型在一定程度上可以说是在苏诗的影响下实现的。尽管苏轼的诗歌存在着“以才学为诗、以议论为诗、以文字为诗”的创作倾向，但在苏轼的诗歌中，同样表现出自然、重情的审美风范。张戒《岁寒堂诗话》卷上指出：“苏子瞻学刘梦得，学白乐天、太白，晚而学渊明。”在苏轼的诗歌创作中，融合了雄豪、畅肆、恣逸、闲放等艺术特点，而这些特点和风格正好和质朴、自然、豪放的北方文风相契合，从而得到金代中期诗人的广泛接受，进一步促进了北方诗坛重“气格”的审美风貌的形成。正如清人阮元《金文最·序》中所云：“大定以后，其文章雄健，直继北宋诸贤。”而这与苏轼诗歌的影响是分不开的。

二、金人对黄庭坚的接受

前人在论及宋代诗人对金诗的影响时，大多将苏、黄并称。清代顾奎光《金诗选·凡例》也说：“金诗宗尚不出苏、黄。”在宋代诗歌的发展过程中，苏轼、黄庭坚是代表宋代诗歌最高成就的诗人，他们的诗歌皆体现了宋诗重才学、重议论的特征。但在一定程度上，两宋之交，黄庭坚的影响甚至超过了苏轼。钱锺书在《宋诗选注》汪藻小传中曾说过北宋末、南宋初的诗坛，差不多是黄庭坚的世界，金中期诗坛也可被称为黄庭坚的世界。另外一些学者在谈到宋代诗歌时进一步指出：

> 宋诗的艺术追求，就是以字面、音节、句法、结构等诗学要

① 清·张金吾：《金文最》卷二十三，中华书局1990年版。

素为手段，藉以呈现宋人挺然不群的人格意志，力反庸俗乡愿的个性追求，以及处于衰世、逆境下偃蹇横放的人生姿态。[1]

以黄庭坚为代表的江西诗派的诗歌创作中，很明显地表现出重筋骨思理、重语言句法的特点。金代大定后期至明昌间，诗坛受以黄庭坚为代表的江西诗派的影响是深刻而广泛的。金代这段时期社会承平、经济繁荣，而这又与江西诗派产生的社会背景相似。稳定的社会背景会促进各种文学艺术的发展，文人士大夫也往往会表现出"雅化"的审美情趣。在诗歌创作领域，江西诗派就强调诗人应注意"避俗"。随之而来，黄庭坚特别强调学养对写诗的重要性[2]。黄庭坚在《答洪驹父书》中说："自作语最难。老杜作诗，退之作文，无一字无来处。盖后人读书少，故谓韩、杜自作此语耳。古之能为文章者，真能陶冶万物，虽取古人之陈言入于翰墨，如灵丹一粒，点铁成金也。"[3]惠洪《冷斋夜话》引黄庭坚语曰："诗意无穷而人才有限。以有限之才，追无穷之思，虽渊明、少陵不得工也。不易其意而造其语，谓之换骨法；规摹其意而形容之，谓之夺胎法。"[4]对夺胎换骨之说是否山谷真传，学术界有不同看法，但至少它代表了惠洪等人对江西诗法的理解，并对文坛产生了深刻影响。以古为法，借用前人成句，点化前人诗意，这些在今天看来有剽窃之嫌，在江西诗派看来，却是学养深厚的表现。金前期宋儒文派先后两代领袖人物宇文虚中和蔡松年的诗作显示了浓重的沾丐黄体诗风的痕迹。蔡松年之词，魏道明多引东坡、山谷语作注。这段时期不少代表诗人如蔡珪、王寂、李晏等，皆程度不同地表现出江西派夺胎换骨、点化成句的诗歌创作倾向。陶玉禾《金诗选》卷一在评说蔡珪《医巫闾》诗时云："萧闲父子皆学山谷。"刘迎诗亦学黄，其诗《连日雪恶用聚星堂雪诗韵》明确提出："是中圣处公会无，一粒灵丹工点铁。"其《次韵夜雨》诗：

① 张仲谋：《宋诗：一种有意味的形式》，《江苏社会科学》2001年第1期，第166页。
② 参看蒋哲伦、傅蓉蓉：《中国诗学史·词学卷》，鹭江出版社2002年版。
③ 郭绍虞主编：《中国历代文论选》(2)，上海古籍出版社2001年版，第316页。
④ 同上，第321页。

“海山何处是蓬瀛，节物催人意自惊。客里厌逢今旧雨，梦余愁听短长更。故园颇觉归期缓，老境难堪此段情。想得诗成正萧瑟，竹窗灯火夜微明。”其构思、抒情方法与黄庭坚《寄黄几复》是一致的。钱锺书就认为，刘迎《题梁忠信平远山水》：“乌靴席帽东千里”，用山谷《六月十七日昼寝》：“红尘席帽乌靴里。”又《清明前十日作》：“雨余天气动朝寒，寒食都来数日间”，用晁冲之《次留次褒三十三弟》：“不知汝定成行否，寒食今无数日间”。[①] 钱锺书还注意到：“刘迎气骨腾骞，时作黄体，故其《题吴彦高诗》云：‘诗到西江别是禅’。”[②]

大定、明昌间诗坛，以路铎、刘仲尹为代表的一部分诗人也明显受到黄庭坚江西诗派的影响。路铎的诗歌“几篇篇点换涪翁语，不特格律相似。如‘九陌黄尘没马头’、‘禅榻坐凉碧树秋’、‘随人作计鱼千里’、‘霁月光风发兴新’、‘刘翁有道今陆沉’、‘牛刀小试义熙前’、‘四望黄云寡妇秋’、‘柳行灯火试新凉’，挦撦吞剥，到眼可辨。《次韵郦著作病起》云：‘贫是诗人换骨时，徐行休叹后山迟，’更分明供状矣。”[③]刘仲尹“诗乐府俱有蕴藉。”[④]他有诗“安得涪翁香一瓣，种成聊供小南丰”（《酴醾》），表示出对黄庭坚的景仰。有些诗如《别墅》二首、《墨梅》十一首、《秋尽》等，用典密集，构思奇妙，内容含蓄，表现出黄庭坚诗歌的一些特色，故元好问称许刘仲尹的诗歌能“参涪翁而得法者也。”[⑤]此外，张瑴、刘汲的有些诗歌也没有摆脱黄庭坚的影响。《归潜志》卷四评张瑴，“诗学黄鲁直格”。《金诗选》卷一评刘汲《平凉道中》，曰：“西岩诗拟乐天，亦未离宋调。如‘身将隐矣文何用，人不知之味更真。’是江西余习也。”

有些诗人受江西派的影响，主要表现在对江西派“点铁成金”、“夺胎换骨”的诗歌理论的实践上，即对古人诗歌成句的借用和点化上。刘迎《连日雪恶，用聚星堂雪诗韵》：“是中圣处公会无，一粒灵丹工点

---

① 钱锺书：《谈艺录》，中华书局 1986 年版，第 497—498 页。

② 钱锺书：《谈艺录》，中华书局 1986 年版，第 157 页。

③ 同上。

④ 金·元好问：《中州集》卷三，四部丛刊初编本。

⑤ 同上。

铁。”王寂《跋韦偃病马图》：“如何写此神俊物，剥落玄黄只皮骨。却思落日蹴长楸，风入四蹄追健鹘。……行当起废一长鸣，要洗凡庸空万古。”明显点化杜甫《画鹰》诗而成。蔡珪《戏杨新城》：“蓬莱殿下同年客，定笑狂夫老更狂。”来自于杜甫《狂夫》：“欲填沟壑唯疏放，自笑狂夫老更狂。”王寂《夜宿淮阴城下》：“将军旗鼓渡中流，明旦孤城土一丘。埋没游魂随野草，烦冤新鬼哭沙洲。坐看赤壁飞灰灭，行想金陵王气收。惟有多情淮上月，夜深还照女墙头。”诗意取自刘禹锡《西塞山怀古》、《石头城》，还有杜甫《兵车行》。李晏《赠燕》：“王谢堂前燕，秋风又送归。向人如惜别，入户更低飞。海阔迷烟岛，楼高近落晖。不知从此去，几日到乌衣。”借用刘禹锡《乌衣巷》诗意，抒发盛衰兴替之感。又李晏《题武元直赤壁图》：“一时豪杰成何事，千里江山半落晖。”亦受刘禹锡《西塞山怀古》的影响。王寂、李晏的这些诗歌点化唐代杜甫、刘禹锡等人的作品，不过从创作方法上看，显然是江西诗派“点铁成金”、“脱胎换骨”诗歌创作理论的具体体现。

清代翁方纲《石州诗话》中有“苏学盛于北”的说法，尽管有人不同意翁氏此说，如清人潘德舆《养一斋诗话》卷一反驳道：“（翁氏）酷好苏诗，以之导引后进，谓学诗只此一途。”然而翁方纲的观点基本为后代学者所接受。其中所云“苏学”，不仅包括苏轼的文学与学术思想，也包含了以黄庭坚为代表的江西诗派的影响。因为苏、黄诗歌代表了北宋诗歌的总体特色，所以后代诗论家往往将二人联系起来加以评价。南宋人对于苏、黄，一者并加贬斥，如张戒《岁寒堂诗话》指责宋诗弊端时往往将苏、黄联系在一起，笼统地宣称诗“坏于苏、黄”，说“苏、黄用事押韵之工，至矣尽矣，然究其实，乃诗中一害”。又云“子瞻以议论为诗，鲁直又专以补缀奇字，学者未得其所长，而先得其所短，诗人之意扫地矣”。一者调和折中，如刘克庄《后村诗话》认为苏、黄各有其优劣，说苏“波澜富而句律疏”，黄“锻炼精而性情远”，善学者应扬长避短。清人潘德舆《养一斋诗话》卷一云：“苏、黄并称，其实相反。苏豪宕纵横而伤于率易；黄劲直沉着而苦于生疏。”再如吕本中《紫微诗话》和《童蒙诗训》则认为光学杜甫和黄庭坚不够，还要学李白和苏轼，尤其是苏轼。

大定末、明昌初,党怀英与王庭筠名声相埒,前者"当明昌间,以高文大册,主盟一世",后者"当明昌间,照映一时"。他们分别是此时清脱、尖新两大诗派的领袖人物。清脱派多受苏诗的影响,而尖新派则受江西派濡染颇深。党、王二人通过自己的写作实践和理论引导,使这两种风格的诗歌创作取得了显著的成就和影响。不过,诗坛这两大主要派别都在坚持自己诗学价值取向的同时,兼收并蓄别家之长,而没有走极端。尖新派主要学黄但不执意排苏,清脱派诗人着意学苏而不完全废黄。以党怀英为代表的"明昌辞人"皆为诗注重气格,但党怀英主张在不害文义的前提下重视句法(不是像江西诗家那样片面地将句法置于首要和核心地位),他强调,律诗"有一字不经炉锤,便若一屠沽子厕其间也"①,其《金山》一诗也被后人称为"宋体之佳者"②,师拓"作诗有气象,而工于炼句"(《中州集》小传)。这些都反映了他们试图融通苏、黄的倾向。

三、对苏、黄诗风的反思

苏轼、黄庭坚二人在诗歌创作上,皆有可争议之处。在宋代,人们在肯定苏轼诗文成就与地位的同时,也注意到了他的缺点和不足之处。罗大经《鹤林玉露》云:"东坡文章,妙绝古今,而其病在于好讥刺。"③金代文人对苏轼诗歌的不足也有清醒的认识,他们对苏轼诗文的缺点和不足的评价具体而客观。如王若虚尊崇苏轼而亦知其短。他在充分肯定苏轼的同时,也有对其喜次韵的中肯批评,如"次韵实作者之大病也。诗道至宋人,已自衰弊,而又专以此相尚。才识如东坡,亦不免波荡而从之,集中次韵者几三之一,虽穷极技巧,倾动一时,而害于天全多矣。使苏公而无此,其去古人何远哉!"又云:"东坡酷爱《归去来辞》,既次

---

① 元·刘祁著、崔文印点校:《归潜志》卷八,中华书局 1997 年版。
② 明·胡应麟:《诗薮》杂编卷六,上海古籍出版社 1979 年版,第 332 页。
③ 宋·罗大经:《鹤林玉露》乙编卷四,中华书局 1997 年版。

其韵，又衍为长短句，又裂为集句诗，破碎甚矣。”①在苏诗用典多误方面，金末元初的李冶就认为：

东坡先生，神仙中人也。其篇什歌咏，冲融浩翰，庸何敢议为？然其才大气壮，语太峻快，故中间时时有少机者。如牏厕、厕牏之倒，滹沱河、芜蒌亭之误皆是也。今聊疏其一二，可以为峻健者之戒。《和刘贡父》云：“数奇逢恶岁，计拙集枯梧。”按《晋语》：优施歌曰：“暇豫之吾吾，不如乌乌。人皆集于苑，己独集于枯。”东坡此诗意，全用《晋语》事，而押韵处便加“梧”字，岂非太峻快耶？《次韵秦少游》云：“山围故国城空在，潮打西陵意未平。”此则全用刘禹锡《石头城》诗，但改其下三五字耳，亦是太峻快也。②

受社会背景和追求典雅的文学思潮的影响，金中期诗坛以蔡珪为首，还有刘迎、王寂，以及王庭筠等“国朝文派”的诗人，在创作上都或多或少表现出东坡喜次韵、黄庭坚尚尖新的倾向。这种倾向一直影响到了金代后期的诗歌创作。金末文人聚会时，联诗唱和，争奇斗巧，逐渐形成一股风气。随之而来的结果，一是诗人探讨和韵、次韵方法的言论增多；二是对和韵、次韵创作活动的肯定。金末刘祁《归潜志》卷八云：“凡作诗，和韵为难。古人赠答，皆以不拘韵字。迨宋苏、黄，凡唱和，须用元韵。往返数回以出奇。余先子颇留意，故与人唱和，韵益狭，语益工。人多称之。”刘祁之父刘从益是金南渡后著名诗人，许多年轻诗人喜与之交往聚会，或切磋诗艺，或饮酒联诗，其文学活动在当时诗坛影响较大。这些诗人在联句、次韵诗歌的创作中，明显受苏、黄的影响。

文学史上常将苏、黄并称，来代表元祐学术或指代宋诗特色，但苏、黄二人的诗文风格毕竟有着很大的不同。这种不同更多的是来自个人

① 金·王若虚：《滹南诗话》卷二，《历代诗话续编本》，中华书局 1983 年版，第 514—515 页。

② 元·李冶：《敬斋古今黈》卷八，文渊阁四库全书本。

的经历、学识和气度。首先是二人气质上的差异带来了诗歌风格上的不同。宋代邓肃(公元1091—1132年)指出:"苏、黄之文,几于比肩,及其绝尘,黄且瞠若,岂笔力之罪耶?然东坡谪居海外,若不复振者,而刚大之气,常充塞乎天地之间。山谷少不得意,则作小偈一赞王介甫,间于东坡微有讥焉。则生死富贵,已慑其气尔。"①邓肃虽活动在江西诗派盛行之时,但也能够从二人气质、禀赋等方面指出苏、黄之间的差别,并表示出鲜明的尊苏抑黄的倾向。金代中后期一些诗论家也意识到了苏、黄诗风的差异,进而显示出尊苏黜黄的态度。王若虚《滹南诗话》卷二认为苏轼诗歌:"理妙万物,气吞九州岛,纵横奔放,若游戏然,莫可测其端倪。"而他认为山谷诗:"有奇而无妙,有斩绝而无横放,铺张学问以为富,点化陈腐以为新,而浑然天成,如肺肝流出者,不足也。"邓肃和王若虚的观点基本代表了人们对苏、黄二人的整体看法。诚然苏、黄诗歌有相同的地方,然而苏轼诗歌雄奇、奔放而又浑然天成,如从肺肝流出的风格特色,又是黄诗中所缺乏的。从某种程度上来说,苏轼的诗歌更能代表诗歌创作过程的一般规律。苏轼曾云:"凡文字,少小时须令气象峥嵘,采色绚烂,渐老渐熟,乃造平淡。其实不是平淡,绚烂之极也。"②以苏轼为代表的宋诗所追求的就是那种"襟怀淡泊、思致绵密和情意深邃"的"老境美",这是一种绚烂之极,归于平淡的外枯而中膏、似癯而实腴的成熟之美。"它所反映的是一种人世沧桑的凄凉和强歌无欢的沉郁。它源于当时作家心理感情中普遍存在的'忧患'意识",并且还"属于一种带有理性批判否定精神的情感判断。"③金中期诗人亦是要在精神气质上追求这种绚烂之极、归于平淡的理性超越。詹杭伦先生在《金代文学思想史》一书中所云,金大定年间诗人"学苏所得,不仅在意格的超迈,也可学得作诗之法;学黄所得,不仅在字句的锤炼,也可

---

① 宋·邓肃:《栟榈集》卷十四,文渊阁四库全书本。

② 宋·赵令畤:《侯鲭录》卷八引,孔凡礼点校,中华书局2004年版,第203页。

③ 张毅:《追求理趣与老境美——宋文化成熟时期文学思想的特征》,《南开学报》1992年第5期,第53页。

学得意格之奇。"[1]意谓一些诗人学苏而不废黄,学黄而不废苏,转益多师,在艺术上有所超越,然后成就了自己。作为中国封建文化发展到鼎盛时期的文学产物——宋代诗歌,反映的就是这段时期文人士大夫的思想情感追求和艺术审美境界。这种追求与境界笼罩着有金一代的诗坛。

第三节　以唐人为旨归

《金史·文艺传序》云:"金用武得国,无以异于辽,而一代制作能自树立唐、宋之间,有非辽世所及,以文不以武也。"张晶先生指出:"金诗善于从唐诗、宋诗中汲取营养,不断补充、完善自身,因而,不断从低级走向高级,由稚嫩走向成熟。"[2]

一、金诗学唐的进程

金诗的发展是在北方文化的基础上,主要沿着"尊宋"和"尊唐"两条线索发展。金代"百年以来,诗人多学坡、谷。"[3]然而尊唐又一直活跃在金代诗坛,并最终又"以唐人为旨归"[4],这是金代诗歌产生、发展所依赖的社会文化背景的不断变化所使然,也是唐诗风格与金代北方文风相契合的结果。

金代诗歌在其发展过程中,深深植根于北方丰富的社会、文化土壤,表现出渔猎文化、游牧文化所特有的自然、质朴、豪放、重"气格"的性格内涵。同时北方文化善于吸收先进文化,面对中原传统文化遗产,

① 詹杭伦:《金代文学思想史》,成都科技大学出版社1990年版,第76页。

② 张晶:《辽金元文学论稿》,北京广播学院出版社2004年版,第60页。

③ 金·元好问:《元好问全集》卷四十《赵闲闲书拟和韦苏州诗跋》,山西人民出版社1990年版。

④ 金·元好问:《元好问全集》卷三十六《杨叔能小亨集引》,山西人民出版社1990年版。

他们也不会厚此薄彼。以具有北方文化性格的汉族诗人为主体的金代诗人,具有强烈的文化开放性、性格进取性、思想多元性。在文学领域,金代诗人表现出很大的包容性。在接受苏、黄影响的同时,他们不断拓展学习道路,求变求新。

金初诗坛的主体是由宋入金的诗人。以蔡松年为代表,在其诗、词创作中,明显表现出受宋诗,特别是苏、黄二位诗人影响的痕迹。然金诗学唐从金初亦即已显露出来。金初时期以朱弁、宇文虚中、高士谈、姚孝锡等为代表的由宋入金的诗人中,表现出明显的受杜甫"沉郁顿挫"诗歌风格影响的痕迹。在他们那些吟咏故国情怀的诗篇中常常产生漂泊之感、沦落之悲,诗歌风格情感悲怆,意绪凄凉。一些诗人没有宇文虚中、高士谈那样的经历,但在思想性格上,与唐代某些诗人相契合。马定国的诗歌,就有慷慨磊落的意气,恣纵豪宕的风尚,其为人、作诗都受中唐韩派诗人的影响。

金中期,学唐呈现出多元化倾向。

世宗大定以来,社会稳定,经济发展,文人们对于女真政权从心理上给予认同,心态已摆脱那种彷徨不安的煎熬。变得平和闲雅。而他们有更多的时间和精力从事书画艺术,文学创作笼罩在宋代以苏轼、黄庭坚为代表的江西诗派的影响之下。不少文人如张莘卿、完颜琇、赵沨等皆以苏、黄为法。然而金代中期学唐历程,伴随着"国朝文派"的创立却进一步得到加强。活跃在海陵王后期到世宗大定初诗坛的"国朝文宗"蔡珪,从金初"宋朝文派"的笼罩之下开拓出了新的道路。元初郝经《书蔡正甫集后》评价蔡珪云:"不肯蹈袭抵自作。"这个评价不仅强调了蔡珪能够摆脱因袭、勇于独创的精神,并且指出在他的努力下,金代诗风得以成功扭转的事实,即创造了高古劲直、雄奇健拔的北方诗风,这种诗风的艺术渊源则是唐人韩愈奇崛的风格。刘迎、王寂等许多"国朝文派"诗人,在他们的一些诗歌作品中,更加体现出学习唐代雄劲奇峭的诗风的倾向。

第一,以蔡珪、刘汲、党怀英等为代表的诗人对李白、杜甫、白居易等诗风的继承,体现出作家性格的北方气质。

白居易《与元九书》曾云："诗之豪者，世称李、杜。"而金代北方文化性格与李白、杜甫"豪放"的诗风相契合。边元鼎《客思》："羞向孙刘图富贵，浪从李杜学文章。"代表唐代诗歌"自然"、"豪放"风格的李白、杜甫的诗歌风格，正符合了金代诗人的诗歌审美追求。

代表北方文风的质朴、自然、豪放的风格，是联系唐代诗人和金代诗人的桥梁。对李白风格，金初一些诗人就表现出强烈的兴趣。如金初诗人王绘就曾为李白诗作注，并有《注太白诗》行于当时。① 世宗、章宗时期，诗人们或注重对李白命运的同情。如蔡珪《太白捉月图》诗："寒江觅得钓鱼船，月影江心月在天。世上不能容此老，画图常看水中仙。"或学习李白的生活态度，如党怀英自号竹溪，就有步踪李白之意。②大定、明昌时期文坛领袖党怀英《世华（怀英弟）将有登州之行》诗："他日书来问无恙，我应深钓竹溪云。"他的一些诗歌风格恣肆飘逸，语言流动自然，情感迭宕奔放，和李白诗风一脉相承。如其《和济倅刘公伤秋》诗景象开阔，气势雄壮，颇具李白诗神韵。此外如赵沨《西城观水》景象壮阔，气势雄伟，也很有李白雄放恣肆的诗歌创作风格。刘昂（字子昂，兴州人）诗《都门观别》："买酒消闲愁，剪刀剪流水。闲愁不可消，流水无穷已。"显然是学李白《宣州谢朓楼饯别校书叔云》。《四溟诗话》卷二评王庭筠《黄花山》诗："挂镜台西挂玉龙，半山飞雪舞天风。寒云直上三千尺，人道高欢避暑宫。""颇有太白声调。"边元鼎《八月十四日对酒》："金波淡荡桂树横，孤在玻璃千万顷。玻璃无限月光冷，鸿洞一色无纤颖。清风飒飒四坐来，吹入羲黄醉中境。醉中起歌歌月光，月光不语空自凉。月光无情本无恨，何事对我空茫茫。"诗歌浸透着李白诗中的月亮意象幽冷凄迷的特殊神韵。

李白诗风影响所及，直到金末。元好问云"李、赵风流两谪仙"③，指出李纯甫、赵秉文的气质、文风与李白的一致。金末王郁"为文法柳

① 金·元好问：《中州集》卷八，四部丛刊初编本。

② 唐代李白隐居之所是竹溪，当时李白有"竹溪六逸"之号。

③ 金·元好问：《定风波·序》，《全金元词》，中华书局2000年版，第89页。

宗元,闳肆奇古,动辄数千言。歌诗俊逸,效李白。”①

金中期诗人沾溉白居易亦良多。在“明昌辞人”党怀英、赵沨等人的作品中,我们看到受白居易“闲适诗”的影响,而杨庭秀《题崆峒岩壁》诗中描写山岩冰滩间冰泉滴水之声:“冰岫玲珑岩溜滴,琤琤珠落玉盘声。漫漫积雪覆冰滩,呜咽泉流冰下难。浑似乐天湓浦宿,夜听商妇月中弹。”诗歌从听觉、视觉、感觉等方面渲染声音的清脆、气候的严寒、感觉的凄凉。在描写方法上,显然受白居易《琵琶行》诗的影响。当然这种影响有可能是负面的。

郦权《裴公亭》:“诗狂欲洒亭间壁,却愧文公与乐天。”白居易诗歌风格也同李白、杜甫、韩愈的诗歌一样,同样代表了北方诗歌的某些风格和成就。北方的辽代统治者如圣宗与兴宗等就非常喜欢白居易这种平易自然的诗风。辽圣宗(隆绪)有《题乐天诗》:“乐天诗集是吾师。”作为北方文化一个有机组成部分的金代诗歌,在语言风格上具有追求自然浅易的特征,而这个特征与白居易的诗歌语言风格趋于一致。白居易自称其诗歌的风格是:“其辞质而径,欲见之者易谕也。”②其中“易谕”就体现了白居易诗歌语言方面追求自然易懂的审美风貌。关于这个特征,宋王之望有诗云:“我爱乐天文,平易更精切。笔端应有口,心事无不说。游戏供日用,工巧疑天设。述情悉毫厘,辩理穷曲折。”③作为北方诗人的白居易在诗歌语言、抒情风格等方面的特点,正好符合了金代北方文学的审美需要。元好问《感兴四首》(其二)有:“并州未是风流域,五百年来一乐天。”表现出对白居易的高度推崇,而白居易在北方的影响也确实如此。

又宋代苏辙云:“唐人诗当推韩、杜。韩诗豪,杜诗雄,然杜之雄亦可以兼韩之豪也。”④金人学杜,其中部分原因是杜甫诗歌中,也和李白、韩愈的诗歌一样,同时包含着北方豪放雄健的文风。元好问亦云:“子

---

① 元·脱脱等:《金史》卷一百二十六《文艺下》,中华书局 1997 年版。
② 唐·白居易:《白氏长庆集》卷第三《讽谕三》,四部丛刊初编本。
③ 宋·王之望:《汉滨集》卷一《书白氏长庆集》,文渊阁四库全书本。
④ 宋·张戒:《岁寒堂诗话》卷上,《历代诗话续编》本,中华书局 1983 年版。

美之妙，释氏所谓学至于无学者耳。今观其诗，如元气淋漓，随物赋形，如三江五湖，合而为海，浩浩瀚瀚，无有涯涘。如祥光庆云，千变万化，不可名状。”①明确指出了杜甫诗歌气势充沛、豪迈雄健的风格特征。

金中期诗坛因与李、杜、韩诗风相契合而初步形成的雄奇刚劲的基本风格，成为诗坛的主潮流，对金代后期诗歌产生了重大影响。

金中期诗坛在唐诗接受上，表现出广博的视野和开阔的胸襟。他们在接受李、杜、韩、白的同时，也注意吸取唐代其他具有不同风格的诗人的艺术养料。世宗朝曾任御史中丞的李晏有诗《白云亭》：“白云亭上白云秋，桂棹兰桨记昔游。往事已随流水去，青山空对夕阳愁。兴亡翻手成舒卷，今古无心任去留。独倚西风一惆怅，数声柔橹下汀洲。”明显表现出盛唐崔颢《黄鹤楼》诗豪放、自然的神韵。

在对唐诗的继承学习中，金代诗人还能够深入唐代诗人的内心世界，反映他们的思想感情。活动在世宗、章宗时期诗坛的周昂、任询可以说就是柳宗元的知音。周昂《读柳诗》：“功名翕忽负初心，行和骚人泽畔吟。开卷未终还复掩，世间无此最悲音。”表现出对柳宗元身世遭遇的深切同情，以及对柳宗元诗歌独特价值的准确体认。而任询《忆郎山》诗：“万壑溪流合，千峰木叶黄。郎山五千丈，独立见苍苍。”立意构思显然受柳宗元《江雪》影响，皆表现了对超越尘世而无所滞累、空灵淡泊的心境的追求。

第二，以刘迎、师拓、周昂、王若虚等诗人为代表，继承杜甫、白居易的现实主义诗歌创作精神。

世宗、章宗诗坛学习和继承杜甫现实主义诗歌成就最高的诗人为刘迎。刘迎诗歌，无论从选材、立意，还是写作特色和艺术风格上来说，与杜甫都极为相近。他的作品学杜甫、白居易，关心民谟、关注社会、关怀局势，与古代现实主义创作精神一脉相承，从而提升了金诗的思想格调。

杜甫诗歌在金代中期诗坛得到了更加广泛的继承。王寂称赞朋友

① 金·元好问：《遗山先生文集》卷第三十六《杜诗学引》，四部丛刊初编本。

文伯起的诗歌:“七言五字得谁髓,老杜工部韦苏州。”[①]事实上,不少诗人的五言诗作也受杜甫诗歌的影响。王寂自己的诗歌《咏张宫师二疏东归图》:“宫师廊庙具,天为苍生设。莫袭异姓封,长揖稷与契。……致君尧舜上,锺鼎载勋烈。”在思想感情、甚至语言运用等方面,显然受杜甫诗歌的沾溉。党怀英《喜雨》:“明朝东皋望,照眼生意明。焦枯被沾濡,相与回春荣。忻然野桃李,新绿栖残英。渐渐麦垄翠,溜溜溪流清。蛙鸟亦解喜,飞沉互喧鸣。万物皆得时,栖迟感吾生。”与杜甫《春夜喜雨》同样表现出关心社会、民胞物与的儒家仁爱精神。

周昂的诗如《翠屏口》7 首、《山家》7 首、《边俗》等作品,充分体现了周昂关心国家局势、反映社会生活的现实主义创作精神,与杜甫诗歌一脉相承。周昂认为江西诗派的代表人物并没有认识到杜甫诗歌的真正价值所在。他评说陈师道虽学杜,只是窥得其一斑,仅在字法、句法、章法等方面进行模仿。所以陈师道尽管付出了极大的精力和心血,到头来也只得杜诗形式上的一鳞半爪。周昂《醉经斋为虞乡麻长官赋》:“诗书读破自融神。”他高度评价杜诗,表明了他认为作诗首先应重视深广的社会内容和时代精神。

第三,以朱自牧、王磵、任询等诗人为代表,学习中唐大历诗人、韦、柳及晚唐的诗风。

大定初朱自牧诗歌有大历诗风。清代叶矫然《龙性堂诗话·续集》指出:“金源氏时朱自牧诗,句法工致,楚楚不俗,最得唐人笔意。如《郊行》云:‘小溪烟重偏宜柳,平野云垂不碍花。’《秋眺》云:‘楼影不摇溪水静,春声相答暮山空。’《清河道中》云:‘川平佛塔层层见,浪稳商舟尾尾行。’《细雨不出》云:‘疏疏小雨槐花落,寂寂虚堂燕子飞。’诸如此类,何减倚楼、校书当年?”叶矫然所云“倚楼”、“校书”,当指中唐诗人赵嘏和李端。[②] 而“大历十才子”之一的李端亦工诗,因有诗句“熏香荀

---

① 金·王寂:《拙轩集》卷三《儿子以诗酒送文伯起既而复继三诗予喜其用韵颇工为和五首》(其三),文渊阁四库全书本。

② 唐宣宗时诗人赵嘏尝秋晚赋诗曰:残星几点雁横塞,长笛一声人倚楼。杜牧之呼为“赵倚楼”。见元代辛文房《唐才子传》卷七,黑龙江人民出版社 1986 年版,第 137 页。

令偏怜小，傅粉何郎不解愁”受钱起称赏，因曾官秘书省校书郎，被钱起称之为“李校书”①。李端、赵嘏诗代表了大历诗歌的风格趋向。他们习惯于在山水溪石间寻觅宁静、恬和的气氛、在日常生活中捕捉精巧贴切的自然意象来表现自我的心境。朱自牧的一些诗歌风格无疑与大历诗风有相同的趣味。

世宗、章宗朝时期的山水诗歌受韦应物的影响也是显而易见的。大定进士诗人张琚诗学韦应物，号其文集为《韦斋》。大定后期至明昌间的“辞人雅制”当中，一些代表诗人如王磵、任询等的作品在诗歌取材、意境、风格上，与韦应物诗有明显的共同特征。韦应物的山水诗风格鲜明，自具特色。白居易评韦应物五言诗：“高雅闲澹，自成一家之体。”②苏轼也说：“韦应物、柳子厚发纤秾于简古，寄至味于澹泊，非余子可及也。”③任询《巨然山寺》：“孤撑山作碧螺髻，漫散水成苍玉鳞。野寺荒凉人不到，水光山影正横陈。”刘迎《河桥》：“桃李香中八九家，青旗高挂绿杨斜。晚来风色渡头急，满地萧萧杨白花。”这些诗歌意境皆有学韦应物《滁州西涧》的痕迹。王磵诗《寓居南村》：“朝来出门无所适，野径雨晴沙不泥。鼓笛谁家赛春社，杖藜随过柘冈西。”《杂咏七首》其三：“晴日南溪物色饶，草茅新绿冻全消。金丝柳底洲沙没，数尺流波拍夜桥。”两首诗歌用简淡自然却又精细锤炼的语言，来表述或是孤高峻洁或是清幽空寂的人生情怀，表现出受韦应物诗歌风格影响痕迹。赵秉文评王磵诗“冲淡简洁，似韦、苏”④。

在金代，韦诗影响持续时间很长，金初直至金末的一些诗人作品中，就有韦诗的风貌。王寂《辽东行部志》评金初张通古诗《游高冠》“人间无此景，树下悟前生”之句：“平淡浑成，意趣高远，向使生晋唐间，必当升陶彭泽之堂，入韦苏州之室矣。盖公胸次自有一丘一壑，故信口

① 后晋·刘昫：《旧唐书》卷一百六十三《李虞仲传》，中华书局1975年版。

② 宋·魏庆之：《诗人玉屑》卷十五引白居易语，上海古籍出版社1978年版。

③ 宋·魏庆之：《诗人玉屑》卷十五引东坡语，上海古籍出版社1978年版。

④ 金·赵秉文：《闲闲老人滏水文集》卷第十一《遗安先生言行碣》，四部丛刊初编本。

肆笔，绝无俗语。”[1]金末诗人王元粹《东楼雨中七首》其四亦有：“韦郎诗句王维画，好在幽人指顾间。”说明韦应物的诗歌风格确实成为大定前后一部分诗人所追求的艺术境界。

金中期一些诗歌还受晚唐诗风的影响。欧阳修《六一诗话》云：“唐之晚年，诗人无复李、杜豪放之格，然亦务以精意相高。”诗至晚唐，风气一变。晚唐诗人善于摄取日常微小景物，描写工巧细腻。金中期一些诗人在多样化的诗歌风格追求当中，也包含着晚唐的诗歌创作特色。元好问非常欣赏任询诗如“《山居》云：‘种竹六七个，结茅三四间。稍通溪上路，不碍屋头山。黄叶水清浅，白云风往还。’《戊申春晚》云：‘水边团月翻歌扇，风里垂杨学舞腰。’《南郊小隐》云：‘林边乌语月微下，竹里花飞春又深’。”[2]元好问谈到张公药诗时，称其：“《寒食》云：‘一百五日寒食节，二十四番花信风。’《新年》云：‘客情病里度残腊，老色镜中添一年。云树萦寒犹漠漠，竹梢迎日已娟娟。’《春晚》云：‘细风皱绿涨溪水，小雨点红添海棠。’又云：‘芭蕉叶斜卷舒雨，酴醿架小纵横春。’人喜传之。”[3]元好问所引二人诗句皆清丽秀美，锻炼工巧，具有晚唐余风，并且元好问称任询诗“前辈喜称道之”，称张公药诗“人喜传之”，说明晚唐诗风在大定诗坛也具有一定的影响力。

金后期，“以唐人为旨归”——全面继承和总结时期。

金廷南渡后，朝政日非，社会动荡，诗歌创作背景与南渡之前有了很大的差别。尊宋所需要的那种注重品性涵养、书卷风流的人文气息氛围已经渐渐消失。金代诗坛抒发情感、描摹物象，渐渐形成了尊唐的风气。以《归潜志》所记为例，我们可以了解到金中后期诗坛不少诗人的作品具有唐诗风格。完颜璹（公元 1172—1232 年），佳句“甚有唐人远意”（卷一）；麻九畴（公元 1183—1232 年）“为文精密巧健，诗尤奇峭，妙处似唐人”（卷二）；辛愿（？—公元 1231 年），“喜作诗，五言尤工，人以为得少陵句法”（卷二）；李汾（公元 1192—1232 年），“工于诗，

---

① 清·陈衍辑撰，王庆生增订：《金诗纪事》，上海古籍出版社 2003 年版，第 20 页。

② 金·元好问：《中州集》卷二，四部丛刊初编本。

③ 同上。

专学唐人，其妙处不减太白、崔颢”（卷二）；王郁（公元1204—1232年后），“为文闳肆奇古，动辄数千百言，法柳柳州。歌诗飘逸，有太白气象”（卷三）；术虎邃（？—公元1233年），为诗“甚有唐人风致”（卷三）；乌林答爽（公元1203—1232年），“其才情清丽俊拔似李贺”（卷三）。金末辛愿年二十五始知读书，取“《白氏讽谏集》自试，一日便成背诵”[①]。实际上，金诗学唐成为金后期诗坛主流，代表人物如辛愿、李汾、元好问等。元好问指出：“贞祐南渡后，诗学大行。初亦未知适从。溪南辛敬之、淄川杨叔能，以唐人为指归。”[②]元好问评价辛愿：“所奉为一代诗宗，如杜陵野老者，辛敬之也。”（《石州诗话》卷五）评价李汾七言律诗“清壮顿挫，能动摇人心，高处往往不减唐人。”（《遗山集》卷三十六《逃空丝竹集引》）评李汾往来关中所作之诗，“道其流离世故、妻子凋丧、道途万里、奔走狼狈之意，虽辞旨危苦，而耿耿自信者故在，郁郁不平者不能掩，清壮磊落，有幽并豪侠歌谣慷慨之气。”（元好问《中州集》）

金后期，国家多难、社会动荡。许多诗人遭遇颠沛飘零、困苦艰难的生活。他们往往将所经所感形之于诗，表现出沉痛悲抑、凄怆顿挫、辞语清壮的诗歌风格。元代学者王恽就指出金南渡后诗坛，“其格律精严，辞语清壮，度越前宋，直以唐人为指归。”[③]

二、王若虚、王庭筠崇白、抑白之争

受大定末、明昌初文坛追求典雅的文化氛围的影响，白居易诗歌通俗浅易的语言风格在诗坛上并未占据主流地位。白居易诗歌通俗晓畅的语言风格，在那些讲求艺术上精雕细刻的歌人看来，是不登大雅之堂的。宋代江西派素不喜白居易诗。江西派代表人物陈师道在《后山诗话》中指出：“学诗当以子美为师，有规矩，故可学。退之于诗，本无解处，以才高而好尔。渊明不为诗，写其胸中之妙尔。学杜不成，不失为

① 金·元好问：《中州集》卷十，四部丛刊初编本。
② 金·元好问：《遗山先生文集》卷第三十六《杨叔能小亨集引》，四部丛刊初编本。
③ 元·王恽：《秋涧先生大全文集》卷第四十三《西岩赵君文集序》，四部丛刊初编本。

工。无韩之才与陶之妙而学其诗,终为乐天尔。"陈师道在推崇杜甫、陶渊明诗歌的同时,极力贬低白居易的诗歌成就。李纯甫曾评价金代深受黄庭坚江西派影响的诗人王庭筠:"东坡变而山谷,山谷变而黄华,人难及也。"①说明了王庭筠的诗歌在继承黄庭坚诗风的基础上,观点有创新的一面,但即使如此,王庭筠始终不赞同白居易作品的风格。他有诗"近来陡觉无佳思,纵有诗成似乐天",其观点和陈师道《后山诗话》相一致,很明显也是在贬低白居易的诗歌风格。而王若虚非常不满王庭筠对白居易的态度,故专门写诗 3 首"为白傅解嘲":诗中或者批评王庭筠是"管窥天",或者嘲讽王的诗是"东涂西抹"、"时世梳妆",而称赞白居易的诗是"妙理宜人入肺肝,麻姑搔背岂胜鞭。世间笔墨成何事,此老胸中自一天。"对白居易的诗歌成就高度肯定。王若虚在《滹南诗话》卷一中指出:"乐天之诗,情致曲尽,入人肝脾,随物赋形,所在充满,殆与元气相侔。"王若虚从理论上将白居易的诗歌给予总结并提升到一个新的高度。他认为:"古之诗人,虽趣尚不同,体制不一,要皆处于自得。至于辞达理顺,皆足以名家,何尝有以句法绳人者?"所以"凡辞达理顺,无可瑕疵者,皆在所可取可也。"他进一步强调说:"哀乐之真,发乎情性,此诗之正理也。"②王若虚强调不同风格的诗歌皆应以"自得"、"辞达理顺"作为创作源泉和创作规范,与白居易诗歌有着直接的联系。只是王若虚的诗论忽视了白居易诗歌的现实主义内涵,同时也有忽视诗歌艺术要求的倾向。

金中后期出现的以王若虚、王庭筠为代表的崇白与抑白的两派斗争,本身就说明了白居易诗歌对金代诗坛影响之大。而王若虚对白居易的态度,代表了当时一大部分诗人的诗歌审美趋向。白居易的诗歌内容趣味丰富复杂,对金代诗人的影响也是多元的。一些隐逸诗人如刘汲等能够学得白诗语言艺术神韵。李纯甫评价刘汲诗:"质而不野,清而不寒,简而有理,澹而有味,盖学乐天而酷似之。"③也有一些学白的

---

① 元·刘祁撰、崔文印点校:《归潜志》卷十,中华书局 1997 年版。
② 金·王若虚:《滹南遗老集》卷第三十八,四部丛刊初编本。
③ 金·元好问:《中州集》卷二,四部丛刊初编本。

诗人更倾向于白居易晚年雍容舒适的士大夫生活情调。王寂《题香山寺》:“平生居士爱香山,百岁神游定此间。黄卷既能探妙理,青衫安用拭余潸。樱桃笑日艳樊素,杨柳舞风娇小蛮。尚想夜深携满老,幅巾来听水潺潺。”作者希望像白居易那样,醉心佛禅,倚红偎翠,无忧无虑,随遇而安。这说明白居易对金代诗坛的影响是复杂的。

三、学杜理论的建立

金诗学唐的阶段性特征,不仅表现在诗歌创作上,而且还表现在理论上。学唐历程的复杂性体现为金中后期的越来越强烈的文学论争,最终导致元好问学杜理论的确立。

从理论上总结和推崇唐代诗人杜甫诗歌的作品在金初即已出现。朱弁《风月堂诗话》就主张学杜。但力度却远远不够。大定时期有的诗人对杜甫的生平遭遇给予深切的同情。如郦权就有《寄唐州幕官刘无党》诗:“河西落魄高书记,剑外清贫杜拾遗。”而活动在金代中期的诗人周昂,在理论和创作上与蔡珪等人学唐主要集中于学韩不同,他大力提倡的是学杜,是金代诗歌理论方面大力推动学杜的第一人。

周昂明确主张学习唐代大诗人杜甫,主要是针对当时诗歌受黄庭坚(实际在一定程度上包括苏轼在内)注重形式的创作风气的影响而提出来的。周昂论诗强调思想内容,而反对过分注重形式。他强调“文章以意为之主,字语为之役”,反对雕琢奇巧,“以巧为巧,其巧不足。巧拙相济,则使人不厌”。他又说:“雕琢太甚,则伤其全。经营过深,则失其本。”①以黄庭坚为代表的江西诗派也主张学习杜甫,但周昂认为黄庭坚并没有真正继承杜甫诗歌的精髓。周昂外甥王若虚说:“史舜元作吾舅诗集序,以为有老杜句法,盖得之矣。而复云:由山谷以入,则恐不然。吾舅儿时便学工部,而终身不喜山谷也。若虚乘间问之,则曰:‘鲁直雄豪奇险,善为新样,固有过人者,然于少陵初无关涉,前辈以为得法者,

① 金·王若虚:《滹南诗话》卷一,《历代诗话续编》本,中华书局 1983 年版。

皆未能深见耳’。”①由此可见，周昂一生服膺杜甫，并且作诗“有老杜句法”，但周昂学习杜甫主要不在形式，而在于思想内容和精神实质上。因为周昂强调作诗要“以意为主”，即不仅要效法杜诗的形式，同时更要重视继承杜诗关注社会、关心民生的精神。这一点，从他《读陈后山诗》可以看得出来。该诗云：“子美神功接混茫，人间无路可升堂。一斑管内时时见，赚得陈郎两鬓苍。”周昂赞扬杜诗“神功接混茫”，亦正如王安石评杜甫诗“吾观少陵诗，谓与元气侔”。即指出杜甫诗歌表现了丰富复杂的社会内容，把握住了急剧变化的时代脉搏。

金代中期，诗人们学唐主要集中在李白、韩愈、杜甫等人身上。学李白、韩愈，建立起金诗雄奇刚健的基本风格；而学杜，则使诗人们认识到作诗还应当重视其社会内容和精神实质。这两个方面，都对金代后期诗坛产生了巨大的影响。

金后期诗坛学唐尊杜，元好问做出了很大贡献。元好问专门收集编撰唐代诗集《唐诗鼓吹》，为推崇唐诗做出了文献方面的贡献。元好问于古代诗人中，最推崇杜甫。元好问曾著有《杜诗学》一书，可惜已经亡佚。金末曹之谦评价元好问所编《唐诗鼓吹》云：“不经诗老遗山手，谁解披沙拣得金？”②而金代后期直至金亡，金人学唐的主要成就集中在元好问对杜甫现实主义诗歌精神的继承，其中也包括对杜甫人格思想的崇敬与创作艺术的吸收。这当然有周昂在推崇杜甫方面奠定的基础。元好问《寄辛老子》诗所谓“万古诗坛子美家”表现出诗人比周昂更强烈的对杜甫的崇拜之情。这种崇拜与元好问希望全面继承唐代诗歌的“风雅”、“兴寄”传统联系在了一起。元好问《别李周卿》：“风雅久不作，日觉元气死。”《继愚轩和党承旨雪诗三首》（其二）：“大雅久不作，闻韶信忘肉。”《赠祖唐臣》：“诗道坏复坏，知言能几人？陵夷随世变，巧伪失天真。”对金代诗坛雕饰空虚的创作倾向表现出不满。他在《答潞人李唐佐赠诗》一诗中认为：“文章有圣处，正脉要人传。”于是自

---

① 同上。

② 金·曹之谦：《读唐诗鼓吹》，《全辽金诗》第2795页，山西古籍出版社1999年版。

觉担负起了金诗振衰救弊的重任。代表金代诗歌最高成就的诗人元好问所创作的“丧乱诗”,就是杜甫“唯歌生民病”,及白居易《与元九书》中“文章合为时而著,歌诗合为事而作”的诗歌理论的完美体现。邵祖平《无尽藏斋诗话》指出:“古今诗人学杜甫者多矣,而卓然自成一家者,李义山、黄山谷、元遗山三人而已。李学杜得其雅,黄学杜得其变,元学杜得其全。”事实的确如此。遗山诗歌风格苍凉沉郁,往往超过杜甫。其语言又常化用杜甫诗句。其近体诗特别是五律、七律等体裁常常能得杜甫诗歌神髓。清代曾国藩所选《十八家诗钞》,于陆游而下,唯选元好问七律 162 首,占其全部七律作品半数以上。曾氏并称:“七律最喜杜甫,但苦不能步趋,故兼读元遗山集。”①

从宋代开始,一些文人在他们的诗歌理论中,完全割断了代表宋代文学成就的苏、黄与代表唐代文学最高水平的李、杜之间的联系,甚至将他们截然对立起来。张戒《岁寒堂诗话》认为“苏、黄之习气净尽,始可以论唐诗。”金中叶,一些诗人如师拓等也将学唐与学宋相对立,并拒绝承认苏、黄的成就。② 李纯甫将江西派代表人物视为“高者雕镌尖刻,下者模影剽窜”之徒③。周昂、王若虚极力贬苏黄而扬杜甫。据王若虚《滹南诗话》卷一记载:周昂“终身不喜山谷”,“自幼为诗,便祖工部,其教人亦必先此。”王若虚抨击黄庭坚说:“鲁直论诗,有‘夺胎换骨、点铁成金’之喻,世以为名言,以予观之,特剽窃之黠者耳。”④刘祁《归潜志》卷九亦记王若虚:“尝论黄鲁直诗穿凿,太好异。”师拓、周昂、王若虚持论显然过于极端,不过他们的诗学观点主要是针对明昌诗坛尖新工巧的倾向而发,以表示出对当时诗风的不满。我们在分析研究金代诗歌“尊唐”和“尊宋”的命题时,是把着眼点放在一个较为宏观的背景之上,来分析金代诗歌的发展走向。如果将金代诗坛完全划分为“尊唐”

① 清·曾国藩:《十八家诗钞》卷二十五,世界书局 1936 年版。

② 元·刘祁:《归潜志》卷八云:“赵闲闲尝为余言,少初识尹无忌(师拓)。问:‘久闻先生作诗不喜苏、黄,何如?’无忌曰:‘学苏、黄则卑猥也’。”中华书局 1997 年版。

③ 金·元好问引李纯甫《西岩集序》,见《中州集》卷二,影印文渊阁四库全书本。

④ 金·王若虚:《滹南遗老集》卷第四十《诗话》,四部丛刊初编本。

和“尊宋”两个各自独立领域是完全错误的。“尊唐”与“尊宋”在金代诗坛呈彼此交错发展的趋向。并且金代大多数诗人都能够注重从包括唐代和宋代诗人的古代文学优秀遗产中汲取非常丰富的艺术创作经验,在金代新的社会背景之下,成就了金代诗歌的一代特色。

将不同时代诗人的成就与影响完全割裂是不客观的,也是不符合艺术创作规律的。就苏轼而言,苏轼诗歌中的恣肆宏放的风格与李白一脉相承。而任询的诗歌同时有李白、苏轼诗风的影响。① 在平淡自然的诗歌风格上,苏轼又与陶渊明、白居易、韦应物等形成了趋同的创作倾向。苏轼作为比白居易、韦应物晚出的诗人,非常喜爱唐代白居易平易浅近的诗歌风格。《诗人玉屑》卷十六引《王直方诗话》云:“东坡平日最爱乐天之为人,故有诗云:‘我甚似乐天,但无素与蛮。’又‘我似乐天君记取,华颠赏遍洛阳春。’又‘定似香山老居士,世缘终浅道根深’。”苏轼所云“道根深”者,正说明白、苏二人不为世俗所染,而是追求淳朴自然的世外生活情趣。而苏轼又极为喜欢晋代陶渊明、唐代柳宗元的诗歌。陆游《老学庵笔记》云:“东坡在岭海间,最喜读陶渊明、柳子厚二集,谓之‘南迁二友’。”②元好问亦指出:“近世苏子瞻,绝爱陶、柳二家,极其诗之所至诚。”③元好问认为,因为陶、柳二家“诗之所至诚”,即两人诗歌皆具有天然真淳之美,故受到苏轼的赞赏与喜爱。异代诗人在诗歌艺术、风格上的一定程度的相通,始终贯穿文学史的发展当中。正如赵秉文所云:“古人之诗,各得其一偏,又多其性之似者。若陶渊明、谢灵运、韦苏州、王维、柳子厚、白乐天得其冲澹;江淹、鲍明远、李白、李贺得其峭峻;孟东野、贾阆仙又得其幽忧不平之气,若老杜可谓

---

① 金·任询:《浙江亭观潮》写浙江大潮:“海门东向沧溟阔,潮来怒卷千寻雪。浙江亭下击飞霆,蛟蜃争驰奋鬐鬣。”诗歌气势与李白相通。其中一些诗句来自李白集中,如“一掷性命轻鸿毛”出自李白《结袜子》诗:“太山一掷轻鸿毛”,“援毫三叫句不成”来自李白《赠黄山胡公求白鹇》诗序。任询在诗中又感慨“诗家谁有坡仙笔,称与江山作勍敌。”表示要步武东坡诗风,并希望能够与东坡一争高下。

② 宋·陆游:《老学庵笔记》卷九,李剑雄、刘德权点校,中华书局1997年版。

③ 金·元好问:《遗山先生文集》卷第三十六《东坡诗雅引》,四部丛刊初编本。

兼得矣。”[1]赵秉文的观点反映出中国文学发展中风格的异代传承的普遍性特征。实际上，代表唐诗最高成就的李白、杜甫的诗歌风格与成就，对代表宋诗最高成就的苏轼、黄庭坚的诗歌创作的影响是显而易见的，特别是在艺术的传承关系方面，李白对于苏轼的影响，杜甫对于黄庭坚的影响，更是非常清楚的。

与宋朝的内敛型文化不同，金代诗坛更近似于唐代的外向型文化特征。金朝的开放型文化形态决定了金代诗坛在对古代文化遗产的继承中，不专祖一宗。金代诗人援唐入宋，以唐济宋，宗唐而不完全废宋，互有兼取。他们优游于唐、宋之间，不断从二者汲取养分，促使本朝诗机体的不断更新，最终到元好问铸成了金诗的美学个性。金诗就这样走了一个正反合的过程。元好问在《闲闲公墓铭》中用“唐宋文派”称金朝一代文学，是有其用心的。

陈鹄《耆旧续闻》卷二指出：“学文须熟看韩、柳、欧、苏，先见文字体式，然后更考古人用意下句处。学诗须熟看老杜、苏、黄，亦先见体式，然后遍考他诗，自然工夫度越过人。”吴可《藏海诗话》中亦指出：“学诗当以杜为体，以苏黄为用，拂拭之则自然波峻，读之铿锵。盖杜之妙处藏于内，苏黄之妙发于外。”在对待苏、黄与李、杜的问题上，宋代及以后不少诗人皆认为在作诗方法上，可以效仿苏、黄，但最后应以李、杜为诗歌最高境界。在“苏学盛于北”的金代诗坛，要形成自身特色，就必须有所超越、有所突破。大定代表诗人蔡珪、刘迎、党怀英等，皆能够在沾溉苏、黄的同时，向上取法，自成特色。大定、明昌之后，赵秉文更明显经历了一个由学宋到宗唐的转变过程。他早年宗宋，崇拜苏轼，所以后人说他“崇尚眉山之体”。有人甚至称他“金源一代一坡仙”。后来在文尊欧、苏的同时，诗歌转而学唐。特别是晚年，“诗多法唐人李、杜诸公”[2]。金诗至元好问，则亦是由取法苏、黄，进而追步李、杜，终成大家。正如清代诗论家潘德舆在《养一斋诗话》卷七中所云：“自李、杜后，诗遂无大句。元裕之崛起四

① 金·赵秉文：《闲闲老人滏水文集》卷第十九《答李天英书》，四部丛刊初编本。
② 元·刘祁撰、崔文印点校：《归潜志》卷八，中华书局1997年版。

百年后，有志追而复之。诗情胜慨，壮色沉声，直欲跨苏、黄，攀李、杜矣。”

李、杜诗歌所表现的作者思想的自由表达，重内容、重情韵，与宋诗重议论、重才学的风气明显不同。金代诗坛“以唐人为旨归”，正反映了金代后期，由于社会战乱和民生痛苦带给诗人巨大的心理冲击，从而使他们的诗歌创作转向了直面社会、直面人生的文学途径。金诗跨苏、黄而攀李、杜，实质上是金诗风格由“华”到“实”，即由典雅到质实，由重理到重情的转变。吴梅《辽金元文学史》指出金朝一代诗人“类皆从北宋欧、苏入手，以进窥乎三唐。其高者出入陶、谢，以写其自然之真趣，要与宋之江西、四灵、江湖各派，如泾渭之各别。其所以能如此者，盖其所处皆中原文献之邦，趋向独真，不为浮靡之习所移。故其所作，沉郁简淡，奇崛巧缛，各能自成一家，以振其风气。取而陈之，亦足见一代风骚之所尚也”。所论当为的评。

第八章　南北文化融合下的少数民族诗歌

金朝是一个以少数民族建立的、由多民族构成的王朝。除人数最多的汉族外，主要民族还有女真、渤海、契丹、奚等。金代诗歌以汉族文人为主体，但少数民族诗人也成为诗歌创作队伍的一支重要的力量，所以说，金朝文学就是由多民族文学形成的文学共同体。金代中期，在南北文化相互影响、渗透的大背景之下，北方地区女真政权统治下的各民族，包括女真、契丹、奚、渤海、鲜卑的民族融合、文化融合发展趋势有了显著的加强，一些少数民族的文学创作也进入相对活跃的时期。不过我们需要强调的是，当时不少用少数民族语言创作的文学作品，现在早已散失殆尽，现在这些少数民族的作家留下的作品几乎全部为汉语的创作，但这并不妨碍我们后来的读者对他们文学成就和艺术风格的准确认识。研究女真文字的专家金启孮先生认为：

> 用汉文书写的文学，不能单纯的算是汉族文学。它实际是中华民族各族文学、学术的结晶与宝库，内容包括匈奴、鲜卑、敕勒、突厥、契丹、女真、蒙古、满洲，甚至西北、西南各族的文学在内。①

所云非常正确。在这一阶段，少数民族诗人与汉族诗人一道，共同开拓了金代诗歌的发展空间，丰富了金代诗歌的时代主题，深化了金代诗歌的蕴涵特质，使金代诗歌在我国古代诗歌发展中，呈现出独特的风貌。

---

① 金启孮：《沈水集》，内蒙古大学出版社 1992 年版，第 142 页。

第一节　女真族诗人的文学创作

一、女真文学的发展

女真文学的发展截止到金朝末期，共经历了四个阶段。一为草创时期，指女真族的形成到金代立国之前，文学形式主要是口头文学。二是过渡时期，指金初四朝，表现形式以书面文学为主，以汉族语言为主要载体。三为鼎盛时期，指世宗、章宗两朝。四为持续时期，指南渡前后至金亡。

草创期。女真文学分为民间口头文学和文人书面文学两大类。女真族历史悠久，在建立金国之前，已经经历了很长的发展阶段。其先世经历了先秦时肃慎、两汉三国时挹娄、北魏时勿吉和隋唐靺鞨几个重要的时期。“女真之初，尚无城郭，星散而居。”[①]直到昭祖时，“尚未有文字，无官府，不知岁月晦朔，是以年寿修短莫得而考焉”[②]。但在长期的发展过程中，女真族也产生了自己的文学。女真族的口头文学源远流长，包括神话、传说、民谣、巫歌等，对我国北方各民族文学产生了深远的影响。迄今采集到的女真族神话传说近三百篇，其中有一部分已经过学者整理后面世[③]。这批史料可分为族源传说、阿骨打传说、金兀术传说三大类。这些传说在时间上，一直从女真族起源延续到金立国前后。民谣、巫歌也有史料记载。《金史》所载女真早期萨满巫歌《诅咒歌》和《跋黑传》[④]所载跋黑反叛劾里钵时部落中流行的歌谣，反映了早

---

① 宋·宇文懋昭撰、崔文印校证：《大金国志校证》卷十《熙宗孝成皇帝二》，中华书局1986年版。

② 元·脱脱等：《金史》卷一《世纪》，中华书局1997年版。

③ 刘达科：《女真族文学研究百年掠影》，《民族文学研究》2002年第1期，第81页。

④ 元·脱脱等：《金史》卷六十五《跋黑传》：“欲生则附于跋黑，欲死则附于劾里钵、颇剌淑”，中华书局1997年版。

期氏族部落中的一定的社会生活。诅咒歌有固定的形式和内容。史称,女真"国俗,有被杀者,必使巫觋以诅祝杀之者,乃系刃于杖端,与众至其家,歌而诅之曰:'取尔一角指天、一角指地之牛,无名之马,向之则华面,背之则白尾,横视之则有左右翼者。'其声哀切凄婉,若蒿里之音。既而以刃画地,劫取畜产财物而还。其家一经诅祝,家道则败。"①另外在史籍当中还记载有女真族一些特定的民俗活动中所演唱的民谣。《大金国志》附录一《女真传》所载女真族青年男女借唱歌来自求婚嫁的风俗:

> 富者则以牛马为币,贫者则女年及笄,行歌于途。其歌也,乃自叙家世、妇工、容色、以伸求侣之意。……贵游子弟及富家儿,日久饮酒,则率携尊驰马戏饮。其地妇女闻其至,多聚观之,间令侍坐,与之酒则饮,亦有起舞讴歌以侑觞。

《金史》中还有女真族风俗借歌曲来调解纷争的记载。景祖昭肃皇后唐括氏"往邑屯村,世祖、肃宗皆从。会桓赧、散达偕来。是时已有隙,被酒,语相侵,不能平,遂举刃相向。后起,两执其手,谓桓赧、散达曰:'汝等皆吾夫时旧人,奈何一旦遽忘吾夫之恩,与小儿子辈愤争乎?'因自作歌,桓赧、散达怒乃解"②。这些歌唱的形式和歌唱的内容保持着纯粹的女真旧俗,所使用的语言当然也是女真地区流行的当地口语。可以说,女真建立金朝之前,其文学表现形式主要为口语。金朝自兴兵以后,浸染华风。一些女真将领也对汉文化抱有强烈兴趣。"将帅生朝皆自择佳辰。粘罕以正旦、兀室以元夕、完颜亶以七夕矣。其他如重午、重九、中秋、中元、下元、四月八日,皆然"③。女真立国以后,随着女真族汉化程度的逐渐提高,以及女真政权在典章制度、宫廷仪礼、吏司设置、科举选官等方面全面推行汉化的政策,女真族诗人的书面文学创

---

① 元·脱脱等:《金史》卷六十五,中华书局1997年版。

② 元·脱脱等:《金史》卷六十三《后妃上》,中华书局1997年版。

③ 宋·宇文懋昭撰、崔文印校证:《大金国志校证》卷十二《熙宗孝成皇帝四》,中华书局1986年版。

作水平也在慢慢提升。到太宗时，由于统治者倡导的汉文学的影响，女真口头文学在社会上层失去了原有的地位，主要在民间流传。到了金代中期，一些皇室成员能够通晓女真语者，为数已寥寥。大定十三年四月，世宗御睿思殿，在命歌者歌女真词后，对皇太子及诸王强调说："汝辈自幼惟习汉人风俗，不知女直纯实之风。至于文字语言，或不通晓，是忘本也。汝辈当体朕意，至于子孙，亦当遵朕教诫也。"①

过渡时期。金立国之初，实行的是"以文不以武"的基本国策。太祖时就留心于文事，即谓"诏令宜选善属文者为之"。并"令所在访求博学雄才之士，敦遣赴阙"②。朝廷的典章诰命在此时皆彬彬可观。又因女真无字，令希尹仿汉人楷字，因契丹字形，合本国语，制女真字，天辅三年颁行。天眷元年，又颁女真小字。同年诏百官诰命女真、契丹、汉人各用本字，渤海同汉人。少数民族语言文字的产生与融合，无疑会促进文学的发展。从金初到海陵王时期，具有代表性的女真皇族诗人就有完颜勖、完颜宗弼、完颜永元、完颜亮等。这些诗人虽然只出自女真皇帝和皇室成员，作者来源范围较窄，但至少说明，女真（汉语）书面文学已经具有了较为强劲的发展势头。

完颜勖为穆宗乌鲁完第五子，好读书，尤喜钻研汉族典籍。宗翰、宗望定汴，太宗使勖劳军，宗翰等问其所欲，勖答"惟好书耳"，载数车而还。③ 太宗、熙宗朝，完颜勖与完颜希尹一起，依仿契丹字制女真字。勖"能以契丹字为诗文，凡游宴有可言者，辄作诗以见意"④。完颜勖还喜访求收集先祖遗事。皇统元年，勖上所修《祖宗实录》三卷。熙宗猎于海岛，射获五虎，勖为作《东狩射虎赋》。大定二十年，世宗下诏："太师勖谏表诗文，甚有典则。朕自即位所未尝见。其谏表可入实录，其《射虎赋》、诗文等篇什，可镂板行之。"⑤

---

① 元·脱脱等：《金史》卷七《世宗纪中》，中华书局 1997 年版。

② 元·脱脱等：《金史》卷二《太祖本纪》，中华书局 1997 年版。

③ 元·脱脱等：《金史》卷六十六《完颜勖传》，中华书局 1997 年版。

④ 同上。

⑤ 同上。

完颜宗弼(?—公元1148年),本名斡啜,又作兀术,金太祖第四子。民国二十六年《潍县志》卷六记有完颜宗弼所作《镜铭》:"体离之虚,得坤之方。假尔无思,验我有常。"字数虽少,但也可看出宗弼有一定的文学修养。完颜永元,为完颜亮兄完颜充之子,"幼聪敏,日诵千言"。皇统元年,"试宗室子作诗,永元中格。善《左氏春秋》,通其大义。"①

完颜勖、完颜宗弼、完颜永元的诗歌作品可惜现在已不存。

金初时期,女真族诗人中成就最大者当属完颜亮。完颜亮即位前就"颇知书,好为诗词"②。现存的五首诗(题材包括咏竹、述怀、咏岩桂、题画等)、三首词(《昭君怨》、《鹊桥仙》、《喜迁莺》)多写于即位之后。他的诗词作品由于具有较高艺术成就,而在当时影响很大。"一吟一咏,冠绝当时,沉深严重,莫测其志。"③

海陵王对待汉族诗歌的创作,心态是复杂的。尽管海陵王他自己的诗歌成就很高,影响也很大,但为了维护女真族的雄豪、尚武之气,海陵王对明显是汉化表现的诗歌创作活动还是有一定的约束。在海陵王看来,诗歌创作会促成社会追求儒雅之风,这会使女真性格变得柔弱,从而影响政权的稳固。如他对太子(光英)称诗文为"小技",要求他应注重"骑射之事",以"恐其懦弱也"④。说明他并不鼓励女真贵族,特别是皇族子弟学习作诗。但这也似乎并未影响到金朝汉化的进程。在海陵王统治时期,朝廷在君臣聚会等一些场合,饮酒赋诗的现象还是经常出现。比如海陵迁都中都燕京后的第二年(即贞元元年,公元1153年)正月,"宴丞相以下于燕京新宫,赋诗纵饮,尽欢而罢"⑤。

金代过渡期诗歌,由于濡染汉文化未深,女真诗歌更多地显现出本

---

① 元·脱脱等:《金史》卷七十六《完颜宗干传》,中华书局1997年版。

② 宋·岳珂:《桯史》卷八,中华书局1997年版。

③ 宋·宇文懋昭撰、崔文印校证:《大金国志校证》十五《海陵炀王下》,中华书局1986年版。

④ 元·脱脱等:《金史》卷八十二,中华书局1997年版。

⑤ 宋·宇文懋昭撰、崔文印校证:《大金国志校证》卷十三《海陵炀王上》,中华书局1986年版。

民族粗犷的特点。张晶先生指出："女真民族原有的民族性格，粗犷而朴野，几乎没有什么文化积淀。这种民族性格在濡染汉风后，逐渐有所改变，但仍然可以从有的女真诗人的创作中流溢出来。这种民族性格通过诗人的个性化表现折射出来，同时又与其所受汉文化的熏染融而为一，由此可以了解女真诗人创作风貌的文化底蕴。"[①]这种情况在过渡时期的女真诗歌中，表现尤为明显。

鼎盛时期。世宗、章宗朝是女真文学的鼎盛时期。这段时期，女真族诗人的诗歌创作有几个特点：作家阶层扩大；诗歌题材较广；诗歌数量增多；诗歌风格丰富。完颜匡、完颜雍、完颜璟、完颜允恭等皆有诗歌流传，而其他诗人的作品则无由得见了。世宗第四子豫王允中，好文善歌诗，有《乐善老人集》行于世，今已佚。世宗孙郓王琮"好学"，"善吟咏"，"骑射绘塑之艺，皆造精妙"[②]。郓王琮同母弟瀛王瑰，"重厚寡言，内行修饬，工诗，精于骑射、书艺、女直大小字"[③]。两人都具有较高的文学修养，可惜皆享年不永，分别卒于明昌五年和三年，其作品亦未有流传。一些女真官员还著有文集，如徒单镒有《弘道集》六卷[④]。完颜从郁，字文卿。父金紫公，有《中庸集》。文卿以父任充符宝。章宗试一日百篇，赐进士第[⑤]。另外如世宗朝官拜右丞相的唐括安礼，"好学，通经史，工词章。"[⑥]但他们的文学作品也早已散失不闻了。

持续时期。"南渡后，诸女直世袭猛安、谋克往往好文学，与士大夫游"[⑦]。这段时期，女真贵族汉化程度更深。他们喜交汉族士人，附庸风雅。作家由皇室成员、朝廷大臣、地方将领等组成。这段时期，成就最高的女真诗人为完颜瑇，另外包括完颜陈和尚、完颜弼、完颜斜烈等。完颜瑇为世宗之孙，越王允功之子，主要活动在金南渡前后。完颜瑇幼

---

① 张晶：《辽金诗史》，东北师范大学出版社 1994 年版，第 454 页。

② 元·脱脱等：《金史》卷九十三，中华书局 1997 年版。

③ 同上。

④ 元·脱脱等：《金史》卷九十九《徒单镒传》，中华书局 1997 年版。

⑤ 金·元好问：《中州集》卷一《完颜从郁小传》，四部丛刊初编本。

⑥ 元·脱脱等：《金史》卷八十八《唐括安礼传》，中华书局 1997 年版。

⑦ 元·刘祁著、崔文印点校：《归潜志》卷六，中华书局 1997 年版。

有俊才，能诗工书，一时文士如雷渊、元好问、李汾、王郁等，皆曾游其门下。完颜璹"平生诗文甚多，晚年自刊其诗三百首、乐府一百首，号《如庵小藁》，赵闲闲为之作序"[①]。完颜璹还是著名的画家，"家藏法书、名画，几与中秘等。喜作墨竹，自成规格，亦甚可观"[②]。其幼子名守禧，年少亦有俊才，作诗与字画亦可喜。除此之外，金后期女真文人中，完颜陈和尚性好士，曾从金末名士王渥游，帅泗州时，"幕府延致文人"[③]。名臣完颜弼"平生无所好，惟喜读书，闲暇延引儒士，歌咏投壶以为常"[④]。另外"如完颜斜烈兄弟、移剌廷玉温甫、夹谷德固、术虎士、乌林答肃孺辈，作诗多有可称"[⑤]。金后期女真帝王中，宣宗、哀宗的文学修养也较深。宣宗"好学，善谈论，尤工于诗，多召文学之士，赋诗饮酒"[⑥]。哀宗"幼而嗜书，长而博学"，"才藻富赡，好为文章[⑦]。"可惜他们的作品也早就散佚了。

二、金代中期的女真文学创作

世宗、章宗时期，经济发展、文化繁荣，女真文学进入鼎盛时期。皇帝、宗室、大臣、地方官员中，能诗善赋者不少。世宗虽对汉文化的某些方面具有一定的排拒倾向，但对汉文化的主动接受，还是占据了他统治思想的主导地位。世宗朝，以赏景赋诗为主要内容的朝廷的文化活动也非常频繁。另外，金朝一些帝王和大臣擅长在一些特殊的场合，如皇室人员的生日、节日聚会、祭祀活动中，运用诗歌来祖述祖宗功德，并以此教育子孙、继承传统。通过歌咏，寓教于乐。这些诗歌多采用四言诗

---

① 元·刘祁著、崔文印点校：《归潜志》卷一，中华书局 1997 年版。

② 明·朱谋垔：《画史会要》卷三，文渊阁四库全书本。

③ 元·刘祁著、崔文印点校：《归潜志》卷六，中华书局 1997 年版。

④ 元·脱脱等：《金史》卷一百二《完颜弼传》，中华书局 1997 年版。

⑤ 元·刘祁著、崔文印点校：《归潜志》卷六，中华书局 1997 年版。

⑥ 宋·宇文懋昭撰、崔文印校证：《大金国志校证》卷二十五《宣宗皇帝下》，中华书局 1986 年版。

⑦ 宋·宇文懋昭撰、崔文印校证：《大金国志校证》卷二十六《义宗皇帝》，中华书局 1986 年版。

的形式，用以抒发立国之艰，守国之难。在功能上讲，具有强烈的教育性。反映这个题材的代表诗人有完颜雍、完颜匡等。

（一）完颜雍（公元1123—1189年）

世宗朝是金朝推行汉化最为深入而广泛的一段时期。世宗不仅在国家政策上积极实行向汉族文化靠拢的措施，他个人也非常注重向汉人学习。比如当世宗听说司马朴“工书翰，有晋人笔意”时，就在“万机之暇，尝购其遗墨学之”①。不过他的诗歌在当时多为女真语创作。大定十三年四月，世宗御睿思殿，先命歌者歌女真词，然后对皇太子及诸王曰：“朕思先朝所行之事，未尝暂忘。故时听此词，亦欲令汝辈知之。”②意在强调在女真贵族中保护和延续女真旧风，并强调曲词或诗歌的教育作用。大定二十五年四月，世宗幸上京，宴宗室于皇武殿时，作《本朝乐曲》歌，其辞译成汉语曰：

> 猗欤我祖，圣矣武元。诞膺明命，功光于天。拯溺救焚，深根固蒂。克开我后，传福万世。无何海陵，淫昏多罪。反易天道，荼毒海内。自昔肇基，至于继体。积累之业，沦胥且坠。望戴所归，不谋同意。宗庙至重，人心难拒。勉副乐推，肆予嗣绪。二十四年，兢业万几。亿兆庶姓，怀保安绥。国家闲暇，廓然无事。乃眷上都，兴帝之第。属兹来游，恻然予思。风物减耗，殆非昔时。于乡于里，皆非初始。虽非初始，朕自乐此。虽非昔时，朕无异视。瞻恋慨想，祖宗旧宇。属属音容，宛然如睹。童嬉孺慕，历历其处。壮岁经行，恍然如故。旧年从游，依稀如昨。欢诚契阔，日暮之若。于嗟阔别兮，云胡不乐。③

诗歌开始追述祖宗拯溺救焚的艰难创业，接着指斥海陵王昏淫误

---

① 金·元好问：《中州集》卷十，四部丛刊初编本。

② 元·脱脱等：《金史》卷七《世宗纪中》，中华书局1997年版。

③ 元·脱脱等：《金史》卷三十九《乐志上》，中华书局1997年版。

国，逆天殃民，致祖宗基业几乎毁于其手。然后世宗认为，自己登上皇位是“望戴所归，不谋同意”。所以即位以来，能够小心谨慎，顺天应命、保国安民，以至于社会安定，人心和畅。总结完这一段国史之后，世宗诗歌的主题转移到这次来上都的感受。风物减耗，难与昔时相比，令人不觉神伤，而往日或朋友欢聚、或跃马出征的场面，却历历如昨，又使自己感到安慰和快乐。

世宗此诗的主题主要是“道祖宗创业艰难，及所以继述之意。”艺术上，也具有较鲜明的特色。语言质朴，情感自然，显示出北方民族淳厚、质朴的思想性格，诗歌同时又表现出构思巧妙、结构紧凑、抒情性强的特点，特别是后半部分，抒发时光如流，物是人非的感受，可谓情真意切，凄怆动人。

虽然世宗推崇汉化，但在金朝九帝中，世宗又是最强调保护女真旧俗的一位帝王。他的这首诗歌是用女真旧曲来演唱的。另据记载，大定二十八年，世宗生日万春节，朝廷御宴神龙殿，外国使臣、朝廷大臣、诸王公主捧觞上寿，世宗欢极，“以本国音自度曲”①。说明在世宗朝，女真族诗歌与女真旧乐相结合而演唱的情况并未完全绝迹。

（二）完颜匡（公元 1152—1209 年）

完颜匡，本名撒速，金始祖函普九世孙。初为豳王允成府教读。大定十九年，召充太子助读。二十五年，中礼部策论进士。章宗朝，历官左、右副元帅、尚书右丞，封定国公。卫绍王立，拜尚书令，封申王。

在《金史》卷九十八完颜匡本传中，有完颜匡所作《睿宗功德歌》：

> 我祖睿宗，厚有阴德。国祚有传，储嗣当立。满朝疑惧，独先启策。徂征三秦，震惊来附。富平百万，望风奔仆。灵恩光被，时雨春旸。神化周浃，春生冬藏。

此诗是完颜匡应显宗的要求而作。显宗伏读《睿宗皇帝实录》后，欲使儿子（即章宗）“知创业之艰难”，于是命侍读完颜匡作歌教之，并

---

① 元·脱脱等：《金史》卷八《世宗纪下》，中华书局 1997 年版。

在世宗生日上演唱。

诗中所歌颂的人物睿宗初名宗辅,后改名宗尧,太祖子,穆宗养子,世宗之父。天会十三年,年四十薨。世宗即位,追谥简肃皇帝,庙号睿宗。睿宗有两事于金朝有功:一为定陕西。睿宗是一位杰出的军事将领。早在金初兴兵时,睿宗就常随太祖出征。《金史》卷十九本传云:"太祖征伐四方,诸子皆总戎旅,帝常在帷幄。"天辅六年,太祖亲征,太宗居守黄龙府,安福哥诱新降之民以叛,睿宗与乌古乃讨平之。天会六年初,金军攻宋。睿宗以右副元帅总陕西征伐,与娄室、宗弼合兵攻富平张浚军,破之。后又击败宋经略使刘倪、吴玠军,降宋军将张中孚、李彦琦,陕西五路乃定。二是立储嗣。金朝并无一定之继承法,故宗室中多有觊觎之心。其时握兵权者,有太祖子宗望、宗弼,太祖从子宗翰,太祖从弟挞懒等。这些人皆图谋皇位。太宗即位,以世祖第五子、太祖弟完颜杲为谙班勃极烈,与宗干俱治国政。太宗天会八年,完颜杲薨。太宗这时一度希望改变女真旧有的"兄终弟及"嗣位法,立其子宗盘,但他又无法回避中原帝王思想的影响。天会十年,时为右副元帅的宗辅(即睿宗)联合左副元帅宗翰、左监军完颜希尹以及宗干,向太宗请立太祖嫡孙合剌(完颜亶)为谙班勃极烈。迫于宗翰等王公勋臣的压力,太宗意识到"义不可夺"①,只得从之。谙班勃极烈是通向皇位的重要职位,太宗因居此官,而后登大位。合剌被立为谙班勃极烈,实际上就是被定为储嗣。后太宗崩,亶即位,是为熙宗。

显宗要求完颜匡所作的这首诗歌,旨在弘扬祖宗功德,教育后人不堕先辈遗志,并能够继承伟烈,成就大业。史称世宗听到这首诗歌后非常高兴,对诸王侍臣说:"朕念睿宗皇帝功德,恐子孙无由知。皇太子能追念作歌,以教其子,嘉哉盛事!朕之乐岂有量哉!卿等亦当诵习,以不忘祖宗之功。"②说明诗歌确实起到了传述历史、教育后人的任务。

(三)完颜允恭(公元1146—1185年)

---

① 元·脱脱等:《金史》卷七十四《宗翰传》,中华书局1997年版。

② 元·脱脱等:《金史》卷九十八《完颜匡传》,中华书局1997年版。

完颜允恭，本名胡士瓦，世宗第二子。大定元年封为楚王。二年，立为皇太子。二十五年六月病卒，赐谥宣孝太子。章宗即位，追谥光孝皇帝，庙号显宗。

显宗热爱儒学，专心学问，《金史》记载他有时“与诸儒臣讲议于承华殿。燕闲观书，乙夜忘倦。翌日则以疑字付儒臣校正”[①]。《金史》又记载“（大定）十四年四月乙亥，世宗御垂拱殿，帝（指显宗）及诸王侍侧。世宗论及兄弟妻子之际，世宗曰：‘妇言是听，而兄弟相违，甚哉！’帝对曰：《思齐》之诗曰：‘刑于寡妻，至于兄弟，以御于家邦。’臣等愚昧，愿相励而修之。因引《棠棣》华萼相承，脊令急难之义，为文见意，以诫兄弟焉。”[②]说明显宗不仅熟悉汉文古籍经典，而且理解深刻、准确。显宗读书喜文，是“欲变夷狄风俗，行中国礼乐如魏孝文”[③]。即希望利用先进的儒家文化影响并改变女真族落后的社会状态。由于汉文化的熏陶，显宗自己具有了一定的文学水平和艺术修养，写诗作画，表现出汉族士大夫的典雅之风。刘祁称其“好文学，作诗善画，人物马尤工”[④]。诗歌现大多散失，《中州集》卷首只存其诗二首。其《赐石右相琚生日之寿》诗云：

黄阁今姚宋，青宫旧绮园。绣絺归里社，冠盖尽都门。善训怀师席，深仁寄寿尊。所期河润溥，余福被元元。

诗题中的石琚，字子美，定州人，《金史》卷八十八有传。天眷二年中进士第一。大定初，为左谏议大夫、吏部侍郎，后迁吏部尚书，拜参知政事。大定十七年，拜平章政事，封莘国公，明年，拜右丞相。大定二十二年卒，谥文宪。石琚为世宗时名臣，颇受世宗信任，与显宗亦交厚。《金史》言世宗久不见石琚，甚为挂念，“显宗亦思之，因琚生日，寄诗以见意。”[⑤]所寄之诗当为这首《赐石右相琚生日之寿》。诗中将石琚比作

---

① 元·脱脱等：《金史》卷十九，中华书局 1997 年版。

② 元·脱脱等：《金史》卷十九《世纪补》，中华书局 1997 年版。

③ 金·元好问：《中州集》卷十二，四部丛刊初编本。

④ 元·刘祁著、崔文印点校：《归潜志》卷一，中华书局 1997 年版。

⑤ 元·脱脱等：《金史》卷八十八《石琚传》，中华书局 1997 年版。

是唐玄宗时的名相姚崇、宋璟，竭力辅弼，鞠躬尽瘁，于国有功；又石琚曾兼太子少师，并“尝请命太子习政事”①，对自己尽力关怀，于己有恩；宽厚廉洁，举贤任能，于百姓有福。诗歌赞美石琚功绩，实际上也美化了女真贵族的整个统治集团。

又显宗有御书《次高骈风筝韵》云：“心与寥寥太古通，手随轻籁入天风。山长水阔寻无处，声在乱云空碧中。”②古人评曰：“皆得诗人风骚之旨也。”③

显宗现存的诗歌数量仅两首，但显宗当时创作的诗歌数量显然不仅于此。据王寂《显宗御题为寺僧扫去》诗序记载，王寂明昌初按部辽东，次望平县时，借宿僧寺，其壁上有大定二年春显宗（时为楚王）随世宗自辽之燕驻跸时所书。王寂有感于显宗诗歌为寺僧扫去，遂作诗为记，中有“尚忆云章留素壁，岂期俗物扫黄泥”。对显宗诗歌没有得到很好的保护感到十分惋惜。这个记载至少说明显宗是一位喜欢写诗的皇室作家，他的诗歌创作并非偶一为之。

（四）完颜璟（公元1168—1208年）

章宗文章具有文采。《金史》卷九十八《完颜纲传》记泰和六年，宋蜀昭武军节度使吴曦进兵与金诸军相拒对峙，有取金关陇之意图。章宗利用韩侂胄对吴曦的猜忌，致书吴曦，以离间其与南宋中央政权的关系。所谓“威略震主者身危，功盖天下者不赏，自古如此，非止于今。卿家专制蜀汉，积有岁年。猜嫌既萌，进退维谷。代之而不受，召之而不赴，君臣之义，已同路人，譬之破桐之叶，不可以复合，骑虎之势，不可以中下矣。”吴曦得此书后，遣使奉表送款，以全蜀附金。章宗一纸书信，兵不血刃而达到了目的，维护了自己的利益。这就说明章宗的文采有

---

① 元·脱脱等：《金史》卷八十八《石琚传》，中华书局1997年版。

② 宋·宇文懋昭撰、崔文印校证：《大金国志校证》卷二十认为此诗乃显宗所作。按：该诗为显宗御书，没有篇题，元好问《中州集》卷首称“不知何人作”，故不能肯定为显宗所作，此姑从《大金国志》。

③ 宋·宇文懋昭撰、崔文印校证：《大金国志校证》卷二十《章宗皇帝中》，中华书局1986年版。

过人之处,虽然他的文章可能经过文臣的润色。

史书称章宗“博学工诗”。[1] 刘祁称章宗“天资颖悟,诗词多有可称者”[2],说明章宗的诗歌确实有比较高的成就。

章宗诗歌按题材的不同,可分为写景诗、记游诗、饮宴诗、刻石诗四类。

写景诗如《宫中绝句》云:

> 五云金碧拱朝霞,楼阁峥嵘帝子家。三十六宫帘尽卷,东风无处不扬花。

诗歌描写皇宫景象,其词轻盈婉约,又富丽堂皇、诗歌境界阔大、富有气势。所以刘祁叹曰:“真帝王诗也”[3]。再如《云龙川泰和殿五月牡丹》云:

> 洛阳谷雨红千叶,岭外朱明玉一枝。地力发生虽有异,天公造物本无私。

诗歌表面写景,实际上在抒情,以表天地无私,皇恩普照之意。诗歌虽出于帝王的心态,然格调高昂,意境宏阔,显示出北方少数民族的豪爽气魄。

饮宴诗如《命翰林待制朱澜侍夜饮诗》云:

> 夜饮何所乐,所乐无喧哗。三杯淡醽醁,一曲冷琵琶。坐久香成穗,夜深灯欲花。陶陶复陶陶,醉乡岂有涯。

诗歌追求自适闲散的生活情趣,反映了社会承平时期统治者的享乐心态。刘祁称章宗“属文为学,崇尚儒雅”[4]。确实指出了章宗诗歌典雅瑰丽的一面。

---

① 元·脱脱等:《金史》卷八十八《石琚传》,中华书局1997年版。

② 元·刘祁著、崔文印点校:《归潜志》卷一,中华书局1997年版。

③ 同上。

④ 元·刘祁著、崔文印点校:《归潜志》卷十二,中华书局1997年版。

章宗记游诗成就较大。如《水窦岩漱玉亭》:"断岸连苍山,寒岩多积雪。中有万古泉,淙淙声不绝。"《游龙山御制》:"嵯峨云影几千重,高出尘寰迥不同。金色界中兜率景,碧莲花里梵王宫。鹤惊秋露三更月,虎啸疏林万壑风。试拂花笺为觅句,诗成自适任非工。"这些诗意境开阔,色调浓郁,纵横时空,笔力豪迈,见出作者的不凡气势。

金源之制,金朝皇帝每岁正月幸春水,九月幸秋山。章宗的游记诗亦多作于这些时候。章宗每到一地,不仅题诗,并且还要将诗刻石,以传万世。《仰山》诗题后序云:"燕京西七十里,有仰山,峰峦拱秀。中有平顶,如莲花心,旁有五峰,曰:独秀、翠微、紫盖、妙高、紫微,下多禅刹。章宗游幸,有诗刻石。"当时章宗像这样刻石诗很多,但现早已失传,故我们今天无由得见其全部。

章宗诗现存有六首。据现有资料来看,在金代女真族诗人中,章宗诗歌的数量是最多的。除上举的作品外,章宗还曾作《铁券行》数十韵,刘祁称其"笔力甚雄"①,可惜现已不传。刘祁《归潜志》卷一还记有章宗写有《吊王庭筠下世》和《送张建致仕归》两诗。《吊王庭筠下世》全诗已佚,而《送张建致仕归》亦只剩有两残句而已。

总的来看,章宗诗歌于雄豪中带有儒雅之气,既反映出女真人始终保持的粗犷质朴的精神气质,同时又显示了在接受中原文化过程中,金朝承平日久所形成的典雅的文风。

(五)纥石烈明远

女真诗人纥石烈明远,亦以刻石诗著名。纥石烈明远生卒年不详,只知其大定间曾任曷苏馆路(今辽宁盖县一带)节度使。现存诗四首,其中有三首为纪游刻石之作。《壬辰七月晦日留题龙门山北岩壁》诗:"秋霁岚光到眼青,层峦叠巘与云平。解鞍暂借山僧屋,泉水潺潺漱玉声。"诗歌写景由远及近,远近相衬,视觉与听觉转换自然,皆使人产生如临其境的感觉,具有较高的艺术水平。

世宗、章宗时期的女真诗歌创作,在女真族文学发展历史当中是一

---

① 元·刘祁著、崔文印点校:《归潜志》卷一,中华书局1997年版。

个非常重要的阶段。这时期的女真诗歌是在南北分治的特殊历史背景下,汉文化与女真文化相互作用的产物。在过渡阶段,是女真诗人对汉族诗歌的模仿学习阶段,诗歌体制短小,内容单一。到了世宗时,女真诗歌进入鼎盛阶段,诗人队伍以皇帝、皇室成员、大臣为主,艺术高度成熟,并且题材渐趋广泛、风格多样。诗歌具有抒情性、纪实性。其中写景抒怀之作,主体性强,重气格、重情韵,风格是在典雅中透出雄豪朴野之气。纪实性的史诗,则表现出政治教化的功能,具有教育性,风格自然质朴、醇厚古淡。总体来看,这段时期的女真诗歌在审美艺术的追求上与唐、宋诗趋近,表现出明显汉化的特征。但这时的女真诗歌,既不同于南宋诗,也非对唐、北宋诗亦步亦趋的简单模仿,而是体现出明显的文化融合特征。其形成原因则在于北方地域所造就的独特民族气质、金朝社会的政治经济状况以及儒学北进对女真诗歌形成的影响。

第二节　其他少数民族诗人的诗歌创作

一、渤海诗人的文学贡献

金朝一代,由于各民族的发展历史不同,文化水平也不一致。金代中期诗坛上,奚族作家就比较少见。奚族原居辽水上游,与契丹同起于汉末,历宇文周,盛于隋、唐之间,共八百余年,相为终始。其后契丹破走奚,其留者臣服于契丹。辽太祖称帝后,奚族诸部皆内属,奚族也分化为两大阶层,其中奚族中的五王族,世与辽人为婚姻,而普通百姓则和其他民族杂居各处,地位低下。史载:“初,辽人掠中原及得奚、渤海诸国生口,分赐贵近,或有功者。大至一二州,少亦数百,皆为奴婢,输租于官,且纳课给其主,谓之‘二税户’。至大定初,一切税户皆免为民。"①奚族地位得到提高。大定间,奚族著姓有遥里氏、伯德氏、奥里氏、梅知氏、揣氏②。尽管整体来说,奚族文学成就有限,但在其他方面,奚族也对金朝做出了很大的贡献。在金朝立国当中,如伯德特里补、萧王家奴、萧恭等,皆为金初攻宋的奚族将领。立国后,奚族大臣有萧玉,海陵朝曾官参知政事。世宗时,转定海军节度使,改太原尹。

相对奚族来说,渤海的文学成就比较突出。这主要是因为渤海族的开放性和对汉文化的高度的融合性。渤海是靺鞨族粟末部建立的一个多民族的地方政权,到唐五代时,发展成为东北亚的"海东盛国"。以粟末靺鞨为主体,渤海国逐渐融合了挹娄、夫余故地的居民,形成了共同的语言和文化。辽代统治者以渤海为"世仇",故一直被歧视,多次被迫迁徙。因为渤海与女真族源相同,皆出自靺鞨,故金太祖起兵时曾云"女直、渤海本同一家。"③金朝建立后,渤海的经济、文化发展迅速,汉化水平在少数民族中亦最高,渤海人亦最受重用。海陵王、世宗时,渤海人共出现7位宰执和15位三品以上官员④,也出现了一批有影响的文人、作家,其整体文学成就不在汉族文人之下。在这些文人当中,以渤海四大家族李、张、高、王最有影响。渤海人张浩为太祖时承应御前文字,其五子汝霖、汝为、汝翼、汝方、汝猷,世宗、章宗时皆曾为宦。据元好问云,当时张浩父子兄弟各有诗传于世。现诗早已不传。李氏家族中的代表诗人有李献可。献可为太师金源郡王、辽末状元李石之子,世宗元妃之弟。大定十年中进士第时,世宗非常高兴,赞叹道:"太后家有子孙举进士,甚盛事也。"⑤献可诗多散失,今仅存诗二首。《清水寒食感怀》:"桃花零乱柳成阴,人到春深思更深。芳草成楼天不尽,异乡寒食故乡心。"《召还过故关山》:"过关天日正晴明,谁道山神不世情。

① 宋·宇文懋昭撰、崔文印校证:《大金国志校证》卷二十八《文学翰苑上》,中华书局1986年版。

② 据《金史》卷六十七,中华书局1997年版,中华书局1997年版,第1587、1588页。

③ 元·脱脱等:《金史》卷二《太祖本纪》,中华书局1997年版。

④ 刘浦江:《辽金史论》,辽宁大学出版社1999年版,第106页。

⑤ 元·脱脱等:《金史》卷八十六《李献可传》,中华书局1997年版。

远客得归心绪别，陇泷闲作断肠声。”王氏家族中有王遵古、王庭筠父子。遵古仕至中大夫、翰林直学士。王庭筠为太师张浩外孙。多年任职翰林，在四大家族中，文学成就亦最高。高氏家族中的文学家有高衎和高宪祖孙二人，皆有诗文传世。高衎为世宗时名宦。高宪曾仕州县，是李、张、高三渤海望族中，文学创作成就最高的文学家。

二、契丹族代表诗人及其诗歌

金代契丹族的文学创作颇引人注目，这主要源于辽代的汉化基础。契丹族所建立的辽朝，在立国之初即重用汉儒，推行汉化政策。不过，契丹诗人只局限于契丹上层社会，包括一些后妃和帝王。耶律倍是契丹统治集团中较早接受汉文化熏陶的皇族文人，其《海上诗》是现存最早的契丹族作家用汉语创作的完整诗作。其后的辽代历朝君主中，有六位出自耶律倍一系。其中圣宗、兴宗、道宗皆精于词翰。道宗《题李俨〈黄菊赋〉》历来被认为是辽代七绝的压卷之作。辽后期至辽末，道宗宣懿皇后萧观音和天祚文妃萧瑟瑟也具有很高的文学成就。金朝灭辽后，契丹族地位下降，文学创作陷于中断。到金代大定期间，才出现了著名的契丹族诗人如耶律履、移剌霖等。

（一）耶律履

耶律履，字履道，出于东丹王、辽太祖长子耶律倍次子娄国一系，为耶律倍之七世孙。清代周春在《增订辽诗话》中指出：“耶律氏、萧氏及渤海大氏，其后嗣繁衍入金、元，登显仕者指不胜曲，就其政事、文学著称，莫如东丹房。”耶律履学识渊博、学通易、太玄，至于阴阳历数，无不精究。尝以乡赋一试，有司以露索为耻，遂不就举。荫补国史掾。世宗朝，累迁蓟州刺史，入翰林为修撰，历直学士，待制礼部尚书，特赐孟宗献榜进士第。俄预淄王定册，功拜参知政事。明昌元年进右丞。耶律履是世宗时期著名的史学家、文学家、画家，著有《乙未元历》、《揲蓍说》及文集，元好问所撰耶律履神道碑文称其有文“数百篇”，现皆佚。《绘事备考》卷七：“（耶律履）善画鹿，绰有祖风。人马亦佳，墨竹尤妙。”有三子：辨才，官武庙署令；善才，曾官工部尚书；楚才，官至中书令。

耶律履从小就表现出超乎常人的文学才能。方五岁时，晚卧庑下，见微云往来天际，忽谓其乳母曰："此所谓'卧看青天行白云'者耶?"其父德元闻之，惊曰："是子当以文学名世。"①今只存诗一首，为《史院从事日感怀》：

不学知章乞鉴湖，不随老阮醉黄垆。试从麟阁诸贤问，肯屑兰台小史无？一战得侯输妄尉，长身奉粟愧侏儒。禁城钟定灯花落，坐抚尘编惜壮图。

诗歌融合了大量的典故，借以表现自己志向的远大，和有志难伸的落寞心情。作者不愿学盛唐乞归的贺知章、三国醉垆的阮籍，而是希望为国立功，早日画图麟阁②。诗中对汉军将李广和汉名士东方朔的有志不得的遭遇深表同情。《汉书》卷五十四《李广传》记曰：李广虽屡立战功，但不得爵邑，官不过九卿。而"广之军吏及士卒或取封侯。广尝与望气王朔燕语，曰：'自汉击匈奴，广未尝不在其中，而诸妄校尉以下，才能不及中人，然以军功取侯者数十人，广不为后人，然无尺寸功以得封邑者。"又据《汉书》卷六十五《东方朔传》：东方朔上书朝廷，因文辞不逊，武帝令待诏公车，奉禄微薄。东方朔对皇帝云："侏儒长三尺余，奉一囊粟，钱二百四十。臣朔长九尺余，亦奉一囊粟，钱二百四十。侏儒饱欲死，臣朔饥欲死。臣言可用，幸异其礼；不可用，罢之，无令但索长安米。"武帝因使待诏金马门，稍得亲近。李广、东方朔的遭遇，常会引起后代那些壮志未酬的文人的共鸣，如金末元好问《赠答同年敬鼎臣》中亦发出"长身奉米侏儒饱，束发从军妄尉侯"的感叹。耶律履的诗歌

① 元·脱脱等：《金史》卷九十五《移剌履传》，中华书局1997年版。

② 汉·班固：《汉书》卷五十四："有马宏者，前以副使使西域，为匈奴所遮，不肯降。至是与武并还，汉乃图画其人于麒麟阁。"据胡三省考证："阁在未央宫中，图画功臣自此始。"《三辅黄图》卷六引《麟阁庙记》云："麒麟阁，萧何造。宣帝思股肱之美，乃图霍光等十一人于麒麟阁。"唐杜甫《奉赠薛十二丈判官见赠》："志在麒麟阁，无心云母屏。"金代周昂《山家七首》其三："万古麒麟阁，何曾浪得名。"

最后表现出的情感是虽悲愤而不沉沦、虽感伤但不气馁，颇有一种栏杆拍遍的激昂心绪。金末诗人王宾有《言怀》诗："功名不到书生手，坐抚吴勾惜壮图。"①很显然是受到耶律履这首诗歌的影响。

(二)移剌霖

移剌霖为契丹族诗人，字仲泽，生卒年不详。大定进士出身，承安间任陕西路按察使，泰和间任武定军节度使兼奉圣州管内观察使。移剌霖曾为丘处机《磻溪集》作序，另有《移剌仲泽虚舟堂铭》一文：

> 泛而游，载沉载浮；随其流，听其所止而休，此非所谓虚舟者欤？万物相双乎无穷，要不可容吾意，智者困、勇者残，而至人免于无所累，先王既以是而身讫矣！虽放心委形，以行于斯世可也。②

移剌霖现存诗有《骊山有感二首》。其一："苍苔径滑明珠殿，落叶林荒羯鼓楼。渭水都来细如线，若为流得许多愁。"其二云："山下惊飞烈火灰，山头犹弄紫金杯。梦回未奏梨园曲，卧听吟风阿滥堆。③"

两诗当作于诗人在陕西任职时。作者路经骊山，有感于唐明皇与杨贵妃之淫乐所导致安史之乱的发生，自然会生出对盛衰兴替的无穷感慨。在艺术上，两诗有共同的特点，就是皆通过对比的手法，以突出诗歌的主题。第一首诗是昔日的繁华和眼前的荒凉的纵向对比，表现出物是人非、江山改易的历史感伤。明珠殿、羯鼓楼皆在骊山之上，为唐明皇与杨贵妃游宴享乐之所。据《雍录》卷四，明珠殿在长生殿之南近东，羯鼓楼在朝元阁东近南。禄山乱后，玄宗及以后帝王罕复游幸，唐末遂皆隳废。温庭筠有《过华清宫二十二韵》诗："忆昔开元日，承平事胜游。贵妃专宠幸，天子富春秋。月白霓裳殿，风干羯鼓楼。"明珠殿、羯鼓楼见证了唐王朝的兴盛与衰落。真是水细如线，流不尽万世的

---

① 金·元好问：《中州集》卷七《王宾小传》，四部丛刊初编本。

② 金·王若虚：《滹南遗老集》卷第四十五，商务印书馆丛书集成本。

③ 《陕西通志》卷四十四："骊山多飞禽，名阿滥堆。明皇御玉笛，采其声为曲子名。当时左右皆传唱之。"

情愁。第二首对比更加强烈，通过横向对比，揭示出悲剧的发生正是由于统治者的荒淫无度所导致。政权危如累卵而不自知，待狼烟烽起时，国势则难以挽回。诗人于诗中表达出强烈的讽刺意味。

移剌霖这两首诗为咏史诗，旨在考察一代兴亡，总结历史教训，以引发后人的思考，同时给统治者提供借鉴。在艺术上，也达到了一定的水平，因而被后人尊为“四炼体”的楷模。

金代中期及南渡以后，契丹族出现了一些著名的文人，他们虽没有诗歌的流传，但在金朝的文化建设上，也作过重要贡献。大定、明昌间，契丹族大臣移剌慥亲自校定皇统制条，“通其窒碍，略其繁碎”①，最后修成一部一千一百九十条、十二卷的制条律令，受到朝廷嘉奖。金后期，石抹世勣“少有词赋声”，“读书为文有体致”②。移剌黏合，“弟兄俱好文，幕府延致名士”，雷渊、元好问、杨叔能皆曾游其门，“一时士望甚重”③。契丹世袭猛安移剌买奴，喜交士大夫。这些契丹作家的文学成就当很高，可惜其作品早已不传。

北方少数民族文学具有重要的历史意义和地位，促进了民族文化的双向交流和融合；其崇真尚实、以俗为美的文学思想和自然豪放、阳刚雄健的艺术风格促进了汉语言文学的长足发展。可以说，金代以女真族文人为代表所创作的少数民族文学作品广泛汲取、借鉴包括汉族在内的许多民族的文化素养，同时又以新的面貌、新的风格丰富和发展了中国古代文学的表现艺术。

---

① 元·脱脱等:《金史》卷八十九《移剌慥传》，中华书局1997年版。
② 元·刘祁著、崔文印点校:《归潜志》卷四，中华书局1997年版。
③ 元·刘祁著、崔文印点校:《归潜志》卷六，中华书局1997年版。

第九章　政权对立下的南北诗文互动

任何朝代的诗歌创作都不会脱离社会背景、文化氛围的影响，同时也不会不受到政治环境的影响。金代世宗、章宗朝诗歌受宋、金对立的影响也是显而易见的。

金代中期，南、北方民族之间的排拒和华夏文化的强大影响力始终暗潮涌动。宋、金分立与历史上一般的分裂状态（如东汉后的三国）固有不同，它是汉族政权与北方少数民族政权的对立，这段时期被认为是我国历史上第二次南北朝时期，属于所谓“夏”、“夷”之间的对峙。但中国历史上的“夷”、“夏”，与我们今天所讲的“中”、“外”显然属于性质不同的概念范畴。如钱穆先生所论，在中国古代，“并不存在狭义的民族观与狭义的国家观”，在这种海内一家、天下一体的观念中，四夷与诸夏分别的标准不是“血统”，而是“文化”[①]。宋、金两个政权有一个相同的目标，即皆希望以自己的军事实力来完成国家的统一。不过，在追求正统地位的问题上，无论哪个政权，皆以天下一统，即国家统一，作为基本前提。北宋开宝九年，群臣请上太祖尊号：“应天广运一统太平圣神文武明道至德仁孝皇帝”，太祖以“幽燕未定，何谓一统？”遂却其奏[②]。金代完颜亮更不止一次地说过：“自古帝王混一天下，然后可为正统。”[③]“天下一家，然后可以为正统”[④]，所以他要“加兵江右，使海内一

① 钱穆：《中国文化史导论》，商务印书馆1994年版，第23、41页。

② 宋·司马光：《涑水记闻》卷第一，邓广铭、张希清点校，中华书局1997年版，第6页。

③ 元·脱脱等：《金史》卷八十四《耨怨温敦思忠传》，中华书局1997年版。

④ 元·脱脱等：《金史》卷一百二十九《李通传》，中华书局1997年版。

统”①。南北统一,社会安定,国家强盛,是中国分裂时期,各个政权追求的最终目标,也符合各个民族的民族利益和人民利益。

在政权对立情况下,每个政权都会争取自己在中华历史上的正当地位。而能否争取政权存在的正当性首先在于这个政权是否代表了中国文化的正统地位。宋、金两个政权同样存在这样的斗争。宋代文人认为,宋朝的文化正统地位、政权正统地位是无法撼动的。陈亮云:

> 中国,天地之正气也,天命所钟也,人心所会也,衣冠礼乐所萃也,百代帝王之所相承也。挈中国衣冠礼乐而寓之偏方,虽天命人心,犹有所系,然岂以是为可久安而无事也?②

产生于中原的儒家礼乐文化,毫无疑问是中国正统文化的精髓。南宋政权虽失掉了中原而偏安中国东南,然他们始终认为自己是代表了“天地之正气”,为“天命人心”所系,其实就是说,自己仍然占据了中国文化的正统地位。

金代统治者知道,要取得正统地位,必须要有合法依据,他们意识到中原儒家文化在寻求正统地位时的重要意义,所以,金代统治者也从多个方面展现出对正统文化地位的向往。特别在世宗、章宗朝时,他们就明确地表示将金朝纳入以中原汉族为主体、以儒家文化为思想核心的正统的历史结构中的强烈愿望。章宗在文化建设方面做出了比较大的贡献。赵秉文在上表中,称道章宗在即位后,“定律令,正礼仪,辟儒馆以崇文,绘功臣而厉武。恢土德以大中原之统,缭塞垣以杜外夷之虞”③。明昌三年十一月,章宗“诏臣庶名犯古帝王而姓复同者禁之,周公、孔子之名亦令回避”④。泰和四年三月,章宗“诏定前代帝王合致祭者。尚书省奏:‘三皇、五帝、四王、已行三年一祭之礼。若夏太康,殷太

① 宋·徐梦莘:《三朝北盟会编》卷二百四十二引张棣《正隆事迹记》,上海古籍出版社1987年版。

② 元·脱脱等:《宋史》卷四百三十六《陈亮传》,中华书局1977年版。

③ 金·赵秉文:《闲闲老人滏水文集》卷第十《上尊号表》,四部丛刊初编本。

④ 元·脱脱等:《金史》卷九《章宗纪一》,中华书局1997年版。

甲、太戊、武丁、周成王、康王、宣王，汉高祖、文、景、武、宣、光武、明帝、章帝。唐高祖、文皇一十七君致祭为宜'，从之"[①]。其以中原正统自居，积极进取，勇于吸纳外来文化的特点近于唐代开放型文化。每一王朝在中国历史上是否属于正统，还与德运有关。先秦邹衍有"五德终始"之说，西汉董仲舒又倡"五德相生"，两者皆以阴阳五行(五德)的运转，作为解释王朝兴衰的学说。后世亦依此确定每朝的"德运"。金代统治者当然也非常重视自己建立的政权的"德运"。章宗朝的德运议，根据《大金德运图说》，始于明昌四年(公元1194年)，直到泰和二年(公元1202年)，前后经历8年之久。章宗朝召开德运议，无疑是援借汉族仪制，强化金与宋的文化交流，争取其政权在中原的历史传统、意识形态的正统地位，进而与南宋争霸，从而完成统一的大业。

事实上，金代从太祖建立政权之初，统治者就注重吸收儒学思想，利用汉族士人，逐渐向中原文化靠拢。至熙宗时，就开始利用儒家的典章制度，采取"可则循，否则革"的原则，酝酿对女真风习进行改革。他说："维兹故土之风，颇尚先民之质，性成于习，遽易为难，政有所因，姑宜仍旧，渐祈胥效，翕致大同。"[②]到了海陵王、世宗、章宗朝时，通过实行一系列的改革，汉化范围、汉化程度更有了明显的变化，而他们位居中原，所以更有理由认为自己才是中国正统文化的代表者。

在宋、金之间激烈的政治和外交矛盾和斗争的同时，独特的民族民俗文化在促进宋金两国民间的相互交往与影响上发挥了极为重要的作用。两国民俗文化弱化了对立，促进了沟通。金朝刚入主中原时，汉族士人还不能接受被异族统治的现实，"忠义之士，欲图其国，挈而南向本朝者甚多，盖祖宗之泽，时犹未泯也。"[③]汉族士人对金朝的抵触情绪和对宋朝的民族情结还很强烈。随着双方政权的稳定，到了南方孝宗、北

① 元·脱脱等:《金史》卷十二《章宗纪四》，中华书局1997年版。

② 清·张金吾:《金文最》卷四《更定官制诏》，中华书局1990年版。

③ 宋·叶绍翁:《四朝闻见录·丙集》，中华书局2006年版，第99页。

方世宗朝,金朝统治下的汴京已是“舞女不记宣和妆,庐儿尽能女真语。”[①]南宋大臣韩元吉在孝宗乾道九年(公元1173年)使金,经过汴京上源驿,金人设歌舞招待的情景反映了北方民俗风情的转变。

实际上,金朝的汉人受少数民族风俗的影响是非常广泛的。特别是服饰衣装方面,更为明显。近来在山西高平发现金正隆间乐舞杂剧石刻,其中的汉人皆为左衽[②]。卫绍王时,宋人程卓出使金朝,在沃州柏乡县一座汉光武庙中,看见壁绘云台二十八将竟也都是左衽。范成大于孝宗乾道六年(公元1170年,金大定十年)八月出使金国途中,路过北宋都城汴京(时金已改为南京)时看到:“民亦久习胡俗,态度嗜好与之俱化。……衣装之类,其制尽为胡矣。自过淮以北皆然,而京师犹胜。”[③]少数民族服装不仅对金朝统治下的北方汉人的影响至为明显,南宋士大夫在渡江之后,甚至也“衣紫窄衫,上下如一。……至于紫窄袖衫,乃戎服也,出于兵兴,一时权宜,而相承至今不能改。”以至于当时有人发出“古道何时而可复乎?”[④]的感叹了。

随着时间的推移,民族间的相互影响、相互融合已成为必然。金代对于汉文化的接受,除了文化思想、礼仪官制、科举考试等上层建筑层面的开放式学习外,女真故地的风俗人情也受汉风的影响。“自灭辽侵宋,渐有文饰,妇人或裹‘逍遥’,或裹头巾,随其所好。”[⑤]世宗朝之“宴饮音乐,皆习汉风”[⑥]。汉族风俗强烈的渗透力和影响力使得金代统治者不得不为自己的民族特性是否能够存在而忧虑。金世宗一再强调女真人不能通晓女真语是忘本,但女真人在日常生活中,汉语已经取代女真语言了。世宗时完颜璟(世宗孙,即后来的章宗)进封原王,“入以国

---

① 宋·陆游:《剑南诗稿》卷四《得韩无咎书寄使虏时宴东都驿中所作小阕》,《陆游集》本,中华书局1976年版,第118页。

② 景李虎等:《金代乐舞杂剧石刻的新发现》,《文物》1991年第12期,第34页。

③ 宋·范成大著、孔凡礼点校:《范成大笔记六种》,中华书局2002年版,第12页。

④ 宋·罗大经:《鹤林玉露》乙编卷一,中华书局1997年版。

⑤ 宋·宇文懋昭撰、崔文印校证:《大金国志校证》附录三《男女冠服》,中华书局1986年版。

⑥ 元·脱脱等:《金史》卷七《世宗纪中》,中华书局1997年版。

语(女真语)谢,世宗喜,且为之感动,谓宰臣曰:'朕尝命诸王习本朝语,惟原王语甚习'。"[①]大定十三年四月,世宗对皇太子及诸王曰:"汝辈自幼惟习汉人风俗,不知女直纯实之风,至于文字语言,或不通晓。"[②]这种忧虑最后导致金统治者用法律的手段来实现其目的。大定二十七年十二月,"禁女直人不得改称汉姓、学南人衣装,犯者抵罪"[③]。另有一次,世宗对将到上京的大臣毂英感叹道:"上京王业所起,风俗日趋诡薄,宗室聚居,号为难治。卿元老大臣,众所听服,当正风俗,检制宗室,持以大体"[④],对女真风俗日渐浇薄感到痛心。尽管世宗下令禁止女真人学南人衣装,然而情况的发展并不如其所愿。以至又过 20 年,即泰和七年(公元 1207 年),章宗不得不又下令"女真人不得改为汉姓及学南人装束"[⑤]。

汉族风俗对金境的影响有一个从小到大的过程,正如南宋有关的史料所云:"自金人兴兵后,虽渐染华风,然其国中之俗如故。已而往来中国汴洛之士多至其都,四时节序皆与中国(指中原汉族地区)侔矣。"[⑥]到了孝宗时期,变化则非常广泛而深刻。(金)"城郭宫室、政教号令,一切不异于中国。"[⑦]

南北民间的相互影响是不以统治者的意志为转移的,它反映出一种历史的必然。而这种影响又为南北的文学互动提供了坚实的社会文化基础。

① 元·脱脱等:《金史》卷九《章宗纪一》,中华书局 1997 年版。
② 元·脱脱等:《金史》卷七《世宗纪中》,中华书局 1997 年版。
③ 元·脱脱等:《金史》卷八《世宗纪下》,中华书局 1997 年版。
④ 元·脱脱等:《金史》卷七十二《毂英传》,中华书局 1997 年版。
⑤ 元·脱脱等:《金史》卷十二《章宗纪四》,中华书局 1997 年版。
⑥ 宋·李心传:《建炎以来系年要录》卷十九,文渊阁四库全书本。
⑦ 元·脱脱等:《宋史》卷四百三十六《陈亮传》,中华书局 1977 年版。

第一节　政权对立下南北诗坛的诗歌主题

金代世宗与南宋孝宗朝属于同时异域。两个政权相对独立,但同时又相互影响。既保持距离,又互相渗透。而在两个政权存在的正统之争中,南宋君臣的斗争意识更为强烈,这也使得孝宗时期的诗歌创作与同时北方金朝的诗歌在思想内容上大相径庭。

一、孝宗诗坛的涉金之作

隆兴元年符离之溃后,孝宗不得不对金采取妥协政策,任命主和派大臣汤思退为尚书右仆射、同中书门下平章事,兼枢密使。隆兴二年七月,宋朝将与金接壤的海、泗撤戍。但另一方面,孝宗在即位之初,就胸怀复国大志,暗中积极筹划抗金事宜。绍兴三十二年七月,孝宗登基之次月,就追复岳飞原官,以礼改葬。十月,又授官岳飞孙。隆兴元年,逐秦桧党人。淳熙六年三月,又下诏录赵鼎、岳飞子孙,赐以京秩。乾道二年,蒋之礼执政,"遂以明州城下、和尚原、杀金平、大仪镇、顺昌、皂角林、胥浦桥、唐岛、采石、蔡州、茨湖、确山、海州为十三处战功"①。希望借以激励士气。当时也有对局势有清醒认识的诗人。陈亮尽管主张对金强硬,如坚持与金绝交、大力整顿武备等,但他也意识到宋朝此时国势的艰难。陈亮于淳熙五年(公元1178年,金大定十八年)就曾向孝宗上书云:"陛下据钱塘已耗之气,用闽、浙日衰之士,而欲鼓东南习安脆弱之众,北向以争中原,臣是以知其难矣。"②丘崈亦云:"中原沦陷且百年,在我固不可一日而忘也。然兵凶战危,若首倡非常之举,兵交胜负未可知,则首事之祸,其谁任之?此必有夸诞贪进之人,攘臂以侥幸万一,宜亟斥绝,不然必误国矣。"③在南北双方皆无实力消灭对方的情况

① 宋·李心传:《建炎以来朝野杂记》甲集卷十九,中华书局2000年版。
② 元·脱脱等:《宋史》卷四百三十六《陈亮传》,中华书局1977年版。
③ 元·脱脱等:《宋史》卷三百九十八《丘崈传》,中华书局1977年版。

之下，宋、金进入相对和平的发展阶段。

受中国古代"内诸夏而外夷狄"之说的汉族正统观影响，当汉族帝王的统治被少数民族种姓所取代时，这种"正统"观便成为一种拒绝认同新政权的强大心理情结。女真族政权存在的事实，无疑又使汉朝士人心中的这种"正统"观更难消释。毋庸讳言，这是一种"尊夏攘夷"的观念所使然。范成大于乾道六年所上《论献说迎合布衣补官之弊札子》中云：

> 国家之于北虏，可谓血仇矣。是仇也，天地神明，社稷苍生，其谁不知？陛下受太上之托，荷列圣之休，不忘北向，以雪宗庙大耻，可谓有志矣。是志也，天地神明，社稷苍生，亦其谁不知？①

其言辞之急切，情绪之高昂，现在亦可想见。他的话代表了当时绝大多数南宋文人的观点。整个孝宗诗坛，民族正统意识强烈，主人翁意识突出。诗歌激情昂扬，斗志饱满。他们将被金朝占领的北宋故土称为"故国山河"，把金人统治之下的中原人民称作中原"父老"或"遗老"。在杨万里诗中，将宋使出使金朝称为："光华剑佩伊吾北，弹压风涛瀚海西。"②想象中原遗民欢迎宋朝使臣的场面："故国山河迎诏旨，中原父老识词臣。"③

在孝宗时期，以陆游、范成大、张孝祥、陈亮、辛弃疾为代表的诗人们，密切关注国家局势，对统治者陶醉于东南残山剩水非常痛切，对偏安一方的国家局势深为不满。这种思想在此时的诗歌作品中有大量的表现。杨万里《题盱眙军东南第一山》："白沟旧在鸿沟外，易水今移淮水前。"④陆游《感事六言八首》（其四）："麦熟与人同喜，虏骄为国私

① 孔凡礼：《范成大佚著辑存》，中华书局1983年版，第18页。
② 宋·杨万里：《诚斋集》卷十九《送章德茂少卿使虏》，四部丛刊初编本。
③ 宋·杨万里：《诚斋集》卷十九《送王成之中书舍人使虏》，四部丛刊初编本。
④ 宋·杨万里：《诚斋集》卷二十七，四部丛刊初编本。

忧。”[①]《识愧》：“私忧骄虏心常折，念报明时涕每潸。”[②]《雨后殊有秋意》：“爱君忧国孤臣泪，临水登山节士心。”[③]范成大在送别友人出使金朝时写道：“檄到中原杀气销，穹庐那敢说天骄。今年蕃始来和汉，即日燕当远徙辽。北土未干遗老泪，西陵应望孝孙朝。著鞭往矣功名会，麟阁丹青上九霄。”[④]诗中表现出对金人的强烈的鄙视之情，以及对处于金人统治下的宋朝遗民的深切同情和牵挂。杨万里《跋丘宗卿侍郎见赠使北诗一轴》诗也表现出同样悲切的心情。诗云：“手持汉节捉秋月，弓挂天山鸣积雪。过故东京到北京，泪滴禾黍枯不生。誓取敌头为饮器，尽与黎民解魋髻。诗中哀怨诉阿谁，河水呜咽山风悲。中原万象听驱使，总随诗句归行李。”[⑤]这些诗歌的共同主题就是对因失中原而致江山破碎的国家局面极为忧虑和悲愤，对国家统一充满热切的盼望。

由于政权的对立，在外交层次上随之带来的是两国使臣之间的相互鄙视。孝宗乾道七年（公元 1171 年，金大定十一年），宋赵温叔使金还，“入见。上问：‘朕如何葛王（金世宗即位前曾封葛王）？’温叔奏曰：‘臣观葛王，望之不似人君，规模气象不及陛下万一，中原不日可复也，臣敢再拜贺。’上大悦。”[⑥]

政权对立还容易对对方作出错误的判断。范成大在淳熙十五年十一月上《延和殿又论二事札子》云：

> 臣窃闻虏中自立璟为太孙（按：金世宗立完颜璟为太孙事在金大定二十七年，宋孝宗淳熙十四年，即公元 1187 年），诸子不平，形于谣言。臣顷过保州，是时其嗣允恭尚在，已见承

---

① 宋·陆游：《剑南诗稿》卷七十六，《陆游集》本，中华书局 1976 年版。

② 宋·陆游：《剑南诗稿》卷七十八，《陆游集》本，中华书局 1976 年版。

③ 宋·陆游：《剑南诗稿》卷八十三，《陆游集》本，中华书局 1976 年版。

④ 见范成大《范石湖集》卷八《送洪景卢内翰使虏二首》其二，上海古籍出版社 1981 年版，第 102 页。洪迈使金贺世宗即位事，在宋高宗绍兴三十二年（公元 1162 年，金世宗大定二年）。洪迈这次使金并不顺利。在由金朝辞归时，洪迈报聘书用金国礼，故归宋后，被以“奉使辱命”罢起居舍人之职。

⑤ 宋·杨万里：《诚斋集》卷三十，四部丛刊初编本。

⑥ 宋·李心传：《建炎以来朝野杂记》甲集卷八，中华书局 2000 年版。

应人密说：国中惟畏服大王，将来恐有李唐秦王之事，谓其长子允升也。今又立璟，则其伯叔之心，皆可想见。他日若璟得国，伯叔不服，必有内乱。此其机可乘。万一璟能制伯叔之命，则必有腹心之臣为之谋主。事成势定，又必有窥伺之图。国家当不辍储备，以待事势。①

这段记述没有其他的史料可作佐证，不能排除范成大有夸大其词的一面。

而金朝的使者也对宋朝有着负面的评价。如金代朱之才《南越行》诗中认为："汉家使者懦且柔"。又如金大臣赵之杰于大定间使宋归来后向朝廷说："宋人文弊之极，且脆弱不足为虑。"②而在王寂《瑞鹤仙·上高节度寿》词中，更有："拥牙旗金甲，掀髯横策，威行蛮陌。令万卒，纵横坐画。荡淮夷献凯，歌来斗印，命之方伯"。词中将宋朝统治地区称为"蛮陌"，将南宋军队称为"淮夷"，以中原正统的代表者自居，而蔑视宋朝。

宋金两国文人之间面对面的短兵相接的论战，更能够看出两个政权的对立和隔阂。这种论战不仅是文化的论争，而且是两国政治斗争、外交斗争的继续。《鹤林玉露》卷十五记南宋宁宗庆元六年（公元1200年，金章宗承安五年）八月，光宗崩，金康元弼以馆伴，赐宴宋报谢使京镗于汴亭。因元弼于宴上设乐，所以京镗怒而作诗，诗中称元弼"凶礼强更为吉礼，裔风终未变华风"之句，以表示不满。京镗言外之意为，金朝还没有完全受到华夏文明的濡染，所以还很野蛮，未开化，不文明。本来皇帝驾崩，实为臣伤心痛苦之凶事，而对方却张乐设宴，以吉礼相待，怎能不激起宋臣的强烈反对？元弼给金臣张乐设宴，有轻视、嘲弄宋朝君臣的念头，同时京镗以诗歌为武器来反击对方，其鄙视金朝之意也昭昭可见。

在宋、金两国使臣面对面的斗争中，宋朝的使者敢于面对金朝使臣

① 孔凡礼：《范成大佚著辑存》，中华书局1983年版，第40—41页。
② 金·元好问：《中州集》卷八《赵之杰小传》，四部丛刊初编本。

的无礼据理力争，从而在文化上、道义上占有有利的地位。孝宗淳熙十五年（公元 1188 年，金大定二十八年），颜师鲁充当宋高宗遗留礼信使，入金境后，金人“沿途宴设”，师鲁“力请撤乐。至燕山，复辞簪花，执射。”[①]刘甲使金，“至燕山，伴宴完颜者，名犯仁庙嫌讳，甲力辞，完颜更名修。”[②]这些宋朝的大臣在出使金朝时，不辱使命，不丧国格，既圆满地完成了外交任务，又维护了国家的尊严。

对于出使到宋朝的金朝大臣，宋臣更以文化的优越感来对付对方。淳熙中，金人“有举进士第一者”，奉使来贺宋朝正旦。“自负其辩，颇凌慢主人”。当时韩子师为宋朝馆伴使。一日，金使自谓其廷试赋云：“屯一百万骑，日射三十六熊”之句，以为警策。子师遽曰：“一百万骑仅能得三十六熊，何其甚少也？”金使听后，为之惘然。其实，“熊，射侯也。韩不学，妄以为熊罴之熊，故金使猝无以应。然自是辞色颇恭，时人亦多韩之敏捷。”[③]在宋人眼里，金朝大臣皆不学无术之辈。即使宋人有错，亦不能指瑕。

宋人对金使的斗争是针锋相对的。当对方的言行对宋朝的利益有所损害时，一般的宋人都会挺身而出。宋孝宗击球偶伤一目，金人遣使来庆寿，以千手千眼白玉观音为寿，盖寓相谑之意。孝宗邀金使入经山，至寿门，住持随口说出一偈云：“一手动时千手动，一眼观时千眼观。幸得太平无一事，何须做得许多般？”金使惭愧[④]。

南宋孝宗朝，以陆游、范成大为代表的诗人，在他们的诗歌创作当中，表现出力主抗金、恢复中原的时代主题，而且感情强烈，气势充沛，具有鲜明的时代气息。这些诗歌拓展了南宋的诗歌题材，丰富了南宋诗歌的表现手法，同时对认识宋、金诗歌的区别与联系，研究金代诗歌的独特地位，是大有裨益的。

南宋对金的排拒态度是明显的。而这种态度始终影响着南宋诗坛

---

① 元·脱脱等：《宋史》卷三百八十九《颜师鲁传》，中华书局 1977 年版。
② 元·脱脱等：《宋史》卷三百九十七《刘甲传》，中华书局 1977 年版。
③ 宋·李心传：《建炎以来朝野杂记》甲集卷八《韩子师折北使》，中华书局 2000 年版。
④ 丁传靖：《宋人轶事汇编》卷三引《坚瓠集》，中华书局 2003 年版，第 85 页。

的诗歌创作。其实,孝宗即位后,一直没有忘记恢复中原、统一国家。"践祚以来,未尝一日暂忘中兴之图,每形于诗词。如《新秋雨过述怀》:'平生雄武心,览镜朱颜在。岂惜常忧勤,规模须广大。'如《春晴有感》四:'春风归草木,晓日丽山河。物滞欣逢泰,时丰自此多。神州应未远,当继沛中歌。'观此则规恢之志大矣。"[①]孝宗诗坛的涉金之作主要包含在一些诗人的从军诗和一些大臣的使金诗当中。

(一)南宋文人的从军诗

从军诗当以陆游为代表。陆游在南郑的几个月中,创作了百余篇从军诗,收在名为《山南杂咏》的专集中,可惜这些诗在陆游现存诗歌中难以找到。[②] 傅璇琮先生认为是陆游害怕受到王炎事的影响而故意没有保存[③]。在孝宗时期的著名诗人中,陆游身处抗金前线的时间最长,从军经历对于他的诗歌风格的影响也最大。他于乾道六年(公元1170年)从家乡赴夔州通判任。乾道八年(公元1172年)又应四川宣抚使王炎之聘,由夔州入王炎幕府,三月到达南郑(今汉中)。同年十月,因王炎召还,幕府星散,陆游离开南郑而返成都,直至淳熙五年(公元1178年)春奉诏东归,共在蜀中8年。清人赵翼《瓯北诗话》卷六云:"放翁诗之宏肆,自从戎巴蜀,而境界又一变。"

南宋文人多不以诗人或词人自许。如词中辛弃疾,诗中陆游等。在陆游《读杜诗》"后世但作诗人看,使我抚几空嗟咨"[④]中,我们可以看出这位忧国忧民的诗人激愤和无奈的心情。诗人不甘以诗终老,而是以极大的热情关注国家的局势。由于强烈的主观心绪,诗人对国家局势的判断难免会出现偏差。如对同时处于北方的金世宗的记述就出于陆游的民族成见。金世宗即位既久,思念上京故老,所以于大定二十四

① 宋·陈岩肖:《庚溪诗话》卷上,《历代诗话续编》本,中华书局1983年版,第164页。

② 宋·陆游:《剑南诗稿》卷三十七《感旧》六首其一:"百诗犹可想,叹息遂无传。"《陆游集》本,中华书局1976年版。

③ 见傅璇琮、孔凡礼:《陆游南郑从军诗失传探秘——兼论南宋抗金大将王炎的悲剧命运》,《文学遗产》2001年第四期,第76页。

④ 宋·陆游:《剑南诗稿》卷三十三,《陆游集》本,中华书局1976年版。

年五月诣上京，至次年九月还。陆游却认为是金世宗因军事失败而被迫北逃，故有诗记曰："幽州遗民款塞来，来者扶老携其孩。共言单于远逃遁，一夕荆棘生燕台。天威在上贼胆破，捧头鼠窜吁可哀。"[①]陆游的说法显然与史不合。赵翼《瓯北诗话》卷七云陆游："曰'遁归'者，传闻之讹也。"不排除陆游得之于传闻的可能，但陆游出于对金朝的敌视态度而生发的想象因素也是显而易见的。

钱锺书先生在谈到陆游的诗歌时说："放翁谈兵，气粗言语大，偶一触绪取快，不失为豪情壮慨，顾乃叮咛反复，看镜频叹勋业，抚髀深慨功名。若示其真有雄才大略，奇谋妙算，殆庶孙、吴，等侪颇、牧者，则似不仅'作态'，而且'作假'也。"[②]这段话可谓指出了陆游诗歌的瑕疵之处。实际上，当时南宋不少诗人在爱国思想、民族情感驱使下，在他们的作品中表现出或多或少的"过激"倾向，只不过陆游的诗歌表现得更加突出一些。以陆游为代表的孝宗诗坛的诗歌创作，多为南宋文人的文化正统心态所使然。而在同时期的北方金代中期诗坛，这种反映民族矛盾的诗歌作品是极为少见的。其主要原因，一为可能有关作品大量散失，以致我们后代的读者很难准确考察当时诗歌创作的实际情况；二主要是以汉族文人为主体的金大定、明昌诗人，和金代女真统治者相比较，较少关注文化正统、民族关系等问题，他们的思想没有南宋士人那样的历史包袱，所以表现更为超脱。

（二）南宋文人的使金诗

南宋文人的使金诗有一个鲜明的特点，即强烈的民族性。置身于金人统治地区，特别是原宋朝故土，南宋使臣的民族情感更加强烈。

南宋文人的使金诗以范成大为代表。

范成大于孝宗乾道六年（公元1170年，金大定十年）使金。其间有日记《揽辔录》和组诗[③]比较详细地记述了这次的行程。诗人的使金经历，故土风物、人情给了他很大的触动。特别是在组诗中，作者表现出

---

① 宋·陆游：《剑南诗稿》十六有《闻虏酋遁归漠北》，《陆游集》本，中华书局1976年版。

② 钱锺书：《谈艺录》，中华书局1986年版，第457页。

③ 组诗见范成大《范石湖集》卷十二，上海古籍出版社1981年版，第145—158页。

的感情是相当复杂的，体现了在政权对立的背景下，一个怀有民族感情的文人，对国家、对历史的深深感伤。这些变化，是生长、活动在北方本土的金朝文人绝对感受不到的。首先是对国家分裂、中州沦陷的强烈感伤。在经过河南张巡、许远双庙时，范成大不禁叹息："平地孤城寇若林，两公犹解障妖祲。大梁襟带洪河险，谁遣神州陆地沉"（《双庙》）。在路经北宋汴京城内宣德楼时，感慨万端："峣阙丛霄旧玉京，多年沦陷最伤神。他年若作清宫使，不挽天河洗不清"（《宣德楼》）。当年繁华的汴京城，此时在作者的眼前是："梳行讹杂马行残，药市萧骚土市寒。惆怅软红佳丽地，黄沙如雨扑征鞍。"作者自序说得明白："京师诸市皆荒索，仅有人居。"作者赞赏不改志节的老年歌女："紫袖当棚雪鬓凋，曾随广乐奏云韶。老来未忍耆婆舞，犹倚黄钟衮六么。"而悲伤民俗的日益改变[①]。

身份和使命支配着范成大踏入金境后的心理感受以及诗歌创作。作者称自己为"汉官"（《翠楼》）、"皇华使"（《赵州石桥》））称金人为"胡膻"、"毡裘"。（《呼沱河》：闻道河神解造冰，曾扶阳九见中兴。如今烂被胡膻涴，不似沧浪可濯缨）对金人的蔑视，不时显露于使金诗的字里行间。范成大嘲笑金人穿着："闻说今朝恰开寺，羊裘狼帽趁时新"（《相国寺》）。嘲笑金人语言，称："大抵胡语难得其真"（《琉璃河》）。甚至世宗为避父宗尧名讳，改尧山为唐山，范成大也鄙视道："何物苦寒胡地鬼，二名犹敢废尧山"（《唐山》）。

和其他使金诗人一样，范成大也对金人表示出明显的文化歧视："松风漱罢读离骚，翰墨仙翁百代豪。一笑毡裘那办此，当年嵇阮尚餔糟"（《松醪》）。他讽刺金馆伴使、兵部侍郎耶律宝不认识汉字："乍见华书眼似麞，低头惭愧紫荷囊。人间无事无奇对，伏猎今成两侍郎"（《耶律侍郎》）。将其与唐代读错字的户部侍郎萧炅并列，加以讥讽。[②]

① 见范成大：《范石湖集》卷十二《真定舞》，诗题后有自序云："虏乐悉变中华，惟真定有京师旧乐工尚舞高平曲破。"上海古籍出版社1981年版。

② 宋·司马光：《资治通鉴》卷第二百一十四《玄宗至道大聖大明孝皇帝中之中》，四部丛刊初编本。

南宋其他使金诗人的作品表现出和范成大相同或相近的认识。洪适的使金诗中，或感叹国家分裂："平野风烟阔，孤村父老存。薄云低故堞，落日逐輶轩。分裂时云久，澄清敌未吞。春光满花柳，天道竟何言。"[①]或抨击金军占领："层峦逾碣石，形胜镇神州。可惜羊肠险，今多虎踞忧。天心端有待，人力岂能谋。未老如凭轼，壶浆为曲留。"[②]或抒发黍离之悲："风埃如雾满川黄，马上朝来识太行。水泻浊河桥甚壮，沙连远塞路何长。皇华复讲衣裳会，京阙今为瓦砾场。夹道桑麻过千亩，野花时有一枝香。"[③]或丑诋金人语言："觉来屈指数修程，历遍中原长短亭。谁向城头晚鸣角，胡音嘈嘈不须听。"[④]

宋朝使金文人的诗作大多已经散佚不闻。如洪皓、朱弁、张邵三人在回宋途中创作的《輶轩唱和集》、陆游作跋的张监丞《云庄诗集》[⑤]等皆已失传。现在保存在各种古籍中的南宋文人使金时的诗词作品，据有的学者统计，大约有250首，这个数字远远不能反映当时有关诗歌创作的全貌。

二、金代文人的涉宋之作

金代文人使宋诗数量极少，在各种金诗总集或别集中很难见到。现在我们能够看到的金代诗歌作品中，和南方宋朝有关的作品大多是创作于南方。金代中期的一些诗人在他们早年时，曾有在江南生活的经历。在这些诗歌中，很难看到有南宋文人使金时所产生的那种强烈的民族意识。蔡珪有《撞冰行》诗，当作于贞元元年作者随其父、户部尚书蔡松年等使宋贺正旦时。诗歌纯粹写江南船工的生活，其中如"吴侬笑向吾曹说，昔岁江行苦风雪。扬槌启路夜撞冰，手皮半逐冰皮裂。今年穷腊波溶溶，安流东下闲篙工"等诗句包含着作者的惊奇、赞叹，客观

---

① 宋·洪适:《盘洲文集》卷五《使虏道中次韵会亭》，文渊阁四库全书本。

② 宋·洪适:《盘洲文集》卷五《次韵初望太行山》，文渊阁四库全书本。

③ 宋·洪适:《盘洲文集》卷五《过黄河用上介龙深甫迁居旧韵》，文渊阁四库全书本。

④ 宋·洪适:《盘洲文集》卷五《次韵保州闻角》，文渊阁四库全书本。

⑤ 宋·陆游:《渭南文集》卷二八《跋张监丞云庄诗集》曰:"今读张公为奉使官属时所赋歌诗数十篇，忠义之气郁然，为之悲慨弥日。"见《陆游集》，中华书局1976年版，第2252页。

上反映了南北两地气候的明显差异。诗歌只是最后“江东贾客借余润，贞元使者如春风”中，我们可以感受到作者带有自身优越感，但是也并不含明显的政权对立的成分。

世宗时期著名诗人任询现存诗中，也有描写江南人物和景象的作品。任询本易州（今河北易县）人。父贵，北宋末游江浙，任询生于处州（今浙江丽水）。任询在江南出生，并在江南度过了少年的岁月。作者写有《苏州宴》、《西湖》等诗，为我们展现了不同于北方的风土人情。《苏州宴》赞美苏州女子的娇美的面容和高超的弹唱技艺：“苏州女儿嫩如水，髻耸花笼青凤尾。十二红裳酽梳洗，植立唱歌烟雾里。一人丰秾玉手指，袖挽翠云弹绿绮。落花一片天上来，似欲随人波江水。曲终宴阕歌一觞，行人南游道路长。明日松江千万顷，烟波云树春茫茫。”《西湖》诗赞美杭州西湖景象：“西湖环武林，澄澄大圆镜。仰看湖上寺，即是镜中影。湖光与天色，一碧千万顷。堤径截烟来，楼台自昏暝。”此外任询还写有《浙江亭观潮》诗，邓绍基先生认为“可能是题画之作”①。但我们也不能完全否定这首诗歌作于江南的可能。

就现存的金代文人的涉宋之作来看，这些作品大都以写景诗为主，一般不涉及民族话题和政治话题。其风格也以清新自然为主，有南朝民歌的风韵。这种风格影响到了一些从未到过南宋的诗人的诗歌创作。边元鼎组诗《阅见》10首，语言明丽流畅，抒情婉转缠绵，意蕴含蓄雅致，得南朝乐府民歌风格神髓。王庭筠《采莲曲》：“南北湖亭竞采莲，吴娃娇小得人怜。临行折得新荷叶，却障斜阳入画船。”刘迎闺怨诗《楼前曲》：“楼前山色秋横碧，楼下水光秋漫白。眼看对此千里愁，楼下长歌古离别。萧萧郎马何时归，雁奴去作斜行飞。灞桥过客夕阳远，渭城行人朝雨微。玉凄花冷令人瘦，日暮倚楼双翠袖。蕙炷犹残鹨鹕香，曲尘半着鸳鸯绣。五云飞过芙蓉城，洞天冷落云间笙。妾身有愿化春草，伴君长亭仍短亭。”这些诗歌意境清新，情感深婉，与北方诗风明显不同。其他如张秦娥《采菱舟》、萧贡《古采莲曲》等，皆表现出相同的风格特征。

---

① 邓绍基：《金元诗选》，人民文学出版社 2005 年版，第 34 页。

第二节　南宋文献北传

相对来说，政权对立给宋代孝宗诗坛的影响要比金代中期诗坛大得多。同时，尽管这个时期南北交往受到限制，但南方的文献典籍还是通过许多渠道进入了北方金境。赵翼所云：南宋人诗文“罕有传至中原者。疆域所限，固不能及时流通”①。说的只是部分事实。

一、南宋诗文作品北传

文学论著的北传。据现有资料初步考定，传入金朝的的南宋文献就有六十余种，其中诗文方面就包括非常著名的诚斋诗歌、辛弃疾和陈与义的词、胡仔《苕溪渔隐丛话》、胡舜陟《三山老人语录》、洪兴祖《韩文辨证》、郑厚《艺圃折衷》、吕本中《紫微诗话》、叶梦得《石林诗话》、何汶《竹庄诗话》、葛立方《韵语阳秋》、严有翼《艺苑雌黄》等。这些南方的诗文论著以崭新的面貌给北方文坛增添了丰富的艺术营养。其中如王若虚所著《滹南诗话》共三卷八十九则，其中有三分之一源自胡仔的《苕溪渔隐丛话》②，反映出南宋诗话作品对金人诗文理论的直接影响。

金初南宋的典籍入北，主要是在战争状态下金人的掠夺。如贺铸文集《庆湖遗老集》、《东山乐府》入金的情况就是如此。寇翼于乾道丙戌（公元1166年，金大定六年）作《庆湖遗老集》卷首序。序中称建炎间，金人陷贺铸寓居地毘陵（今江苏常州）时，贺铸所著全部文编的稿本，为其“酋携去”。

金代中期，南宋文献典籍主要是通过民间私下传入，或两国使臣的传播。如洪迈文集入金的情况。宋赵与时撰《宾退录》卷八引洪迈《夷坚志·庚志》自序云：“章德茂使虏，掌讶者问《夷坚》自《丁志》后，曾更

① 清·赵翼：《瓯北诗话》卷十二，人民文学出版社1998年版。

② 胡传志：《〈滹南诗话〉与南宋诗论的联系与差异》，见《中国诗学研究》第3集《辽金诗学研究专辑》，上海古籍出版社2004年版。

续否?”章德茂(名森)使金,在南宋孝宗淳熙十三年,即金大定二十六年(公元1186年)。洪迈《夷坚志·丙志》今存,自序作于乾道七年(公元1171年),《丁志》序文不全,《戊志》至《癸志》六志已佚。据上《宾退录》引《庚志》自序:“初,《甲志》之成,历十八年。自《乙》至《己》,或七年,或五六年,今不过数阅月,闲之为助如此。”据此可推知,《丁志》大约完成于淳熙三年(公元1176年)至四年间。从洪迈自序来看,金人对他的作品非常感兴趣,而且长时间地予以关注。由此可见南宋文人作品对北方的影响。

金中期是宋朝文献流传至北方的一段非常重要的时期。两宋之交的一些著名文人如陈与义、李清照的作品可能于这一时期传入北方。赵秉文《和渊明拟古九首》其二:“男儿重意气,结发早从戎。生当为世豪,死当为鬼雄。”明显是受到李清照诗歌的影响。元好问诗《寄杨飞卿》有:“西风白发三千丈,故国青山一万重。”作于金亡后两年。此两句脱胎于陈与义《伤春》(见《简斋集》卷二十六)。元好问对陈与义等人的诗词作品非常熟悉,他曾云:“坡以来,山谷、晁无咎、陈去非、辛幼安诸公,俱以歌词取称,吟咏情性,留连光景,清壮顿挫,能起人妙思。”①说明陈与义的作品传入金朝不可能太迟,时间大致在世宗、章宗朝。

和金大定、明昌同时期的南宋文人徐师川、杨万里、张镃、徐似道、陆游、辛弃疾等作家的作品在此时或稍后传入金境,并对金诗产生了明显的影响。

杨万里作品的传入。杨万里(公元1127—1206年)为南宋“中兴四大家”之一。其诗歌活动大致与金大定、明昌同时。杨万里生前就将自己的诗歌编成《江湖集》、《荆溪集》、《西归集》、《南海集》、《朝天集》、《江西道院集》、《朝天续集》、《江东集》、《退休集》共9部诗集,并陆续刊行。当时宋金接触较为频繁。杨万里于乾道十六年(公元1189年)担任过接伴金国贺正旦使。所以胡传志先生认为“煊赫一时的诚斋体完全有条件传入金源。李纯甫公开称道杨万里诗歌,说明杨万里诗歌

---

① 金·元好问:《遗山集》卷三十六《新轩乐府引》,文渊阁四库全书本。

在金源已广为人知。"胡先生认为,比李纯甫大将近 20 岁的赵秉文,从其一些诗歌的题材、取景、风格等,也可以判定赵秉文"不可能不知道诚斋体"①。

辛弃疾作品的传入。由于辛弃疾生平的特殊性,金朝文人对他的经历和命运会更为关注。清代杨绍和《楹书隅录》称辛弃疾《稼轩乐府》有金刻本。而金末刘祁对辛弃疾则非常的熟悉。刘祁《归潜志》卷八云:"党承旨怀英、辛尚书弃疾俱山东人,少同舍属。金国初遭乱,俱在兵间。辛一旦率数千骑南渡,显于宋。党在北方擢第,入翰林,有名。为一时文字宗主。二公虽所趣不同,皆有功业,宠荣视前朝陶穀、韩熙载亦相况也。后辛退闲。有词《鹧鸪天》云:'壮岁旌旗拥万夫,锦襜突骑渡江初。燕兵夜娖银胡䩮,汉箭朝飞金仆姑。追往事,叹今吾,春秋不染白髭须。却将万字平戎策,换得东家种树书。'盖纪其少时事也。"

金末元好问的诗歌受南宋孝宗时期的诗歌影响清楚可查。元好问《被檄赴邓州幕府》:"未能免俗私自笑,岂不怀归官有程。"与陆游《思子虚》:"未能免俗私自笑,岂不怀归汝念亲?"何其相似。说明陆游的作品孝宗朝也有可能北传到金。元好问《又解嘲》二首之二:"诗卷亲来酒盏疏,朝吟竹隐暮南湖。袖中新句知多少,坡谷前头敢道无?"诗中涉及两人——徐似道②、张镃③。两人从杨万里、陆游学诗。钱锺书先生指出"(此二人)皆参诚斋活法者。遗山盖谓此辈诗人苟见东坡、山谷,当'叹息踧踖,愧生于中,颜变于外',犹昌黎之见于殷侑耳。乃以山谷配东坡,弹压南宋诗流。"④而元好问《中州集》卷二有张公药《寒食》诗"一百五日寒食节,二十四番花信风。"这两句诗来自南宋徐师川(师川为鲁直甥)诗,只是改"雨"字为"节"字,可见师川诗在金代中期也传至北方。

---

① 胡传志:《论诚斋体在金代的际遇》,《安徽师范大学学报》2004 年第 1 期,第 67、68 页。

② 徐似道:字渊子,号竹隐,乾道二年进士,有《竹隐集》。

③ 张镃:字功甫,绍兴十五年及第,有文集《南湖集》。

④ 钱锺书:《谈艺录》,中华书局 1984 年版,第 486 页。

金代中期诗歌以北方文风为基调，而又呈现出多样化的风格特点。这些特点与同时南宋的一些著名诗人产生异地的共鸣。在王庭筠的诗歌中，有杨万里"诚斋体"的语言自然、诙谐风趣，格调轻快的特点，如《韩陵道中》："石头荦确两坡间，不记秋来几往还。日暮蹇驴鞭不动，天教仔细数前山。"《野堂二首》其二："云自知归鸟自还，一堂足了一生闲。门前剥啄定佳客，檐外孱颜皆好山。"这个特点在其他诗人的作品中也有表现，如张汝霖《春溪》诗："黯黯春愁底处消，小桃无语半含娇。东风不管前溪水，暖绿溶溶拍画桥。"党怀英《晓云次子端韵》："滦溪经雨浪生花，晓碧翻光漾晓霞。川上风烟无定态，尽供新意与诗家。"

这些诗体物入微，情感细腻，与"诚斋体"并无二致。另外如王硐《杂诗七首》其四："南亩东皋春务时，田家候雨罢耕犁。却汲井泉浇药圃，更疏陂水灌麻畦。"明显与范成大诗歌田园诗的思想艺术相通。

二、理学的北传

受翁方纲"理学盛于南，苏学盛于北"说法的影响，有人认为，金朝没有程朱之学。《宋元学案》卷一百亦云："建炎南渡，学统与之俱迁。"又云"关洛陷于完颜，百年不闻学统"。其意皆是说金朝百年间，并未有理学的存在或影响。

即使是在紧随金代的元朝文人也认为，最早是在金代明昌及以后，即王若虚生平活动时期，程、朱理学才传入北方。元郝经就指出：

> 至宋濂溪周子创图立说，以为道学宗师，而传之河南二程子及横渠张子，继之以龟山杨氏、广平游氏，以至于晦庵朱氏。中间虽为京、桧、侂胄诸人梗踣，而其学益盛。江淮之间，粲然洙泗之风矣。金源氏之衰，其书浸淫而北。赵承旨秉文、麻征君九畴始闻而知之，于是自称为道学门弟子。[1]

① 元·郝经：《陵川集》卷二十六《太极书院记》，文渊阁四库全书本。

又郝经有诗称赞麻九畴云:“金源百年富诗文,伊洛一派独征君。”[①]他认为赵秉文(公元1159—1232年)、杨云翼(公元1170—1228年)、王若虚(公元1174—1243年)、李纯甫(公元1177—1223年)、麻九畴(公元1183—1232年)等为最早接受朱熹理学者。

据孔凡礼先生统计,在金代王若虚《滹南遗老集》中提到的南宋作者约40人,包括文学、经义、史学几个方面的著述约达50多种。其中理学著作亦不少,其中包括有理学家杨时(公元1053—1135年)、尹焞(公元1071—1142年)、张九成(公元1092—1159年)、胡寅(公元1098—1156年)、林之奇(公元1112—1176年)、朱熹(公元1130—1200年)、张栻(公元1133—1180年)、吕祖谦(公元1137—1181年)等人的作品,在《滹南遗老集》中,直接提及的著名的理学著作还有张九成的《论语解》、《孟子解》、朱熹《论语集义》等。上述这些人的生平活动时间从北宋哲宗朝到南宋孝宗朝,就北方来说,即从辽末到金世宗时,跨度将近一个世纪。

从实际情况来看,金初就有理学的根基,特别是北宋二程、周敦颐、张载等洛学、关学代表人物主要活动的河南、关中等地区,在宋室南迁之后,仍然具有较深厚的文化积淀。元刘因记载泽州(今山西晋城)自程颢为守三年,乡校大兴,服儒服者数百人,“由是尽宋与金,泽恒号称多士”[②]。杨时、尹焞曾皆受学于二程。并且早在金初,一些宋朝使臣就将理学经典《四书》带入金境。金初喜稽留宋朝官员,金朝皇帝或宗室充分发挥他们的作用,为其子弟讲授儒家经典。南宋张邵于天会七年使金,在上京会宁,“金人多从之学”[③]。洪皓(公元1088—1155年)为金扣留,居北方十余年。金宰相完颜希尹慕洪皓之才,聘为家庭教师,教其子弟。洪皓采用女真民间利用桦树皮晒干做纸的办法,凭记忆,在桦皮上默写《论语》、《孟子》、《大学》、《中庸》的全文做课本,此即著名

① 元·郝经:《陵川集》卷八《读麻征君遗文》,文渊阁四库全书本。
② 元·刘因:《静修先生文集》卷第十六《泽州长官段公墓碑铭》,四部丛刊初编本。
③ 元·脱脱等:《宋史》卷三百七十三《张邵传》,中华书局1977年版。

的“桦叶四书。”[1]元许有壬记载云：“理学至宋始明，宋季得朱子而大明。前辈言天限南北时，宋行人箧《四书》至金，一朝士得之，时出论说，闻者竦谓其学问超诣。”[2]

在理学经典在北方传播的同时，南宋的理学却经历了一个兴盛——衰落——复盛的过程，其传播的过程反倒比金朝复杂而曲折。南宋初，一些士人分析北宋灭亡的原因时，将其归咎于王安石的变法，高宗于是选择元祐学术。元祐学术的主要内容是二程道学。孝宗朝，理学开始盛行。周密云：

> 伊洛之学行于世，至乾道、淳熙间盛矣。其能发明先贤旨意，溯流徂源，论著讲解卓然自为一家者，惟广汉张氏敬夫、东莱吕氏伯恭、新安朱氏元晦而已。朱公尤渊洽精诣，盖其以至高之才、至博之学，而一切收敛，归诸义理。其上极于性命天人之妙，而下至于训诂名数之末，未尝举一而废一。盖孔孟之道，至伊洛而始得其传，而伊洛之学，至诸公而始无余蕴，必若是，然后可以言道学也。已此，外有横浦张氏子韶、象山陆氏子静，亦皆以其学传授。[3]

吴潜亦云：

> 自孝宗为《苏文忠公文集》御制一赞，谓忠言谠论，不顾一身利害，洋洋圣谟，风动四方，于是人文大兴。上足以接庆历、元祐之盛，至乾、淳间，大儒辈出。朱文公倡于建，张宣公倡于潭，吕成公倡于婺，皆著书立言，自为一家。凡仁义之要，道德之奥，性理之精微，所以明天理而正人心，立人极而扶世教，使天下晓然知人之所以异于禽兽，吾道之所以异于佛老，圣经贤

① 丁传靖：《宋人佚事汇编》卷十六，中华书局 2003 年版，第 879 页。
② 元·许有壬：《至正集》卷二十三《性理一贯集序》，文渊阁四库全书本。
③ 宋·周密：《齐东野语》卷十一，张茂鹏点校，中华书局 1997 年版，第 202 页。

传之务息邪说，有君臣，有父子，而不蚀其纲常之正者，功用弘矣。①

孝宗后期，由于道学理论的空疏化和功用的内倾化，道学人物在当时处于和战之争的国家局势面前不合时宜，朱熹道学因而渐受攻击。淳熙十五年六月，兵部侍郎林栗奏曰：

熹本无学术，徒窃张载、程颐之余绪，以为浮诞宗主，谓之道学，妄自推尊。所至辄携门生十数人，习为春秋、战国之态，妄希孔、孟历聘之风。绳以治世之法，则乱臣直首，所宜禁绝也。②

直至理宗嘉定与端平年间，以程、朱为领袖的道学才确立了正统的地位。

金代理学的传播相对顺利，虽弱而不绝。金代从世宗时开始，有学者开始花费精力关注、研究理学，甚至有人为理学经典作注。据有关资料，天德进士雷思（金末名士雷渊之父）著有《易解》行于世。王庭筠之父王遵古"文行兼备，潜心伊洛之学"③。史肃"尚理性之学"④。大定进士赵鼎"颇知道学"⑤。开封诗人白贲"自上世以来，至其孙渊，俱以经学显"⑥。上述诗人的学术活动涉及辽东、幽燕、关中、汴洛等地区。章宗时，伊洛之学逐渐盛行于金境南部。时杜时升隐居嵩、洛山中，"以伊洛之学教后进"，"从学者盛众"⑦。正是由于世宗、章宗朝奠定的基础，至金后期，理学才逐渐大盛，代表性人物亦逐渐增多。周昂从子嗣明

① 宋·吴潜：《履斋遗稿》卷三，文渊阁四库全书本。
② 宋·李心传：《建炎以来朝野杂记》乙集卷七，中华书局2000年版。
③ 金·元好问：《遗山先生文集》卷第十六《王黄华墓碑》，四部丛刊初编本。
④ 金·元好问：《中州集》卷五，四部丛刊初编本。
⑤ 金·元好问：《中州集》卷八，四部丛刊初编本。
⑥ 金·元好问：《中州集》卷九，四部丛刊初编本。
⑦ 元·脱脱等：《金史》卷一百二十七《杜时升传》，中华书局1997年版。

"最长于义理之学","尝谓学不至邵康节、程伊川,非儒者也"①。表示出对理学的强烈的敬佩之情。李纯甫30岁后,"取道家书读之",他在《鸣道集说序》中归纳宋代理学时指出:

至于近代,王介甫父子倡之于前,苏子瞻兄弟和之于后,《大易》、《诗》、《书》、《论》、《老》、《庄》皆有所解。濂溪、涑水、横渠、伊川之学,踵而兴焉;上蔡、龟山、元城、横浦之徒,又从而翼之;东莱、南轩、晦庵之书,蔓衍四出,其言遂大。

李纯甫对南方理学代表人物非常熟悉,并且"就伊川、横渠、晦庵诸人所得者而商略之,毫发不相贷,且恨不同时与相诘难也。"②虽然熟悉,但他对程朱理学并不推崇,清人全祖望《跋雪亭西舍记》云:"濂洛以来,无不遭其掊击。"和李纯甫同时的刘从益则不同,从益四十岁闲居淮阳,"与诸生讲明伊洛学"③。

宋代理学家整体文学成就非常有限。清代乔仪《剑溪说诗》卷上云:"南渡后,义理之学盛,往往易于语言,而文不逮学矣。"相对宋代诗歌、通俗文艺等,宋代理学在金代诗坛影响比较小。尽管如此,金代有些诗人深得理学奥妙。"伊川之学,以诚敬为本。"④金代中期后期诗人胥鼎《送第恒作州》:"御物当存恕,存心要尽诚。"白贲有《客有求观予孝经传者,感而赋诗》一诗,中云:"古人文莹理,后人但工文。文工理欲暗,纸札何纷纷。君看六艺学,天葩吐奇芬。诗书分体制,礼乐造乾坤。千歧更万辙,要以一理存。"这些诗歌皆显示出受理学影响的痕迹,而金末元好问以"诚"为本的诗学理论,明显来自于理学的精髓。

---

① 金·元好问:《中州集》卷四,四部丛刊初编本。
② 金·元好问:《中州集》卷四,四部丛刊初编本。
③ 元·王恽:《秋涧先生大全文集》卷五十八《浑源刘氏世德碑铭》,四部丛刊初编本。
④ 宋·邵博著、刘德权、李剑雄点校:《邵氏闻见后录》卷第五,中华书局1997年版,第36页。

第三节　金代文献南传

按照现代的一般看法，南宋孝宗时期的文学创作成就远大于同时期北方金世宗时期的诗坛。特别是当时南宋以尤、杨、范、陆四大诗人为代表所创作的诗歌在文学史上确实占有很高的地位。不过清人的认识和我们不同。清代王士禛《带经堂诗话》卷一云：

> 《中州集》中，如刘迎无党之歌行，李汾长源之七律，皆不减唐人及北宋大家，南宋自陆务观外，无其匹敌。尔时中原人材可谓极盛，非江南所及。

王士禛认为，当时南宋诗歌的成就，远远比不上北方。这种观点尽管有偏颇，但也有一定的道理，同时也是对于那些纯粹崇南抑北、崇宋抑金的观点是一个有力的拨正。金代诗歌的成就使得它至少能够在宋金之间的文化交流当中，占得一定的地位。

一、金诗词作品南传

辽金时期，北方统治者一方面通过各种方法和渠道，大量收集汉族文物典籍，以满足自己的需要，同时又严禁北方典籍外传至南方。沈括云："契丹书禁甚严，传入中国者，法皆死。"①虽然指的是辽代的情况，但在金朝想必亦是如此。再加上文化优越感容易使得南宋文人对金代存在一定的偏见。这种偏见由于南北分裂，以及政权对峙，两国文人之间相互交流、了解机会不多等原因，而很难得到消除。元张之翰指出："江南士大夫囊尝谓淮以北使不识字，间有一诗一文自中州来者，多为之雌黄。盖南北分裂、耳目偏狭故也。"②所以从整体来看，由北入南的

---

① 宋·沈括：《梦溪笔谈》卷十五，四部丛刊续编本。

② 元·张之翰：《西岩集》卷十八《书吴帝弼饯行诗册后》，文渊阁四库全书本。

书籍远远少于由南入北的书籍数量，即使传入，也得不到重视和保护。

金初诗词作家的作品入宋数量虽然有限，但也时见诸记载。元刘因《题辽金以来诸人辞翰后》有云：

> 辽诰敕一卷，金正隆词人制作。附今姚（枢）、窦（默）诸人跋语一卷。予观之，谓辽金迄今，自北而南渐，以大其文物之变也亦然。①

金初有些使金宋人的文集随着作者的南归而流传至南方。洪皓、张邵、朱弁回归宋朝途中，写诗唱和。陈振孙《直斋书录解题》卷十五，记有洪皓、张邵、朱弁"使金得归，道间唱酬"的诗集《輶轩集》一卷。陈振孙《直斋书录解题》卷二十一中还著录有蔡松年撰《萧闲集》六卷、吴激撰《吴彦高词》一卷。陈振孙主要活动在南宋理宗时期。说明《萧闲集》、《吴彦高词》等文集在《直斋书录解题》成书之前，即孝宗至宁宗期间，也就是北方世宗、章宗时南传入宋。

金代诗人的作品有时通过商人携带而入宋。南宋赵与时在其所撰《宾退录》卷二中记载道：

> "万里銮舆去不还，故宫风物尚依然。四围锦绣山河地，一片云霞洞府天。空有遗愁生落日，可无佳气起非烟。古来国破皆如此，谁念经营二百年。"此毛麾《过龙德故宫》诗也。麾字牧达，平阳府人。有《平水老人诗集》十卷行于虏境。榷商或携至中国，余偶得一帙，可观者颇多。

据《四库全书总目提要》子部十《宾退录》：赵与时为理宗宝庆二年进士。由此来看，毛麾诗集传入南宋的时间亦当与《萧闲集》、《吴彦高词》相近。

从一些资料来看，有些金人作品不仅传入宋境，而且还引起宋人的研究兴趣。与刘过、辛弃疾同时的岳珂有记云："软屏诗（万里车书尽混

① 元·刘因：《静修先生文集》卷之二十二《题辽金以来诸人辞翰后》，四部丛刊初编本。

同,江南岂有别疆封。提兵百万西湖上,立马吴山第一峰)《正隆事迹》以为翰林修撰蔡珪所作,诡曰御制。反复它作,似出一机杼。或者传疑益讹。"[①]岳珂不相信《软屏诗》为蔡珪所作,而认为是出自海陵王之手,因为此诗与海陵王之诗"似出一机杼",这说明岳珂对海陵王的诗歌风格非常的熟悉。

一些使金的宋人,在出使金朝的时候,也不忘抓住机会,了解和记录金人的有关情况。南宋史学家李心传对范成大在宋孝宗乾道六年(公元 1170 年,金大定十年)使金时所撰《揽辔录》所记载的金朝郑子聃的情况给予很高的评价,认为其记述真实、准确、全面。他将范成大的记载"以金国翰林直学士赵可所撰子聃墓志考之,名字、乡里、事迹、官位并同,但误以第三甲为第三人,及以正隆二年为贞元四年尔"。所以李心传不无感叹道:"成大出疆不久而金之公卿侍从馆阁一一得其履历之详如此,故具载之"[②]。范成大打听到了同时期金朝科举以及金朝诗人的第一手资料,并被李心传作为考据的实证而加以引用。

金人传入南方的作品数量少的原因,一方面是统治者的严格控制,同时还有两个因素:一是金朝诗人对自己的作品不自收捡,遗失很多;二为遭乱散失。如本文前面引元苏天爵所云,包括蔡珪、郑子聃、赵可、王庭筠等文人的文集,因兵乱而散佚不存。

二、金代史籍、历象之类书籍入宋

南宋正统文人对金朝的文化典籍态度比较轻视,但也并不是完全的排斥。金代那些感情色彩较为强烈的诗词散文等文学作品,固然在宋人眼中不值一提,但金代史籍却被宋人注意和利用,因为这些史籍大多和宋朝有着直接的联系。

金朝刊印的释道著述入宋。陈振孙《直斋书录解题》卷八《地理

---

① 宋·岳珂撰、吴企明点校:《珵史》卷八"金主辞怪"条,中华书局 1997 年版,第 96 页。
② 宋·李心传:《建炎以来系年要录》卷一百七十七,中华书局 1988 年版。

类》著录:“《华山记》一卷,不知名氏。”一些学者认为该书当为金大定道士王处一所著《西岳华山志》①。另陈振孙《直斋书录解题》卷八《目录类》著录《释书品次录》一卷,云:“唐僧从梵集,末有大定丁未黎阳张翚跋。称‘大定丁未’,盖北方板本也。”

金历象之类书籍入宋。陈振孙《直斋书录解题》卷五记有“淳熙中归明人”,南宋承奉郎张棣所撰《金国志》二卷②、《正隆事迹记》一卷。关于张棣的生平,《四库全书总目提要》卷五十二云:“棣始末无考,书中但称归正官。盖自金入宋之后,述所见闻也。”又陈振孙《直斋书录解题》卷十二著录有:“《金大明历》一卷”③,不著撰人,题后有注云:“金大定十三年所为也。其术疏浅,无足取。”

金朝史籍入宋。传入宋朝的金朝史籍数量较多,已知的有《诛萧裕诏》、《废亮诏》、《诛宗本诏》、以及张棣《金人志》、《正隆事迹》、宋翌《金亮本末》、完颜亮《议迁都燕京诏》、熊克《小历》等,还有赵可文集中的人物传记部分。

南宋李心传在编写《建炎以来系年要录》时,参考了一些金代的史籍。里面包括《诛萧裕诏》(见该书卷一百五十八、卷一百六十一、卷一百六十四、卷一百六十七)、《废亮诏》(见该书卷一百五十八)、《诛宗本诏》(见该书卷一百六十一)等。除了这些史料外,流入南宋的其他金代的史书当亦不少。李心传《建炎以来系年要录》卷一百六十一:“自金太祖旻起兵”条后有考异云:“以金人诛宗本等诏书及金国杂书参究修立。”从所云“金国杂书”,可知李心传参考的由金入宋的史书不在少数。

---

① 可参见薛瑞兆《论金国与南宋之间的艺文交流》,《民族文学研究》2007年第1期,第125页。

② 宋·李心传:《建炎以来系年要录》卷一百六十四:“亮至燕,以平章事部王萧裕有参画之功,拜裕尚书右丞相兼中书令。”后有考异云:“以两国编年、金人《诛萧裕诏》、张棣《金人志》。”

③ 据《金史》卷二十一《历上》:太宗天会五年,司天杨级始造大明历,熙宗天会十五年(南宋高宗绍兴七年,即公元1137年)始颁行之。大定间,司天监赵知微重修大明历,十一年历成。时耶律履亦造乙未历。大定二十一年十一月十五日,太阴亏食,朝廷命尚书省委礼部员外郎任忠杰与司天历官验所食时刻分秒比校,知微历为亲,遂用之。终金之世,惟用知微所修大明历。

宋、金史书有时所记为同时之事，则可以互资考证。李心传《建炎以来系年要录》卷一百七十六："（绍兴二十七年，即金正隆二年，公元1157年）二月，金国主亮坐武德殿，召吏部尚书李通、刑部尚书胡励、翰林直学士萧廉，语以'朕夜梦至上帝所。殿中人语如婴儿。少顷有青衣持宣授朕天策上将，令征某国。朕受命出而上马见鬼兵无数。朕发一矢射之，众皆喏而应。既觉，声犹在耳，即遣人至厩中，视所乘马，其汗如水，取箭数之，亦亡其一。此异梦也，岂非天假手于朕，令取江南乎？'通等皆贺。亮戒无泄于外。"后有考异云："此以张棣《正隆事迹》及宋翌《金亮本末》参修，但翌系之明年五月，而棣所记事与金他书多参同，故从。"

按：此段记载亦见于《大金国志》卷十四，事在正隆三年夏五月，与宋翌《金亮本末》同，而与《系年要录》异。《大金国志》云："金帝御熏风殿。命吏部尚书李通、翰林直学士萧廉召对。"与《系年要录》所云"金国主亮坐武德殿"亦异。

据清代纪昀《建炎以来系年要录·目录》中所云，李心传《建炎以来系年要录》一书在宁宗时已编定，理宗宝祐初付刻，则该书的主要写作时间当在孝宗、光宗两朝，而作者所参考的金代史籍也在世宗、章宗朝时传入南宋。

三、赵可文集入宋

据李心传《建炎以来系年要录》可知，金代诗人赵可的文集在章宗或稍后时就已传入南宋。《建炎以来系年要录》多处地方引用赵可的文集作考证的资料。

赵可，金世宗大定间诗人，字献之，山西高平人。贞元二年进士。《金史》一百二十五、《中州集》卷二有传。赵可初官太原。大定二十五年为翰林修撰，因得世宗赏识，迁待制。大定二十七年，为高丽生日使。大定二十九年，迁直学士。赵可多年任职翰林，擅长撰写诏书诰命。

《金史》云：赵可“博学高才，卓荦不羁。大定间，一时诏诰多出其手”[1]。赵可有文集《玉峰散人集》、《玉峰闲情集》。据《中州集》卷二：“（赵可）风流有文采，诗乐府皆传于世，号《玉峰散人集》。”《雍正山东通志》卷三十四“经籍”条亦云：“赵可《玉峰散人集》二卷。”又《归潜志》卷十则云：“献之少轻俊，文章健捷，尤工乐章，有《玉峰闲情集》行于世。”可惜赵可作品绝大多数早已散佚不闻，《中州集》卷二只存其诗三首。

关于赵可的生卒年月，史籍没有明确记载。关于卒年，当代学者王庆生先生认为在明昌元年前后[2]，不确。李心传《建炎以来系年要录》卷一百五十八考异中，记有赵可曾为刘玮作过墓铭。据《金史》卷九十五刘玮本传，刘玮卒于明昌四年六月。则赵可显然卒于明昌四年之后。

《建炎以来系年要录》一书中提到的赵可文章有《上京庆元宫碑序》（见卷一百四十四）、《刘玮墓志》（见卷一百五十八）、《都人进义何公墓碣》（见卷一百六十二）、《魏子平墓铭》（见卷一百七十九、卷一百七十九、卷一百八十一、卷一百九十六）、《郑子聃墓铭》（见卷一百七十七、卷一百九十六）、《户部郎中王基墓志》（见卷一百九十二）、《乔扆墓志》（见卷一百九十三）等。根据有关资料，赵可的一些文章的创作时间可以大体确定，以下略作考异。

1.《上京庆元宫碑序》

李心传《建炎以来系年要录》卷一百四十四考异云：“赵可文集有代人作《上京庆元宫碑序》。”

按：《金史》卷三十三《礼六》：熙宗天眷二年九月，以上京庆元宫为太祖皇帝原庙。皇统七年，有司奏庆元宫门旧曰景晖，殿曰辰居，似非庙中之名，今宜改殿名曰世德。大定二年十二月，诏以会宁府国家兴王之地，宜就庆元宫址建正殿九间，仍其旧号以时荐享。由此可知，赵可该序当作于大定二年庆元宫重新修建时。

2.《刘玮墓志》

---

① 元·脱脱等：《金史》卷一百二十五《文艺传上》，中华书局1997年版。

② 王庆生：《金代文学家年谱》第三卷“赵可传记”，凤凰出版社2005年版。

李心传《建炎以来系年要录》卷一百五十八记宋绍兴十八年(公元1148 年,金熙宗皇统八年)十二月,“金主遣金吾卫上将军殿前右副都点检召守忠、昭武大将军同知宣徽院事刘君诏来贺来年正旦。君诏,唐卢龙节度使守恭八世孙也。父宏,辽宁昌军节度使。金人俾知咸州同平章事”。后有考异云:“此以金国翰林直学士赵可撰君诏之子宣德军判刘某墓志修入。”

按:此处赵可所作墓志的墓主“刘某”当为刘玮。玮字德玉,咸平人。《金史》卷九十五有传。玮为唐卢龙节度使仁敬后裔。祖弘(或作宏),辽代镇懿州,以州降金。入金后知咸州,后以同平章政事致仕。父君诏,同知宣徽院事。玮幼警悟,业进士举,熙宗录其旧,特赐及第。调安次丞。由遵化县令补尚书省令史,历户部主事、监察御史,累转尚书省都事。世宗朝,迁户部员外郎,升郎中,改同知宣徽院事,为使宋国信副使。玮父兄皆以是官使江左,当时荣之。使宋还,授户部侍郎、户部尚书。世宗不豫,拜参知政事,仍领户部。寻上表请外,出知济南府事,移镇河中。明昌二年,徙知大名府,仍领河防事。三年,入拜尚书右丞。四年六月卒,谥曰安敏。

赵可《刘玮墓志》当作于明昌四年。

3.《魏子平墓铭》

《建炎以来系年要录》卷一百七十九:“戊寅,金国贺生辰使骠骑上将军殿前司副都点检萧恭、副使中大夫、尚书工部侍郎魏子平见于紫宸殿。时泉州观察使知合门事石清为馆伴副使,饮醉慢易。乃诏特与外任日下出门。子平宏州奉圣人,中进士,第累迁太府监。”后有考异云:“魏子平事,以金国翰林直学士赵可所撰墓志修入。”

按:《金史》卷八十九有《魏子平传》。子平字仲均,弘州人。进士出身。正隆三年,为贺宋主生日副使。世宗即位,进户部尚书,拜参知政事。大定十一年,罢为南京留守。十五年,起为平阳尹,二十六年卒。赵可《魏子平墓铭》当作于大定二十六年。

《建炎以来系年要录》引赵可《魏子平墓铭》凡四见。

4.《郑子聃墓铭》

李心传《建炎以来系年要录》卷一百九十六，记金朝宗辅、宗干以及敬嗣晖、苏保衡、魏子平、李天吉、郑子聃等人之事时，考云："此从范成大《揽辔录》、赵可文集修入。……成大称郑子聃为修注。葛王立，除殿中侍御史兼侍讲学士。而可所撰子聃墓志云：大定二年春，复为翰林修撰。今从之。"里面谈到赵可所撰《郑子聃墓铭》。

按：郑子聃《金史》卷一百二十五、《中州集》卷九有传。据《金史》本传，郑子聃卒于大定二十年。赵可《郑子聃墓铭》当作于此时。

5.《乔扆墓志》

李心传《建炎以来系年要录》卷一百九十三，记金朝蒲城丞乔扆守城抗宋事时，有考异云："蒲城事，以金国翰林直学士赵可所撰《乔扆墓志》修入。"

按：《金文最》卷四十七申天禄《乔扆兴庆池李氏园两诗跋》有曰："先生仙去十年于兹"，末署："大定戊申正月上沐，古唐申天禄跋。"戊申乃大定二十八年，前推十年，则乔扆卒于大定十八或十九年。《乔扆墓志》即作于大定十九年左右。

从李心传《建炎以来系年要录》一书所引用的赵可文集来看，赵可的文学创作活动从大定初直到章宗明昌年间，赵可文集成书时在明昌或稍后，时值南宋孝宗、光宗朝。如前所述，李心传《建炎以来系年要录》成书在孝宗后期到光宗、宁宗时，赵可文集或在此时传入南宋。

除以上资料外，赵可还撰有《大金得胜陀颂碑》。此碑刻于大定二十五年。碑面为汉文，碑阴为女真文，文字完全对译，内容为纪念金太祖在宁江州破辽得胜后所立的记功碑。"按碑在伯都纳厅北地。名石碑岭，即额特赫格们，金太祖誓师之地也。考《金史·五行志》太祖军宁江，驻高阜，萨哈仰见太祖体如乔松，所乘马如冈阜之大，太祖亦视萨哈人马异常，萨哈因白所见。太祖喜曰：'此吉兆也。'即举酒酹之曰：'异日成功，当识此地'。师次唐古特旺结之地，诸军介而立，有光起于人足及戈矛上。明日至札札，水光复如初。即碑刻前半所叙事也。又按，太祖本纪二年九月，太祖进军宁江州，次寥晦城，诸路兵皆会于拉林水师，次唐古特旺结之地，诸军禶介而立，有光如烈火起于人足及戈矛之上，以为兵祥。明日次札札,水光见如初。即碑所叙禳□会事也。又《五行志》收国元年八月丁未,上候辽军,还至舒吉泺,有光复见于矛端。即碑后半所叙事也。"①

大定、明昌间,是南北交流互动的非常重要的时期。两国都处于和平安定、经济发展、文化繁荣的历史阶段。和平、稳定的南北关系带来的是民间的榷场贸易、商人来往,政府间的使臣往还,个人之间的私购采访等,这些都是促进南北之间文化艺术交流的重要因素。由于资料有限,我们现在看到的是只是其中的一小部分。

南北之间的诗文典籍的交流,显示出双方有着相互借鉴、相互学习的强烈愿望,而这个愿望又是以相同的文化基础作为前提。南北两地,由于文化的向心力、文化的归属感,而在一定程度上突破了狭隘的民族主义,从而在更高层次上,形成既具各自独特的风格特点而又相互交融的文化发展格局。在这一点上,古人与我们有相同的认识。况周颐云:"金源之于南宋,时代政同,疆域之不同,人事为之耳,风会曷与焉?如辛幼安先在北,何尝不可南;如吴彦高先在南,何尝不可北。细审其词,南北确乎有辨……南宋佳词能浑,至金源佳词近刚方。"②元好问将金诗命名为《中州集》,他不问作者是生于中原,还是四方;生于原北宋辖区,还是金源,都把其诗作收入集中。元好问之"中州"有何寓意?笔者认为,"中州"一词源于他的诗作《论诗三十首》之四:"慷慨歌谣绝不传,穹庐一曲本天然。中州万古英雄气,也到阴山敕勒川。"③他把一向被视为"夷狄"所居的阴山也纳入中州。所以翁方纲说:"'中州'云者,盖斥南宋为偏安矣。"④元代家铉翁针对元好问《中州集》指出:"世之治也,三光五岳之气,钟而为一代人物。其生乎中原,奋乎齐鲁汴洛之间者,固中州人物也。亦有生于四方,奋于遐外,而道学文章为世所宗,功化

---

① 《辽金元石刻文献全编三》,北京图书馆出版社2003年版,第793页。

② 清·况周颐:《惠风词话》卷三,唐圭璋《词话丛编》本,中华书局2005年版,第4456页。

③ 金·元好问:《遗山先生文集》卷第十一,四部丛刊初编本。

④ 清·翁方纲:《石州诗话》卷七,人民文学出版社1981年版,第233页。

德业被于海内，虽谓之中州人物可也。盖天为斯世而生斯人，气化之全光岳之英，实萃于是一方，岂得而私其有哉？迨夫宇县中分，南北异壤，而论道统之所自来，必曰宗于某。言文脉之所从出，必曰派于某，又莫非盛时人物范模宪度之所流衍。故壤地有南北，而人物无南北，道统文脉无南北。虽在万里外，皆中州也，况于在中州者乎。”[①]所云确为不刊之论。周惠泉先生在《元明时期金代文学研究论略》一文中在谈及辽、金时期南北文化相互融合、互相影响的重要性及其深远意义时，说得更加清楚："辽、金两代的契丹、女真族以及继之统一中国的元代的蒙古族同属阿尔泰语系民族，又都崛起于我国北方的草原山林地区。相同的人文地理环境和相近的生活方式造就他们粗犷剽悍、质朴豪爽的民族气质和民族性格，同时也给他们的文学作品带来一种雄健磊落、慷慨悲壮的格调。正是由于北方民族文化，包括诗歌音乐的南渐，才为中华文化注入了新的活力，使多元一体、具有丰富内涵的中华文化形成兼收并蓄多民族文化之长的完整体系。”[②]在民族文化交流、融合的发展过程中，金代中期无疑是一个非常重要的阶段。

① 宋·家铉翁：《题中州诗集后》，《遗山先生文集·附录》，四部丛刊初编本。
② 见《晋阳学刊》1992 年第 1 期，第 89、90 页。

后记

本书是在我的博士论文的基础上，经过断续思考，增补修改而成，也是我主持的国家社科基金项目《金代家族与金代文学关系研究》（批准文号:09XWZ007）的阶段性成果。

金代诗歌是我国古代诗歌发展当中的有机组成部分。把金代诗歌作为本人研究的选题，源于我家乡历史文化环境的激发。山西大同作为辽金时的陪都西京，现存有大量的辽金时期的古迹文物，包括上下华严寺、观音堂、普恩寺（南寺），应县木塔、净土寺等，并且在辽金历史上产生了不少的历史文化名人，以邢（抱朴）氏家族、高（汝励）氏家族、刘（抟）氏家族、雷（渊）氏家族等为代表的文学士族为辽金政治、文化的发展做出了很大的贡献。通过对金代家族与文学的研究，可以挖掘地方历史文化资源，为家乡经济文化的建设服务。不过，由最初的对辽金文化的兴趣进入到学术研究，是在本人考入华东师范大学古籍研究所之后。迈进古代文学研究专家黄珅老师门下时，我向黄师说明我对辽金文学的兴趣后，先生同意我在此范围内确定论文选题。通过一段时间收集、查阅相关资料，并了解有关研究成果及前沿动态，本人注意力渐渐集中到金代“国朝文派”创立时期，即世宗、章宗时期的文学创作。论文题目初步确定下来后，自己集中精力研读作品，整理思路，撰写提纲。在征得黄师赞同后，本人撰写提纲时确立了一个原则，即是考虑到已有的成果，将不对单个的作家作专门的研究，而是从审美、艺术、因革等方面，对“国朝文派”形成时期的诗坛作整体的、宏观的研究。论文答辩过程中，赵昌平、曹旭、方智范、赵山林、吴平五位先生一致给予高度的评价。赵昌平先生认为：“本文在总揽前人研究成果的基础上，更全面地占有资料，并作了认真的爬梳，提出了一系列考察的新视角，论证也较充分，可称有所创新。”方智范先生认为，该论文“对历来流行的崇南抑北、崇宋抑金的观点作了有力的纠正，在补足宋金时期的文化版图以及构建完整的中国诗歌史方面，作者的这一研究成果值得重视。”专家们的过誉使我不敢承当，不过我将其作为努力的目标。

从专家们提出的建议和与各位老师的交流中，自己感觉到论文有需增补之处。作为继南北朝后，中国历史上又一个南北对峙时期，北方辽金的诗歌创作不同于北朝之寂寞，而显得丰富多彩，这一文化现象是十分值得注意的。除了考虑家族因素外，也可以北朝为参照来整活思路。另外金朝的佛教深受宋朝佛教的影响，唱主角的是禅宗，三教融和的特色更加明显。富有创新精神的禅宗为“国朝文派”的创作带来了灵气，具有较高水平的佛教雕塑艺术对诗歌创作也产生了很大的影响。

这部书稿付梓之际，笔者借此机会向一直给予关心、帮助的辽金文学研究专家、前辈，表示衷心的谢意！在书稿修改、定稿的过程中，张晶、胡传志、狄宝心、方满锦几位前辈提出了很好的指导意见。特别是辽金文学学会会长张晶先生对辽金文学有长期精深的研究，而本人能够在与张先生的接触当中，感受张先生的学者风范，接受张先生的随时指导。特别是张先生在百忙之中能够为小文作序，本人备感幸运。从张先生对后学鼓励的序文中，可见其拳拳之心、殷殷之意。希望自己能不辜负张先生的厚望。

华东师大求学期间，经常和同门学友陈良中博士、杨军博士、杨星博士等在一起切磋交流、获益良多，在此对他们一并表示感谢。人民出版社的副编审李惠女士对本书的出版非常热心、鼎力支持，本人感激不尽。从本人读博，直到这部书稿脱稿付梓，爱人李东平一方面承担繁重的教学任务，又承担了教育小孩、操持家务的工作，借此机会也致以深深地感谢！

杨忠谦

重庆永川　人和居

2010年3月

参考文献

《汉书》,汉·班固撰、唐·颜师古注,中华书局1975年版。

《晋书》,唐·房玄龄等撰,中华书局2000年版。

《梁书》,唐·姚思廉撰,中华书局1973年版。

《旧唐书》,后晋·刘昫等撰,中华书局1975年版。

《辽史》,元·脱脱等撰,中华书局1996年版。

《金史》,元·脱脱等撰,中华书局1997年版。

《宋史》,元·脱脱等撰,中华书局1977年版。

《大金国志校证》,宋·宇文懋昭撰、崔文印校证,中华书局1986年版。

《三朝北盟会编》,宋·徐梦莘编撰,上海古籍出版社1987年版。

《宋史纪事本末》,明·陈邦瞻撰,中华书局1997年版。

《金史纪事本末》,清·李有棠撰,中华书局1980年版。

《续资治通鉴长编》,宋·李焘撰,中华书局1979年版。

《全唐诗》,清·曹寅、彭定求等撰,中华书局编辑部点校本,中华书局1999年版。

《唐宋文举要》,高步瀛选注,上海古籍出版社1999年版。

《乐府诗集》,宋·郭茂倩撰,中华书局1979年版。

《中州集》,金·元好问编,四部丛刊初编本。

《金文最》,清·张金吾撰,中华书局1990年版。

《全金诗》,清·郭元纡编,文渊阁四库全书本。

《全金元词》，唐圭璋编，中华书局2000年版。
《全辽金诗》，阎凤梧、康金声主编，山西古籍出版社1999年版。
《全宋诗》，傅璇琮等编，北京大学出版社1991年。
《全金诗》，薛瑞兆等编撰，南开大学出版社1995年版。
《河汾诸老诗集》，元·房祺编，山西古籍出版社校注本1996年版。
《陶渊明集》，逯钦立校注，中华书局1979年版。
《白居易选集》，王汝弼选注，上海古籍出版社1980年版。
《元遗山诗集笺注》，施国祁注，人民文学出版社1958年版。
《遗山先生文集》，四部丛刊初编本。
《元好问全集》，山西人民出版社1990年版。
《拙轩集》，金·王寂著，文渊阁四库全书本。
《闲闲老人滏水文集》，金·赵秉文著，商务印书馆丛书集成本。
《滹南遗老集》，金·王若虚著，商务印书馆丛书集成本。
《陵川集》，元·郝经撰，影印文渊阁四库全书本。
《庄靖集》，金·李俊民撰，影印文渊阁四库全书本。
《苏轼文集》，孔凡礼点校，中华书局1986年版。
《苏轼诗集》，孔凡礼点校，中华书局1987年版。
《陆游集》，中华书局1976年点校本。
《范石湖集》，宋·范成大著，上海古籍出版社1981年版。
《黄庭坚诗集注》，刘尚荣校点，中华书局2003年版。
《后山居士文集》，宋·陈师道撰，上海古籍出版社1984年版。
《还山遗稿》，元·杨奂撰，影印文渊阁四库全书本。
《滋溪文稿》，元·苏天爵著，中华书局1997年版。
《道藏》，文物出版社、上海书店、天津古籍出版社1988年版。
《重阳全真集》，金·王嚞撰，道藏本。
《洞玄金玉集》，金·马钰撰，道藏本。
《磻溪集》，金·丘处机撰，道藏本。
《钦定四库全书总目》，清·纪昀等编，中华书局1997年版。
《直斋书录解题》，宋·陈振孙撰，上海古籍出版社2005年版。

《归潜志》,元·刘祁著、崔文印点校,中华书局1997年版。
《松漠纪闻》,宋·洪皓撰,丛书集成初编本。
《建炎以来系年要录》,宋·李心传撰,中华书局1988年版。
《建炎以来朝野杂记》,宋·李心传撰、徐规点校,中华书局2000年版。
《北梦琐言》,宋·孙光宪撰,丛书集成初编本。
《梦溪笔谈》,宋·沈括撰、刘尚荣校点,辽宁教育出版社1997年版。
《老学庵笔记》,宋·陆游撰,文渊阁四库全书本。
《宋朝事实类苑》,宋·江少虞撰,上海古籍出版社1996年版。
《廿二史札记校证》,清·赵翼著、王树民校证,中华书局1984年版。
《诗品》,梁·钟嵘著,陈延杰注,人民文学出版社1961年版。
《文心雕龙》,齐·刘勰著,上海古籍出版社1993年版。
《诗式》,唐·皎然著,历代诗话本。
《五代诗话》,清·王士禛辑,书目文献出版社1989年版。
《宋诗纪事》,清·厉鹗撰,上海古籍出版社1983年版。
《全辽诗话》,蒋祖怡、张涤云整理,岳麓书社1992年版。
《金诗纪事》,清·陈衍辑撰,王庆生增订,上海古籍出版社2003年版。
《历代诗话》,清·何文焕辑,中华书局1981年版。
《历代诗话续编》,丁福保辑,中华书局1983年版。
《诗人玉屑》,宋·魏庆之编,上海古籍出版社1978年版。
《诗薮》,明·胡应麟撰,上海古籍出版社1979年版。
《石州诗话》,清·翁方纲,人民文学出版社1981年版。
《岁寒堂诗话》,宋·张戒著,历代诗话续编本,中华书局1983年版。
《瓯北诗话》,清·赵翼撰,霍松林、胡主佑校点,人民文学出版社1998年版。
《宋诗话辑佚》,郭绍虞辑,中华书局1980年版。
《宋诗话全编》,吴文治撰,江苏古籍出版社1998年版。

《词话丛编》,唐圭璋编,中华书局1986年版。

《中国历史大辞典》(辽夏金元卷),蔡美彪主编,上海辞书出版社1986年版。

《中国历史大辞典》(历史地理卷),蔡美彪主编,上海辞书出版社1996年版。

《中国历史地图集》,谭其骧主编,中国地图出版社1982年版。

《中国历代年谱总录》,杨殿珣编,书目文献出版社1996年版。

《金史简编》,张博泉著,辽宁人民出版社1984年版。

《金史论稿》,张博泉等著,吉林文史出版社1986年版。

《剑桥中国辽西夏金元史》,(德)傅海波、(英)崔瑞德编、史卫民等译,中国社会科学出版社1998年版。

《宋辽金画家史料》,陈高华编,文物出版社1984年版。

《谈艺录》,钱锺书著,中华书局1984年版。

《中国学术思想史论丛》(六),钱穆著,东大图书公司1978年版。

《中国文学批评史》,郭绍虞著,上海古籍出版社1986年版。

《文心雕龙论丛》,蒋祖怡著,上海古籍出版社1985年版。

《诗论》,朱光潜著,三联书店1984年版。

《中国文学史》,章培恒、骆玉明主编,复旦大学出版社1996年版。

《唐宋词通论》,吴熊和著,浙江古籍出版社1989年版。

《辽金诗史》,张晶著,东北师范大学出版社1994年版。

《辽金元文学论稿》,张晶著,北京广播学院出版社2004年版。

《辽金元文学史》,吴梅著,上海商务印书馆1915年版。

《金代文学家年谱》,王庆生编,凤凰出版社2005年版。

《金元词史》,黄兆汉著,学生书局1992年版。

《金元词纪事汇评》,钟陵编,黄山书社1995年版。

《金元词论稿》,赵维江著,中国社会科学出版社2000年版。

《金元词通论》,陶然著,上海古籍出版社2001年版。

《辽金元诗三百首》,罗斯宁选注,岳麓书社1990年版。

《河汾诗老研究》,阎凤梧、刘达科著,山西人民出版社1993年版。

责任编辑:李　惠　pphlh@126.com
责任校对:杜凤侠
封面设计:王玉浩
版式设计:雅思雅特

图书在版编目(CIP)数据

政权对立与文化融合——金代中期诗坛研究/杨忠谦 著.
-北京:人民出版社,2010.8
ISBN 978-7-01-009022-1

Ⅰ.①政…　Ⅱ.①杨…　Ⅲ.①诗歌-文学研究-中国-金代
Ⅳ.①I207.22

中国版本图书馆 CIP 数据核字(2010)第 111220 号

政权对立与文化融合
ZHENGQUAN DUILI YU WENHUA RONGHE
——金代中期诗坛研究

杨忠谦　著

人民出版社 出版发行
(100706　北京朝阳门内大街 166 号)

北京新魏印刷厂印刷　　新华书店经销

2010 年 8 月第 1 版　2010 年 8 月北京第 1 次印刷
开本:880 毫米×1230 毫米 1/32　印张:10.875
字数:300 千字　印数:0,001-2,000 册

ISBN 978-7-01-009022-1　定价:30.00 元

邮购地址 100706　北京朝阳门内大街 166 号
人民东方图书销售中心　电话 (010)65250042　65289539